唐宋诗词名家精品类编

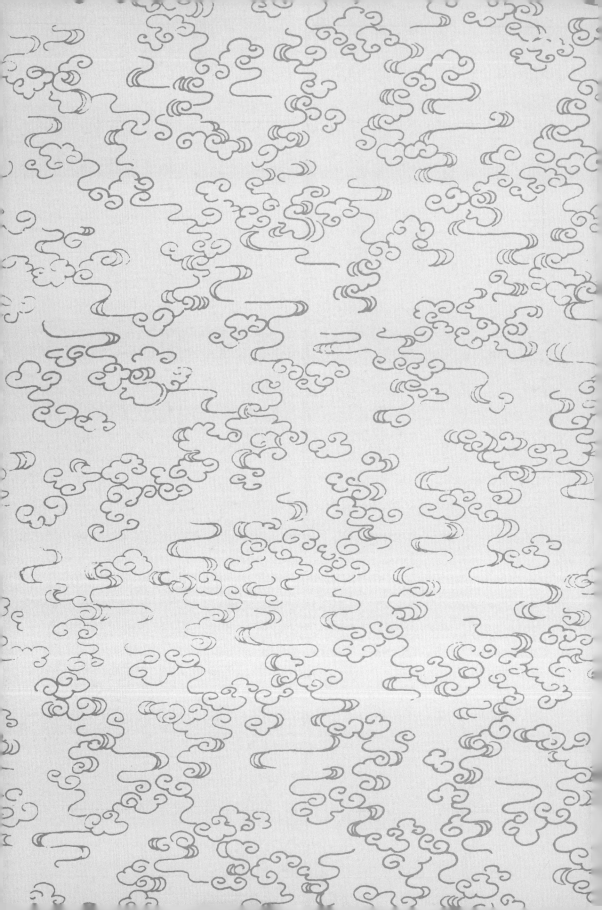

陈祖美　主编

邓红梅　编著

壮岁旌旗拥万夫

辛弃疾集

河南文艺出版社

图书在版编目(CIP)数据

壮岁旌旗拥万夫:辛弃疾集/邓红梅编著. —郑州:
河南文艺出版社,2015.7(2019.5 重印)

(唐宋诗词名家精品类编)

ISBN 978-7-5559-0198-3

Ⅰ.①壮… Ⅱ.①邓… Ⅲ.①宋词-选集 Ⅳ.①
I222.844.2

中国版本图书馆 CIP 数据核字(2014)第 297981 号

出版发行	河南文艺出版社
本社地址	郑州市郑东新区祥盛街 27 号 C 座 5 楼
邮政编码	450018
承印单位	河南瑞之光印刷股份有限公司
经销单位	新华书店
开　　本	700 毫米×1000 毫米　1/16
印　　张	20.25
字　　数	328 000
版　　次	2015 年 7 月第 1 版
印　　次	2019 年 5 月第 5 次印刷
定　　价	40.00 元

辛弃疾（1140—1207），原字坦夫，改字幼安，号稼轩居士，山东济南人。

南宋最伟大的爱国词人。

二十二岁时，辛弃疾聚众二千，树起抗金义旗。不久率部归山东义军领袖耿京。次年，他与诸军都提领贾瑞等奉表南归，不料张安国杀耿降金。他率领五十轻骑奇袭金兵大营，生擒叛徒，并号召耿京旧部反正。随后长驱渡淮，献俘行在。

宦游江南以后，辛弃疾『三仕三已』。开始十年，他由签判而通判，由司农主簿而知州、由提点刑狱而转运副使，并进而晋升为安抚使。淳熙八年（1181），他被朝廷言官弹劾，落职罢任，退居带湖十年。

光宗绍熙二年（1191）冬，他被起用为福建提点刑狱。翌年秋，出知福州兼福建安抚使。绍熙五年（1194）又被弹劾罢职，闲居瓢泉八年。

嘉泰三年（1203），权相韩侂胄谋图北伐，起用辛弃疾等大批主战人士。他出任镇江知府后，积极备战却再遭弹劾，三度罢职。

『开禧北伐』失败后（1207）虽被再次召用为试兵部侍郎，但力辞不就，于九月十日病逝于瓢泉，结束了英雄未遇、壮志难酬的一生。

总　序

⊙陈祖美

　　"一树春风千万枝,嫩于金色软于丝。"白居易描绘春日柳条迎风摇曳之态的名句,无形中似乎也道出了唐宋诗词千姿百态的风姿。从公元第一个千年的中后期到第二个千年的末期,在这一千三四百年的历史长河中,唐宋诗词作为人类精神文明的乳汁,她哺育和熏陶过多少人,她的魅力又使多少人为之倾倒,恐怕谁也无法数计。

　　然而,有一个事实却为人熟知,这就是在唐宋诗词作家中,特别是其中的名家如李白、杜甫、李商隐、杜牧、温庭筠、李煜、柳永、苏轼、周邦彦、李清照、陆游、辛弃疾等,且不说在他们生前身后所担荷的痛苦或所受到的物议和攻讦"罄竹难书",更令人难以思议的是,在21世纪的钟声即将敲响之际,竟发生过这样一件事:

　　这得追溯到1998年的国庆佳节前夕。那是一个不似春光胜似春光的金秋时节,四五十位专家学者从四面八方来到河南——唐代诗人李商隐的家乡,出席李商隐学术研究会第四届年会。由于东道主把此事作为一种文化建设对待,更由于成果斐然的诸位李商隐研究专家的莅临,此次年会的成功和人们的热诚是不言而喻的。但作为本套丛书最初的编撰契机,却是出人意料的:由于对李商隐的全盘否定和极力攻伐所引发的一种怅触——那仿佛是一位挺面善的老人,他历数李商隐种种"罪愆"的具体词句一时想不起了,大意则说李商隐是"教唆犯"。他不但自己坚决不读李商隐,也严令其子女远离这个"教唆犯",因此他的孩子都很有出息。听了这番话,有位大学女教师娓娓道出了她心目中的李商隐,而她的话代表了在座多数人的心声。不必再对那位老人反唇相讥,听了这位女教师的一席话,是非曲直更加泾渭分明。尽管这样,上述那种离奇的话,还是值得深思和认真对待的。

刚迈出这个会场的门槛,时任河南文艺出版社编辑的王国钦先生叫住了我,以商量的口气询问:能否尽快搞一本深入浅出而又雅俗共赏的李商隐诗歌类编,以消除由于其作品内容幽深和文字障碍等所造成的对其不应有的误解,甚至曲解……联想到上述那位老人莫名其妙的激愤情绪,王国钦先生的这一建议,显然既是出自编辑出版人员的职业敏感,更是一种难能可贵的社会责任心。人非木石,对这种公益之举岂有无动于衷之理!后来听说,王国钦还想约请那位堪称李商隐知音的女教师撰写一本《走近李商隐》。这更说明作为编辑出版者的良苦用心,并进而激发了笔者的积极性和应有的责任感。

当我回京后复函明确告知愿意参与此事时,随之得到了王国钦大致这样的回音:一两本书难成气候,出版社领导采纳了王国钦以及发行科同人的倡议,计划力争搞成一套丛书,并将之命名为"唐宋诗词名家精品类编"。而且,还随信寄来了较为详细的丛书策划方案。方案显示:丛书除包括唐代的大李杜、小李杜和宋代的柳、苏、李、辛八卷作品集以外,唐、宋各选一本其他著名诗家词人的精品合集。整套丛书一共十本,每本约三十万字。我当即表示很赞赏这一策划,除建议将李清照换成陆游外,无其他异议。而换掉李清照,并不是因为她的作品达不到精品的档次(相反她的各类作品中精品比例比谁都大),只是因为她在中、晚年遭逢乱世,流寓中大部分著作佚失得无影无踪。后人陆续辑得的十多首诗和比较可靠的约五十首词,即使都算作精品,也很难编撰成一本约三十万字的书稿。当然,要是将评析部分写成两三千言的长文,字数达标是不成问题的。但是这样做,一则太长的文字不尽符合丛书"点评"的体例,二则主要是担心不合乎当今和未来读者的口味与需求。而号称"六十年间万首诗"的陆游,人呼"小太白",其作品总和万数有余,古今无双,选择的余地非常大,容易保质保量。

双方很快达成了共识。在这里,我愿意负责地告诉读者:"唐宋诗词名家精品类编"丛书,以创意新颖、方便读者为宗旨。所谓创意新颖,是指本丛书既不排除"别裁"式的分类方法,更知难而进地在全面吃透作品内容的基础上,从"题材"方面分门别类。类似的分类,以往只在有关唐人绝句等方面的多人选集中见到过,像这样既兼顾体裁又着眼于题材的分类,尚属前所未有。本丛书还在每类相同题材的若干作品中,均以画龙点睛的诗句作为小标题,每本书则以该作家作品中的最为警策之句加以命名,于是就有了《黄河之水天上来·李白集》《每依北斗望京华·杜甫集》等一连串或气势不凡或动人情愫的书名。从每集作者作品中选取一句最恰如其分的诗句,用作该集的书名——这一创意本身,无形中体现了出版社对"唐宋诗词名家精品类编"丛书的一种极为独到而又相当可取的策划思路。对整套丛书来说,则力求做到"以其昭昭使人昭昭",也就是说,同类精品都有哪些可以一目了然。由此所派生的本丛书其他方面的特点和适用之处,则在每一本书中都不难发现。

原先没有想到的是,出版社嘱我担任整套丛书的主编并撰写总序。对此,我曾经再三谢辞。直到最后同意忝于此事,其间经历了一个不算短的过程,延缓了编撰时间,使出版社在策划之际尚得风气之先的这套丛书,耽搁了一段时间优势。为了顾及一定的时间效益,我于酷暑炎夏中攻苦食淡,最终亦可谓尽力而为了!

最重要的是选择和约请每一集作品的撰稿人。

丛书的第一本是大李(白),其编撰者林东海先生,早在20世纪七八十年代就沿着李白的足迹进行过考察。这对深入研究李白、了解其诗歌的写作背景及题旨等,洵为得天独厚之优势。20世纪80年代问世的《诗人李白》(日文版)及近期关于李白的新著,无不体现出林东海对这位"谪仙人"研究的深湛造诣。因而编撰"唐宋诗词名家精品类编"丛书中的李白集,对林东海来说是轻车熟路、手到擒来之事;而对读者来说,则将有幸读到一本质量上乘的好书!

至于小李(商隐)诗歌编撰者黄世中先生,我在20世纪90年代初于天涯海角与其谋面之前,已有多年的文笔之交,而且主要是谈及李商隐。仅我拜读过的黄世中有关玉溪生的论著已臻两位数。他对人们所感兴趣的李商隐无题诗尤其研究有素,对李商隐著作的每种版本乃至每一首诗几乎无不耳熟能详,其家传和经眼的有关李义山的典籍,几乎难有与之相埒者。因此由黄世中承担本丛书的李商隐集,可谓厚积薄发,定能如大家所预期的那样,以深入浅出之作,引导人们沿着正确的途径走近李商隐,从思想性和艺术性两方面,说明其独特的价值之所在,从而向广大读者奉献一餐美味而富含营养的精神食粮。

人们所称"小李杜"中的小杜,指的是《樊川文集》的作者杜牧。关于杜牧诗歌的精品类编,之所以约请胡可先先生编撰,是因为早在他到南京师范大学做博士后之前的1993年,就已有专著《杜牧研究丛稿》出版,可谓对杜牧研究有素。同时,笔者自然也联想到曾经拜读过的胡可先的一系列功力颇深的论文。如他提供给中国唐代文学学会第九届年会的关于"甘露之变"与晚唐文学的论文,其中既有惊心动魄之笔,亦有细致入微之文。特别是其中把"甘露之变"对文人心态的影响,以及晚唐诗歌之被目为"衰世之音"的原因所在,剖析得很有说服力。"甘露之变"时,杜牧刚过而立之年。稔悉这一政治和文学背景的胡可先,对杜牧诗歌进行注释和评点自然易近腠理,能于深邃之中探得其诗歌之内涵,弘扬其精华,同时也就消除了人们对杜牧的某种片面理解。

丛书的宋代名家中,柳永的年辈最高,但对其生平事迹和作品系年,后人都曾有重大误解。而浙江大学文学院的吴熊和先生,对此曾做过令人深信不疑的考证和厘定。柳永集的编撰者陶然先生,自然会承袭其业师的这些重大的学术成果,贯穿于自己的编著之中,从而撰成一本甄误出新之作。再者,陶然虽说是这套丛书十位编著者中最年轻的一位,但他有着相当机智精练的语言功底。无论其何种著作,行文中总是既以流丽多姿的现代语汇为主,又不时可见精粹的文言成分,其用语既富表现力,又令人颇感雅洁可读。同时,他作为年轻的文学博士,在其撰著中很善于运用新颖的科学论析方法,兼具宏观把握和微观剖析两方面的优长。表现在此著中,既有对词学源流的总体把握,又能对柳永诗词做出中肯可信的注释和评析。

苏轼是古往今来文学家中最具魅力的人物。选评苏轼诗词精品的陶文鹏先生,则是名声在外的多才多艺之辈。在他相继撰写、出版的多种论著中,有不少是关于苏轼诗词方面的,堪称是东坡难得的知音之一。以其不久前结项的"国家社会科学基金项目"——《中国古代山水诗史》一书为例,关于苏轼的章节就写得特别全面深透。其中不仅有定性分析,还有相当精确的定量分析。在其他各种论著中,陶文鹏不仅对两千六百余首苏轼诗中的精品有所论列,对三百余首东坡词的代表作亦时有画龙点睛之评。在这样的基础上所撰成的本丛书苏轼集,更不时可见出新之笔。比如,书中引述"苏轼诗词创作同步说",以及对《念奴娇·赤壁怀古》中的"故国神游"等句的新解,都体现了苏轼研究的最新学术成果。

从编著者的组成来看,这套丛书最突出的特点是较多女性编著者的参与。人数虽然只有宋红、高利华、邓红梅、陈祖美四位,男女编著者的比例只是三比二,与"半边天"的比例还有些距离。但是请君试想:迄今为止,在有关古典文学作品的类似规模的丛书中,有哪一套书的女编著者或作者能占到这样大的比重?

在这里需要说明的是,编撰本丛书的初衷和着眼点,绝不是单纯地追求女作者的人头优势,主要还是在不抱任何性别偏见的前提下,使每位撰著者的才华和实力得以平等展现!

不妨先从宋红先生说起。她从北大中文系毕业来到人民文学出版社古典文学编辑室不多久,就主持编辑了一本《〈诗经〉鉴赏集》。我在撰写其中《〈邶风·谷风〉绅绎》一文的过程中,宋红在关于泾渭孰清孰浊的问题上提出了很好的建议。后来这篇标题为《借荠菲之采,诉弃妇之怨》的拙文,竟得到一些读者的由衷鼓励,这与宋红的建议有着密不可分的联系。她的才华在相当大的学术范围内几乎是有口皆碑的,这自然也与她所处的学术环境有关。以20世纪80年代初在出版界出现的"鉴赏热"为例,她所在的古典文学编辑室及时推出了规模可观、社会效益甚好的《中国古典文学鉴赏丛刊》。特别是较早出版的关于唐宋词、汉魏六朝诗歌和《诗经》等鉴赏集,对这一持续了约二十年之久的"鉴赏热",起了很好的导向作用。这期间,宋红在编、撰结合中得到了很实际的锻炼。所以,此次她在编撰本丛书杜甫集这一难度颇大的书稿时,一直是胸有成竹,甚至发现和纠正了研治杜诗的权威仇兆鳌等人的不少疏误。这种学术勇气和责任心是极为难能可贵的。

生在绍兴、长在绍兴的高利华先生,她喝的不仅是当年陆游喝过的镜湖水,而且与这位"亘古男儿一放翁"还有一种特殊的缘分——在她从杭大毕业回到绍兴任教不久,即参与筹办纪念陆游八百六十周年诞辰大型学术活动。这是她逐步走近陆游的一个难得的良好开端。此后每五年举办一次的同类学术活动,自然都少不了她这位陆游研究者的热心参与。直到今天,在她担负着绍兴文理学院中文系极为繁重的教学任务和该校学报执行主编的同时,她的身影还不时出现在陆游的三山故里及沈氏名园之中,进行实地考察、拍照,仿佛仍在时时谛听着陆游的创作心声……这一切,对于高利华正确地解读陆游均有着难以替代的重要作用。体现在她所选评的本丛书陆游集中,尤其值得一提的是,在"灯暗无人说断肠"一类中,她是把《钗头凤》作为陆游与其前妻唐琬彼此唱和的爱情悲剧之章收入的。这一点是有争议的。假如她一味按照自己的观点解读此词,无疑是片面的。好在高利华把这首词的有关"本事"及关于女主人翁是唐琬还是蜀妓的历代不同见解,在简短的文字中胪述得清清爽爽,洵可作为有关《钗头凤》词的一篇作品接受史和学术研究史来读。仅就这一点,没有对陆游研究的相应功力和对这位爱国诗人的一颗赤诚之心，是难以做到的。

人们如果很欣赏哪位演员的表演才华，往往夸赞说某某浑身都是戏。我初次与邓红梅先生在一次学术会议上谋面时，就明显地感觉到她浑身都透着活力。等到听了她的发言、看了她关于辛弃疾的文章之后，便感到这种活力远不止表现在触目所见的外形上，更洋溢于其智能、业绩之中。所以在考虑辛弃疾集的编著者时，我便自然而然地想到了这位从江南来到辛弃疾故乡的、极富活力的女博士。当笔者与邓红梅在电话里初谈此事时，她二话没说，仿佛是不假思索地说："我将写出一个与众不同的辛弃疾！"果然不负所望，她很快将辛弃疾六百余首词中的佳作按题材分为主战爱国词和政治感慨词等十一类，从而把人称"词中之龙"的辛弃疾，由人及词全面深刻地做了一番透视与解剖。这样，即使原先是"稼轩词"的陌路人，读了邓红梅的这一编著，沿着她所开辟的这十多条路径往前走，肯定会离辛弃疾其人其词越来越近，并从中获得自己所渴望的高品位的精神享受。

然而令人痛心的是应了那句"文章憎命达"的谶语，红梅竟在其春秋尚富的2012年离开了我们，我和不少熟悉她的文友都为之痛楚不堪！在她逝世两周年之际，"唐宋诗词名家精品类编"丛书(共十卷)得以重新修订出版。此系每位编撰者有所期待的良机，然而九泉之下的红梅对于她所编撰的辛弃疾集则无缘加以厘定。忝为这套丛书的主编，我有义务联手责编王国钦先生代替红梅料理她的这一学术后事。所以我在肠癌手术尚未痊愈的情况下，通校了辛弃疾集，从而深感红梅堪称辛稼轩的异代知音！她对每一首辛词的"点评"之深湛精到，令我不胜服膺。对于红梅出色"点评"的内容要旨，我未加任何改动。对于我在此次通校中所发现的问题，大致分以下两种情况：一是个别漏校或笔误，诸如"蛾眉"误作"娥眉"，"吟赏"误作"饮赏"，"疏"误为"书"，"金国"误为"全国"，"谕"误为"喻"，"询"误作"讯"等，径作改正。二是对于"惟"与"唯"，想必红梅曾和我一样理解为此二字必须严格区分，就连"唯一"也必须写作"惟一"；"唯"只用于"唯心""唯物"等少数哲学词汇，其他均写作"惟"。然而在红梅去世后问世的《通用规范汉字字典》(商务印书馆，2013版)"惟"的第二义项与"唯"是相同的。所以我此次通校过的唐代合集和辛弃疾集中所用合乎《通用规范汉字字典》规定的"惟"字义项，都没有改动。

上述未经本人审阅的作者"小传"，鉴于笔者了解情况不尽全面，表述又不见得很准确,所以不一定完全得到"传主们"的首肯。但是有一点,即使他们不予认可笔者也要坚持:这就是他们均为治学严谨的饱学或好学之士,对于唐宋诗词的研究尤为擅长。不具备这方面的优势,所撰书稿很容易误人子弟。因为不论是唐诗宋词或唐词宋诗,其老版本都曾存有各种谬误。即使一些很有影响、极受欢迎的选本,当初由于各种条件的限制,也都存在着种种不足之处。没有相应的学识,没有严谨的态度,不加深究,就很难发现问题,很容易以讹传讹。

本丛书的所有编撰者,在这方面都是可以信赖的。而他们的另一共同点是,大都具有与古代诗词名家发生共鸣的文学创作才能。仅就笔者经眼之作来说,比如林东海的《登戏马台》诗云:

当年戏马上高台,犹忆乌骓舞步开。

九里狂沙怜赤剑,八千热血恨黄埃。

时来竖子功名立,运去英雄霸业摧。

回首楚宫空胜迹,云龙山外鹤鸣哀。

此系诗人于彭城(今江苏徐州)凭吊项羽之作,其用事、用典何等妙合自然,感慨又何等遥深,早被旧体诗词的行家里手赞为"诗风沉郁,颇似杜少陵之抑扬顿挫"。笔者所拜读过的林东海的其他诗作还有七绝《过邯郸学步桥》、七律《吊白少傅坟》《马嵬坡怀古》等,也都是思覃律精,足见功力之深。

在黄世中只有十五六岁时,他就曾有感于一出南戏对陆游、唐琬爱情悲剧表现之不足,遂写了一个自己心目中的陆唐情深的南音剧本,且作词、谱曲一气呵成,后来又把陆唐之恋编成了电影文学剧本。当他将这一剧本寄到上海海燕电影制片厂后,不久就收到该厂回复的长信,希望他对剧本做一些加工修改以期拍摄。同时,黄世中还把剧本寄奉郭老(沫若)和朱东润先生求教,并很快收到了郭老和朱先生加以鼓励的亲笔回信。笔者不仅细读过黄世中所写的历史小说和颇具规模的散文集,还亲耳聆听过其具有南昆韵味的自弹、自唱、自度之曲,其文艺才能可见一斑。

陶文鹏是新诗、旧诗俱爱,而且几乎是张口就来,出口成章。例如他的一首七律《晚云》:

岁月催人近六旬，经霜瘦竹尚精神。

胸中故土青山秀，梦里童年琐事真。

伏枥犹思腾万里，挥毫最喜绘三春。

何须采菊东篱下，乐在凭栏对晚云。

此外，陶文鹏还有一副高亢嘹亮的歌喉，每次在学术会议上总是属于最为活跃的一族。多年来，他一肩双挑，编撰兼及，硕果累累。当然，这一次他将再度奉送给读者一个惊喜。

宋红谙悉音律，对旧体诗词的写作堪称得心应手。其长篇五古《咪咪歌》，把她的宠物猫咪写得活灵活现，想必谁读了都得为之捧腹不迭。此诗被识者誉为："神机流动，天真自露。猫犹人也，可恼亦复可爱，以其野性存焉。"

在20世纪60年代出生的那辈人中，旧体诗词的爱好者已不多见，擅长者更是凤毛麟角，而毕业于河南大学中文系的王国钦却对此情有独钟。20世纪90年代初，他曾写过一首题为《桂林赴上海机上偶得》的七律，诗云：

关山万里路何迢？鹏鸟腾飞上九霄。

云海涛惊心海广，航空技越悟空高。

却思尘世多喧扰，莫道洪荒不寂寥。

笑瞰人间藏碧水，乾坤一点画中瞧。

此诗为老一代著名诗人所看重并为之精心评点："……首联设问，引出壮志凌云；颔联设比，胸怀何其广大；颈联表现一种复杂的矛盾心理；尾联化大为小，小中见大，表现了作者对人间的无限依恋与热爱。作者融天上人间、喜乐忧烦、神话科技于一诗，别具情趣，也别有一种超乎时空的磅礴之气。"王国钦在诗词兼擅的基础上，还从1987年至今摸索、创造出一种新的诗歌形式——度词、新词，并得到当代诗词界人士的广泛称赏。当初他来京商谈丛书编选的诸项事宜时，我因为手上稿事过多等缘故，希望与他一同主编丛书。他诚恳地说：自己可以多承担一些具体的编辑工作，主编还是由社外专家担任，所以只承担了宋代合集的任务。之所以再三邀他负责宋代合集的编选，也正是由于他对宋词的偏爱和对词体发展的不懈努力。

20世纪90年代初,中州古籍出版社曾出版、再版过一本享誉海内外的《当代诗词点评》。在这本厚达六百七十多页的选集中,所有编著者均按长幼顺序排列。排头是何香凝,而高利华是其中最年轻的女编著者——在当时也是旧体诗词界最为年轻的新生代。此书选收了高利华的《浣溪沙·夜出遇雨》《菩萨蛮·雨过索溪向晚戏水》等篇,行家认为其词善于将"陈句融化,别出新意,既富造诣,又见慧心"。其《八声甘州·八月十八观钱江潮》有句云:"叹放翁、秋风铁马,误几回、报国占鳌头。休瞧我,凭栏杆处,欲看吴钩。"此作更被知音者推为:"上片写景,是何等气势!下片怀古,是何等襟期!山阴多奇女子,信哉!"

笔者之所以对丛书编著者们如此着意介绍,既不同于孟子所云"知人论世",也与胡仔所谓"知人料事"不尽相同。这里似乎略同于学术领域的"资格论证"和文化消费中的"品牌意识",或者说借重上述诸位的专长和才华,以增加读者对这套丛书的信任感,在假货无孔不入的情势下使精神消费者能够放心。虽说人们对某种"品牌"的喜爱和信任程度,最终要靠"品牌"本身的质量说话;虽然即使声势浩大的"广告",最终也不见能抵得过下自成蹊的"桃李"的魅力,但是还有一种"话不说不明,木不钻不透"的更为通俗和适用的道理——被埋在地下的夜明珠人们尚且看不到它的光芒,而一个新问世的"品牌",多少也需要自我"表白"一番的。

本套丛书初版于2002年8月,之后已陆续重印多次。随着时间的推移,虽然丛书在封面设计、版式设计及印刷质量等方面略显不尽人意之外,但在内容的编选和点评方面却依然值得肯定。因此,丛书的本次重印,除由编选者对内容进行了个别的修订、勘误之外,还由出版社对封面、版式进行了重新设计,将印刷质量进一步提高。同时,本着"把辛苦留给自己,把方便提供给读者"的编辑初衷,丛书又在一些体例方面做了进一步规范。比如对于词牌、词题在目录或引述时的表述方式,无论是在学术界或是在出版界,并无明确而统一的规范形式,所以不同的编选者就不可避免地出现了不同的表述。而这对于一套丛书来说,就出现了体例上不统一的问题。经过多方的交流、咨询和讨论,出版社在修订时提出了统一规范的建议,笔者认为十分必要。

具体来说,规范之前的一般表述形式大约分为三种情况:(一)原作既有词牌又有词题:"词牌·词题",如周邦彦《少年游·感旧》;(二)原作只有词牌却无题:"词牌",如秦观《鹊桥仙》;(三)原作只有词牌却无词题:"词牌(本词首句)",如秦观《鹊桥仙》(纤云弄巧)。

　　本次规范之后,实际上是把第二、第三种无词题的情况合并为了一种形式,也就是说把原作无词题的情况统一都表述为"词牌(本词首句)",如姜夔《暗香》(旧时月色)。进行这样的规范,起码有这样两点好处:(一)对现在并不太了解古典诗词(尤其是词)表现格式的读者来说,能够将有无词题的作品进行一目了然的区分;(二)对于一般读者和研究者来说,方便对同一作者同一词牌的多首作品进行准确表述及辩识。而出版社的这些建议和规范,恰恰是丛书初衷的自觉践行。作为本套丛书的主编,笔者当然表示尊重和欢迎。

　　一言以蔽之,这套丛书的最大特点和长处是策划独到、思路新颖,它仿佛为每位编选者提供了一双崭新的"鞋子"。穿上这双"新鞋",是去"走世界"还是到唐宋诗词名人家里"串门子",抑或是像"脚著谢公屐"似的爬山登高,那就该是因编选者各自不同的"心气"而有所不同的事情了。但我可以夸口的是:他们全都没有"穿新鞋走老路"!

初稿于 1999 年 10 月,北京

改定于 1999 年 12 月,郑州—北京

厘定于 2015 年元月,北京

目　录

前言／1

抗金爱国·他年要补天西北

水调歌头·寿赵漕介庵／3

满江红·建康史帅致道席上赋／5

汉宫春·立春日／7

声声慢·滁州旅次／9

菩萨蛮·书江西造口壁／11

满江红（汉水东流）／13

木兰花慢·席上送张仲固帅兴元／15

水龙吟·甲辰岁寿韩南涧尚书／17

贺新郎·同父见和，再用韵答之／19

贺新郎·用前韵送杜叔高／22

破阵子·为陈同甫赋壮词以寄之／24

清平乐·独宿博山王氏庵／26

水调歌头·送杨民瞻／28

定风波·再用韵。时国华置酒，歌舞甚盛／30

水龙吟·过南剑双溪楼／32

鹧鸪天·有客慨然谈功名，因追念少年时事，戏作／34

水调歌头·和马叔度游月波楼／36

忧国伤时·朱丝弦断知音少

水调歌头·淳熙丁酉／41

水调歌头·舟次扬州,和杨济翁、周显先韵／43

蝶恋花·月下醉书雨岩石浪／45

满庭芳·和洪丞相景伯韵／46

水调歌头·九日游云洞,和韩南涧尚书韵／49

千年调·蔗庵小阁名曰言,作此词以嘲之／51

沁园春·戊申岁,奏邸忽腾报谓余以病挂冠,因赋此／53

小重山·三山与客泛西湖／55

添字浣溪沙·三山戏作／57

水调歌头·说与西湖客／58

水调歌头·壬子三山被招,陈端仁给事饮饯席上作／60

鹧鸪天·三山道中／62

行香子·三山作／63

最高楼·吾拟乞归,犬子以田产未置止我,赋此骂之／64

鹧鸪天·戊午拜复职奉祠之命／66

贺新郎·用前韵再赋／67

卜算子(千古李将军)／70

卜算子(万里笮浮云)／71

喜迁莺·谢赵晋臣敷文赋芙蓉词见寿,用韵为谢／72

贺新郎·韩仲止判院山中见访,席上用前韵／75

瑞鹧鸪·乙丑奉祠归,舟次余干赋／77

鹧鸪天·不寐／79

贺新郎·邑中园亭／80

仕隐两难·蛾眉曾有人妒

水龙吟·登建康赏心亭 / 85

摸鱼儿·淳熙己亥 / 87

阮郎归·耒阳道中为张处父推官赋 / 89

洞仙歌·开南溪初成赋 / 91

水调歌头·汤朝美司谏见和,用韵为谢 / 92

丑奴儿(少年不识愁滋味) / 94

丑奴儿(此生自断天休问) / 96

定风波·暮春漫兴 / 97

青玉案·元夕 / 98

念奴娇·瓢泉酒酣,和东坡韵 / 100

浣溪沙·壬子春赴闽宪,别瓢泉 / 102

归朝欢·题赵晋臣敷文积翠岩 / 103

玉蝴蝶·叔高书来戒酒,用韵 / 105

满江红(倦客新丰) / 106

登高怀古·何处望神州

念奴娇·登建康赏心亭,呈史留守致道 / 111

霜天晓角·赤壁 / 113

八声甘州·夜读《李广传》 / 115

汉宫春·会稽蓬莱阁怀古 / 117

永遇乐·京口北固亭怀古 / 119

南乡子·登京口北固亭有怀 / 121

浪淘沙·山寺夜半闻钟 / 123

归隐带湖·我见青山多妩媚

沁园春·带湖新居将成 / 127

踏莎行·赋稼轩,集经句 / 129

沁园春·再到期思卜筑 / 131

临江仙·停云偶作 / 133

永遇乐·检校停云 / 134

瑞鹧鸪·京口有怀山中友人 / 136

瑞鹧鸪·京口病中起登连沧观偶成 / 138

瑞鹧鸪(胶胶扰扰几时休) / 140

鹧鸪天·寻菊花无有,戏作 / 141

瑞鹧鸪(期思溪上日千回) / 142

鹧鸪天·博山寺作 / 143

咏物成趣·老来曾识渊明

满江红·江行简杨济翁、周显先 / 149

水调歌头·再用韵呈南涧 / 150

南歌子·独坐蔗庵 / 152

水龙吟·题瓢泉 / 154

水调歌头·题永丰杨少游提点一枝堂 / 156

祝英台近·与客饮瓢泉 / 158

兰陵王·赋一丘一壑 / 160

玉楼春·戏赋云山 / 162

哨遍·秋水观 / 164

鹧鸪天·读渊明诗不能去手,戏作小词以送之 / 167

卜算子·齿落 / 168

水龙吟(老来曾识渊明) / 170

赠别会友·后夜相思月满船

木兰花慢·滁州送范倅 / 175

水调歌头（落日古城角）/ 177

鹧鸪天·离豫章,别司马汉章大监 / 179

破阵子·为范南伯寿 / 180

水调歌头·淳熙己亥 / 182

水调歌头·和赵景明知县韵 / 183

鹧鸪天·送人 / 185

满江红·送李正之提刑入蜀 / 187

贺新郎·陈同父自东阳来过余 / 189

鹧鸪天·送欧阳国瑞入吴中 / 191

临江仙·再用韵送祐之弟归浮梁 / 192

鹧鸪天（木落山高一夜霜）/ 193

定风波·席上送范廓之游建康 / 195

沁园春·和吴子似县尉 / 196

雨中花慢·吴子似见和,再用韵为别 / 198

贺新郎·别茂嘉十二弟 / 200

山鬼谣·雨岩有石 / 202

水调歌头·我志在寥阔 / 204

鹊桥仙·赠鹭鸶 / 206

水龙吟·用"些"语再题瓢泉 / 208

夜游宫·苦俗客 / 210

沁园春·杯汝来前 / 211

沁园春·杯汝知乎 / 212

兰陵王·恨之极 / 214

生查子·简吴子似县尉 / 216

西江月·遣兴 / 218

木兰花慢·可怜今夕月 / 219

瑞鹤仙·赋梅 / 221

西江月·江行采石岸戏作渔父词 / 223

状景品题·望飞来半空鸥鹭

满江红·题冷泉亭 / 227

太常引·建康中秋夜为吕叔潜赋 / 228

菩萨蛮·金陵赏心亭为叶丞相赋 / 230

摸鱼儿·观潮上叶丞相 / 231

水调歌头·和王正之右司吴江观雪见寄 / 234

蝶恋花·戊申元日立春席间作 / 235

清平乐·博山道中即事 / 237

丑奴儿近·博山道中效李易安体 / 238

满江红·游南岩和范廓之韵 / 240

生查子·独游西岩 / 242

清平乐·题上庐桥 / 243

鹧鸪天·鹅湖归,病起作 / 245

临江仙·探梅 / 246

生查子·独游雨岩 / 248

鹧鸪天·黄沙道中即事 / 249

沁园春·灵山齐庵赋。时筑偃湖未成 / 250

粉蝶儿·和赵晋臣敷文赋落花 / 252

一剪梅·中秋无月 / 254

好事近·春日郊游 / 255

情爱心歌·手拈黄花无意绪

念奴娇·书东流村壁 / 259

蝶恋花·和赵景明知县韵 / 261

鹧鸪天·东阳道中 / 262

临江仙（金谷无烟宫树绿）/ 263

满江红（敲碎离愁）/ 265

满江红·暮春 / 267

鹧鸪天·代人赋 / 269

田园风情·稻花香里说丰年

鹊桥仙·己酉山行书所见 / 273

清平乐·村居 / 274

西江月·夜行黄沙道中 / 275

鹧鸪天·鹅湖归，病起作 / 277

鹧鸪天·代人赋 / 278

浣溪沙（父老争言雨水匀）/ 280

鹧鸪天（石壁虚云积渐高）/ 281

辛弃疾诗选 / 283

辛弃疾简明年谱 / 287

前　言

　　辛弃疾(1140—1207),字幼安,号稼轩,济南人,是南宋最伟大的爱国词人。

　　辛弃疾所生活的时代,是一个动荡不宁的政治时代。自 1127 年"靖康之乱"发生后,北宋灭亡,南宋建立。此后,以淮河为界的南宋和北金,就一直处在一种活性对峙状态中。所谓活性对峙状态,也就是说,宋金两家时战时和,对峙不是铁板一块。前期,因为金人把战火燃过长江,南宋王朝面临存亡的危机,宋与金之间经常发生大大小小的战斗。而等到辛弃疾诞生的次年(1141),以杀害、黜退抗金英雄岳飞、韩世忠等人为代价的"绍兴和议"订立之后,保住了偏安局面的南宋王朝,就基本上走议和的道路了,充斥政坛的声音也是以"和"为主。其间也不是没有局部的战斗,孝宗时代就发生过一次失败的北伐,结果是签订了屈辱的"隆兴和议"(1164);宁宗时代也有过一次草草北伐,结果是在更加屈辱的情势下签订了"开禧和议"(1208)。在南宋政坛上存在着主战、主和与主守三派的声音,随着主和派执政时期的到来,主战派受到越来越严重的抑制,他们的声音也越来越微弱。所谓"以吴楚之脆弱不足以争衡于中原"的议论,是辛弃疾所生活时代中流行的政治舆论。究其原因,除了"东南妩媚,雌了男儿"的地理文化影响和南宋君臣耽于一角山水间的享乐外,南宋对金作战的胜机较少,以及由此而生的"恐金心理",也是重要的原因。一位与辛弃疾同时期的词人姜夔,曾在词里记录下了时代的感伤:"自胡马窥江去后,废池乔木,犹厌言兵。"(《扬州慢》)连无声无言的废池乔木,都厌惧"言兵"即战争,这足见时代的创伤有多深、恐惧有多深,并且这个"厌兵"的民族危机有多深了。而这一切,都是因为南北隔膜,南宋文武百官对于金人内政不了解,对金人的军事威胁不能作出知己知彼的分析和判断。在这样的时代背景下,能对金人的威胁和南宋的胜机作出精确分析和有说服力判断的辛弃疾,就显得十分可贵了。尽管他作为一个北来人,作为一个有刚直不阿性格的英雄豪杰,在南宋政坛上常常遭到疑惑、猜忌,统治者从来也没有把他的谋略心血认真对待过。

辛弃疾为什么会对于当时宋金的军事问题有那样清晰精锐的眼光?怀有这样的军事韬略和胆气理想的人,是怎样度过他坎坷不平的一生的?他是南宋第一流的词人,并且能诗能文,其文学成就与他的生活和生命感受之间有着怎样的联系?了解辛弃疾的一生,有助于我们弄懂这些问题。辛弃疾的一生,大概分为四个时期。

(一)二十三岁以前的青少年时代,是他一生最为意气风发的时期。出生在金人占领区的辛弃疾,少年时代就受到他很有民族感情的祖父辛赞的爱国思想的熏陶。他的祖父辛赞,虽然不得已做了金人治下的官,却难以忘怀那一场给汉民族带来巨大灾难的"靖康之乱",常常带着他们"登高眺远,指划山河,思投衅而起",这就在一定程度上培养了辛弃疾的民族感情。其后,辛弃疾又因为参加科举考试,在十四岁、十八岁两赴金都燕京。这些经历,使他对于金国山川、国情的了解,远远超过南宋的文武百官。

绍兴三十一年(1161),金主完颜亮大举南侵,同时在全国大起徭役,强征民丁,践踏良田,搜刮军需,其中汉人受害尤深。这为本来就具有民族感情的辛弃疾等人,提供了一个反抗金人残暴统治的机会。于是,已经二十二岁的辛弃疾,在农民起义风起云涌的背景下,聚合了二千义军,树起抗金旗帜。不久率部归耿京领导的农民起义大军,为掌书记,并且力劝耿京归属于南宋的节制,以图得到宋朝的支持,实现抗金复土的大业。第二年,他奉表入宋,高宗召见。后来在北归途中,得知义军叛徒张安国杀耿京而投降了金人,他于是集合了五十余骑,奇袭五万人驻守的金营,生擒叛徒献俘行在,又号召万余被胁降义军反正归南。他的这件别人万万难以做成的壮举,使南宋畏怯金人的风气为之一振。连宋高宗见了他,也"一见三叹息"。此后,他开始了自己"江南游子"式的南方宦游生活。

(二)从二十三岁到四十二岁,是他宦游南方而不得志的时期。宋孝宗即位后,起用张浚这位主战名将,准备北伐。然而因为各种原因,张浚很快就因兵败被罢职,"隆兴和议"成。从此,主和派人物掌握了朝政权柄。辛弃疾虽然雄心勃勃,壮志不减,先后上奏《美芹十论》和《九议》这些胆气韬略胜过常人、谋划审度富有说服力的抗金政见,但是在"厌言兵"的时代中,他的意见并没有被采纳。这不免让他感慨愤郁,心中充满了一个失志的爱国者的牢骚和悲凉。他的主战爱国、感慨时政的词作，有一大部分是作于这个时期。

在此期间，他的职务在辗转不定中渐渐升迁。由江阴签判而知州事，由提点刑狱而安抚使。这不是因为他善于像一些官场投机者一样夤缘钻营，而是因为他实实在在地做出了政绩。在滁州任上才半年，他就能把当地涸散、荒陋的气象一扫而空。在湖南任上，他创置的"飞虎军""雄镇一方"。在江西任上，他举办荒政，严明果断，卓有成效。此外，他在为南宋政权剪除"盗贼"的过程中，意识到了杜甫所说的"盗贼本王臣"的道理，洞悉了贪浊官吏迫使百姓为盗的事实，希望天子"深思致盗之由，讲求弥盗之术，无恃其有平盗之兵"，这就说明他不仅有军事才干和治理地方的才干，而且也具有清醒的政治头脑和忧国忧民的可贵思想。正是因为有这样的忧患意识和清醒头脑，他才难以忘怀自己的政治使命：抗金复土，安邦兴国。然而由于他独立、耿直的性格和操守，在等级森严而又本质平庸的南宋官场上，他所面临的，就不能不是敌对政治力量的合谋阃杀。他在最成熟的中年时代被迫退隐长达十八年，就是他不能见容于藏污纳垢、钩心斗角的南宋官场的证明。

（三）从四十三岁到六十三岁，他在带湖和瓢泉度过了近二十年最成熟、最丰美的岁月。这对于他的思想变化影响极大。他一方面难以平息失志的苦闷，对于南宋官场加诸他的打击愤郁不平，也难以忘怀抗金复土的英雄之念。另一方面，他又借山水徜徉来安慰自己的精神苦闷，借学道问佛来化解自己因壮志难酬和壮心不已的冲突而生的沉痛感。这样，在不断的精神冲突和对于冲突的化解与超越中，随着时光的流逝、年华的老去，他渐渐地由一个志在抗金复国的英雄人物，一个与现实生活对立的理想主义者，转而成了一个以道家思想为镜筒重新观察人间生活的理性主义者。这个转变，是在第一次归隐即四十三岁开始归隐于带湖的后期显示出迹象，而在第二次归隐即在五十五岁归隐于瓢泉时基本形成的。说是基本形成，就意味着：如果没有什么外力的推动和激扬，在他日常的情感状态和心理状态中，儒家的拯济之念已经退处于意识底层。那些上浮的部分，基本上已经是不免于激愤的"看破"和"放手"了。这由他称许弃官归隐的陶渊明由偶尔变为常态，甚至直接以庄子的"齐物思想"来重新解释人间生活可知。他的理趣词，基本上就是在这样的心理背景下写作的。

当然，在这一时期中，并不是完全没有外力的激扬。如他与坚持抗金的前吏部尚书韩南涧的唱和，就重新激起过他整顿乾坤的热情。特别是他四十九岁卧病时,奇士陈亮从浙江来访,更激起了他精神的狂涛巨浪。他把自己压抑许久的爱国复土激情,吐发成词中的横空硬语:"男儿到死心如铁。看试手,补天裂!"这巨浪狂涛的余波,久久未息。但是这样的英雄豪语,与那个根本不给机会的偏安时代实在是太不相容了,它缺少必要的现实养分作补给。所以,在他此后写给陈亮的"壮词"中,已经沁出了浓郁的生命悲剧意识。一句"可怜白发生",把英雄的豪语化为志士的凄凉。这就使出世思想得以乘虚而入,在安慰他的痛苦时也使他改变,成为他在缺乏外力激荡时思想情感的显性状态。

他在这一时期里的词作,可说是题材与主旨最为丰富复杂。除了早期常作的爱国复土词、政治感慨和身世之感的词外,写景词、农村词、理趣词加入进来,并且成了他这一时期集中表达的题材内容。

(四)从六十四岁到六十八岁这最后的四年,因为抗金复土的一捻心火难以自灭,加上新当权的韩侂胄起用大批主战人士,给人造成一种时移势易的感觉,老病交缠并且世界观里已经具有"外物"、"放手"思想的辛弃疾,再度出山用世,希望一生沉沦的志愿能有实现的机会。他由起帅浙东直到改任抗金前沿的镇江知府,并以积极务实的态度对待时事。行在召对,他重申《美芹十论》《九议》的观点,并且在智慧上更为成熟。在镇江,他一方面积极备战,派遣间谍了解敌方情势,更谋划建立江上万人劲旅;另一方面,他又对于韩侂胄急躁冒进的态度忧心忡忡,借古讽今,希望能够纠正执政者的这一危险态度。可惜,韩侂胄不仅没有重视他这一老骥的智慧,还因细故再次将他罢免。这最后到来的打击,把他的入世拯济之念化为齑粉。后来,他还被授以兵部侍郎、枢密院都承旨的要职,但本不以求官为荣的他,则以年老多病而力辞不就。现实的不可为,使他早已形成的出世思想再次占据上风,直到去世。

辛弃疾善于诗文,而尤以词名世。其传世之词六百余首,数量之丰,质量之高,面目之丰富,风格之独出与兼美,都堪称两宋词人第一。他取得这样高的文学成就,并不是来自于他对于文学事业的甘心俯首,他也从来没有把文学事业作为他生命的至上追求。他的门生范开曾经在《稼轩词序》中发出过知己般的感慨:"公一世之豪,以气节自负,以功业自许……果何意于歌词哉?直陶写之具耳!"他是把自己的生命追求定位在平戎恢复上,"了却君王天下事,赢得生前身后名",是他最为向往的境界。但是辛弃疾事实上的"不遇",即没有能够在最直接的意义上成为挽救民族危机的英雄人物,却使他把一腔热血化为文学上的

"英雄感怆"。他把自己冷落不遇的压抑感和屡遭谗陷的悲愤感一吐于词,把自己对于恢复中原的热望一吐于词,把自己对于时代政治生活中的夤缘、苟且风气的批判一吐于词,把自己不得已而自我排遣、自我化解痛苦与矛盾的心理努力借词倾诉,还有他在调整世界观时必然要感受到的对于功名价值、历史价值的疑惑借词表达,这就使他的词成为其思想情感的活生生表达。读他的词,无论是打算接受还是不打算接受他那体兼各派、才近铺张的独特风格,人们都会不由自主地为他所蕴涵的强大感情势能所打动。因为读者在其词中读到的,是一个生龙活虎的真实存在。他的形象并不隐藏在文字的感伤纱幕后,也不扁平无力地"躺"在纸面上,而是活生生地立在那里,等待着撞击读者的精神之门。清代词学家陈廷焯称他为"词中之龙",如果这不仅是指稼轩词在艺术风貌上的变幻无穷,还兼指其词所反映的主体风貌真力弥满的话,那么,这个评价可谓触摸到了稼轩词的本质与魅力所在。

就内容来说,稼轩词可谓是既表达时代主旋律,又具有生活多样性的典范之作。我们把他的作品分为十一类:主战爱国词,政治感慨词,身世之感词,赠别会友词,归隐词,理趣词,怀古词,写景词,农村词,爱情词,遣兴词。

稼轩的主战爱国词,念念不忘家国之恨。他"举头西北浮云","要挽银河仙浪";他"袖里珍奇光五色,他年要补天西北";他夜不成寐,听着屋檐下的铁马儿,想起"南共北,正分裂"的无情事实;他梦见沙场,抒发自己虽失意潦倒却不忘"天下事"的烈烈胸怀;他见到青山,想起战马的联翩而来;手抚长松,幻想它们是长身挺立的十万部下。无论是在地方官任上,还是废职家居时;无论是独自面对剩水残山,还是与朋友对酒慨谈,他心中最炽烈的精神关怀,都是收复那被金人铁蹄践踏的中原故地。

稼轩的政治感慨词,涉及面广,内容丰富。对自己被频繁调遣,难有作为,他悲愤郁闷,意识到其"不偶然",即意识到了朝廷对他的防范和猜忌;作为独立而孤独的人,他也曾产生过屈原《离骚》式的痛苦。对于朝廷主和派抑制主战派的态度,他以为朋友筹划未来曲致讽刺:"莫射南山虎,直觅富民侯","纵得封侯万里,憔悴老边州"。对于南宋政权内部主战派越来越少的局面,他表达出知音难觅的惆怅:"朱丝弦断知音少。"对于整个士林特别是政治高层崇尚清谈的风气,他借古讽今,以西晋士林的清谈误国来针砭当世。对于执政者借主战派之名以求时望的阴暗心态,他讽刺得十分辛辣:"郑贾正应求死鼠,叶公岂是好真龙。"

对南宋官场上流行的苟且自保、随俗俯仰风气,他更是痛下针砭,一首《千年调·厄酒向人时》,画活了沆瀣一气的宦林群丑图。

稼轩的身世之感词,是他的主战爱国词和政治感慨词的余波。因为他的生命追求,本来就是以光复神州为目标的。当然,爱国慨时之情,不再是此处的中心内容,而"江南游子"式的惆怅悲愤和壮志未酬的情感痛苦,才成为最震撼人心的内容。他称自己是江南"倦客",他嘲笑当年叹息天涯沦落的"江州司马",他把自己比拟成遭妒的"蛾眉"闲居无为,他叹息朝廷"不念英雄江左老,用之可以尊中国",还像杜甫一样叹息"儒冠多误身"。他总结自己的人生履历,难免叹息其"羊肠九折歧路"的艰险。而他那"少年不识愁滋味"与"而今识尽愁滋味"的强烈对比,"壮岁旌旗拥万夫"与今日"却将万字平戎策,换得东家种树书"的惨痛体验,写尽了一生不遇带给他的身世沉沦之痛。为了排解这深沉的生命痛苦,他开始学习用出世思想来解释世界。这就为其归隐词、理趣词及农村词与部分写景词的创作,提供了心理背景。

稼轩的归隐词,经常用归隐生活的乐趣与官场生活的险恶为对照,在陶渊明式的"意倦须还,身闲贵早"的洒脱中,又以"秋江上,看惊弦雁避,骇浪船回"的图景,隐喻南宋官场带给他的深刻精神挫折。他经常以遭遇"打头风"的隐喻,来表现自己的理想和事业受阻的痛心。他的归隐不是自觉的。在归隐之初,他所用的抒情意象,是佩春兰簪秋菊;他所借的抒情典故,是"卜居"的三闾大夫。这表明,此时他的情感是屈原式的忧愤。但是也应该注意到,随着时间流逝和罢职次数的增加,他的思想倾向也发生了变化。他渐渐通晓了"进退存亡,行藏用舍"的道理,他有时甚至以"身后虚名,何似生前一杯酒"的放纵,来排解功名不谐的创伤。在借典上,他由追慕屈原而企踪陶潜。由作意的"待学渊明,更手种门前五柳",到直接以渊明自称:"万事纷纷一笑中,渊明把菊对秋风。"这说明他的世界观发生了某种程度的裂变。裂变的程度,与他在不得已的状态下勉强平衡自己精神痛苦的努力趋于同步。他多次以周颙讽刺假隐士的《北山移文》自嘲,以学道参禅的所得自解,就都是努力的表现。他在归隐词中展现的思考和觉悟的轨迹是清晰的,又是发人深省的。

稼轩的理趣词,虽然其间接的源头是苏轼的同类之作,但其直接的触机,却是伴随着他的归隐生活而出现的。它们以个人存在为关注的原点,向历史、向他的原来信仰,提出了多层次的质疑,充分体现出理性主义者的深思品质。"笑尘劳、三十九年非，长为客。""叹人间、哀乐转相寻，今犹昔。""此会明年谁健，后日犹今视昔，歌舞只空台。""细看斜日隙中尘，始觉人间、何处不纷纷。""无穷宇宙，人是一粟太仓中。"这些显出悲哀感情印记的精思妙语，其实是对前人思想成果的借鉴与觉悟。它不是被动的再现，而是词人主动的获取，表明了他不再是一个单纯而执着的理想主义者。此外论齐物、谈喧静、喻心性、说刚柔的词篇，本来应该是以散文去作的大题目，但因为作者改变了说理的门径，或为取譬喻理，或为就象点击，所以能以感性化的图景，隐含着深邃的哲学精神。

以农村生活、田园风光入词，在宋代由苏轼描写徐州农村生活的《浣溪沙》首发其端。而稼轩则大其门庭，所写较苏轼更为深广。在稼轩笔下，农村四季田园风光，春秋农事，田野劳作，男婚女嫁，民风乡俗，乃至与野老的交往，无不毕见。这些词，写得清新脱俗，余味隽永。

稼轩的写景词，不仅记载着他江南宦游或归隐的经历，而且表现出他独特的审美情趣，与其他词人笔下的风景了不相混。他或者借山水以寄情，或者写山水以自娱，笔下风景，达到了千姿百态、动静皆美的非凡境界。他写青山，时而如"联翩万马来无数"，时而"如对文章太史公"。写溪水："溪边照影行，天在清溪底。天上有行云，人在行云里。"写透了溪水的清澈幽美。写钱塘怒潮，一会儿写它如半空白鹭飞翔，一会儿写它如白甲壮士与浪山鏖战，把江潮从上升到铺天盖地而来的惊险壮美，写得酣畅淋漓。他写明月、白雪、红莲、白鸟，无一不构思得天趣盎然，个性化色彩鲜明。他那幅"松共竹，翠成堆，要攀残雪斗疏梅。乱鸦毕竟无才思，时把琼瑶蹴下来"的风景小品，通过勾摄景物的"意念"，将静态的风景点画得栩栩如生。

稼轩的怀古词，分为两部分：一是借古讽今之作，有现实针对性；一是没有明显目的的单纯怀古之作。在他的借古讽今之作里，忧国之念、忧谗畏讥之心最为突出。他经常以汉代名将李广的有功而不遇，抒发自己有才而被投闲置散的悲凉："汉开边、封侯万里，甚当时健者也曾闲？"更以李广遭遇的不公，来影射现实政治的不公："千古李将军，夺得胡儿马；李蔡为人在下中，却是封侯者。"他以东晋名臣谢安晚年功高震主时的沉痛感受，表达遭到压抑或违志逆意的痛心："却忆安石风流，东山岁晚，泪落哀筝曲。"他以历史为鉴，警告韩侂胄不要好大喜功草率出兵的《永遇乐·京口北固亭怀古》，写得大气包举，感慨深沉。他的单纯怀古之作，写得虽然不多但也很有特色。如怀念大禹治水的万世之功，令人想见他的胸怀气度;而他对于历史价值虚无的沉痛:"雨打风吹何处是,汉殿秦宫"?归根到底是由于生命的创造力受到现实抑制的表现。

稼轩的赠别会友词,将单纯的别情和友情,与他的爱国情怀和人生感悟融会在一起,增加了情感的深度和浓度,也增加了情感的吸引力。他对朋友和亲人,或激励,或劝慰,或排解,充满了真诚的关怀。"秋晚莼鲈江上,夜深儿女灯前",是多么体贴温馨的关怀;"明朝放我东归去,后夜相思月满船",是多么浓郁深沉的相思;"千古风流今在此,万里功名莫放休。君王三百州",又是多么令人激动的勉励!"富贵何时休问,离别中年堪恨,憔悴鬓成霜",中年不堪的离情,壮志成空的忧恨,打成了一片;"今古恨,几千般,只应离合是悲欢?"离别就像是一个触媒,引动了他更深的人生忧患。"铸就而今相思错,料当初、费尽人间铁"一句,则传达出他对友情无比强烈的体验。稼轩赠别会友词的魅力,在于它传达出了作者独特而精诚的情感体验和着眼友情、放怀人间的开阔胸襟。

稼轩的爱情词作数量不多,品质也有雅有俗。总的来说,其雅词兼有柳永词的流丽和秦观词的婉约。那种缠绵悱恻的儿女情怀,那种人人心中所有而口中难言的微妙感受,稼轩能手到擒来,这当然显示出他有出众的情感体验能力和对于语言情味的高超把握能力。"料得明朝,樽前重见,镜里花难折。"写尽缘短情长、对面难堪的幽恨;"小楼春色里,幽梦雨声中。"真不逊色于晏几道的笔下名句:"落花人独立,微雨燕双飞。""若教眼底无离恨,不信人间有白头。"措辞质朴而写情至深。对于他那些无法验明"本事"的爱情词,尽管前人多愿意为之找出寄托的意义,以显示作者作为一个爱国者在人格上的单纯性,但他的大多数爱情词,是没有所谓寄托的,至多也只能说其中含有作者比较复杂的人生体验。

此外,他还有许多不能归为以上类别的词,如咏物词、饮酒词、动物小品词等等,可以归类为遣兴词。这是一个宽泛的类型概念。因为宽泛,所以主题并不集中,但这一点儿也没有影响这类词的情感和艺术魅力。

需要说明的是:上述对于稼轩词所作的分类,是依据其词中的主要情境内容或情感趋向而为,并不是绝对的标准。这是因为稼轩词的内涵一般都不单纯,不少作品都兼有几个类型的内容。

稼轩词的艺术风格,以豪郁为主。这是一种兼有豪放(外向性)和悲郁(内敛性)的富有张力的风格。张力或者说词中情感动荡、冲突幅度的巨大,是他与苏轼豪放词风的根本不同之处。他之所以会形成这样一种独具个人面目的抒情风格,关键就在于:一方面,他有着炽烈深厚的爱国激情,和以天下为己任的强烈使命感;另一方面,这种激烈奋发、渴望将个人的生命追求融合于抗金复土的时代需要之中的感情,由于主和派执政而受到了抑制,他失去了实现自己人生理想的外部环境,这形成了他心中内情与外势的强烈冲突。另外,他不仅是作为一个失志的爱国者感受着他的时代生活,还以被猜忌的敏感的自北投南者感受着它。这使他胸中常蟠结着一股勃郁愤懑之气,随处辄发,触物而鸣,并形成了其词时而怒张、时而愤郁、变化激荡的抒情效果。这是苏轼笔下所没有的境界。苏辛虽被称为同宗,但是苏轼的词风主自然雄放,清旷超逸,颇有几分"仙气";而稼轩的词风则主悲壮沉郁,感慨苍凉,更多的是"力气"与"霸气"。他和苏轼的区别,是英雄之词和才士之词的区别。至于豪放风格,那种恣放的单向度的抒情,他的笔下也不是没有,它主要表现为以放言议论的笔法来抒写自己作为理性主义者的悟得。此外,细致朴素的田园词风,柔婉流美的婉约词风,机智幽默或风趣辛辣的谐趣词风,都是足以构成辛词复杂性的类型化词风。

在表现手法上,稼轩词杂取众长,融会贯通,为我所用,又自成一体。其最主要的特色有三:一是合理汲取香草美人的诗歌抒情传统的养料,善于运用比兴象征的手法,通过抒情主人公形象的改造,来传达他心中沸郁幽怨的政治感慨;在他的笔下,蛾眉芳草、烟柳夕阳、怪石起舞、伤春怨燕乃至典故中的陈皇后等等,无不有比兴意义,无不暗示着他自己的政治遭遇、政治感慨或国步堪忧的感情。二是熔铸经史百家语典、事典,更精深曲折地传达自己的思想感情。这一方面是因为他是个北来人,是政治上的不得志者,他在抒愤写怀的时候不能不有所顾忌;另一方面,是因为"百药难治书史淫"的他,具有异常渊博的文史知识可资选用。他用典拉杂宽博,指使古人古语如使唤小儿,即使少数篇章不能不遭人异议。但总的说来,他的用典却是加深了语言所能包含的意义层次,增加了短篇小幅的情思容量,令人含咀不尽,久而知味。他在这方面的成绩斐然不凡,根源在于:他以炽炽燃烧的感情"洪炉",把许多本来不相关的生僻的语典事典的"药石",融化成了有效而完美的艺术"金丹"。三是将散文化的手法引入词中,扩大了词的固有表现领域。所谓散文化,是指以理趣代替情趣,以议论代替抒情,甚至以松散的语言结构来代替精致的语言结构。这集中地体现在他的理趣词、归隐词和部分写景抒怀词中。如《哨遍·秋水观》《踏莎行·赋稼轩,集经句》,这些词中的理性思考内容,本来都应是散文措手的。还有具有散文化因素的作品,比如用典故时，完全移借前人口语或散文中成句，比如在描写抒情中突然出现醒目的议论。以散文化的手法写词，这是对于词体的一种冒险。稼轩的词，冒险成功时多于失败时。其关键的原因，就在于无论采用什么手法写词，只要作者具有充沛、激烈的感情，其抒情文学的品性就不会有本质的改变。而稼轩正是做到了这一点。这样的词章，虽然从表面上看来不够优美精纯，但它比因循守旧或不敢稍越雷池的作品，还是更富有生气。当然，具体到某篇作品，其是成功还是失败，还有待于具体分析，此处只是对这些深具个人风格的手法运用作一总体评介。

本书选词一百五十余首，作品依上文介绍，分成十一类并据类编年，力求显示出稼轩词的丰富情貌。同时，希望通过分类与编年，展示作者思想感情变化的轨迹，因为它虽然不是足本，但大体上反映出作者对于某类作品的集中写作时间、写作兴趣与质量高低。

作品编年，主要依据邓广铭先生的《稼轩词编年笺注》(上海古籍出版社1993 年版)，少量篇章有调整。

作品笺注，以邓广铭先生《稼轩词编年笺注》和朱德才先生《辛弃疾选集》(人民文学出版社 1997 年版)为基础，力求简明扼要。

本书附有《辛弃疾诗选》和《辛弃疾简明年谱》。不当之处，欢迎读者批评指正。

1999 年 8 月

抗金爱国

他年要补天西北

水调歌头

寿赵漕介庵①

千里渥洼种,名动帝王家②。金銮当日奏章,落笔万龙蛇③。带得无边春下,等待江山都老,教看鬓方鸦④。莫管钱流地,且拟醉黄花⑤。 唤双成,歌弄玉,舞绿华⑥。一觞为饮千岁,江海吸流霞⑦。闻道清都帝所,要挽银河仙浪,西北洗胡沙⑧。回首日边去,云里认飞车⑨。

[注释]

①本词作于宋孝宗乾道四年(1168)秋,时在建康通判任上。寿:祝寿。漕:漕司,即转运使,主管催征赋税、出入钱粮及水上运输事宜。赵介庵:名彦端,字德庄,号介庵,为赵宋宗室。时任江南东路计度转运副使,驻节建康。

②言赵有超群才能,名为天子所知晓。渥洼种:据《史记·武帝纪》载,汉时有骏马生于渥洼(今甘肃瓜州县境内)水中,被献于朝廷,汉武帝以为此是天马,后世借以称千里马。

③言赵当年在金殿起草奏章,笔势遒劲飞动,如走龙蛇。

④鬓方鸦:即鬓发乌黑,此言赵容颜不老。

⑤据《新唐书·刘晏传》,刘晏善于理财,曾"自言如见钱流地上"。此劝赵暂时放却处理得很有成效的漕务,把酒对菊,一醉方休。

⑥双成、弄玉、绿华:原都是神话传说中才貌双全的仙女,此处借指酒宴上歌舞助兴的艺妓。

⑦此两句举杯祝赵长寿,并愿其如自己一样开怀畅饮。觞:古时酒杯。流霞:原

指神话中的仙酒,后世泛指美酒。

⑧此三句言听说朝廷现在有北伐中原、驱逐金兵而恢复国土之意。清都帝所:传说中天帝所居住之处,此处借指南宋朝廷。挽银河仙浪洗胡沙,为举兵逐敌的委婉表达。

⑨此祝赵早日返回朝廷,奋志腾飞。日边:指天子身边。云里飞车:古代神话中的飞行工具,传说为奇肱氏所造。

[点评]

这是一首祝寿词,也是现存稼轩词中早期作品之一。宋代大多数祝寿词都流于应酬和恭维,但这首词不一样,流露出了稼轩满腔的爱国激情和勉励友人为抗金事业做贡献的意愿。

这首词通篇采用神话故事巧为比拟,不仅构思奇特,文采奇丽,而且在整体情调上具有浓郁的浪漫色彩。词的上阕,热情赞扬赵彦端的风采和才干。首一大句可谓起端不凡,生气淋漓,以神马比喻其才能,热情赞扬他是宗室里的佼佼者。这是对赵的人品才识的总体定位,全词也因此而被奠定了浪漫的基调。下一大句紧接而来,选用赵氏在金銮殿里起草奏章的往事,点出赵的非凡才干。以下由上述写其人的内美而转写其内美外现的出众风采,措辞浅白而意蕴深厚、不落俗套。既写出他把天上之春色(朝廷体恤民情的用意)带来人间(地方上)的魄力,也写出赵温厚待人、使人如接春风的风采和作者希望他青春永驻、大展宏图的用心。尤其是“带得”一句,妙想奇思,气象不凡。上阕末句,借典贴切,用意颇深:既有赞美赵作为计度转运副使在理财方面的出色政绩的用意,也不无替赵代抒三十余年为地方官而不被大用的牢骚的意思。妙在将它表达得若有若无,令人能玩味而不能指实。

下阕内容,可以分为两个部分。前两大句,紧承“醉黄花”写祝寿盛况的眼前景事。作者将歌舞繁盛、美人来往的宴席场面,用节奏紧切的短句跌出,造成目不暇接的视听印象。然后写作者对寿主的劝饮敬酒,表明希望与赵氏同做神仙豪饮的心意。这样的祝酒词,自然显示出作者与寿主的融融情意;这样的豪饮,也在不经意间显示出作者的风流豪迈气度。后两大句为第二部分,也是全篇主旨所在。这个转折是怎样形成的?是由上句的“江海”一词,联想到天上的“银河”而由此自然地把眼前景与想象景衔接起来。写天上的宫殿里正在筹划一场大的"清洗行动":要以银河仙浪去清洗西北即中原大地上有腥膻味儿的胡沙。而寿主,因为他秀出于宗室诸子的非凡才干,已经被召回"日边"即"清都帝所"去了,作者只在回首时还能看见他的飞车在云间飞腾。这出自想象并运用隐语来完成的景象,十分显著地表明了作者希望南宋朝廷早日决策北伐的心情,同时也表明了他对于寿主能受到皇帝大用、一展雄才的美好祝愿。在修辞效果上,因这一部分全用以天界写人间的隐喻手法,并妙用了像"清都帝所""日边"等语词的多意性,所以不仅表意含蓄深隐,而且造境也绚烂奇特,具有浓郁的浪漫色彩。

　　这首写于作者二十九岁时的词作,在寻常的寿词里灌注了爱国的浓情。将慷慨热烈的豪情和深隐内含的用意结合在一起。在抒情效果上有隐处,也有秀处,所以显得跌宕生姿而非一味豪放。在写作手法上,几乎通篇用比体。这表现为运用神话和典故来表情达意,能化用它们而不是为它们所驱使。这就使奇思丽想融化在浑然天成的运笔之中,造语显得新颖而又自然。

满江红

建康史帅致道席上赋^①

　　鹏翼垂空,笑人世、苍然无物^②。又还向、九重深处,玉阶山立^③。袖里珍奇光五色,他年要补天西北^④。且归来、谈笑护长江,波澄碧^⑤。　　佳丽地,文章伯;金缕唱,红牙拍^⑥。看尊前飞下,日边消息^⑦。料想宝香黄阁梦,依然画舫青溪笛^⑧。待如今、端的约钟山,长相识^⑨。

[注释]

①作于宋孝宗乾道五年(1169),时稼轩为建康通判。史致道:名正志,时为建康

知府,兼行宫留守、沿江水军制置使,主张抗金。

②言史氏如志向高远的鲲鹏展翅凌空,足以傲视人间碌碌无为者。此借典于《庄子·逍遥游》:"有鸟焉,其名为鹏,背若泰山,翼若垂天之云。"苍然:苍茫混沌的样子。无物:没有什么东西。

③此言史氏为国家柱石。九重深处:天的最高处,借指皇宫。山立:像山峰一样耸立。

④言史氏有抗金复国的才能与壮志。此处借典于女娲炼石补天的神话,事见《史记·补三皇本纪》。

⑤此言史氏以沿江水军制置使身份守卫长江,能使长江防线局势稳定。

⑥佳丽地:指建康一带是十分美丽的地方。文章伯:文坛领袖。金缕:《金缕曲》,即《贺新郎》的别名。红牙:乐器名,即古代歌唱时用以按节奏的红色拍板。

⑦日边消息:从天子那里传来的好消息。

⑧言史氏眼前虽与山水为伴,他日终将入阁拜相。黄阁:本指被涂成黄色的丞相府门,此代指丞相府。青溪:水名。源出钟山,流入秦淮河。

⑨言史氏如今真的要与钟山结下盟约,让它成为自己的老朋友。端的:真的。

[点评]

　　这首词采用众多的神话传说和典故,赋作品以光怪陆离的奇幻性,加强了情感内容的密度与深度。词的上阕,作者以庄子在《逍遥游》中所构造的那只"背若泰山,翼若垂天之云"的神奇鹏鸟来比拟史氏。这不仅写出了史氏的超群才性,而且使全词笼罩在雄奇放逸的浪漫主义的抒情氛围里。一句"笑人世、苍然无物",写得峭拔警迈,足见史氏的非凡才华和怀抱以及作者对他的推重。接着写这只讪笑人世苍茫的大鹏,飞回天宫深处,像高山一样收翅仁立在玉阶天门之上。这一对庄子的大鹏形象所做的改造,不仅显示出作者的非凡想象力,而且更是点明了史氏在天子心目中的重要地位。之后作者再次运用女娲补天的神话,赋予史氏以补天之神的奇特形象。这个形象,应该是大鹏与女娲的嫁接。这并不是忘乎所以的肉麻吹捧,而是作者趋近自己抗金目标的必然兴会。它实际上是希望抗战派得到重用,收复中原故土以"补"好宋朝已经缺了的西北"半边天"。上阕最后一大句,由神话转入现实,写史氏充任江防前线长官,使万里长江波澜不惊,江南形势得以安定。其中"谈笑"一词,极写史氏护江的举重若轻,暗示其才能比之维护长江安宁所需更大。在这里的语气中,还带着前文借用神话时的豪逸味道。

词的下阕,在结构和用墨上都与《水调歌头·寿赵漕介庵》略异。其用意在写史氏不仅有上文所写的军事才能,而且还是个文才风流的"文章伯"。这样文才武略兼备的人才,作者自然对他期待高而切。于是,下文再一次转入抒情,希望史氏受到天子的进一步重用,入朝主政。然而,从一"看"字,表明这只是一种期待。就像下文的期待他入朝为相、进入"黄阁"主持政事一样,都是采用虚拟的语气。而在"料想"和"依然"的语气跌宕之间,不能不说作者对史氏境遇怀着深深的惋惜。下文中的"端的"一词,在抒情上显得曲折而凝重。这使人们觉得上阕中掷地有声的"袖里珍奇……他年要补"一句,也带有了几分不得已的情味。况且,词的末段一般是作者情意的归结处。这样的结尾,使史氏的现实处境和作者的梦想景象形成对照,就使这首词表面上看起来风流俊赏,雄奇放逸,但骨子里却包含着对抗战派不得重用的幽愤与叹息。这样,在总体抒情风格上,本词就兼有了豪迈和深隐的特性。

赠人之作能写到如此境界,将自己的理想抱负与热情充实在其中,使词中不仅有人有"我",而且又以既豪且郁的风格出之,使读者得到更多面的美感体验。那么,即使不谈它在语言上的五色迷离,警峭奇拔,本词也已堪称宋代同类词作中的上品。

汉宫春

立春日

春已归来,看美人头上,袅袅春幡[①]。无端风雨,未肯收尽余寒。年时燕子,料今宵、梦到西园[②]。浑未办、黄柑荐酒,更传青韭堆盘③。　　　却笑东风，从此便薰梅染柳，更没些闲。闲时又来镜里，转变朱颜。清愁不断，问何人、会解连环④？生怕见，花开花落，朝来塞雁先还⑤。

[注释]

①春幡：古时风俗，每逢立春，辄剪彩绸为花、蝶、燕等形状，妇女以之插鬓，或缀于花枝上。也名彩胜、幡胜。

②西园：指北宋都城汴京西门外的琼林苑。

③黄柑荐酒：立春日互献用黄柑酿制的腊酒为贺。青韭堆盘：又称五辛盘，由葱、蒜、韭、蓼蒿、嫩芥菜和制而成，取迎新之意。

④解连环：《战国策·齐策》："秦昭王遣使齐国，送上玉连环一串，请齐人解之。群臣皆解不出。齐后以椎击破之，曰：'环解矣。'"辛词借喻忧愁难解。

⑤塞雁：去年由塞北南飞的大雁。

[点评]

　　此词从立春日节物风光起兴，抒发自己怀念故国的深情，对南宋君臣苟安江南、不思恢复的作风致以不满，并传达出时光流逝、英雄无用的无限清愁。

　　全词紧扣立春日的所见所感来写，却又巧用比兴手法，赋予节物风光以更深的含意，于哀怨中带嘲讽，内涵充盈深沉。起韵点题，写大地春回的立春日风景。作者以一"看"字，将春天的气息，通过妇女们的头饰——袅袅春幡散布出来，暗示出他对于春归的喜悦。以下一韵，却反挑一笔，写出对寒风冷雨阻碍春来的幽怨。接韵突然写到燕子，用比兴法推出怀念故国的感情。因为余寒未尽，春社未至，那去年秋社时南来的燕子，不能回到北方故国的"西园"去，但作者却生派它一个"西园梦"。一个"料"字，化无理为有趣，表明这燕子，已经成了作者思念故国的精神象征。而它只能"梦"而不能"到"西园，暗示西园所在的汴京依然被金人掌握。所以他徒有故国之思，却不能一探故里。借燕传情，颇为沉痛。以下回到立春日风光中来，黄柑荐酒，青韭堆盘，这些立春日应备的食品，现在他却无心准备，并且显得心烦意乱。为什么呢？他虽然没有明言，但读者通过上下文语境可以明白：是浓烈的故国之思和时光流逝、英雄无用的悲伤，使他完全乱了方寸，连节日应酬也无心去为了。

下片写对春天再来的种种感受，作者把笔由立春日探进整个春天里去。换头先以一"笑"字打散上片中的紧张和烦乱情绪，并领起以下五句。其所"笑"者，一为东风染遍梅柳，染遍花草，使万紫千红的春天渐次到来，他取笑东风的从此不得清闲；二是东风偶尔清闲时，不过是把镜中人的朱颜转换成衰老的模样，在这春天越来越华美、而自己越来越衰老的对照中，他的笑容里分明含着泪水。自然永在而人生易老，在忙煞的东风面前，作者所感觉到的是志士投闲、英雄无用而徒任芳华流逝的生命悲哀。由此可知，换头的"笑"字，在抒情上得内紧外松，甚至有正话反说的趣味。以下，词人化用"解连环"的典故，表明自己不断滋生、越积越重的清愁，正像一个不见首尾的连环一样，不打碎则无法解开。也就是说，这是一种与生命共始终的感情。此处"问何人"一语下得凄恻，写足了词人被沉沉的家国之情、生命之悲所萦绕，而急于摆脱又无可摆脱的痛苦。最后一韵，直探进暮春里去，写他怕见花开花落的心情，看见暮春时大雁自由北还而伤痛于自己的人不如雁。这里有惜春惜时的感情，有怀念故国的感情，也有对于南宋统治者久不作恢复之计的怨尤。至此，不仅上片中的无端幽怨和烦乱得到了解释，而且全词的主旨也从这花开花落、塞雁先还的意象中脱迹而出。

声声慢

滁州旅次①

征埃成阵，行客相逢，都道幻出层楼。指点檐牙高处，浪拥云浮②。今年太平万里，罢长淮、千骑临秋③。凭栏望，有东南佳气，西北神州④。　　千古怀嵩人去，还笑我、身在楚尾吴头⑤。看取弓刀陌上，车马如流。从今赏心乐事，剩安排、酒令诗筹⑥。华胥梦，愿年年、人似旧游⑦。

[注释]

①本词原题为:《滁州旅次登奠枕楼作,和李清宇韵》。作于乾道八年(1172),时稼轩为滁州知州。滁州为当时前线重镇,民生凋敝。稼轩到任后,采取一系列政策,使之趋于繁荣。旅次:客中。稼轩北人南来,故有此语。奠枕楼:稼轩创建于本年秋,盖取天下太平、安居高卧、登楼览胜、与民同乐之意。李清宇:延安人,稼轩在滁州的新交。

②檐牙:屋檐边飞起的牙角。

③千骑临秋:金人常趁秋天粮足马肥时南侵。

④东南佳气:东南方的帝王气象。西北神州:沦陷的中原大地。

⑤怀嵩人去:指唐人李德裕归去。《舆地纪胜·滁州景物》云:"怀嵩楼即此北楼,唐李德裕贬滁州,作此楼,取怀归嵩洛之意。"他后来果然得以北归,隐居故乡嵩山。楚尾吴头:指滁州这一古代吴楚两地的交界处。

⑥酒令:一种酒席游戏,由令官出令,违者罚酒。诗筹:标有诗韵的筹子,即席者须按筹韵赋诗。

⑦华胥梦:黄帝昼梦华胥国,那里国无君长,民无贪欲(《列子·黄帝篇》)。此处借喻滁州物阜民康。

[点评]

　　这首登楼即兴之作,虽然是和韵,写来却如游龙翩翩,伸缩自如。它展现了作者登楼时的所见所感,写出了一种忧喜交织的复杂心情。

　　上阕写楼的雄奇壮伟及登楼所见,暗蓄着作者忧喜参半的感情。首二大句,从游客惊叹瞻仰的角度表现楼的气势。在这被战火焚毁得满目疮痍的滁州城,如今因作者的整顿治理,竟奇迹般地出现一座高楼,不由得使风尘仆仆的过客驻足惊叹。他们仰头指点这檐牙高翘、上接云天的宏伟建筑,感到又惊又喜。在人来人往扬起的尘埃里,它就好像是奇迹一样耸立着。对于此楼的惊奇与喜悦,虽然是建楼者稼轩自己所有的,但在表达上却不是从作者自己的角度写出,而是用"都道"一词,来从风尘仆仆的行客的眼中见出、口中道出。而"指点"一词,如一个仰拍的镜头,为读者创造出雄阔高远的景观,使下文的登览纵目可由此发端。

下二句则写出了作者登楼眺望时的所见,但他并没有沉醉于暂时的和平宁静气氛中。当他凭栏望见佳气葱茏的东南和难以收复的西北失地时,就不禁又喜又忧,心情难以平静了。而稼轩的精神境界,也就因此显现了出来。

下阕着重抒发故国之思,同时在抒情上注意角度和明暗的变化。首句写唐代经历了"安史之乱"的李德裕,为表明自己不忘中原的志向,曾在此建造怀嵩楼,也终于得以离开滁州北归。作者自己呢? 自投南以后流落他乡已经十多年了,却依然不知归乡的时日。与李对比,自己的处境真是可笑。恐怕连李德裕地下有灵,也会嘲笑自己的吧? 这里的一个"笑"字,写得入骨悲凉,写尽了十年不遇、壮志难酬的内心隐痛。同时,这一大句,还有击入题面中"旅次"的效用,表明他事实上并没有沉醉在被自己整治一新的滁州风景中,而始终难忘故国的心情。"看取"以下,则宕开一笔,从历史的幽思中回归现实,写忘怀乡愁后的生活乐趣。这并不是忘却了隐痛,而是藏起了隐痛的苦中作乐。因为对作者来讲,他的最大乐事本在于恢复中原,而非"酒令诗筹"的寻常欢乐,那对他的英雄之气是一种消耗。一个"愿"字,表达出了他内心的深刻不安。

此词在手法上,以楼为线索,楼起楼结。然而在写景抒情上,并不单调乏味。写奠枕楼,从行客一面入手,灵活巧妙;抒情,则忽明忽暗,忽古忽今,忽忧忽喜,变化无端,令人玩味无厌。

菩萨蛮

书江西造口壁①

郁孤台下清江水,中间多少行人泪②。西北望长安,可怜无数山③。 青山遮不住,毕竟东流去。江晚正愁余,山深闻鹧鸪④。

[注释]

①作于淳熙二、三年(1175—1176)间,时稼轩在江西任上。造口:即皂口,在江西万安县南。据《鹤林玉露》载,建炎三年(1129),金兵追隆祐太后至造口,不及而返,稼轩由此起兴。此说与史书载隆祐逃亡路线不符,而金兵在追击过程中,确曾大肆骚扰江西一带。

②郁孤台:在赣州西北。《赣州府志》载唐代李勉为赣州刺史时,曾登此台望长安。清江:此指赣江。赣江经郁孤台下至造口,最后入鄱阳湖。

③长安:此指宋故都汴京。可怜:可惜。

④愁余:使我发愁。闻鹧鸪:鹧鸪鸣声若"行不得也——哥哥"。

[点评]

《菩萨蛮》这一词调,通常被用来描写儿女之情。比如"花间鼻祖"温庭筠,其十八首《菩萨蛮》,就都是描写闺中和宫中的女子相思情。但是,辛弃疾的这首《菩萨蛮》词,却翻新出奇,成了大声镗鞳的爱国抒愤之作,极具个性。

词起两句,由眼前所见的赣江水,感怀四十余年前金兵南侵、生民流离的深沉苦难,觉得这滔滔不绝的流水中,仍旧流淌着当年的流离失所者伤心的眼泪。这在写法上是以现实包孕历史,以实含虚,能够扩张词境的容量。那么他为什么会有这样的感怀呢?这是因为他面对南宋小朝廷苟且偷安的事实,心中先已怀着一股勃郁的爱国忧时之情无可发泄,便借流水而发之。接下来的"无数山"原是取景于眼前,但既然作者暗用了唐代李勉在此遥望京城长安的典故,而山又成了他眺望宋朝的"长安"(实即汴京)的阻碍物,那么,这里的山就具有了象征阻挠他恢复故土之志的主和派力量的象征意义。而这两句合起来,又含蓄地表明了作者对中原未复、祖国南北分裂局面的忧心如焚。

下片起句则豁然振起,显示出词情上的一个转折,并且就像上文的青山有一定的象征意义一样,这不畏青山遮挡而奔涌东去的流水,也具有特定的象征意义,它可以象征坚持抗金复土者不屈的斗志和胜利的愿望。结韵中见流水青山之状而思潮翻滚的作者,情绪复归于忧郁。正在为日暮天晚而发愁的他,听到了从深山中传来的鹧鸪鸟鸣声。那"行不得也——哥哥"的叫声,仿佛是一种激人肝肺的抒愤和劝告,作者借它抒发出了抗金恢复之事因受阻挠而"行不得"的深深悲凉。这样,全词情思由悲痛转激昂,又由激昂转为悲凉。

在抒情方法上,除了首句的直陈沉痛之情之外,大体运用传统的比兴手法"借水怨山",使山水各有其象征意义,这就增加了词的深致。在章法结构上,这首词一篇三曲折,显示出其感情的起伏低昂。在抒情风格上,这首词则具有沉郁顿挫之妙,将爱国的热心和忧时的愁情交错互织,具有深沉勃郁的感人力量。

满江红

汉水东流,都洗尽、髭胡膏血①。人尽说、君家飞将,旧时英烈。破敌金城雷过耳,谈兵玉帐冰生颊②。想王郎、结发赋从戎,传遗业③! 腰间剑,聊弹铗;樽中酒,堪为别④。况故人新拥,汉坛旌节⑤。马革裹尸当自誓,蛾眉伐性休重说⑥。但从今、记取楚台风,庾楼月⑦。

[注释]

①髭:唇上的胡子。膏血:尸污血腥。
②飞将:本指西汉名将李广,此指一位王将军。金城:一说指敌城坚如金属造成,一说指古代北方地名。雷过耳:如雷贯耳,极言名声之大。玉帐:对主帅帐幕的美称。冰生颊:言其谈兵论战明快爽利,如同从齿颊间喷射冰霜。
③结发:表示成年。从戎:从军。遗业:祖先遗留的功业。
④此言自己弹剑作歌,叹报国无门,唯以杯酒,来送别友人。弹铗事用战国时孟尝君门客冯谖事,典出《战国策·齐策》。
⑤拥:持举。汉坛旌节:暗用刘邦筑坛拜韩信为大将事。

⑥马革裹尸：用马皮裹卷尸体，典出《后汉书·马援传》。蛾眉伐性：贪恋女色将自残性命。

⑦楚台：故址在湖北江陵。庾楼：一称南楼，在湖北武昌。

[点评]

这是作者任湖北军事行政长官时写下的赠别之作。从词中的描写看，是为送别一位前往当时的西部抗金前线——汉中地区的王姓朋友而作。这首词，风格刚雄豪放，特别能见出稼轩本人的壮声英概，可称是英雄之词、豪士之词。

词一上来，就以滚滚东流的汉水起兴，希望借它洗净被敌人污染的北方失地，起笔慷慨。接下来，颂扬王姓朋友家族史上一位堪称"飞将军"的前辈的出色军事才能，说他打击固若金城中的敌人，就像是迅雷过耳一样快捷而威猛。而他在自己的帐幕中研讨用兵方略，也直击要害，谈锋犀利无比，是位有勇有谋的虎将。这样的虎将，显然也是南宋这个国土被分裂、敌人难扫除的时代所呼唤的。此处，"金城"和"玉帐""雷过耳"和"冰生颊"，都是对得极工整的难对、巧对。而它们在表达上并不板滞而显得特别流畅，这就显示出作者对于语言的高超驾驭本领。上片最后，归结到当下的朋友身上，期望他此去边防前线，继承其祖先的英业，为抗金大业做出大贡献。这是对朋友的有力鞭策和鼓舞。

下片正面写送别之情，其中既含有作者自己不能到前线破敌的苦闷，也包含着对朋友的殷切劝勉之意。起头两句借用战国冯谖不得意时弹铗作歌的典故，表明自己不能像朋友一样到前线杀敌，而只能被限制在地方官位置上的牢骚失意。这样的失意之情，与眼前被拜将、出拥"汉中旌节"的王姓朋友一对比，就显得更为难以忍受。不过，"马革"二句则复转为高昂，显示出了他对朋友的殷切期望和真正情意。在句法上，"马革裹尸"和"蛾眉伐性"本是古代成语，却被用来作工整无疵的对仗，显示出稼轩对于事典的运用、对于语言的意会，已经达到炉火纯青的程度。至末句，才归结到别离的意思上来。他点出他们一起相游过的楚地名胜风物，希望朋友别忘了在湖北聚首时所建立的真正友情。

这首词在笔法上直中见奇，笔墨酣畅而又对仗工整，显示出作者高超的语言功力。在章法上，以两片末句为两片归穴，而前此则恣放横出，直而不平，写尽英雄怀抱和英雄慷慨之气，传达出爱国者期望报国的热血心肠。这使全词格调高昂、境界高朗，读后令人精神鼓舞。

木兰花慢

席上送张仲固帅兴元①

汉中开汉业,问此地、是耶非②?想剑指三秦,君王得意,一战东归③。追亡事、今不见,但山川满目泪沾衣④。落日胡尘未断,西风塞马空肥。　　一编书是帝王师,小试去征西⑤。更草草离宴,匆匆去路,愁满旌旗⑥。君思我、回首处,正江涵秋影雁初飞⑦。安得车轮四角⑧?不堪带减腰围⑨。

[注释]

①作于江西安抚使任上。张仲固:张坚。原为江南西路转运判官,后调为南宋西部边防重镇兴元知府。

②此问汉中是不是汉朝开创基业之地。

③此言刘邦一统三秦,春风得意,乘胜东归,与项羽争霸天下。三秦:指秦朝三个降将章邯、司马欣、董翳。项羽曾立他们为关中三王,以遏制汉中王刘邦。后他们都被刘邦消灭。

④追亡事:指萧何追韩信事。"山川"句:用唐人李峤《汾阴行》成句。

⑤"一编"句:凭一部兵书,即可成为帝王的老师。《史记·留侯世家》载,张良少时曾遇一老人。老人赠他一部《太公兵法》,并说读了此书,就可以成为帝王的老师。张良后来果然成为汉代开国元勋之一。

⑥旌旗:当指友人的随行仪仗。

⑦"江涵"句,用杜牧《九日齐山登高》成句。

⑧此幻想车轮生出四个角,不好转动,以表达挽留友人之情。

⑨此言因思友而渐渐消瘦。

[点评]

　　宋孝宗淳熙八年（1181）秋天，作者的好友张坚调任兴元（治今陕西汉中市）知府。在饯别的宴会上，作者写下这首词为赠。它虽是送别之作，主旨却在于抒发作者对于朝廷偏安一隅、不思进取的妥协政策的深刻不满。

　　起句从朋友赴任的汉中落笔，切合题面。以下至"一战东归"用与汉中有关的史实，明为赞美刘邦凭据蕞尔汉中以兴汉朝基业，暗处表达对南宋小朝廷偏安江南、无心复国、坐使金人侵吞自己的半个江山的不满。下一大句承此而下，颂古非今：当初萧何为了统一大业，爱惜人才，为刘邦追回负气而走的将才韩信，这样的事情而今已经看不到了。言下之意是，包括自己在内的栋梁之材，如今只是被排挤、受冷落。尽管如此，作者并没有只发抒个人不得志的牢骚，而是将自己的痛苦与国家的不幸联系起来，写面对破碎的山河无缘拯救，只落得泪满衣襟。末一大句，以一个极不合理的对照，写尽了作者的忧国愤慨之情。一方面是敌人的不断入侵；另一方面却是西风中我军所养的战马虽已膘肥体壮，但在朝廷的妥协政策下无所作为。在此可以窥见稼轩那高尚脱俗的精神境界。一个"空"字，下得尤为痛心。

　　下片在此阔大悲壮的背景上抒发友情。作者先以汉代张良辅佐刘邦为喻，赞美朋友的才能，勖勉朋友在边防前沿的汉中建功立业，说这相对于他的堪为帝王之师的水平来说，征西只不过是牛刀小试。下一大句接写饯别："草草""匆匆"两词，最见离人行色匆忙，也显示出作者未能与友人尽情诉别的遗憾。"愁满旌旗"一句，言无知的旌旗也会染上他俩的别愁，写离情最独到。以下两句，一句从对方思念自己着笔，以"江涵秋影雁初飞"的成句，写孤独的友人望雁寄情之貌，寓情于景；一句从自己思念友人出发，以"车轮四角"写留别苦情，"带减腰围"写别后相思。这些旧典用来鲜活，如同作者自己的想象和夸张。这一人一"我"，别情相照，成功地表现出爱国者之间的深厚情谊。

水龙吟

甲辰岁寿韩南涧尚书①

　　渡江天马南来,几人真是经纶手②?长安父老,新亭风景,可怜依旧③。夷甫诸人,神州沉陆,几曾回首④!算平戎万里,功名本是,真儒事,公知否⑤?　　况有文章山斗,对桐阴、满庭清昼⑥。当年堕地,而今试看,风云奔走⑦。绿野风烟,平泉草木,东山歌酒⑧。待他年、整顿乾坤事了,为先生寿⑨。

[注释]

①作于淳熙十一年(1184),时稼轩罢居带湖。

②渡江天马:西晋灭亡,晋元帝司马睿率四位兄弟渡江,建立东晋王朝。时谚云:"五马浮渡江,一马化为龙。"经纶:本指理乱丝,此借指治国。

③长安父老:此指金人统治下的中原人民。新亭风景:据《世说新语·言语》载,东晋初年,南渡的士大夫常聚会新亭,感慨无限。周颛说:"风景不殊,正自有山河之异。"众人听后相对流泪。丞相王导说:"当共勠力王室,克服神州,何至作楚囚相对!"

④夷甫:西晋喜清谈而误国的宰相王衍。神州沉陆:同"神州陆沉",指神州沦陷。几曾:何曾。

⑤平戎万里:指驱逐金人,恢复故土。真儒:此指真正的志士。

⑥文章山斗:言韩元吉才名卓著如韩愈。桐阴:韩家是北宋望族,在府门前广种桐树,人称"桐木世家"。

⑦堕地:出生。风云奔走:指韩为国事操劳,身手不凡。

⑧绿野句:参见《临江仙·风雨催春寒食近》注②。平泉草木:唐宰相李德裕曾在洛阳城外造"平泉庄",并广搜奇花异草。东山歌酒:东晋名相谢安曾隐居于东山。此处用三相写韩的退居生活。

⑨整顿乾坤:言完成复国大业。

[点评]

这首为韩尚书祝寿的词,写得慷慨激昂,豪迈奔放,内容上摆落寿词谀颂为主的习套,以政治抒情为主,相期以"整顿乾坤"的事业,所以是一首风格豪放、境界很高的抒情词。在稼轩词中,是最能代表他"词中之龙"的本色。

上片纵论国事,以中原父老和南渡诸人的对照突出其不满时政的感情,而又以此为背景,写自己的报国壮志。词一上来,凌空一问,痛斥南宋统治者偏安误国的罪行,振聋发聩。接韵转为深深的叹息:一边是盼望恢复的长安父老,一边是只知感伤对泣的南渡诸人。"可怜依旧"四字,包拢了南渡六十年来分裂依旧、沉闷依旧的令人伤心局面。挚情所在,语中带泪。而"夷甫诸人"一韵,则借古讽今,对南宋朝廷中只顾空谈、对于国家命运漠不关心的要员以及由他们影响而造成的萎靡玄空世风大加挞伐。不仅硬如矛锋,着力一刺当政者,而且感慨遥深,对整个偏安气氛表示殷忧。末韵急转而上,将平戎万里的英雄事业,托付给天下一切有报国建功之志的爱国士大夫,情调高亢,豪情四溢。一个"算"字,将爱国志士推到前台,笔力足以扭转乾坤。

下片转入祝寿题面,但在对韩尚书的文才武略加以称颂时,仍不忘紧扣复国大业。在构思上,前两韵从家世、文才和武略上全面称颂韩尚书的不同凡俗。"绿野"一韵,将他隐居于信州时的风度和志趣写得风流蕴藉,直可与东晋那位"谈笑却胡沙"的谢安相比,表明了他对这位老前辈全方位的倾倒之情。同时也隐含着另外的意思,即对他将如谢安的"为苍他起"寄以期望。结韵更是缩合祝寿与抒壮怀这两种意思。他所表明的要与韩尚书相期于整顿乾坤事业的宏伟抱负,痛快激切地显示出主旨所在。一"了"字显得信心十足,抱负非凡,可谓一字千钧。

全词通篇用典,能够更准确地表现作者的悲壮豪迈之情。在章法上,全词先撒后收,将祝寿的意思放在词末。而前此则抨击时政,感慨世风,表达建功立业之念,显得纵放自如,起伏变化。而即使明示祝寿之意,也是透过一层来写,变化无穷,摇曳之至。在感情调式上,全词由悲而壮,由壮而豪,越升越高,传尽了爱国志士身不遇而情正热的怀抱。

贺新郎

同父见和,再用韵答之①

　　老大那堪说。但而今、元龙臭味,孟公瓜葛②。我病君来高歌饮,惊散楼头飞雪。笑富贵、千钧如发③。硬语盘空谁来听④?记当时、只有西窗月。重进酒,换鸣瑟。　　事无两样人心别。问渠侬、神州毕竟,几番离合⑤?汗血盐车无人顾,千里空收骏骨⑥。正目断、关河路绝。我最怜君中宵舞,道"男儿、到死心如铁"。看试手,补天裂⑦。

[注释]

①作于淳熙十六年(1189)春,时稼轩仍在带湖。去年冬稼轩寄《贺新郎·把酒长亭说》于陈亮后,陈有和词奉还,慷慨激昂。稼轩深受感染,于是再作此词相答。同父:陈亮字(又字"同甫")。

②元龙:三国时陈登字元龙,是一个湖海豪士,以天下为己任。臭味:气味,志趣。孟公:西汉名士陈遵字孟公,性豪爽,嗜酒好客。瓜葛:牵连。此处以二陈借指陈亮,言自己与他臭味相投,关系亲密。

③此言常人视富贵重若千钧,而我辈则视之轻如毛发。

④硬语盘空:借韩愈的话,言自己与陈亮的谈话不合时宜,豪迈刚健。盘空:回荡在空中。

⑤渠侬:吴语称他人为渠侬,此指执政的妥协派。

⑥"汗血"句:《战国策·楚策》载,骏马拉着盐车上太行山,弄得膝折皮烂,仍是上不去。汗血:产自大宛的千里马。无人顾:没有人理会。"千里"句:古时某国君用千金求千里马,三年不得。侍从以五百金购回千里马的头骨,王怒。侍从答道:"死马且买之五百金,况生马乎? 天下必以王为能市马,马今至矣。"不到一年,果得三匹良马。

⑦中宵舞:用东晋名将祖逖"闻鸡起舞"事。补天裂:喻收复中原,统一河山。

[点评]

　　词人读了陈亮追和的《贺新郎》后,深深为其"只使君、从来与我,话头多合"的情语所打动,又为其词中慷慨激越的抗金爱国之志引动类似的情怀,于是他又写下了这首酬和之作。

　　本词既是和作,就要在内容和用韵上受到陈亮原词的限制。更何况此前他已经用同样的韵部写了一首词,本词在内容上的余地似乎很小了。但其实不然,它与前词之间有着不同的抒情重心。如果说前词重在抒发深挚的相思情谊的话,那么这首词是由陈亮词的感慨增进一层,重在抒发他们坚决抗金、至死不渝却怀才不遇、不为时局所容的激愤之情。这是稼轩闲居带湖时期最为激昂奋发的爱国伤时之作。

　　上片起韵,既是承接自己前首词抒发的友情余意,又是呼应陈亮和词中表达的同志式友情的词意,也重叙了他们之间志趣相投的诚挚友谊。接韵以特有的"稼轩笔法",也就是取用历史上有名的同姓人物,来赞美友人的高尚品德,并表明自己和他气味相投,颇有情缘。"我病"以下六句,在抒写相聚的欢畅之中,写出两位志士都觉得知音稀少的苦闷。首先,"病"是指他身心俱病。在这样的时刻,能有这样一个重约而知己的男子汉前来破闷释愁,真是阴霾一扫,身心俱适。所以,这一句就显示出作者对陈亮雪中送炭情谊的深深感激。"惊散"一句,借景抒情,将二友相对欢饮高谈的豪迈,写得惊天动地,最是健笔传神之语。下一句,补出了"高歌饮"的内容,使意思更完整,更鲜明。且一个"笑"字,就足以见出两位志士对于世俗看得重于千钧的富贵的轻蔑态度,从中足见其胸襟不凡。这是上片抒情的最高潮。然而这样激昂的盘空硬语,却不见有谁接受,这不能不让词人在畅意的同时,也感受到心灵的孤独。所以"硬语"以下,以一问句转换了词气,借用只有西窗月的有情"来问",表达了他们曲高和寡、知音稀少因而计不能行的孤独和失意。从构境的效果来看,高歌硬语与西窗雪月之间,一刚一柔,一动一静,形成意味隽永的对照。

下片境界别开,呼应陈亮和词中的爱国豪情与抗金壮志,贯穿了词人自己对于时政不谐、人才遭抑的愤怒和对于完成抗金大业的万丈豪情。起言就戟指国势时政,一吐愤郁之气。"事无两样"的"事",既是指国事,即自从"靖康之乱"以来衰弱不振的国势没有改变,也兼指失地应该收复的事理古今未变。然而可怕可恨的是,现在的"人心"却变化了。这里的"人心",既指南宋统治者越来越丧失斗志,一味谋图偏安,而再无救亡图存时期的魄力,也包进了陈亮和词中所说的意思,即现在身历"靖康之乱"的中原父老大半已死去。这不仅使中原后生忘记了故国和民族的耻辱,而且金人的后代也愈加认定中原是他们的领土。这样的"人心别",是多么悲惨而可怕的事! 因此词人忍不住要质问"渠侬"即当权集团:究竟打算使祖国分裂的局面持续到什么时候? 这里问得愤怒,问得痛心,说出了他一直想说的心里话。进而他又以千里马去拉盐车的典故作形象比喻,以它的被埋没而"无人顾"和又有人摆出一副爱马的姿态去"千里空收骏骨"作对比,表明统治者自称爱才的虚伪性。这是词人对于当政者最义正词严的指责。以下"正目断"一语,表面上是回忆他们当时眺望唯见大雪封路的景象,实际上表明了词人对于山河破裂、中原阻绝的极其沉痛心情。这种眺望关河、思奋起而不可得的志士形象,和前面被戟指的当权派的形象,形成了明显对照。"我最怜君"以下,词境宕开,字字铿锵,以闻鸡起舞、后来渡江北伐的东晋名将祖逖推许陈亮,以"男儿到死心如铁"的钢铁意志来勉励对方,而用"我最怜"这样的字眼,表明其中含有自我勉励之意。末以一个掷地有声的誓言,表明尽管时运不佳,但自己依然要与朋友一起,像女娲补天那样重整山河,完成统一祖国的大业。这心愿、这气势,惊顽起懦。

全词起得突兀,结得刚烈,呈现出雄放悲壮的风格特征,这也是最能体现词人作为失意英雄的豪情与悲愤的典型风格。上片与下片之间,一总叙"硬语盘空"的相交情事,一突出"硬语盘空"的具体内容,而总为回忆的笔调所包拢。上下之间遥相呼应,有着严密的内在联系。这种能放能收、神行无碍的运思方法,也是辛词的一个显著特征。

贺新郎

用前韵送杜叔高①

细把君诗说。恍余音、钧天浩荡,洞庭胶葛②。千丈阴崖尘不到,惟有层冰积雪。乍一见、寒生毛发③。自昔佳人多薄命,对古来、一片伤心月。金屋冷,夜调瑟④。　　去天尺五君家别⑤。看乘空、鱼龙惨淡,风云开合⑥。起望衣冠神州路,白日销残战骨⑦。叹夷甫、诸人清绝⑧!夜半狂歌悲风起,听铮铮、阵马檐间铁⑨。南共北,正分裂。

[注释]

①前韵:指赠陈亮的两首《贺新郎》。杜叔高:浙江金华人。杜氏兄弟五人俱博学工文,人称"金华五高"。叔高继陈亮之后,携诗歌来信州访辛。临别,稼轩赋词以赠。

②钧天:指神话中的《钧天广乐》。洞庭:《庄子·天运篇》:"帝张《咸池》之乐于洞庭之野。"胶葛:空旷深远貌。此形容乐声悠悠荡漾。

③阴崖:北向的悬崖。寒生毛发:言杜诗读后令人精神一爽。

④佳人:美人,兼指美女和才士。金屋:本是汉武帝为陈皇后所造,此泛指佳人居处。调瑟:意谓以琴瑟自遣愁肠。

⑤去天尺五君家别:借典故指杜家与其他人家不一样。去天尺五:北朝长安城南居住杜姓和韦姓两大家族,深受天子宠爱。时人有"长安韦杜,去天尺五"之谚。

⑥鱼龙惨淡:一说为志士变色,一说为奸小横行。

⑦衣冠:代指士大夫。神州:此特指中原大地。销残战骨:言抗金战士的骨骸已

经朽坏零落了。

⑧夷甫、清绝：西晋宰相王衍字夷甫，曾清谈误国。此借讥南宋士林风气。清绝：清谈绝伦。

⑨檐间铁：古时悬挂在屋檐下的铁片，俗称铁马儿，受风则互击作响。此有因铁马儿联想疆场战马的意思。

[点评]

在词人与陈亮以《贺新郎》词调相互赠答后不久，家住浙江金华的落魄诗人杜叔高，也来带湖拜访词人。杜氏一门风雅，兄弟五人都能诗，而唯有叔高一人的诗歌，写得有"吞牛食虎之气"，兄弟们那些写得宛若春光幽妍的诗歌，竟似为衬托他的诗歌而存在。他的诗歌，其精神气魄因此也深受陈亮的喜爱。当叔高带着自己的诗卷来拜访辛弃疾的时候，词人心中对于其诗的感觉，与陈亮完全一致。于是在叔高临别之际，词人心中那因与陈亮交谈酬答被激起的英雄感慨，再一次倾发出它的余力，这就有了这首用前韵而写成的词。

词的上下片分写不同的感慨，而合起来看则气脉流走，浑然一体。上片起头一句，与酬答同人陈亮的突兀而起不同，起得平静而能启下。一个"细"字，表明这是经过细心品赏而得的结论。它体现出词人作为一个文学前辈的平易和耐心。以下直到"寒生毛发"，运用多层形象的比喻，对于叔高诗歌的美和其诗中体现出的主体精神特征加以热情的赞扬。通过对诗歌的赞颂，就把作者叔高的高洁志趣和人品曲折表现出来了。以下，采用美人香草的传统比兴法，描述了叔高在诗中表现的内容，同时又表达了词人对他的怀才不遇的同情与理解。"自昔佳人"一韵，具有很强的概括性，把包括叔高在内的自古才士沦落不遇的命运，写得富有感情和意境，并且赋予这一感慨以更多的理性反思精神。

下片则更进一层，希望叔高跳出骚人墨客的精神藩篱，能够像词人那样放眼时局，以做力挽狂澜的爱国志士为己任，为实现南北统一而战斗。这是词人自己爱国心火反射出的热光。"去天尺五"一句，采用辛弃疾特有的借古人而美今人法，引用南北朝时"长安韦杜，去天尺五"的民谣，既是表明词人对杜叔高家一门风雅的赞扬，也兼有勉励杜叔高跳出自伤沦落的平常境界的用意。以下顺接此句意思，以乘空变化、使风云开合的鱼龙来期待之，也就是期待他在政治上有大作为。一个"看"字，更表明了这一殷切期待的意思。"起望"以下三句，转为词人自己的政治抒情。神州路上，往日士大夫之类的衣冠人物熙熙奔走，而今只见残骨在白日下反光。而可恨可叹的是，像西晋宰相王衍那样清谈误国的今日当权派们，依然推行投降路线，袖手高谈，不以复国之事为己任。这样的局面，让作者如何能坐得下去，如何能不激愤怨怒？于是下文特出以"夜半狂歌"的激情镜头：他那含着无限悲痛的狂歌，连天地也为之感动，悲风为他而起，吹得屋檐下的铁马儿铿锵作声，使听那铮铮之声的词人，仿佛置身于那万马奔腾的疆场！结韵点明他之所以悲思如潮，夜深难眠，正在于南北分裂这一惨淡的现实。他要杜叔高注意的，也正是这一惨淡的现实。这就结得短促而有力，其中若有无限压力迫面而来。

词的主要艺术手法，一是善于运用比喻，如开头就连用三个比喻，来全面形容叔高诗歌在韵味、风格和思想锋芒上的特征。二是善于运用"影射"，如以叔高的诗歌来影射他的人品，以清谈误国的王衍来影射当代执掌权柄者，以屋檐下的铁马儿来折射自己向往杀敌报国的内心世界等，都是极有余味，极为成功的。

破阵子

为陈同甫赋壮词以寄之

醉里挑灯看剑，梦回吹角连营①。八百里分麾下炙，五十弦翻塞外声②。沙场秋点兵③。　　马作的卢飞快，弓如霹雳弦惊④。了却君王天下事，赢得生前身后名⑤。可怜白发生！

[注释]

①梦回：梦醒。吹角连营：号角声吹遍了军营。

②八百里：即八百里驳牛名。分：分食。麾下：部下。炙：烤肉。五十弦：古瑟用

五十弦,此泛指军中乐器。翻:演奏。塞外声:带有少数民族风情的音乐。

③沙场:战场。点兵:检阅部队。

④的卢:一种烈性快马。相传刘备在荆州遇险,所骑的卢一跃三丈,越过溪涧,使之摆脱了追兵。霹雳:比喻射箭时的弓弦声。

⑤天下事:指恢复中原的事业。

[点评]

　　此词约写于作者与陈亮用《贺新郎》一调唱和之后不久。题作"壮词",但其实壮中含悲。它通过梦的形式,将自己盼望像青年时代那样跃马横戈于疆场、北伐成功的心理,表现得淋漓尽致。同时更以梦境作为映衬,反跌出自己报国无门的无限悲哀。这悲哀,他与陈亮是有着同怀之感的,所以,"为陈同甫赋壮词"的题目颇有意味。

　　起句突兀而来,刻画了一位落魄英雄的形象。剑是英雄建功于疆场的宝器,而他只能在灯下醉眼蒙眬地看它。此处不用一个抒情的字眼,但描写却摄魂夺魄,蕴涵无限,于豪壮中已暗含悲凉意味。"梦回"一语,在时间上是跳接,已由醉里写到了梦醒时分;但在意脉上却是顺承。之所以会梦见那样的情景,完全有着醉里看剑的心理酝酿在起作用。这一句,写梦初醒情状十分出色:他犹觉得连营号角萦绕耳边。其下倒叙梦境。"八百里"两句,以工整的对句,从啖肉奏乐这最切实的两方面,表现热烈豪迈的军营生活,气势酣畅磅礴。接以一句"沙场秋点兵",突然化勇士的豪酣为主帅的威严,以动衬静,刻画出临阵出征、军威整肃的将军形象。这正是作者在心理上自我期待的投影。

　　与其他词作上下片分写二境或二事的通常结构不一样,此词下片紧承上文来描写战事。作者抓住战场上最有特征的马和弓来写。跑得飞快的良马和拉起来声如霹雳的良弓,是战争中的利器,充分表明了作者对于自由与取胜的渴望。然而写马写弓,其意却在写人,写那在战场上意气风发、英勇无畏的人,并且从气氛上预示着战事的获胜。正是在此基础上,下文的抒发宏伟抱负才有了说服力。"了却"两句,把梦中作战者即词人自己向往的驱逐金寇、恢复国土的一贯理想,写得透,写得实。这两句抒怀,意气昂扬。至此,作者的情绪已经到了一个最高点。最后突然一个反跌,从热烈豪壮的梦中世界跌回凝重悲郁的现实世界。一句"可怜白发生"的浩叹,凝聚了壮志难酬的万千悲愤。作品就在这一声浩叹里突然收住,余力重如千钧,十分感人。

这首词最主要的特色是在构思上。首先,此词前九句为宾,末一句为主。一句陡转,直化豪壮而为悲壮,从而完成了失意英雄的形象塑造,与开篇豪中含悲的境界遥相呼应。其次,前九句一气贯注,酣畅淋漓,至结句才换笔转意,自成一段,与上文相映照,从而打破了上下片分段的词体定格,成为一种成功的尝试。除了构思,这首词的对偶也很有特色。全词除形式上的上下片末句为奇句外,其他都是对句。作者不仅将一切词性严整相对,且事典对、数目对和空间对等"难对",也对得毫不费劲,气息流走,并不因为多用对句而显得板滞、拘束,这就再一次显示出作者炉火纯青的语言艺术功力。

清平乐

独宿博山王氏庵[①]

绕床饥鼠,蝙蝠翻灯舞。屋上松风吹急雨,破纸窗间自语[②]。

平生塞北江南,归来华发苍颜[③]。布被秋宵梦觉,眼前万里江山。

[注释]

①闲居带湖之作。王氏庵:王姓的庵堂。
②自语:言窗纸被风吹破发出沙沙声。
③塞北:泛指北方地区。稼轩在归南前,最北到过金都燕京。归来:指罢官归隐。华发苍颜:头发花白,面容苍老。

[点评]

词人在隐居带湖时期,虽然对农村风光和自然风景都十分喜爱,但是,隐居者的生活根本与他的报国壮志相矛盾。他虽然经常以佛典道藏自解，但是也不足以开解心中的抑郁。一个风雨凄寒的秋夜，他一个人借宿在山中王姓的寒素庵堂里，百感交集，写下了这首词短意长的小令。

词的上片，以四个短句写透了山中茅屋内外丑陋荒凉景象。饥饿的老鼠绕床而走，公然觅食；丑陋的蝙蝠在围灯飞舞，阴森凄恻；松风冷雨呼呼、哗哗地响个不停；连糊窗的破纸也仿佛不甘寂寞，被风雨吹打得沙沙作响，如同在自言自语。这样荒凉丑陋的景象，都是稼轩这位铁血男儿的所见所闻，他居然就置身于这样的时空里。这里，尚未作一语书愤，然而请缨无门的悲愤已经灼然可见。

下片乃在此基础上正面抒情。从大处落笔，使尺幅含千里之势。"平生"两句，以"平生"和"归来"作对照，将一生塞北江南的壮伟行踪，将平生志在塞北江南的不凡理想，来与罢官闲居后华发苍颜的寂寞处境形成强烈对照，形成无比悬殊的感情势差，令人感受到其中极为愤慨、极为悲痛的力量。不得不袖手闲处的烈士之悲，在他的抚今思昔中被表达得那样深刻动人。结韵更点透这一无限悲慨的感情：当他在这样的秋夜，在这样荒寒寂寞之地从梦中醒来，眼前依稀还可以看见梦中的万里江山。这一韵，看似境界大变，奇峰突起，体现着词人胸怀天下、不计眼前困顿、不忘统一大业的伟男子的生命境界。但转头再一想，有这样一种生命境界的男子，只是归来在这样的秋风秋雨之中，所能为者也仅是书愤而已。这不也就使悲者更显得可悲了吗？

"打血管里流出来的都是血。"这首词，也是从作者血脉贲张的血管里喷泻出来的。它的境界至于凄厉，风格质朴而凝重，它们将一个失去报国机会的爱国者的失志丧时之悲，传达得沉郁苍凉之至。

水调歌头

送杨民瞻^①

　　日月如磨蚁,万事且浮休^②。君看檐外江水,滚滚自东流。风雨瓢泉夜半,花草雪楼春到,老子已菟裘^③。岁晚问无恙,归计橘千头^④。　　梦连环,歌弹铗,赋登楼^⑤。黄鸡白酒,君去村社一番秋^⑥。长剑倚天谁问,夷甫诸人堪笑,西北有神州^⑦。此事君自了,千古一扁舟^⑧。

[注释]

①约作于1189—1190年间,时稼轩闲居带湖。

②日月如磨蚁:《晋书·天文志》所载的一种观点。言日月就像是宇宙这个"大磨盘"上的两只"蚂蚁",磨盘飞快地向左旋转,蚂蚁虽然向右爬去,但仍不得不随着磨盘向左运行。浮休:喻生灭。

③雪楼:稼轩带湖居所的楼名。菟裘:借称隐居之所。

④岁晚:晚年。问无恙:(如果有人)问我安好否。橘千头:见《水调歌头·落日塞尘起》注⑥。

⑤梦连环:梦中还家。歌弹铗:用冯谖失志弹铗作歌事。赋登楼:汉末王粲因天下大乱而往依荆州刘表,失志而登江陵城楼,作《登楼赋》,抒其壮志难伸、怀乡思土的心情。

⑥村社:农村社日,即祭祀土地神的日子。有春社和秋社两祀。此指秋社。

⑦长剑倚天:宋玉《大言赋》:"长剑耿耿倚天外。"此喻杰出的军事才能和威武气概。夷甫诸人:像西晋清谈误国的王衍那样的人。

⑧此事:指抗金复土的事业。了:完成。"千古"句:用范蠡助越灭吴后泛舟五湖事激励杨建功后再归隐。

[点评]

这首送别杨民瞻失意归乡的词作,从静观宇宙的角度感慨人生的匆忙,因此也坚定了归隐之志。但他又将自己不死的神州之念转托给杨民瞻去实现,这就表现出他在闲适的心理状态下,不能完全忘情于西北失地的暮年烈士之心。

上片完全抒发自己在静观宇宙中所得到的生命感觉,其中最核心的感受是岁月的匆忙和个人的无奈。词的开篇,他以一个采自典故而用得鲜活的比喻,表明自己静观自然的所得。他感到,在宇宙这个不停运转的"大磨盘"上,太阳和月亮不过像是两只徒劳奔走的"蚂蚁",万事万物也都不能逃脱生灭的命运。这一以宇宙为背景的起调,实际上是用以暗示人的渺小和无奈。但他着眼于日月和生灭,分明是因为日月那不停地运转给了他岁月太匆匆、年命不能久的印象。以下一韵,又进一步突出时光飞逝的悲哀。他以檐外奔腾不息的流水做比喻,写出了流光飞逝的自然伟力。"滚滚"两字,下得紧急促迫,令人想见其悲哀。"君看"两字带出杨民瞻,仿佛是为他开解,但其实是要对方理解他此时的生命感觉。"风雨"以下,转到自己坚定隐居之志的意思上来,写得闲适而潇洒,但其中隐含着"志士凄凉闲处老"的沉痛。夜半风雨,春来花草,意境各别,形象概括了他从内心沉痛莫名到归于意态萧闲的归隐心路。"岁晚"一语,关合开篇,表明了自己在这样的宇宙背景之下,将以经营田园打发残年的平静心情。

下片转入对杨民瞻的理解和期望这一面来。起韵连用三个短句连接三个典故,写杨因失意他乡而急不可耐的归乡情思。从作者所用典故中,可以看出他眼中的杨是一个富有才识的人。这就为下文的提出希望打好了埋伏。"黄鸡"两句,直切送别情事,却是虚笔,他想象杨返乡后包围着他的古朴纯真民风。但是,这平静的调子并未能保持到终了。作者想到杨民瞻的壮志难伸,不禁联想起自己一生的心血东流,全是因为执政者坚持高谈阔论、不思复国的投降路线,于是一面嘲笑那些误国的"夷甫诸人",一面把自己不死的神州之念转托予杨民瞻。一句"长剑倚天谁问",写出了志在立功的壮士报国无门的孤独和愤懑。壮士无路可走,正是因为像王衍那样的清谈误国之辈充斥朝野,政治气氛太萎靡之故。"堪笑"一词,表明了词人对他们的蔑视。最后一结,将前文中的千头万绪归为一统:因为自己已经年老难有作为,因为杨民瞻在作者眼中也是个磊落不凡的志士,因为朝野中充斥着那般不负责任的清谈者,所以作者说道:这副收复神州的重任你去承担吧。只有承担了复国伟业的人,将来功成身退,扁舟五湖,才能与范蠡的五湖弄舟相媲美。这就在杨民瞻心灰意冷的时候,给了他及时的勉励,为他矫正了人生的航向。

这篇送别词,上片写自己的理悟和归宿,下片对富有年华的朋友表示理解和勉励,似乎上下片不相关,但千头万绪都由"西北有神州"这个主旨牵连着。这样的结构方法,比单纯的送别劝慰之词容纳了更多的内容,而又能精神不散。

定风波

再用韵。时国华置酒,歌舞甚盛①

莫望中州叹黍离,元和圣德要君诗②。老去不堪谁似我?归卧,青山活计费寻思③。　　谁筑诗坛高十丈?直上,看君斩将更搴旗④。歌舞正浓还有语:记取,须鬓不似少年时!

[注释]

①作于绍熙四年(1193)冬。国华:卢彦德,字国华,浙江丽水人。继稼轩为福建提点刑狱。后调任他职。稼轩曾置酒为别,今国华还席。
②黍离:《诗经·王风》中的一首诗,首章有"彼黍离离"句,叹西周故都的残破景象。后即以黍离之叹指故国之思和兴废之感。元和圣德:本指唐宪宗平定藩镇之乱的盛事,此借指抗金复国的事业。
③活计:谋生之道。
④搴旗:拔取敌人的旗帜。

[点评]

在朋友与他共享的歌舞盛丽的酒宴上,作者对卢国华沉浸于歌舞享受、思想上消极低沉的状态,提出了委婉的劝告和希望,表明了南宋中期爱国者主张人生须进取、诗歌应有所为、一切应以国事为念的积极态度。

上片起句,以劝告的口吻,要国华不要像当时一般士大夫那样,遥望中原而徒然伤感,而要为统一祖国的大业创作鼓舞人心的诗歌。这里直接提出诗歌要为政治上的进取服务、调子要昂扬乐观的主张。接韵转写自己的迟暮处境:在这场宴会上,有谁像自己一样老大无成,想归隐青山又不甘心? 这里以人我对照,显示出自己的衰老无奈,但在表面的叹息老去之中隐含着词人失志的压抑。

下片开头,作者突然以斩将拔旗的战场猛士的豪举,来比喻国华将在诗坛上夺魁的壮采。"看君"一词,期待之意、勉励之情毕见。而"高十丈""直上""斩将搴旗"之语,将才士在文坛上因写作新内容、新风格的诗歌而拔出当代的英风,化为猛士在战场上直捣黄龙的独胜雄姿。它把赞扬和勉励结合在一起,才显得既豪酣又不虚伪。末韵把作者对国华最担忧之处、最恳切的规劝合而为一。他担忧国华沉浸于歌舞声色的享受之中,忘了人生的目标和时光的流逝。所以他规劝道,听歌征舞是时光充裕、没有压力的少年们的乐事。此句的言外之意是:你可要爱惜光阴、砥砺壮志,以图有所作为而不能沉湎于歌舞呀!

全词直切中留有余地,既照顾了别人的自尊心,也表达了自己作为一个殷忧国事者,对于朋友的殷切期望,所以措辞遣句颇为得体。另外,以战场比喻文坛,或者说把文坛想象为战场的情形,也显示出战士词人的特有风貌。

水龙吟

过南剑双溪楼①

举头西北浮云,倚天万里须长剑②。人言此地,夜深长见,斗牛光焰③。我觉山高,潭空水冷,月明星淡。待燃犀下看,凭栏却怕,风雷怒,鱼龙惨④。　　峡束沧江对起,过危楼、欲飞还敛⑤。元龙老矣,不妨高卧,冰壶凉簟⑥。千古兴亡,百年悲笑,一时登览。问何人又卸,片帆沙岸,系斜阳缆?

[注释]

①殆写于福建任上巡视途中。南剑:宋时州名,州治在今福建南平。双溪楼:在南平城东,因有剑溪和樵川在此汇合而得名。

②西北浮云:喻中原沦陷。倚天长剑:宋玉《大言赋》:"长剑耿耿倚天外。"

③据《晋书·张华传》及王嘉《拾遗记》载,晋人张华看到斗宿和牛宿之间常有紫气,于是向雷焕请教。雷焕说:这是宝剑神光冲天,宝剑在江西丰城地区。于是张华派雷焕去丰城寻剑,果然得到两把宝剑,两人各得一把。两人死后,宝剑也先后失去,入于剑溪。光焰:即地下宝剑生出的紫气。

④燃犀:点燃犀牛角。传说燃犀照水,能使妖魔显形。鱼龙:指水中妖魔,喻朝中群小。惨:惨毒。

⑤此谓剑溪、樵川二水汇合后,奔腾欲飞,却被峡谷约束住,气势有所收敛。

⑥元龙:即汉代湖海之士陈登,登字元龙。此以元龙自喻。冰壶凉簟:一壶冷酒,一领竹席。

[点评]

这首登览之作,以南剑双溪里有神剑的传说为起兴,表明了自己亟待获得宝剑以雪国耻的爱国情怀,和这一理想事业受到朝廷投降派打击而不可得的悲愤,以及遭此黑暗时代不得已而归隐的悲凉心情。

上片写登楼所见所感。起句即写自己登楼遥望西北浮云,渴望得到一把扫清西北浮云的万里长剑。这是暗中扣题。下韵接"剑"字而来,正好人们说南剑双溪的水潭里有宝剑,剑气在深夜上冲斗牛二星之间。"我觉"以下一转,在月明星稀的夜里,他放眼下视,只觉潭空水冷,一片平静空寂的景象,根本看不到人们传说中的宝剑。末韵把词人想要寻觅宝剑,可是又害怕妖魔太阴险狠毒的悲剧处境和悲愤心情传达了出来。一句"风雷怒,鱼龙惨",写得生动、怪诞、令人紧张,它是作者对自己所遭逢内外夹击政治情势的特殊感受的象征,形象地比拟出投降派打击抗战派的嚣张气焰和阴险嘴脸。

现实是如此冷峻,理想只能被扼杀。于是下片借景言情,转入对自己壮志难酬而不得已投老空山的悲凉心情的抒发。起句写远观近望江水所见。江水奔腾之势受到高山约束不得已的收敛,看起来是即景描画,其实却含有深意,表达了自己那一腔烈士之情,受到投降派的一再制约,不得已而收藏的悲凉。以下一韵,表面上承上文语意,表达自己放意江海的兴致,却隐含了他不得不退隐而终的悲凉。因为他既以"有天下志"的大丈夫陈元龙自比,又以"老矣"、"不妨"这些有叹息味道的词语自写,则携冷酒、睡凉席本不是他的心愿,其中悲郁难平的气息,如可触摸。以下一韵,正承登览题意,写自己登览所感。"千古""百年"这些漫长的历史时间,和"一时"这一极短的个人时间相合并,表明了作者有意虚化、弱化历史生活重要性的心理要求。而他虚化历史价值、弱化历史意义的目的,是在为内心极为痛苦和动荡的自己,寻找平衡的办法。这是不能实现又渴望实现的他自己,在没有办法下消解痛苦的办法。末韵承此而来,以景结情。斜阳下系缆止步的行人,实际上是他对于时代和自己的象喻。斜阳,既是国运难振的象征,也是自己年华不再的隐喻,系缆止步的行人,是他遭逢这一风雷鱼龙把持着政局的时代,不得不放弃自己的政治追求的隐喻。

这首风格沉郁顿挫、劲气内转的词作,看起来是即景生情,写登楼眺望的感受。但是,无论是风雷鱼龙的想象,还是浮云长剑的联想;无论是潭空水冷的印象,还是峡束沧江的刻画,或者斜阳下系船止步的行人,都深有寓意,隐含感情。另外,词中上片写深夜景象,下片写斜阳下风景,时间上的不求统一,也说明了本词写景的主观色彩。

鹧鸪天

有客慨然谈功名,因追念少年时事,戏作①

壮岁旌旗拥万夫,锦襜突骑渡江初②。燕兵夜娖银胡䩮,汉箭朝飞金仆姑③。　　追往事,叹今吾。春风不染白髭须。却将万字平戎策,换得东家种树书④!

[注释]

①约作于庆元六年(1200),时稼轩罢居瓢泉。少年时事:指青年时期的一段抗金经历。

②壮岁:少壮之时。拥万夫:率领上万名抗金义士。锦襜:锦衣。突骑:突袭敌军的骑兵。渡江:指南渡归宋。

③燕兵:北方兵,即义军。银胡䩮:银饰的箭袋,多用皮革制成。既用以盛箭,兼用于夜测远处声响。娖:通"捉",把握、整顿。金仆姑:箭名。

④万字平戎策:指他所上的《美芹十论》《九议》这些抗金复国的良策,这些策论都未得朝廷重视。东家:东邻家。种树书:研究栽培树木的书籍。

[点评]

辛弃疾被迫退隐之后,一向不敢轻易地言"功名"二字,生怕这两个字,会触碰自己无限的苦闷和愤懑,使自己难以承受。

词上片回忆了青年时代率众抗金的壮举。起韵再现他率领万余义军抗金的飒爽英姿,写得气势豪迈。他以"旌旗""万夫""锦襜""突骑"这些表现英雄行为的词句,来形容自己当年的壮声英概。而又以一个"初"字,把渡江南来与以后的经历之间了然划断,显出他对那一段叱咤风云的战斗生活的特殊感情。以下两句,具体描写他所经历的枪林弹雨的战斗生活,写得气氛特别紧张,正显出英雄本色,场面尤其壮大,更显出英雄风采。总之,词人平生最雄壮、最难忘的功名事业,就是这一他人万万难以完成的壮举了。所以他写来,不仅形象生动,如同依然置身于彼时彼境,而且豪情满怀,令人既紧张又振奋。

　　下片转写现在的闲居落寞处境,而将南渡以后努力欲有作为、却终于失败的经历,打入叹息之中,显示出英雄失志的悲凉。稼轩南渡之后,始终以北伐中原、建立英雄式的功名为事业。他曾经屡屡上书朝廷,从各个方面陈说他的抗金方略。凡是南宋统治者担心的问题,他都想到了,并为之筹划好了。可惜他所遭逢的是一个投降派当权的时代,这就注定了他没有出路。所以他不仅被频繁地调任,还动辄得咎,数次因谗害而被罢职,最终是老于林下,无所作为。过片由追昔转而叹今。"叹今吾"一句,一叹年光老去,无法挽回。他以白髭须不能像枯草那样被春风染绿,表达对于时光难驻、年光无几的叹息。他习惯于把自己头发变白与忧愁联系起来,现在这连胡子都已变白的老人的心中,该有多少功名未立的忧愁呢? 所以可说是二叹功名未立,足增悲哀。第三叹在最后一韵,这是他对于自己南渡以后被弃置不用的遭遇的愤怒和悲凉。这样极为沉郁的感情,他以叹息和嘲戏的口吻表达出来。"志士凄凉闲处老",这让他怎能平息自己被客人言语触起的无限悲慨呢?

　　此词一以对比的手法,将过去的豪情和英姿,与现在的衰老与不遇形象相对照,对比取义,不著一字而尽显其情:悲愤、无奈、凄凉又强自排遣之状毕现。二以嘲戏的笔调,故意把心中对于南宋统治者的愤怒和讽刺,和自己勃郁难平的情感,化为一种表面谐趣柔滑的叹息。这比直接抨击统治者显得更有余味,更为冷峻。这就是"嘲戏"口吻的神奇力量。

水调歌头

和马叔度游月波楼①

客子久不到，好景为君留。西楼著意吟赏，何必问更筹②？唤起一天明月，照我满怀冰雪，浩荡百川流。鲸饮未吞海，剑气已横秋③。 野光浮，天宇迥，物华幽④。中州遗恨，不知今夜几人愁⑤？谁念英雄老矣，不道功名蕞尔，决策尚悠悠⑥。此事费分说，来日且扶头⑦。

[注释]

①马叔度：稼轩友人。月波楼：宋时有两月波楼，一在黄州（今湖北黄冈），一在嘉禾（今福建建阳）。不知词人所游为哪一个。

②西楼：此代称月波楼。著意：有意，专心。吟赏：吟诗赏景。更筹：古代夜间计时工具，此指时间。

③鲸饮吞海：像长鲸吞海似的狂饮。剑气：比喻志在建功立业的豪迈气概。

④物华：泛指美好景物。

⑤中州：指当时沦陷的中原地区。

⑥不道：不料。蕞尔：微小貌。决策：指北伐大计。

⑦扶头：即扶头酒，一种烈酒。又可兼指人的醉后状态。

[点评]

在秋夜清幽高朗的月色下，中年以后的词人与他的朋友马叔度一起，登上久未登览的月波楼对饮观景。他们沐浴在遍地浮动的月光下，觉得胸胆开张，豪情满怀;但一想到恢复之事犹遥遥无期,便不禁把一腔豪情转化为悲愤了。马叔度写下了一首《水调歌头》,作者追和词韵,也写下了一首足以体现他的跌宕奔腾主导风格的词作。

此词上片,写景中情,即以观景领起抒怀,着重体现作者豪迈慷慨的英雄气概。起四句正面叙说游月波楼本事,直接点题。其首韵写游楼,先以"久不到"作一反垫,再以"为君留"的好景,表明乘兴而来的雅兴。接韵专写人的"著意吟赏",乐而忘返,而不顾夜色已深。其下写明月满天的美景,出以词人"唤起"秋月升天的句子,使作者狂放飘逸的神采立见。"一天明月",气象万千,把明月皎皎的光色,渲染无余。而他之所以要"唤起一天明月",是因为正要它照见自己的清澈磊落如冰雪、宽广浩荡如百川的奇伟胸怀。这一韵,天上月与胸间情互相映发,壮伟豪迈。"鲸饮"两句,写他们狂饮欲如长鲸吞海,舞剑划出的寒光在秋月下闪耀。这里,他以"未吞海"和"已横秋"加以对照,一退一进之间,尤显出不凡的"剑气"——即志在报国的豪杰之气。同时在继续夸写其情的豪酣中,已经经络暗转,为下文抒愤伏下了笔墨。

下片开头,再次描绘夜月下景物的清美,这是从细处补足上文的空白。野外月色如水雾浮动,氤氲一片,仰望清朗的高天,愈觉其迥远。俯察大地,好景在夜的背景下安宁幽邃。这里写景非常静谧,而在情势上,则由上片的豪迈转入沉思。这立体的江南好景,不禁又使怀抱家国之恨的作者,想起了那沦陷的土地。于是他接写道,不知今夜有"几人"为丢失中州的遗恨而发愁? 这一疑问,问出了作者的痛心和担忧,是全篇的"意眼"所在。"几人",有不确定的意思。可以表示怀有中州遗恨的人很多,这是一个全民族感知的巨大痛苦;也可以表示怀有此恨的人已经非常稀少了,民族的遗恨在统治者一误再误、一延再延的"韬略"消解下,已经如落花流水,所余无几了。而无论是极言其多,还是感慨其少,作者内心的忧愤悲凉之情,都宛然可见。以下一韵,全是自我悲叹。他以"谁念"的反问,表示并无人念及其可以杀敌报国的时间已经不丰裕,又以"不道"作一反垫,以增进对于朝廷决策错误的痛心之情。他以"不道"两句表明,没想到对于自己来说,本来唾手可得的小小功名,如今在朝廷北伐决策遥遥无期的态度压制下,竟这样难以取得! 这里,无一语责备,而责备的口气宛然;无一语写悲愤,而悲愤的情态也宛然,确是抒情的"火山口"。最后强行熄灭心中的火焰,以借酒浇愁的描写,表明自己心中的积愤积痛实在太深,不喝到扶头无以驱逐痛苦。这里虽然在饮酒一事上遥应开篇,但词情经过几番转折跌宕,已经与开篇处有天壤之别——他的峥嵘豪迈的感情,已经被中原难复、英雄老去的痛苦,搓洗得成了惨淡的悲愤!

　　词在艺术风格上,兼有纵横驰骋和曲折跌宕的美感,显示出稼轩词的主导风格。在艺术上,词面明白易晓,但内蕴含蓄深沉,很耐寻味。它虽然未入于辛词早期刊本,直至清代才被人从《永乐大典》中辑出,却并不能减少其艺术上的吸引力。

忧国伤时

朱丝弦断知音少

水调歌头

淳熙丁酉[①]

　　我饮不须劝,正怕酒樽空。别离亦复何恨,此别太匆匆。头上貂蝉贵客,苑外麒麟高冢,人世竟谁雄[②]? 一笑出门去,千里落花风。　　孙刘辈,能使我,不为公[③]。余发种种如是,此事付渠侬[④]。但觉平生湖海,除了醉吟风月,此外百无功[⑤]。毫发皆帝力,更乞鉴湖东[⑥]。

[注释]

①本词原题为:《淳熙丁酉,自江陵移帅隆兴,到官之三月被召,司马监、赵卿、王漕饯别。司马赋〈水调歌头〉,席间次韵。时王公明枢密薨,座客终夕为兴门户之叹,故前章及之》。江陵:湖北江陵。隆兴:今江西南昌。司马监诸人:其在南昌的僚属。王公明:王炎。曾任枢密使。薨:原指诸侯之死,后也可指二品以上的大员死亡。门户之叹:即对党派之争的感慨。前章:词的上片。

②此言即使显贵也难免一死,谁能永远称雄? 貂蝉:即貂蝉冠,唯有三公大臣在重要场合才可依礼冠戴。麒麟高冢:旁立石麒麟的高大坟墓。竟谁雄:究竟谁能称雄?

③言此去宁可不做三公,也决不阿附权贵。孙刘:《三国志·辛毗传》载,魏国中书令孙资和中书监刘放当政,朝官皆从,唯有辛毗不从。他说:"吾之立身,自有本末。就与刘孙不平,不过令吾不做三公而已,何危害之有焉。"公:指三公。汉代指太尉、司徒、司空,后又可代指高官显宦。

④种种:头发稀少貌。此事:指政坛上相互倾轧的门户之争。渠侬:他们,指当代

的"孙资和刘放们"。

⑤平生湖海:平生离乡漂泊。百无功:一事无成。

⑥此言一切来自帝力,我唯乞归山水。"毫发"句:用汉代诸侯王赵王张敖语,见《汉书·张耳陈余传》。鉴湖:一名镜湖。在浙江绍兴南。唐代诗人贺知章晚年奉诏隐居于此。

[点评]

　　淳熙四年冬,词人由江陵知府兼湖北安抚使,调任隆兴知府兼江西安抚使。到隆兴任仅三月,又于五年春奉诏入京。本词是在僚友们为他饯别的宴席上,即席次韵写成的。根据词序,可知这首词是为两件事而发。一是频繁的调任,二是朝廷内部的门户之争。而究其深致,词所要表现的,实是宦迹不定、人事掣肘使词人壮志难酬的牢骚不平之情。

　　词的上片,就眼前饯别之情切入,点出别恨匆匆的遗憾。这一起韵,包藏万有,为下文进一步抒发各种人生忧思立好了地步。"头上"一大句,以旁观者的洞达,对争名争利而兴门户私计的朝廷政要做出讽刺,而又以旷达的语气出之,显示出作者不同流俗的思想境界。上片末句,作者以清丽飘逸的意境,表现出自己不虑俗情的潇洒放逸怀抱。"一笑"句,虽借用李白"仰天大笑出门去,我辈岂是蓬蒿人"的语典,可是浑化无迹,直如冲口而出;"落花风"将时令特征以丽辞写出,而"千里"的形容,则更使落花美景由宴前而宕开无际,由实返虚,合实与虚,使词境显得更为深邃、灵活、摇荡。

　　下片首句,从小处说是承接上片末句"出门去"而来,是写此番去朝廷为官的态度;从大处说则他之所以要考虑这个问题,是与上文所讽刺的朝廷政要兴门户私计的政治现状分不开的,所以是上文主旨的顺承和延展。在笔法上,他借古讽今,以三国时代辛毗的耿直不阿,表明自己此去朝廷为官,早已准备好了像辛毗那样,宁愿不做高官也不做附党阿私之徒的态度。下一大句,以退为进,明看是写自己的衰老憔悴之态,说任凭他们结党营私、大兴门户,实际上是对庸俗世风的有力抨击。以下两大句,看起来渐近颓唐萧瑟,但里面却充满了爱国者的牢骚和不平、悲愤与讽刺。因为他自己的"此外百无功",正是因为生在这样一个不给机会的政治时代,处处受人掣肘之故。既然自己只手难挽狂澜,倒不如归隐林泉,以免受人倾轧。这是对理想受阻的再一次抒愤,是对朝廷政治气氛的辛辣讽刺。这样的"反话",也能显示出稼轩词气"勃郁"、慷慨内敛的抒情风格。

这首词,以旷达的风貌隐含悲愤讥刺之情,显示出稼轩词的本色。

水调歌头

舟次扬州,和杨济翁、周显先韵①

落日塞尘起,胡骑猎清秋②。汉家组练十万,列舰耸层楼③。谁道投鞭飞渡,忆昔鸣髇血污,风雨佛狸愁④。季子正年少,匹马黑貂裘⑤。　　今老矣,搔白首,过扬州⑥。倦游欲去江上,手种橘千头⑦。二客东南名胜,万卷诗书事业,尝试与君谋⑧。莫射南山虎,直觅富民侯⑨。

[注释]

①此由临安赴湖北任所,途经扬州时作。绍兴三十一年(1161),金主完颜亮大举南侵,兵力推至长江以北一线,并一度占领扬州。后被南宋虞允文率兵在采石矶一战击溃,完颜亮也为部下所杀。次:停留。杨济翁:即杨炎正,杨万里族弟。周显先:不详。

②塞尘:指金兵南下时扬起的尘土。猎:以打猎为名发动战争。

③此言南宋雄兵十万,列舰江面,严阵以待。组练:指军队。耸层楼:像层楼一样高耸。

④谁道:谁说。投鞭飞渡:此用投鞭断流事,极写金兵的嚣张气焰。据《晋书·苻坚载记》:前秦苻坚率兵大举南侵东晋,号称兵士有九十万。他曾夸口说:"以吾之众旅,投鞭于江,足断其流。"结果淝水一战,大败而归。鸣髇血污:被响箭射死,喻完颜亮兵败后被部下杀死。风雨佛狸愁:风雨凄恻,佛狸死于非命。佛狸

为后魏太武帝拓跋焘的小字。此借指完颜亮之死。

⑤季子:战国策士苏秦的字,此以苏秦自喻。

⑥搔白首:暗用杜甫《梦李白》"出门搔白首,若负平生志"诗意。

⑦橘千头:三国时丹阳太守李衡曾命人到武陵龙阳洲种橘千株。临终时对其儿子说:我家有千头木奴,足够你岁岁使用。

⑧二客:指杨济翁和周显先。名胜:名流。万卷诗书事业:指儒家致君尧舜的功业。此暗用杜甫《奉赠韦左丞丈》"读书破万卷,下笔如有神……致君尧舜上,再使风俗淳"诗意。

⑨射南山虎:指汉将李广,进而指以武立功。富民侯:汉武帝晚年后悔鼓励征伐拓边的事情,于是封丞相为"富民侯"。(《汉书·食货志》)

[点评]

　　淳熙五年夏秋之交,从隆兴知府任上转为大理少卿不足半年的词人,又被调任为湖北转运副使。踪迹无定、疲于奔命的他,心中充满了失望、苦闷和疲倦。在赴任经过扬州时,因这个富有"战争记忆"的名城更增慨无限,于是就依朋友词韵,写成了这首抚今思昔、豪郁愤懑的词作。

　　上片满怀豪情地追忆十七年前的战争图卷。可以分成两个抒情层次。从开头到"风雨"句,写金兵南侵扬州一线和宋军北拒获胜的历史过程。在这一部分里,首两句写金兵南猎,突出其不可一世的嚣张气焰。次二句写宋军抵抗,以"组练十万"写兵力,以舟舰列江写其严阵以待的赫赫军威。两者之间,一动一静,对照鲜明,而胜机在谁方,已隐隐透露。"谁道"一句,如一声断喝,对耀武扬威的敌人的蔑视溢于言表。下两句,接以含蕴丰富的典故,将敌酋完颜亮兵败身亡的下场写得可见可感。最后两句,归结到自身。以战国时著名人物苏秦自喻,写在当年金兵败退的大好形势下,身着貂裘的自己跨上战马,是如何英姿飒爽地投入了战斗。

　　下片转向现实抒情,抒发英雄失路的悲凉和倦于宦游、思归田园的感念。从起句到"手种橘千头",写因失路而产生的倦游心态。"倦游"一句,包含着深刻的郁愤情绪。后一层次就"二客"那一面来写,这不仅使全词章法由放到收,切入题面,显示出作者操纵复杂结构的出色能力;而且通过对面写来,仍不离题旨,更能显示出朝廷偷安路线使一代爱国志士无路可走的事实。末句对统治者苟且偷安、重视"富民侯"而慢待李广那样的"飞将军"的政策做出反语讥刺。

这首词在抒情风格上,上片豪迈激昂,下片则低沉悲咽。合而观之,则颇有沉郁顿挫之风。

蝶恋花

月下醉书雨岩石浪①

九畹芳菲兰佩好。空谷无人,自怨蛾眉巧②。宝瑟泠泠千古调,朱丝弦断知音少③。　　冉冉年华吾自老,水满汀洲,何处寻芳草④?唤起湘累歌未了,石龙舞罢东风晓⑤。

[注释]

①闲居带湖之作。石浪:巨大怪石。参见《山鬼谣》注④。

②此言美人佩兰虽好,却无人赏识,只有幽居深谷,自怨美貌。九畹:泛指田亩广大,语出屈原《离骚》。兰佩:以兰为佩饰。

③泠泠:指瑟音清越如流水。千古调:应是俞伯牙对钟子期所弹的高山流水之调。

④冉冉:渐渐。汀洲:水边平地。芳草:借喻理想。

⑤湘累:指屈原。石龙:即石浪。

[点评]

本词与《山鬼谣》同是游雨岩所作,并且若论其深层的蕴意,与借浪漫主义手法来曲折抒愤的《山鬼谣》还有几分近似。不过本词纯是运用比兴手法并借用屈原《离骚》所用比兴意象写成,所以他在此抒发的遭受政治打击、缺少政治知音及年华空老的爱国者的悲痛,比之《山鬼谣》更集中。

此词起韵,即化用屈原《离骚》之意,来表达自己与被放逐的屈原相近似的情怀。他以佩兰植芳于空谷之中的美人形象,来形容自己的才高性洁,"空谷"一句,既是实写雨岩的环境,也是借以怜惜自己的幽独。"怨蛾眉巧",表面上是怨自己长得太美,实是与慨叹"众女嫉余之蛾眉兮"的屈原一样,怨自己因政治才能出色而遭到政敌的无情打击。接韵写这一佩兰植芳美人的幽怨。她空弹千古稀见的清越之调,可是即使弹断了弦索也不见知音欣赏。下片进一步抒发时不我待、美人空老的悲凉。因为少知音,所以这幽居空谷的美人感到徒任时光流逝的痛心。结韵以他那悲怨万分的哀歌能唤起"湘累"即屈原的冤魂,来进一步晓喻主旨所在:原来他在这里、在这个年代所悲怨的,也正是屈原在自己的时代所悲怨的。遭遇着国家不幸而群小横行的相同政治时代,他们感受到同样的幽恨。结尾一句,补足全词哀歌的背景,在他于月下独自哀歌弹瑟之时,有被感动的石龙为之起舞。石龙的起舞,就像湘累的被唤醒一样,其实是其内心激荡不已的感情所凝聚出的意象。可惜这样的哀歌,只能在月夜无人之境独自放声一唱。

此词运用比兴方法,以兰佩、蛾眉、宝瑟、芳草的意象,来寄托自己的品格和理想,显示出与屈原等失败的爱国志士同感的倾向。又以唤湘累而舞石龙的隐语法,暗示自己内心情怀的极度震荡和不平,显得曲折多姿,意蕴丰厚。值得注意的是,词虽然是采用美人香草的比兴法抒情,词作风格也以婉曲深幽为主,但结韵唤湘累而舞石龙的描写,却显得激切而悲愤,现出失志英雄的情感力量。

满庭芳

和洪丞相景伯韵①

倾国无媒,入宫见妒,古来翚损蛾眉②。看公如月,光彩众星稀③。袖手高山流水,听群蛙、鼓吹荒池④。文章手,直须补衮,藻火灿宗彝⑤。　　痴儿公事了,吴蚕缠绕,自吐余丝⑥。幸一枝粗稳,三径新治⑦。且约湖边风月,功名事、欲使谁知? 都休问,英雄千古,荒草没残碑⑧。

[注释]

①作于淳熙八年(1181)春,稼轩时在江西安抚使任上并即将罢任。洪丞相景伯:洪适字景伯,江西鄱阳人。他于乾道元年曾居相位,后被劾罢去。

②倾国:倾国之貌。见妒:被嫉妒。颦损:因为发愁而把眉形皱坏。

③"看公"两句:言景伯才冠当朝,众不可及,就像月亮的光辉远远掩过了众星一样。

④袖手:表示不干政事。高山流水:用伯牙、钟子期相知事,兼言以自然界的高山流水为知音。鼓吹:此言以蛙鸣声为乐曲。

⑤补衮:言补救、规谏君王的过失。"藻火"句:绘画水藻、火焰、宗彝于衮服上,使之益发光辉灿烂。比喻有辅君治国之才。

⑥"痴儿"三句,轻言自己虽已归隐,但仍关怀国事,常常咏志抒怀。痴儿:痴人。借《晋书·傅咸传》中语意自指。

⑦一枝:《庄子·逍遥游》中许由曰:"鹪鹩巢于深林,不过一枝。"此指自己的隐居所。粗稳:初步安稳。三径:代指隐居者的家园。

⑧残碑:记载英雄业绩的残败了的墓碑。

[点评]

　　洪适是一个因为文学和家门声望快速升迁、又被众谏臣联手谏退的宰相。因做宰相时间短暂,并无什么建树。但是在此词中,作者对这位富有文才而隐于江西的前辈,评价却不同一般。

　　词的上片,极力赞美洪适的文章人品和政治才能,并为他政治上的难堪遭遇致以强烈不平,写得热情焕然。首韵深受屈原"香草美人"的比兴启发,以美貌而被妒的美人,比拟包括洪适在内的古来才士,一语道破才士不遇的玄机,在于他们没有合适的"媒人"——政治上无靠山和盟友,所以容易遭到政敌的嫉妒和打击。"古来"一词,揭示出志士不遇的历史必然性。立足较高,囊括古今。这样写,不仅把洪适归为古来稀见的才士之列,而且以古来才士不幸的命运代他开解。接韵以"看公"直接点题,并以明月比喻洪适的出众才华,以与众人那晦暗如微星的光彩形成鲜明对照。"袖手"一韵,言如此不凡的人物,居然袖手归隐于山水间,以高山流水为知音,而听任群蛙在荒池里鼓噪。这里的"群蛙鼓吹",隐喻朝廷上群小对他的攻击,也兼喻现时朝廷群僚都不过是无才的群蛙鼓噪而已。上片末韵,对洪适的赞美至于极点,说他是文章圣手——这里巧用了文章一词的多义性,即借用他能补足天子龙衮上水藻火焰怪兽相加的灿烂图案,比喻他具有辅君治国的大才能。

下片转写自己的爱国忧国余情,并邀约前丞相与自己一起吟赏湖边风月,写得激愤宛然。过片借用典故,自称"痴儿",颇有为自己眷怀君国感到无奈的意味。此处借用吴蚕吐丝的隐喻,含蓄地表达自己不能忘怀国家大事的心情,并含有自我叹息之意。接着,他借用"一枝""三径"两个典故,对自己幸而整治得一个隐居的安乐窝表示欣慰。以下邀请洪适与自己一起流连于湖边风月,不要再管什么功名之事。然而,此处生生蹦出"功名"二字来,说明他心中正不能忘怀于建功立业的大事业。结韵收结人我,以英雄荒草的冷落意象,表达他对于功名事业终归空虚的认识。这认识,既表明了他的自慰与慰人(洪适),也表明了他的激愤和苍凉,含蕴丰富。

值得注意的是,作者虽在上片为洪适抒怀,却是从自己的感受出发来写。所以,他写的洪适如果不够真实,也并不奇怪,他正要借洪适的遭遇,抒发自己才士见妒的牢骚呢!本词在艺术上的主要特点,一是化用众多的典故,使表意凝练含蓄;一是运用丰富的隐喻,赞美对方和自抒情怀,使词章余味隽永。

水调歌头

九日游云洞，和韩南涧尚书韵①

今日复何日，黄菊为谁开？渊明漫爱重九，胸次正崔嵬②。酒亦关人何事？政自不能不尔，谁遣白衣来③？醉把西风扇，随处障尘埃④。　　为公饮，须一日，三百杯。此山高处东望，云气见蓬莱⑤。骖凤骖鸾公去，落佩倒冠吾事，抱病且登台⑥。归路踏明月，人影共徘徊⑦。

[注释]

①作于淳熙九年(1182)，时稼轩罢居带湖。九日：农历九月九日重阳节。云洞：在上饶西三十里。韩南涧：韩元吉，号南涧。孝宗初年，曾任吏部尚书。主抗战。晚年退居信州，与稼轩游。

②胸次：胸间。崔嵬：犹言"块垒"，指心中郁结不平。

③"政自"句：言不得不如此。典出《晋书·谢安传》，白衣指衙役小吏。据《续晋阳秋》：归隐柴桑的陶渊明重阳节无酒，在宅边东篱菊花丛下把菊而坐，时为江州刺史的王弘，派一白衣小吏送酒而来，渊明即与小吏对饮而各归。

④此言面对弹劾者的汹汹气势，词人唯以扇障尘。典出《世说新语·轻诋篇》：王导以扇拂尘，说："元规(庾亮的字)尘污人。"

⑤蓬莱：传说中海上仙山名，远望云气缥缈。

⑥骖凤骖鸾：乘鸾跨凤。落佩倒冠：衣冠不正，喻隐居狂放。抱病登台：杜甫《登高》："百年多病独登台。"

⑦化用李白《月下独酌》："我歌月徘徊，我舞影零乱。"

[点评]

这是作者于重阳节与友人出游并饮酒赏菊时的兴会淋漓之作。这首词虽然写到浓厚的友情，却将重心落在借陶写心上，表明了其胸中的森森块垒。

词虽为记游而写，上片却不直接写与朋友同游的情状，而是引渊明自比。他所写的宁可退隐、也不向当权者屈曲的渊明，兼有为自己画像和代朋友抒怀的意味。首韵一问，虽意在表明时令，而又能显出心中的波峭。同时"为谁开"一问，不仅有舍我其谁的自信，且能起到引发下文的作用。以下两韵，明看是代陶渊明写心，其实翻过来看，正是借渊明写怀。"渊明漫爱"一韵是倒装句，是说胸中正不平、唯待酒浇化之的渊明，喜逢重阳节却无酒可饮。下韵以退为进，否定酒本身对渊明有重要意义，谓渊明爱酒并非因为他是个酒徒，而是心中有块垒，不得不借酒浇愁。可是，有谁打发"白衣"来为他送酒呢？上片末韵，扇面障尘既是取景于眼前，也是典故的借用。他对渊明中藏块垒的心迹的理解，颇为深刻。而写渊明，实即自写其志。尤其是末韵，用来比拟韩尚书面对政敌的熏人气焰而不为苟且的态度，颇为切合。

下片专就眼前重阳节的相知之乐来写。他写一日须饮三百杯，才配得上为韩尚书饮。既侧写韩的豪酣与洒脱，也是写他与韩的相知投缘之乐。在继两韵中，当他想见(其实也是祝愿)韩将来骖凤骖鸾、归于眺望中的仙山之后，就不免喜忧参半了：他为韩尚书的得归仙班而高兴，也为自己的隐居无伴、抱病独登高台而伤感。人我相照，愈觉情怀不堪。这里的"归于仙班"，隐指韩将来的归朝。结韵以想象中形影相吊的情景，将他年未免于孤独的担忧表达了出来。这样的表达法，能兼收暗示友情相得和表达自己隐居失意之情的双重功效。

千年调

蔗庵小阁名卮言,作此词以嘲之^①

　　卮酒向人时,和气先倾倒^②。最要然然可可,万事称好^③。滑稽坐上,更对鸱夷笑^④。寒与热,总随人,甘国老^⑤。　　少年使酒,出口人嫌拗。此个和合道理,近日方晓。学人言语,未会十分巧。看他们,得人怜,秦吉了^⑥。

[注释]

①约作于淳熙十二年(1185)左右,时稼轩闲居带湖。蔗庵:信州太守郑汝谐家的宅第名。卮言:郑家小阁名。取名于《庄子·寓言》:"卮言日出。"指人云亦云、破碎支离的话。后又作自己言论的谦辞。

②卮:古时一种酒器。装满酒时就向人倾倒,酒空时则仰面而立。

③此处用司马徽口不臧否人物事。《世说新语》注引《司马徽别传》:司马徽素有鉴才之能,但怕被鉴别的当权者加害于他。当有人请他鉴评当世人物时,他每每称"好"。其妻批评他有负人意,他说:"你说得也很好。"

④滑稽:古代斟酒器。鸱夷:古代的一种皮制酒袋。

⑤甘国老:即甘草。它味甘性平,能调和众药,故享有"国老"之称。

⑥秦吉了:一种鸟名。善于学人言语,本领胜过鹦鹉。

[点评]

　　这是一篇借题发挥、辛辣犀利的讽刺小品。讽刺的是南宋官场上毫无定见、人云亦云、只求保全自己而不顾国事成败的一大批社会蛀虫。

上片以"卮"为线索，以拟人手法，连串起滑稽、鸱夷、甘国老这三种特征相同的东西，来讽刺他所唾弃的那一类官场蛀虫。酒卮空时仰头，但装上酒以后就倾斜下来的可笑模样，让他想起官场中有一种人，见到上司就点头哈腰、笑脸逢迎的可耻样儿。对他们来说，在官场中厮混，最要紧的是学会"然然可可"，即对一切是非都不发表真评价，只是一味说好。当它与滑稽和鸱夷这两样酒器（两种人的比拟）在一起的时候，显得那么融洽、般配、投缘。"滑稽"是一种斟酒的壶，酒斟完了可以接着再倒进去，倒进去后可以接着斟，圆转灵活，毫无原则。"鸱夷"是盛酒的巨大皮袋，有弹性而能容纳。酒卮与滑稽、鸱夷同处并与后者相视而笑的精彩描写，写出了南宋官场多是毫无原则、善于逢迎、八面玲珑、舒卷随人之辈。然而作者意犹未尽，忍不住在上片结句把他们苟且"随人"的特性，用一味中药"甘国老"作了比拟和强调。作者用中药的特性比拟与卮同类的酒器的特性，目的是使酒器所比拟的某类人的特性显得更集中而鲜明。所以这比中之比，有揭示主旨的用意在。

下片同样围绕着酒场来写，却容纳了自己的半生经验。他先说自己少年时喝酒任性，不懂得机变和逢迎，所以话才出口，就被人嫌不好听，自己也不讨人喜欢。近日懂得了这酒场的和合道理。所谓"近日"，是指作者因受诬陷而被罢官的日子。这里处处正话反说，以贬义的"拗"，来写自己的刚直，以正语的"和合道理"，来讽刺彼辈庸俗自保的处世哲学。以下激情外溢，对自己的被罢免致以不平，说那是因为自己天性刚直，学不会彼辈的巧言佞色所致。最后嘲骂彼辈如"秦吉了"一样，专会随人学舌，专在附会权要上下大功夫，于是讨人喜爱，自保有道。作者在这里所嘲骂的，是附和投降派而造成恢复之事不得行的宦林群丑。

全词虽寄托着深沉的感慨，但基本上处在讽刺的调子里。笔锋犀利，思维活跃。他先一连以四种酒器和草药形象地绘出士林群丑图，又以博得人怜的鸟儿写出他们的春风得意。再以自己作对照，显示出他对彼辈的极度唾弃之意。

最后应该指出，被作者抨击的、在南宋官场上流行的苟且自保风气由来已久。最先是由于北宋统治者优容文人士大夫的政策，和北宋中期以后政治党争的严重性，使官场人士只顾自保而不问是非，以个人做高官、享厚禄为追求，而不关心国家的盛衰。后来到了南宋，更由于统治者推行偏安投降路线、迫害主战派人士，从而助长了一大批官僚产生保禄位、全性命的思想，他们唯唯诺诺、对当权派卑躬屈膝，不以为耻，沆瀣一气，整个官场风气显得庸俗、委顿不堪。这是志在报国有为、性格刚直不阿的辛弃疾所极为唾弃的。

沁园春

戊申岁，奏邸忽腾报谓余以病挂冠，因赋此①

老子平生，笑尽人间，儿女怨恩②。况白头能几，定应独往；青云得意，见说长存③。抖擞衣冠，怜渠无恙，合挂当年神武门④。都如梦，算能争几许，鸡晓钟昏⑤。　　此心无有亲冤，况抱瓮、年来自灌园⑥。但凄凉顾影，频悲往事；殷勤对佛，欲问前因⑦。却怕青山，也妨贤路，休斗樽前见在身⑧。山中友，试高吟楚些，重与招魂⑨。

[注释]

①作于淳熙十五年(1188)。"奏邸"句：传抄奏章的官邸忽然凭空生出我因病辞官的消息。按：稼轩于淳熙八年(1181)冬被劾罢官，自此闲居上饶已有七年。忽有"以病挂冠"之谣传，令人啼笑皆非。

②"老子"三句：言自己平生不以儿女恩怨为怀。意谓不计较是被劾家居，还是引疾辞退。

③"况白头"四句：况且年事已高，理应归隐；荣华富贵，未必长存。独往：独自归去，指退隐。青云得意：指仕途青云直上。

④此化用《南史·陶弘景传》：陶弘景善于琴棋书画，未成年时就被引荐为诸王侍读。他虽身居显贵，却长期闭门杜客，后来挂官服于神武门，上表辞官离去。

⑤"都如梦"三句:一切如梦,争什么长短,论什么朝晚。

⑥亲冤:亲和仇。《五灯会元》:"佛教慈悲,亲冤平等。""况抱瓮"句:言年来自过田园生活。典出《庄子·天地篇》。

⑦前因:佛家以为凡果必有因。因果报应,虽未必在一时一地,然而毫厘不爽。

⑧青山:借言隐居生活。贤路:朝中"贤人"的升官之路。"休斗"句,反用唐代牛僧孺《赠刘梦得诗》:"休论世上升沉事,且斗樽前见在身。"斗:受用。见:同"现"。

⑨楚些:指《楚辞》。招魂:《楚辞》有《招魂》篇,此借喻招回田园。

[点评]

因病挂冠的误传,让闲居幽愤的词人感慨万端,啼笑皆非,于是作下了这首内涵丰富的词以正视听。

此词先以一"笑"字领起上片词意,显得大气潇洒:无论是人间的恩恩怨怨,还是富贵功名,青云得意,在他眼中都可笑傲去面对。他以透彻的理悟自解道:既然自己已经老去,独自归隐也是分所该当。他甚至更进一步想到:其实自己当年都不必等到被弹劾而去官,而是应该像陶弘景当年挂衣冠于神武门上一样,挂冠而去。这里,说得似乎很潇洒,很轻松,但是他心里并非真无感慨。其中,"定应独往""见说长存"和"怜渠无恙"等句子,可以说是浸透着牢骚感情的措辞。在上片结尾,他更以"如梦"一喻,写尽了他受挫后的人生感慨。从表面上看,末韵不过是将自己被邸报无端延长的官场生涯,和自己的实际生活状态并入一起,表明了彼此间所差无几,不足计较。而从根本上看,这种官龄长短的自我比较不过是一味引子,它诱导出这样一个看穿一切、也极悲观的结论:世间如梦,无论有多少鸡虫得失,最后也不过是谁比谁多几个或少几个晨昏而已,而论到最后的归宿则无不同。

上片感慨虽是因邸报误报而起,但颇有从高处着眼、冷眼观世之意。下片始完全着意于具体的感慨。转韵先说自己内心澄澈,泯灭了亲仇的差别,"况"字强调自己现在只不过是个抱瓮灌园、纯朴无机的老人。这一句,乍看起得蹊跷,其实是他听到邸报而内心不安的表现,这里面固然有愤世嫉俗之情,也颇多忧谗畏讥之意。以下用一个"但"字,说明他赋闲以后的感情,一直处在对于"往事"的悲伤不解中,这难以释怀的悲伤,甚至使他转而向号称智慧、觉悟的佛门去追问前世的因缘。这里写得痛煞、恨煞、绝望煞。其中"频悲往事"一语，含蕴丰富，它既有词人对自己当年竟无辜遭弹劾、被罢免的痛心，更有词人感到自己从此壮志愈加难酬、抗金事业彻底无望的痛心。以下一韵，在放恣而不失含蓄的抒怀之后，回到忧谗畏讥和愤世嫉俗的情思上来。他半真半假地说，自己虽然隐居于青山中，恐怕也妨碍那些"贤人"们的飞黄腾达，于是连只图杯酒自在的生活也不敢过了。这里面，有因政敌总是惦记自己而生的隐忧，也有借此而冷嘲世间"贤人"之意。结韵以"重与招魂"，切合题面上被邸报再次罢官的意思，并有要当局听清自己决不干世的心语的意思。

　　此词语言朴素无华，显示出散化的特征。抒情似显豁而暗藏机锋，耐人寻味，这就造成了他所特有的豪郁词风。从词的内涵来看，词人既激愤于邸报的不实，内心分明勃郁；又甘心终老田园，看透人生如梦。既忧谗畏讥，又愤世嫉俗。这些矛盾的两方面同时被他拥有，使词旨显得相当复杂。

小重山

三山与客泛西湖①

　　绿涨连云翠拂空。十分风月处，著衰翁②。垂杨影断岸西东。君恩重，教且种芙蓉。　　十里水晶宫。有时骑马去，笑儿童③。殷勤却谢打头风④。船儿住，且醉浪花中。

[注释]

①作于绍熙三年(1192)，时在福建任所。三山：福州。西湖：福州西湖，在城东三里。

②十分风月处：风景最美的地方。衰翁：作者自指。

③水晶宫:形容西湖晶莹碧透,如同水晶宫般美好。笑儿童:此用晋代山简醉后倒载而归,为儿童辈所笑事。典出《世说新语·任诞》。

④谢:告诉。打头风:顶头风。

[点评]

　　作者在福建提刑任上,不仅未能实现自己用世建功的志向,反而时时感受到他人的掣肘。于是在感到悲哀的同时,不免颓唐,并因此而放逸于山水。

　　上片主要写三山即福州西湖的优美景象,但也透出作者自己的颓放与悲哀。首句以连云的湖水、拂天的翠柳,极写西湖的辽阔饱满、绿意醉人。接二小句,写自己虽得以住在风月最佳处,却与这最美的风月景象不相称。"衰翁"一词,可见其颓唐放逸的心情。"垂杨"一韵,接首句"翠拂空"而来,写自己领受了"厚重"的君恩,在西湖无柳处补种芙蓉。此句写得外示欢喜——因为君王恩重嘛,内藏悲怨——君恩若果然厚重,何必要他这个一心渴望建功杀敌的英雄,以在西湖上种芙蓉为事业!

　　下片赋写自己游湖的快乐,在快乐中也透出颓放之意。首句承上文描写西湖之美的语句,再写西湖之美。此处是以"水晶宫"的想象,赋予西湖以神仙幻境般的神奇之美。"有时"两句,暗用晋代山简醉后倒载而为儿童所笑的典故,写自己在此喝得酩酊大醉于是骑马归去时,不免为儿童辈所笑的情景,用以形容自己像山简一样的颓放。结韵为加一倍法抒情写怀,他说自己既然遭遇到迎面而来的逆风,那么就不再往前行船,索性酣醉于这被风激起的浪花中。以"打头风"象征阻碍他的政治力量,以"醉浪花"比喻自己的索性颓放,但也含有不为风浪所吓倒的意味。

　　全词用事浑化无迹,意境如同全为白描绘成,口语造就。因此神迹双清,余味隽永。

添字浣溪沙

三山戏作①

记得瓢泉快活时,长年耽酒更吟诗。蓦地捉将来断送,老头皮②。　　绕屋人扶行不得,闲窗学得鹧鸪啼。却有杜鹃能劝道:不如归③!

[注释]

①作于福建任所。

②《苕溪渔隐丛话》前集卷四十二载,北宋隐士杨朴被真宗征召至京师,其妻作送行诗曰:"更休落魄耽杯酒,且莫猖狂爱吟诗。今日捉将官里去,这回断送老头皮。"耽酒:沉溺于酒。

③鹧鸪啼声似云:"行不得也——哥哥!"杜鹃鸟啼声似云:"不如归去!"此借禽言写心。

[点评]

全词寓庄于谐,以自我调侃的口吻,写悲愤无奈的心情。

上片以过去和现在作对比。首韵回忆在瓢泉隐居的快乐,可耽于酒,有兴吟诗,何等逍遥快活。接韵以十足调侃的口吻,表明自己到任后的绝望。"捉将""断送""老头皮"之词,辛辣、俏皮如采自口语,其实有典故支持。他把自己当初不得已而出仕的后悔写透了。下片接上片末韵而来,写自己现在被"断送"情形,写出了一种衰颓、散漫、无聊的样子:只不过绕屋而行,还需人扶,人扶且走不动。在窗下无聊,为解闷而学习鹧鸪啼叫,居然"学得"了。殊不知这里也是外示闲散而内藏悲愤。因为他暗用鸟语言怀:鹧鸪啼叫的声音如"行不得也——

哥哥!"他是以此寄寓不仅抗金复土的事业被阻挠而行不得,而且即使在福建提刑任上,也还多处受到掣肘,寸步难行。鹧鸪已说了"行不得",杜鹃再来劝他"不如归"。这就将他因寸步难行而归心复起的心思,写得活泼风趣,将悲愤打入幽默之中。

水调歌头

说与西湖客①

　　说与西湖客,观水更观山。淡妆浓抹西子,唤起一时观②。种柳人今天上,对酒歌翻《水调》,醉墨卷秋澜③。老子兴不浅,歌舞莫教闲④。　　看樽前,轻聚散,少悲欢。城头无限今古,落日晓霜寒。谁唱黄鸡白酒,犹记红旗清夜,千骑月临关⑤。莫说西州路,且尽一杯看⑥。

[注释]

①本词原题为:《三山用赵丞相韵答帅幕王君,且有感于中秋近事,并见之于末章》。作于绍熙三年(1192)秋,时稼轩任福建提点刑狱。赵丞相:赵汝愚,曾帅福建。绍熙五年官至光禄大夫右丞相,时稼轩已罢闽任。丞相之称,殆后改。帅幕:帅府幕宾。末章:词的下片或结尾。西湖:在福州城东三里。客:指王君。
②淡妆浓抹西子:原是苏轼用以赞美杭州西湖的比喻,见其《饮湖上初晴后雨》。现稼轩借以赞美福州西湖。
③种柳人:指赵汝愚。他为闽帅时,曾疏浚西湖,并筑堤栽柳,故有此称。歌翻《水调》:以《水调歌头》的词牌来填词歌唱。此指赵原词。"醉墨"句:言醉中墨迹酣畅如秋水扬波。

④"老子"句：暗用庾亮登武昌南楼事。庾亮曾言："老子于此兴复不浅。"事见
《世说新语·容止》。

⑤黄鸡白酒：指隐居生活。

⑥西州路：指西州城。故址在南京朝天宫之西。此用谢安之事。谢安虽被朝廷
重视，但退居东山之志始终不渝。后病笃求还乡。朝廷不许，诏其还京师。当他
路过西州城门时，深感违志之痛。他死后，其甥羊昙无比悲伤，再不经西州门。
见《晋书·谢安传》。此借言作者的违志逆意之痛。

[点评]

　　此词虽然头绪不少，但主要反映了作者深感福建提刑任无所作为、有违于本
心的沉痛。作者故意采用反向抒情的状态，以自己的兴致很好，写出他心情的很
落拓。

　　上片把赵丞相、王君、自己串联起来，表明自己追慕曾在三山的赵丞相，劝慰
向他表明苦闷的王君而一心要做西湖歌舞的观赏者。起句点出王君这位西湖
客，也把自己同样纳入其中。后三句，看起来是劝慰王君要想得开，会享受西湖
的美。但他连用三个"观"字：观水观山，甚至如能把美人西施唤醒，也要把她请
来观一观，却表明了作者外示潇洒、而内里则需要排遣的百无聊赖心态。"种
柳"三句，把已经到"天上"即在朝为官、但曾在福建做过行政长官的赵丞相也纳
入词篇，赞美赵的治绩和文才，暗示出自己的效法之意。"醉墨卷秋澜"一语下
得讲究，以秋水扬波，来形容赵的原词写得酣畅淋漓。上片末韵，明结为对自己
好兴致的形容和对赵在三山文兴的追步，暗示着他只能以不停的歌舞来排遣愁
闷的意思。

　　下片以破除自己的岁月沧桑感和处处忧伤为主。起三句，近承上片末句，远
应上片三"观"，写歌舞饮酒的乐趣和用处，而且一下拍到当前的酒宴上来。"城
头"一韵，以人间沧桑和岁月悠悠在作者心理上引起的寒意，反证前韵饮酒的妙
处，情调趋向低沉。一"寒"字切近中秋时节的气候特征。"谁唱"一韵突然振
起，如罡风猛唱，强化"红旗""千骑"这一有英雄气息的往日生活的价值和魅力。
在心理上，显示出有意寻求解脱的迹象。然而振起显得难以为继。所以在篇末，
他只好借"西州路"的典故，劝说王君不要绝意仕进，也代自己排解，要自己忘记
了违心出仕的痛心，且尽饮杯中之酒。

抒情写怀的明暗相济，形散神合，是此词最突出的特点。

水调歌头

壬子三山被招，陈端仁给事饮饯席上作①

　　长恨复长恨，裁作短歌行②。何人为我楚舞，听我楚狂声③？余既滋兰九畹，又树蕙之百亩，秋菊更餐英④。门外沧浪水，可以濯吾缨⑤。　　一杯酒，问何似，身后名⑥？人间万事，毫发常重泰山轻⑦。悲莫悲生别离，乐莫乐新相识，儿女古今情。富贵非吾事，归与白鸥盟⑧。

[注释]

①被招：被招至临安。陈端仁：名岘，闽县人，时废职家居。给事：官名，即给事中。

②短歌行：原为汉乐府曲名，此借指本词。

③此叹息世无知音。楚舞：《史记·留侯世家》载刘邦安慰哭泣的戚夫人说："为吾楚舞，吾为若楚歌。"楚狂：春秋时楚国的一位佯狂不仕者，本名陆通，时人又称接舆。

④此处化用屈原《离骚》诗意，表明自己洁身自好、勤修美德美才的意思。滋、树：栽培，种植。英：花瓣。

⑤此出自《孟子·离娄》所载的《沧浪歌》："沧浪之水清兮，可以濯吾缨；沧浪之水浊兮，可以濯吾足。"

⑥《世说新语·任诞》载西晋张翰言："使我有身后名，不如即时一杯酒。"

⑦《楚辞·九歌·少司命》："悲莫悲兮生别离，乐莫乐兮新相知。"

⑧白鸥盟：与鸥鸟结盟。代指忘机归隐。

[点评]

　　绍熙三年(1192)冬天，在福建提点刑狱任上近一年的词人，被朝廷召往临安听命。一年来，他出仕时微弱的复土希望已经转为失望的苦闷，而他对当政者的梦想也完全醒来。这一次被召，将他以往借花鸟虫鱼以排遣和抒发的不平和失望，完全激发了出来。在朋友盛情为他饯行的宴会上，他裁长恨而为短歌，写下了这首感慨万千的《水调歌头》。

　　此词起韵将两个"长恨"相叠，表明了无比深长的失志之恨，使以下的内容完全笼罩在起端浓郁的悲剧气氛里。接韵以"何人"一句暗点友人的同情，而以楚狂接舆自比。这一自比，一方面暗示出他因愤怨而接近发狂的情绪状态，又暗示出对于当政的极度失望和满腹牢骚。以下连用屈原《离骚》的语句，表明他与屈原相似的情怀和人格：想为国谋划出力而不可得，徒然为国家的前途和命运担心而无计可施。作者在此借用屈原的系列比兴形象，表达自己清洁高尚、不同流俗的人品和操守。末韵即景指意，以门外之水作为隐士们歌颂的"沧浪水"，说它可以清洗自己身上的尘埃。

　　下片首韵，进一步强调上片隐居之意，引用前人对于"一杯酒"与"身后名"的褒贬，表明自己也希望醉别世俗价值，而自求肉体享乐的心情。这样的想法，表达了他在壮志难酬时的激愤。下韵即揭出这层激愤：人间万事都是如此不公而可恨，经常把毫发细事看得很重，把无价值的事与人，看得有极重要的价值，而把泰山那样分量的大事、伟人，看得比毫发还要轻。那么，面对这个颠倒黑白的世界，词人唯一能做的，不就是抛弃它而去吗？至此，词人对于他的时代风气和政局的痛恨，达到勃郁奋烈的程度。在激情上升至最高点后又宕开一境——以切合题面的别意，转入对于友情的抒发。他又用了屈原《九歌》的诗句，写他对于新朋友的难舍难分的别情。值得注意的是，在此他不作大丈夫翘首望远态，而是诚恳地表明：儿女之情是人人不免的古今至情，也是自己面对生别离的新相知时所具有的感情。这一对于儿女缠绵之情的肯定，并没有辱没他的人格，反而显出他的直率与诚挚。词末一结，以清醒的眼光，预见了这次被召的结果：不会是给机会以实现夙愿，至多不过是给他求富贵的机会。他对此表白道：自己本不以求富贵为目标，也不再留恋这黑暗的官场，将回归山水间，重与白鸥结盟。这一结,关合题面与上下片情意,是一篇"短歌行"的意眼所在。

鹧鸪天

三山道中①

抛却山中诗酒窠,却来官府听笙歌。闲愁做弄天来大,白发栽埋日许多②。　　新剑戟,旧风波,天生余懒奈余何③?此身已觉浑无事,却教儿童莫恁么④。

[注释]

①作于绍熙四年(1193)春。

②窠:此指隐居所。做弄:做出、玩弄。

③剑戟:两种古代兵器,比喻尖锐的官场斗争。

④儿童:指自己的儿辈。莫恁么:别这样。

[点评]

这是作者在离别三山、赴临安道上写下的词作。它十分真实地反映出作者因前景不测而后悔出仕的复杂心情。

上片起韵,作者用"抛却"和"却来"对照,明显地表现出对带湖与瓢泉山中那惬意的诗酒安乐窝的留恋,和对于"官府笙歌"即官场生涯的无兴趣。这一对于自己选择失措的不满和遗憾,启开了下文的抒情之门。"闲愁"一韵,以强烈的夸张,把自己在官场生活中所得的极度愁闷形容出来,并且以一日日增多的白发,来证实他的闲愁。这是他对这一段官场生活的总感受。下片转眼望将来,心情更是压抑。他以"新剑戟"与"旧风波"对举,使词意自然转入对于将来更厉害的"剑戟"即官场争斗的厌恶与担心。一句"天生余懒奈余何",写得顽皮天真,颇有自慰之态。它其实含意很深:一方面表明了他不愿参与庸俗无聊的官场斗争的态度,一方面又表明他面对这样无聊的政治环境时心情的黯淡。末韵更把自己失志于当代、不希冀有什么作为的想法和盘托出。而这种没办法时的消极想法,又不能向他的儿辈说明,鼓励他们也采取自己一样的生活态度乃至于生活方式,因为他们的人生还没有展开呢。这种矛盾和隐痛,是一个认清了世局以后,处于两难之地的人所不能避免的。

行香子

三山作

好雨当春,要趁归耕。况而今、已是清明。小窗坐地,侧听檐声①。恨夜来风,夜来月,夜来云。　　花絮飘零。莺燕丁宁。怕妨侬、湖上闲行。天心肯后,费甚心情②!放霎时阴,霎时雨,霎时晴。

[注释]

①坐地:坐着。地:助词。檐声:屋檐间滴水的声音。
②天心:上天之心。此借指朝廷。

[点评]

宋光宗绍熙五年春,作者正在福州知州兼福建安抚使任上。从去年冬天至现在,因为心情的郁闷和志愿的不遂等,他曾屡次上书求归,但是朝廷对他始终没有明确答复,这使他不免焦虑不安。他猜测朝廷政治气候的变化,对于君威难测深有感受。于是在清明节春雨未晴、风云不定的气候中,他写下了这首明志与抒愤的《行香子》。

词的起句，由"当春"到"况而今"，表明了他归隐之志的坚决和急迫。"小窗"以下直至篇末，表面上是赋写闲窗独坐的所见所感，其实是用比兴法，含蓄地表明了自己对于朝廷迟迟不作答复的怀疑、忧虑和幽愤。首先，"小窗"一韵，明接起句"好雨"而来，写自己侧耳倾听屋檐下的残雨迟滴的情状，含有对于朝廷动向的关切之意。下以一"恨"字，领起三小句，短语急促，句式排比，渲染出夜来风云无定的气氛。然而以"恨"字统领，表达的实是他对于朝廷反复变化以及自己受到谗言诽谤困扰的不能忍受。下片首韵，接上片"清明"一词而来，写清明节春残花落和莺声燕语的景象和因路上泥泞而不能到西湖上闲游的担忧。他以莺儿、燕子话语呢喃、殷勤叮咛来写出，巧俏含蓄地将春鸟写得有情有韵。就它的比兴意思来说，也有国事如春残已不可为、自己的归隐山水又受到很多牵制的幽恨。"天心"以下，满腔不满和不耐烦，挟带着疑虑倾泻而出：老天爷如果心意已决，又何必这样麻烦：一会儿阴，一会儿雨，一会儿又晴！这里，他借清明时节江南天气阴晴不定的景象，责备"老天爷"的态度暧昧而犹豫。

全词基本上是采用比兴手法，借南方清明节时阴晴无定的天气变化，来形容朝廷政治气候的风云难定，和天子故意使君威不测以使人不安。措辞用语，隐隐传达出他对于当政者耍弄手腕的不耐和蔑视。

最高楼

吾拟乞归，犬子以田产未置止我，赋此骂之[①]

吾衰矣，须富贵何时？富贵是危机[②]！暂忘设醴抽身去，未曾得米弃官归。穆先生，陶县令，是吾师[③]。　　待葺个、园儿名"佚老"，更作个、亭儿名"亦好"，闲饮酒，醉吟诗。千年田换八百主，一人口插几张匙^④？便休休，更说甚，是和非^⑤！

[注释]

①作于福建安抚使任上。乞归：向朝廷请求罢仕归隐。犬子：对自己儿子的谦称。

②《晋书·诸葛长民传》："贫贱常思富贵，富贵必履危机。"

③"暂忘"句：用"穆先生"事。《汉书·楚元王传》载：元王至楚国封地，用穆生等为中大夫。穆生不嗜酒，元王常设醴相待。后其子即位，渐忘设醴之事。穆生说："醴酒不设，王之意怠。不去，楚人将钳我于市。"于是称病离去。"未曾"句：用"陶县令"即陶渊明辞官归隐事。

④"千年"两句，是当时俗语。

⑤休休：罢休。

[点评]

　　这首标明骂子的词作，借题发挥，骂尽迫害他的当权派和追求利禄的俗人，并且表明了因政治失意而决意归隐、求乐于田园的志趣。全词围绕着"乞归""田产"和"骂"这三个中心词来写，紧凑而明确，明示旷达而内含幽愤。

　　上片借引前贤，陈说不及时抽身的危害，其中含有稼轩本人政治失意、遭受谗言诽谤的隐痛。起端一叹一问，表明自己不得已而抽身的情形和不求富贵的志趣。以下一个单句，感慨极重，进一步表现出他对于求富贵行为的否定。"暂忘"以下，接着"富贵是危机"来写，像是解释，也像是表白，表明对抽身而去的先哲的仰慕和追步。"暂忘设醴"和"未曾得米"两句，还表明他自己现在抽身退隐的原因和决心，写出了一段铮铮傲骨。下片开始，转写归隐以后的乐趣。他以修建名称别致的"园儿""亭儿"，来表达自己的志趣：做一个佚老也不错，可以安闲地想饮酒就饮酒，可以在醉酒后更兴会淋漓地吟诗作词。这里意境虽然与上片不同，却是上片"抽身去"与"弃官归"的自然延续。以下突然一转，他以当时流行的民间口语，对于贪求无厌之人痛下重锤。在意态闲闲之后，语调激愤。这说明他骂子是假，骂人是真。作者笔锋犀利，颇有骂尽世间俗人的勇力，也能表现出他对于世俗追求物质利益不以为怀的品格，显示出其旷达襟怀。最后一韵，词意和词气都与开端部分遥遥呼应，表明因世间浑浊，分不出是非，因而就此归休、不争是非的心情。这心情，也深深寄托了他被谗害诽谤、英雄无路的悲愤。

鹧鸪天

戊午拜复职奉祠之命①

老退何曾说着官？今朝放罪上恩宽②。便支香火真祠俸，更缀文书旧殿班③。　　扶病脚，洗衰颜，快从老病借衣冠。此身忘世浑容易，使世相忘却自难④。

[注释]

①拜……命：领受……的命令。复职：恢复集英殿修撰之职。奉祠：主持福建武夷山冲佑观。
②放罪：解除罪罚。
③支香火：支领冲佑观香火钱。"更缀"句：言姓名复被列入旧日班行之中。
④《庄子·天运》："使亲忘我易，兼忘天下难；兼忘天下易，使天下兼忘我难。"

[点评]

宋宁宗庆元四年（1198），二度被罢职的稼轩，正在瓢泉适应他清寂的晚年生涯。新当政的韩侂胄为了借抗金邀取时望，获得抗战派人士的支持，就对他们略施恩泽以示恩仪。稼轩也在被彻底褫夺官职禄位之后，再受命主持福建武夷山冲佑观。稼轩对此心情颇为复杂，他既怀有牢骚，又怀有前途难料的忧心。

起韵以"何曾"一语，直接表现了意外的感受，并在表面的感恩戴德之中，隐藏着对于天子恩"宽"的嘲戏，在嘲戏中又进一步隐含着牢骚之情：天子果真"恩宽"，当年就不该将他罢职，更不该在其后褫夺干净他的禄位。如今做出一副

"放罪""恩宽"的样子,又何必呢?一会儿宣布他有罪,一会儿又认为他无罪,则足见所谓有罪无罪,本来无所谓真伪,全依天子或当政者的好恶而定。接韵似客观叙写他奉祠复职的事情:从今可以支取寺观的香火钱了,真的是奉祠了,而且名字也确确实实地写在文书上,可以说归于旧日朝班行列了。但这与下片联系起来看,他显然对这样的情形不仅不感恩戴德,而且还有所不满。下片前韵,他写自己衰老病颓的样子,且连做官的"衣冠"都没有留下以备复出,而需要向别人借,则表明他从被夺走禄位之日起,就没有再次厕身官场的想法了。这一韵,把他的极度失望和愤愤不平都传递了出来。这不仅对于上韵有所交代和补充,同时为结韵抒感慨忧患之情打好了基础。结韵化用《庄子》的语意,表明了个人永远无法脱身于社会关注之外以及祸福难以预料的沉重感慨和深刻忧患。这就是全篇的主旨,是这场对于作者来说莫名其妙的"恩泽"加给他的真正精神反应。对于当政者的愿望而言,这是一个多么大的讽刺。

贺新郎

用前韵再赋[①]

肘后俄生柳[②]。叹人生、不如意事,十常八九[③]。右手淋浪才有用,闲却持螯左手[④]。漫赢得、伤今感旧。投阁先生惟寂寞,笑是非、不了身前后[⑤]。持此语,问乌有[⑥]。 青山幸自重重秀。问新来,萧萧木落,颇堪秋否?总被西风都瘦损,依旧千岩万岫。把万事、无言搔首[⑦]。翁比渠侬人谁好?是我常、与我周旋久。宁作我,一杯酒[⑧]。

①作于庆元六年（1200）前后。

②此借《庄子·至乐篇》语意，叹息世事变化无常。柳：通"瘤"。

③此化用《晋书·羊祜传》："祜叹曰：'天下不如意恒十居七八。'"

④淋浪：指开怀畅饮。

⑤此言人生的是非曲直，生前死后俱难以了结。投阁先生：指扬雄。据《汉书·扬雄传》：王莽称帝，扬雄误以为自己受到谶纬符命的牵连，于是从天禄阁上投下，几乎死去。但是京城对于他的这种行为，却传言道："惟寂寞，自投阁。"

⑥乌有：乌有先生。是司马相如《子虚赋》《上林赋》中虚构的人物。

⑦搔首：思考貌。

⑧末四句：宁做独立不阿的我，决不屈志阿附别人。此用殷浩语，参见《鹧鸪天·不向长安路上行》注④。

[点评]

　　作者在罢居瓢泉时期，曾经与一些朋友以这个词调和这些韵脚相唱和，主要以陶渊明诗歌的意趣陶写心灵。这首词与上述词作于同一时期，但不再借陶诗写怀，而是借象写意，抒发人生失志的牢骚悲凉和不被世俗击垮、不与世情苟合的襟怀。

　　上片主要抒发对于人生不如意的牢骚悲凉。起句以肘后生柳（瘤）的典故，表明对于世事变化无常的感慨。这种无常感，一直领到下片"颇堪秋否"一句。"叹人生"一韵，由世事转为对人生失意的感叹。这里虽是全用前人成语，却完全融化为自己的感觉，似乎打自己的心中流出。以下将世事无常和人生失意结合起来写，表明自己伤今感旧的原因。"右手"一韵，避重就轻，不直接写自己闲居无用的失意感，而是用前人典故，写自己有酒可痛饮却无螃蟹可享用的"失意"。而实际上，他写左手的闲和右手的不闲，都是在写生命力和时间被浪费的牢骚与痛心。"漫赢得"一句，更是把下文中的感旧和现在的伤今结合起来，表明感旧伤今俱无用的悲凉。以下以汉代辞赋家扬雄的悲剧命运，写自己的寂寞和对于人间是非难有定准的苍凉感。末韵的"问乌有"问得妙：既然人世如此是非不定，令持直节、走正道的词人悲凉愤慨，虚构中的"乌有先生"又怎能回答他带有愤懑的困惑？困惑只能成为他面对现实时永恒的感觉了。

下片，他不再借典抒情，而是借象立意，把自己始终不变、独立不迁的精神风骨完全凸现，这就特别地教人珍惜他不因此而放纵颓唐的定力和品格。过片三句，他借青山立意，表明自己如同青山一般，无论外界发生什么变化，都不改变挺秀的精神特质。"青山"句写青山重峦叠嶂、风神秀出，是即景取象，借象抒情。他用"幸自"一词，写出了他对于青山天然绝异于世间万物的精神风貌的赞美：有这样的挺秀青山在眼，世间幸而还有让他解闷的风景。同时，还含有对于自己幸而不与被"无常"摆布的世间人相同、能够保持自己独特风标的骄傲和庆幸。以下两韵，以关切的口吻，打听那独拔于世外的青山，在遭逢万木摇落的秋节能不能够承受山木脱落、举体消瘦的打击？这里有对于青山这个同怀者的深切关怀，也有以"萧萧木落"之秋来暗示自己政治遭遇的奇惨和来日无多的黯淡之意。那么，他能不能忍受并承受这一切"无常"的打击呢？青山即使被西风吹光了木叶，变得无比消瘦，也依旧是千岩万岫，气象万千，独立于天地之间。这不正是他面对人世无常的精神气韵的象征吗？"把万事"句，既是对于上片的遥遥呼应，显示出他结束词篇时的特有思路，也是下文中思考内容的前奏。下文以"翁"即自己和"渠侬"即特指的那些政坛的当权派们作对比，问是谁更"好"。这个"好"字意蕴无穷：有得失上的相较、是非上的评判和价值上的掂量。他虽然没有正面作答，却以我只做我、不与"渠侬"周旋的语言，表明了他的判断和褒贬。他宁愿做一个耽于杯酒的闲散隐士，也不愿与那些官场人物周旋的态度，深刻地体现了他在"无常"和"无定"的痛苦中，也绝不屈己迎人、以猎取世俗享受和世俗声华的高尚情操。

卜算子①

千古李将军,夺得胡儿马②。李蔡为人在下中,却是封侯者③。

芸草去陈根,笕竹添新瓦④。万一朝家举力田,舍我其谁也⑤?

[注释]

①约作于庆元六年(1200)。
②《史记·李将军列传》载:李广与匈奴战,敌众我寡,广重伤被俘。匈奴兵置广于绳网上,行于两马之间。广佯死,突然跃起夺得匈奴骏马逃脱。
③李蔡:李广堂弟。人品不过下中,功劳也远逊于李广,却得以封侯,位至三公。
④芸草:锄草。芸:同"耘"。陈根:老根。"笕竹"句:剖开竹子,使成瓦状,以作引水的工具。
⑤朝家:朝廷。

[点评]

　　本词是抒发作者自己不遇愤懑的作品,其中充满了对于当权者无能与昏昧的辛辣讽刺。

　　上片以李广和李蔡这两个才能和人品不可同日而语的汉朝人作比较,显示他的愤懑和讽刺。起韵挑选李广一生中最为惊心动魄的瞬间:他因寡不敌众而负伤并被匈奴俘虏,但他无畏无惧、智勇双全,"夺得胡儿马"之后回汉营收拾残部。像这样一位大将,理应受到重用与重奖了吧?可是并不,他还被"罪"放闲。而李广的堂弟李蔡呢?虽然他的才能和人品都只能列入中下等,却偏偏得到重用,官至宰相,爵为列侯。这本是《史记》中的内容,而作者以"却"字一转,把李广该重用却不被重用、李蔡不该封侯却偏偏封侯的极不合理凸现出来，义愤中含有对于汉天子、汉代官场的讽刺和鄙视。如果考虑到作者本是借古讽今，那么，这种义愤就化为对于自己如李广一样不幸遭遇的愤怒和对于当政者的入骨讽刺。

下片直接赋写自己的处境。前二句，写他力田的状况。一双能够抗金杀敌、治国平天下的手，如今竟然在锄草修房！这是极不合理的人才浪费！作者对于这不遇处境的感慨愤懑，通过平平的叙写传达了出来。结韵出以反语，说万一朝廷要选拔种田能手，除了我还有谁呀！一个有救国之才与热望的英雄之人，居然最终变成了一个种田能手！这种荒唐的错位，也正是对于南宋朝廷压抑、摧残栋梁之材的愚蠢行为的愤懑与讽刺。

卜算子^①

万里笍浮云，一喷空凡马^②。叹息曹瞒老骥诗，伏枥如公者^③。

山鸟哢窥檐，野鼠饥翻瓦。老我痴顽合住山，此地菟裘也^④。

[注释]

①作于庆元六年左右。
②笍浮云：追蹑浮云。"一喷"句：言天马长嘶一声，天下凡马全显得黯然无光。
③曹瞒：曹操小名阿瞒。老骥诗：曹操《龟虽寿》有"老骥伏枥，志在千里。烈士暮年，壮心不已"句。枥：马槽。
④哢：啼鸣。痴顽：呆痴固执。菟裘：指隐居之所。

[点评]

　　这首力透纸背的抒情词,抒发的是具有天马才华的自己被迫退隐无为的失意之恨。

　　上片起韵写长天神马,神骏不凡。它在高天之上追蹑浮云,足行万里之远。当它喷鼻一响——尚无需发出嘶鸣,天下的凡马就统统黯然失色。此处"空"字最传神。这是多么难得的一匹天马! 它象征着历史英雄的才力超群,壮志凌云! 接韵继写这种天马式的不凡人物即使到了暮年,也依然如曹操所写的老骥一样"志在千里"。但是,作为不遇的英雄,他们却被迫"伏枥",这不能不让作者感慨与愤怒。值得注意的是,这里虽然是为历史上不遇的英雄写照,却又是作者自己的精神自画像。下片专写自己的"伏枥"之悲,也就是专写隐居所遇。过片以山鸟和饥鼠不畏人而肆意啭鸣、翻瓦的意象,极写他居处的荒僻,而他的不满、不甘之情就寄迹其中。结韵转为无可奈何的自我开解,说自己既然又衰老、又痴顽,当然就只配住在山中了,这里还是个不错的隐居之地呢。这里有激愤、有自慰,写出了他虽然对隐居式的存在方式感到不满,但又不屑于去改变自我性格趣味,去向人俯首的刚强倔强的个性。颓唐中有操守,低迷中有风骨,这种失意才无愧于他的"神马"特性。

喜迁莺

谢赵晋臣敷文赋芙蓉词见寿,用韵为谢①

　　暑风凉月,爱亭亭无数,绿衣持节②。掩冉如羞,参差似妒,拥出芙蓉花发③。步衬潘娘堪恨,貌比六郎谁洁④? 添白鹭,晚晴时公子,佳人并列⑤。　　休说,搴木末;当日灵均,恨与君王别。心阻媒劳,交疏怨极,恩不甚兮轻绝⑥。千古《离骚》文字,芳至今犹未歇。都休问,但千杯快饮,露荷翻叶⑦。

[注释]

①闲居瓢泉之作。按:一本无"谢赵"及"敷文"四字。

②此言荷叶亭亭玉立,如绿衣使者持节而立。

③掩冉如羞:言荷花如同少女含羞,隐现于绿叶之间。参差似妒:言荷花参差低昂,似各怀妒意而争美斗艳。

④步衬潘娘:《南齐书·齐东昏侯传》:"凿金为莲花,以贴地,令潘妃行其上,曰:'此步步生莲花也。'"貌比六郎:《新唐书·杨再思传》:"张昌宗以姿貌幸,再思每曰:'人言六郎似莲花,非也;正谓莲花似六郎耳。'"按:张昌宗、张易之以美貌见宠于武则天,众人竞相献媚。时人呼张易之为五郎,张昌宗为六郎。

⑤"添白鹭"三句:言白鹭飞来与芙蓉为侣,犹如公子佳人并肩而立。按:称白鹭为公子,典出杜牧《晚晴赋》:"白鹭飞来,似风标之公子。"

⑥"休说"七句:化用屈原《九歌·湘君》:"采薜荔兮水中,搴芙蓉兮木末;心不同兮媒劳,恩不甚兮轻绝。"屈原用此隐喻楚王亲佞远贤,疏远于己。稼轩则借以隐寄身世之慨。搴:拔取。木末:树梢。灵均:屈原字灵均。心阻媒劳:心有阻隔,媒使徒劳。交疏:交谊疏远。

⑦露荷翻叶:荷叶喻杯,叶上露珠喻酒,即一饮倾杯。

[点评]

　　此词起端即采用侧面烘染法,含蓄曲折地写出荷花的娇美动人。他把荷花放在朦胧摇曳的"暑风凉月"下,这就不仅显示出作者对于荷花所具有的独特美学情趣,而且更暗示出作者此时内心不免低迷的情绪状态。下面借用前人"亭亭"一语刻画荷叶的风标,整句写出荷叶如同持节护持荷花的无数绿衣使者,这虽未及荷花的声色,却写出了荷花的不凡气势。以下一韵,更是通过荷叶的"神情变化",着力显示荷花的娇美可爱。荷叶参差低昂,时而给人谦逊退避的感觉,时而又仿佛是在嫉妒荷花的美貌。这里的一"羞"一"妒",虽写荷叶,但足以为荷花生色。下韵在借用被人们艳传的"步步生莲"和"莲花似六郎"的典故时,作者点铁成金，夺胎换骨，来表明她的高洁与不可夺志。一语"堪恨"，打了风流潘娘一个耳光；一语"谁洁"，问得美貌六郎哑口无言。写出了荷花的皎然独出，神形俱清。既然潘娘和六郎都不堪与荷花比并，那么什么是她最好的伴侣？作者认为，只有那在晚晴天中突然飞来的仪表俊逸而又超然忘机的白鹭，才配得上与荷花这绝代佳人并肩而立。这里一个"添"字用得妙，它把眼前白鹭飞来、落于荷叶之上的景象，写得新鲜有趣。而如果追究作者的深意，并且联想到题中赵晋文将他比拟成荷花的原意，就会明白，上片结末处白鹭伴荷花的意象，表明作者借孤高寂寞的荷花自比，而以白鹭比拟像赵晋文那样的知己的深意。这就一笔双绾，既写了荷花，又暗中照应了题面酬答之意。

　　下片缘荷花而抒发自己忠心为国、却屡遭退黜的忧愤不平。起句一个短语，绾合屈原与自己，宣泄不为最高统治者所承认的痛心。他以一个屈原式的沉痛隐喻——芙蓉本是在水的花朵，而屈原却借爬上树梢去采摘她，来表明自己的赤胆爱国之忧，不为统治者所信任的愤恨。这是借以写词人自己的坚持抗战之心，不为南宋小朝廷所接受的痛苦。以下两韵，摆脱咏写荷花的拘束，直接传递自己报国无门的深沉痛苦。他先以一"恨"字，把"灵均"无法实现拯救国家之志的强烈而复杂的感情点击出来。再以屈原的诗句，表明自己对于南宋最高统治者目光短浅、听信投降派的佞词、与主战派人士志不同道不合的愤恨与无奈。这些地方，表面上看来是代屈原致不平、抒愤懑，其实早已把自己打入其中，同屈原合而为一了。"千古"一韵，揭明自己咏写荷花与想念屈原的缘由。因为他所处的政治环境与屈原所处的没有本质的区别，屈原那些表现爱国与忧国之情的诗篇，自然也使他产生深深的共鸣。"芳至今犹未歇"，化用屈原自写其情操之美的诗句："芳菲菲而难亏兮，芬至今犹未沫。"写出了时代虽然迁延，但屈原那爱国忧国的情操、独立不迁的人格却流芳至今。这是对屈原的热烈赞美，又是对自己时代政治的无情嘲笑和无比怨恨，同时也寄寓了他对于自己命运的无限悲感。这是全词的高潮与华彩所在。结韵写道：这一切个人与时代的悲剧，还是都不要管了吧，我们只可寄情于酒，痛饮千杯。到这里，不仅作者整个感情的变化过程已经完整，而且以"露荷翻叶"一语巧妙关合咏荷。露水在荷叶上的倾覆，与他们以荷叶杯尽情倾饮美酒的豪中之悲，被寥寥数语写出。眼前景、景中情、情中悲融化无痕，可谓涉笔成趣，写足题面。

　　在艺术风格上，此词于沉郁顿挫中有劲气流转。他所采用的借物典写情、不直击本题的行文角度,使本词含有丰厚深隽的余味。另外,这首词首尾圆合,荷起荷终,也显示出了作者笔法的严谨。在咏荷时,他注意避开人所易言的角度,而以侧面烘托和拆解典故法,把荷花皎然独出、清标难比的风韵写得新颖不俗。

贺新郎

韩仲止判院山中见访,席上用前韵[①]

听我三章约:有谈功谈名者舞,谈经深酌[②]。作赋相如亲涤器,识字子云投阁[③]。算枉把、精神费却。此会不如公荣者,莫呼来、政尔妨人乐[④]。医俗士,苦无药[⑤]。　　当年众鸟看孤鹗。意飘然、横空直把,曹吞刘攫[⑥]。老我山中谁来伴?须信穷愁有脚。似剪尽、还生僧发[⑦]。自断此生天休问,倩何人、说与乘轩鹤?吾有志,在丘壑[⑧]。

[注释]

①韩仲止:号涧泉,韩元吉之子,颇有诗名,时居信州。

②三章约:约法三章。稼轩所约法三章者,为禁止谈功、谈名、谈经。

③司马相如和扬雄俱有失意之恨。相如亲涤器:《史记·司马相如传》言相如到成都,卖尽车骑,买一酒垆与卓文君卖酒。"相如身自著犊鼻裈,与庸保杂作,涤器于市中。"子云投阁:参见《贺新郎·肘后俄生柳》注⑤。

④公荣:即刘公荣。《世说新语·简傲》:"王戎弱冠诣阮籍,时刘公荣在座。阮谓王曰:'偶有二斗美酒,当与君共饮,彼刘公荣者无预焉。'……或有问之者,阮答曰:'胜公荣者,不得不与饮;不如公荣者,不可不与饮;惟公荣,可不与饮

酒。'"

⑤苏轼《于潜僧绿筠轩》:"人瘦尚可肥,士俗不可医。"

⑥众鸟:凡庸之众。孤鹗:自指。鹗:一种猛禽,常喻英才。曹、刘:曹操与刘备。

⑦此言老来孤独,更兼穷愁缠绕。

⑧"自断"句:杜甫《曲江》之一:"自断此生休问天,杜曲幸有桑麻田。"乘轩鹤:喻指无功受禄的朝廷贵人。丘壑:隐者所居。

[点评]

庆元六年(1200),前吏部尚书韩元吉的儿子、辞官归隐于信州的诗人韩仲止前来拜访稼轩。稼轩设宴款待了他,并在酒席上填写此词,既抒发功名无成、事业不遂的郁愤,又表明自己志在丘壑的怀抱。

上片表明对于妄谈功名儒术的俗客的鄙视和鄙弃功名富贵的高士风节。起韵即约法三章,词气严正而又调侃。既如元帅升帐,颁布军纪,威势赫赫,又带有《世说新语·排调》的谐趣。以下三句,他借用杜甫诗歌中对于西汉两大辞赋家司马相如和扬雄命运的慨叹,表明了与失志的杜甫一样的感慨:怀才者终不遇。司马相如和扬雄,一个才气纵横,一个博识多学,却都不免于"涤器"甚至"投阁",自己又是怎样呢? 不待多说,谁都能体会出他是在借古讽今、借人说己。这就直逼出下面深沉喟叹的单句:"算枉把、精神费却。"求功名,读经书,耗尽心血和精力,最后不过是一场空。只落得无言心痛的结局,甚至还被人暗中耻笑,这是多么大的个人悲剧! 而席上那些毫无感觉的客人若谈功、谈名、谈经即儒术,必然会把词人勉强按倒的悲哀再次勾起,使人扫兴,词人自然要预先约法三章了。"此会"以下,顺势推出,把他对于或不晓事、或非功名利禄就无话可说的俗客的厌烦情绪表达得透彻无隐。他主张比不上刘公荣的俗辈不要唤来聚会,免得他们贪酓鄙俗的德行和话语,妨碍了席上的欢乐气氛。

下片主要抒发英雄迟暮的感慨和不甘同流合污的心志。过片二韵,由眼前转入回忆,借雕鹗自比,把自己当年如同雕鹗一般刚猛不群、足以为万人敌的雄风凸现出来,并且以一个"看"字,传出了自己当年众望所归、志在必得的风采。他以"飘然"与"横空"写那只孤鹗,也是写自己兼有儒将的风韵与骁将的神采。而"横空直把,曹吞刘攫"的形象,更是把他虽处于江南一隅,但决心复土、志在必得的雄姿英概,写得精彩毕出。以下"老我山中"一笔跌回现实。在现实中,自己不过是孤处山间的寂寞老人,没有朋友,没有声名,也始终没有机会去实现自己吞曹攫刘的壮志。这一悬差巨大的今昔对比,使昔日的才志适足以增加今日的悲慨。也使上片的"算枉把、精神费却"一句,得到了更为形象化、更为惊心动魄的解释。以下两句,承"谁来伴"这一问,把"穷愁"像生了脚一样,寸步不离地跟随他,使他摆脱不了的情状;把"穷愁"像有生命力的头发一样,剪了又生的情状,写得无比形象。令人在惊赏他的想象力的同时,也为他如此落魄潦倒而重增悲慨。"自断"以下,一笔振起,挥斥老天,藐视和嘲笑那些无功而受禄的"乘轩鹤"们,表现了老而未衰的勃勃英气。他要自己决定命运,他宁愿处身山林丘壑间,也不与彼辈同流合污。

瑞鹧鸪

乙丑奉祠归,舟次余干赋①

江头日日打头风,憔悴归来邴曼容②。郑贾正应求死鼠,叶公岂是好真龙③! 黔居无事陪犀首,未办求封遇万松④。却笑千年曹孟德,梦中相对也龙钟⑤。

[注释]

①舟次:舟船停泊。余干:县名。县址在饶州南部百二十里。

②打头风:顶头风。邴曼容:西汉人。《汉书·两龚传》说他养志自修,为官所取俸禄不肯超过六百石,一旦超过,就自动免去。此处稼轩以邴曼容自况。

③此以"郑贾求鼠"和"叶公好龙"二事,讽刺南宋执政者但求抗金用人之名,不务抗金用人之实。郑贾求鼠:《战国策·秦策》:郑人称未经雕琢的玉为"璞",周人称未经晒干的鼠为"朴"。周人怀"朴"过郑贾处,郑贾本想买"璞",但见是

"朴",遂罢。

④犀首:即战国时魏国公孙衍。据《史记》的《犀首传》和《陈轸传》,陈轸见犀首,问道:"公何好饮也?"犀首答道:"无事也。"孰居:即久居。"未办"句:言没有取得封侯的赏赐,却先接纳万松为友。

⑤曹孟德:曹操字孟德。龙钟:衰老貌。

[点评]

　　宋宁宗开禧元年,做镇江知府才一年的辛弃疾,又再次被罢官。他由镇江回家的路上,追思自己这一次出仕的经历,真正理解了当政"叶公好龙"的心态,从此断了出山用世的念头。本词就是在这种既悲哀又解脱的心态下写成的。

　　上阕写归来时的感受。起句直写自己乘船归去,而赋中有比。他以自己船行所遇的打头风,隐喻自己的仕途坎坷。接句以汉代邴曼容自况,虽然作者的被罢官与曼容的辞官不同,但两人也有相同处:都为官不高,都不肯放弃精神自洁。作者在以曼容自拟时,又以"憔悴"写失意之情,则他与曼容有所不同可以明见。三四两句,反用郑贾求"璞"(未经雕琢的玉石)得"朴"(未经晒干的老鼠)的典故,正用"叶公好龙"的典故,表明他对当政者起用他但又不打算真正任用他的心态的透察。

　　下阕写归去后的打算。过片一句,借用典故写自己今后隐居无事,唯以招邀酒伴同饮为事。接句言自己还没有来得及取得封侯的功名,却再次归隐田园,接纳万松为友。最后两句,言当年那个写过"老骥伏枥,志在千里"的曹操。如果自己能再次梦见他,恐怕他也不再是一个壮怀不已的老英雄,而是与我一样衰老龙钟了。他对曹操形象的这一"改造",一是有自比于曹操的"老骥"之意,二是有自嘲老骥无为、衰老龙钟之情。此一"笑"字,以自嘲为主,且有嘲笑功业无意义之意,同时也把他不免有恨的峭拔心境揭示了出来。

　　全词主要的艺术特色,一是大量用典,用得虽不免于晦涩,但若领会其意,则能发现他用得很精到。二是以议论笔法抒情,而又能给人情感饱满、笔墨饱酣的印象。

鹧鸪天

不寐①

老病那堪岁月侵,霎时光景值千金②。一生不负溪山债,百药难治书史淫③。　　随巧拙,任浮沉。人无同处面如心。不妨旧事从头记,要写行藏入《笑林》④。

[注释]

①作于归隐瓢泉时期。
②光景:即光阴,时光。
③不负溪山债:意谓遍游名山胜水。书史淫:嗜书入迷。
④《笑林》古代专门记载人物笑话的书。

[点评]

此词上片自我抒怀。首韵点题,又表明他因老病而更加珍惜岁月,而岁月的流逝又给他带来了更多的衰老和病痛。这是典型的老年人心态。"那堪"一词,下得沉痛。第二韵,对仗工整,勾勒了词人一生未遇的经历,却又是以这样的风流高格调写出来,显得从容娴雅。"一生"句写得尤好,它是脱口而出的快句子,却涉笔成趣,很生动,很有滋味。下片转写庸人丑态,潜意识中有以彼辈与自己对照之意。过片先是用两个偏意短句,表明作者对他们的不屑。"巧拙"取庸人的巧佞这一面,"浮沉"取庸人的得意这一面,而"随"与"任",则有任凭彼风派人物如何因巧佞而得意的意思。但其实词人心中已经积聚起了对彼辈的鄙视。然后他调用典故来强自化解郁愤,说世间之人的性情,正像他们的面貌一样,千差万别,不必也不能强求一律。其实这并不是作者对于世人个性差异的评价,而重在表明庸人辈的机巧,与自己的刚正一样,是不可改变的。自己正不妨把他们的平生行事从头回忆,把他们补充到前人所写的丑人丑事讽刺小品集——《笑林》之中去。

本词措辞明快,涉笔成趣,以诙谐戏谑的口吻,表现词人一生的不遇。又以辛辣嘲讽的口吻,入木三分地刻画了当时政坛上春风得意的庸人的丑态。

贺新郎

邑中园亭①

甚矣吾衰矣②!怅平生、交游零落,只今余几?白发空垂三千丈,一笑人间万事③。问何物、能令公喜④?我见青山多妩媚,料青山、见我应如是⑤。情与貌,略相似。　　一樽搔首东窗里,想渊明、停云诗就,此时风味⑥。江左沉酣求名者,岂识浊醪妙理⑦?回首叫、云飞风起⑧。不恨古人吾不见,恨古人、不见吾狂耳⑨。知我者,二三子⑩。

[注释]

①本词原题为:《邑中园亭,仆皆为赋此词。一日,独坐停云,水声山色,竟来相娱,意溪山欲援例者。遂作数语,庶几仿佛渊明思亲友之意云》。此罢居瓢泉之作。邑:指铅山县邑。仆:自我谦称。此词:指《贺新郎》词调。停云:停云堂。意:猜度,料想。援例:依照前例。指以词赋邑中园亭事。"庶几"句:差不多像渊明"思亲友"之作的意思。
②甚矣吾衰矣:《论语·述而》记孔子语:"甚矣吾衰矣,久矣吾不复梦见周公。"

③"白发"两句:岁月蹉跎,白发徒长;人间万事,唯一笑了之。

④"问何物"句:设问,而今什么东西能博得您的喜爱。

⑤妩媚:形容青山秀丽美好。

⑥一樽搔首东窗里:化用陶潜的《停云》诗:"静寄东轩,春醪独抚。良朋悠悠,搔首延伫。"搔首:挠头,烦极貌。就:成。

⑦"江左"句:指南朝的那些名士清流。浊醪:浊酒。

⑧云飞风起:暗用刘邦《大风歌》诗句:"大风起兮云飞扬,威加海内兮归故乡,安得猛士兮守四方。"

⑨"不恨"句:袭用南朝张融语:"不恨我不见古人,所恨古人不见我。"(《南史·张融传》)狂:指愤世嫉俗的狂态。

⑩二三子:借用孔子对其学生的称谓,指少数几个知心朋友。

[点评]

这首为他自己在瓢泉所造"停云堂"而作的题词,是他的得意之作。词主要写思亲友和饮酒两方面,但又添进山水情趣,借以抒发自己年华空老、壮志未酬以及知音难求的孤寂和激愤,而宁愿放情山水、也不愿追逐世俗名利的节操,也得以从中凸现。

上片从"思亲友"起端,主要抒发年老无成、知音难觅的孤寂和苦闷,同时表明他寄情山水的怀抱。起句劈头发出一个暗寓政治理想不得实现却徒然衰老的感慨。接韵以一"怅"字领起,极写平生交游零落的孤独感。第三韵,先借用李白的诗句,写壮志难酬的忧愤,而以"空垂"一语,使忧愤的叹息力量更沉重;接用"一笑",把多少不如意的人生苦闷一笔排开。这么一叹一推,显示出他努力排解内心痛苦的努力,在文气上显得跌宕起伏。"一笑人间万事"之后,作者于无可掉转处强行掉头,以一问再度宕开词路。"我见"韵,不愧为词人极其得意的妙句,写得天真风趣,灵机四出。他觉得青山是妩媚可意的,更猜想青山也同样觉得他是妩媚可心的。用"妩媚"来形容高峻青翠的青山之美,并用"妩媚"来形容自己这样一位衰老悲哀的失志者的精神风度,实为写风韵之妙辞。继韵对自己与青山同妩媚做出解释,表明唯有青山,才与自己在不屈的性格和纯洁的面貌上相似,堪称自己的精神知己。作者把青山拟人化,写自己能在青山的抚慰中得到精神的宁静,此处写得声色婉转可爱,也包含着对于知音难觅的更深寂寞,因为青山毕竟是无知觉的客体。同时,在他宁愿以青山为伴的选择中,也暗示着始终不改的节操。作者在起处直抒胸臆,在此处曲笔传情,情意顿挫跌宕而笔法富有变化。

下片以"饮酒"寄意,进一步抒发自己知音难遇的孤寂,并着重表现他不求世俗名利的高尚节操和不合当时的疏狂个性。过片贴紧题面,借像陶渊明那样饮酒解忧,来暗示自己类同渊明的精神品质和感情状态。陶渊明饮酒解闷,是因为良朋不至,词人在停云堂上饮酒,也有此意。这里又一次暗中呼应开头的"交游零落"。"江左"一韵,从反面挥斥那些借饮酒猎取名声的"江左名人",说他们虽然也模仿贤士的狂饮,但根本就不懂得,饮酒对于像陶渊明和作者自己这样的高洁之士来说,不是寻求名利富贵的幌子,而是保持精神清洁的手段,是化解心中无边寂寞和痛苦的方法。在此,作者先巧用"江左"一词,把当年偏安江南的东晋王朝,和今日同样偏安江南的南宋王朝中的名利追猎者一网打尽,再用"岂识"一词,对他们表示出极度的轻蔑。这里,被他笔墨"放倒"的不仅有假隐士,也有真正沉酣于追逐名利的政坛禄蠹。这主要是因为,他巧用了"沉酣"一词的本义和延伸义,把沉酣于酒以取名利之辈和直接沉酣于名利追逐之辈,都包括进来了。"回首叫"一句,直取风起云涌的景象,来抒发狂放悲愤的情态。以下更进一层,调用典故,以一"恨"字、一"狂"字,来写自己独立天地、极度疏狂的豪酣,表现出他对于黑暗现实的怨愤和叱咤风云的昂扬斗志。结韵顺势而下,以"知我者,二三子",再次正面慨叹知音稀少,从而与开篇的"交游零落"遥相呼应。

全词如同一段抒情交响乐,以知音难觅的主旋律起端,暗中隐伏着壮志难酬的悲情,几经跌宕变化,最终以主旋律结束。在具体的艺术手法上,此词将旁正、正反、直曲抒情相结合,使词情跌宕生姿。另外,词化用典故,功力深厚。如"甚矣吾衰矣""不恨古人吾不见,恨古人不见吾狂耳"等句,采自古代散文和史传,却不仅使它们妥帖入词,不牾格律,而且浑如己出,浑化无碍,有点铁成金之妙。

蛾眉曾有人妒

水龙吟

登建康赏心亭^①

楚天千里清秋,水随天去秋无际^②。遥岑远目,献愁供恨,玉簪螺髻^③。落日楼头,断鸿声里,江南游子^④。把吴钩看了,栏杆拍遍,无人会,登临意^⑤。　　休说鲈鱼堪脍,尽西风、季鹰归未^⑥?求田问舍,怕应羞见,刘郎才气^⑦。可惜流年,忧愁风雨,树犹如此^⑧!倩何人,唤取红巾翠袖,揾英雄泪^⑨。

[注释]

①此词或云作于乾道六年(1170)任建康通判时,或云作于淳熙元年(1174)任江东安抚使参议官时。赏心亭:参见《念奴娇·我来吊古》注释①。

②楚天:泛指南方的天空。

③遥岑远目:纵目远山。献愁供恨:显示出愁恨的样子。玉簪螺髻:言群山秀丽如美人头上的碧色玉簪和螺形发髻。

④断鸿:孤鸿。

⑤吴钩:古代吴国铸造的弯形快刀,此泛指刀剑。看吴钩有希求驰骋沙场、建功立业之意。会:理解。

⑥反用张翰弃官南归之意。据《世说新语·识鉴》载,吴人张翰(字季鹰)在西晋都城洛阳做官,一日见秋风起,因思吴中莼菜羹、鲈鱼脍,遂弃官南归,并说人生贵在适意,不在名爵。脍:切细的鱼、肉片。

⑦此用刘备呵斥许汜故事。据《三国志·陈登传》载,许汜见陈登,陈登久不与语,且使许汜睡小床,而自己自卧大床。许汜向刘备诉苦。刘备责备他说:"君求

田问舍,言无可采,是元龙(陈登字)所讳也,何缘当与君语!如小人,欲卧百尺楼上,卧君于地,何但上下床之间耶!"刘郎才气:指刘备的胸怀气魄。

⑧树犹如此:《世说新语·言语篇》载,晋朝桓温北伐,途经金城,见当年手种柳树已有十围之粗,感慨道:"木犹如此,人何以堪?"

⑨倩:请。红巾翠袖:代指歌舞女子。揾:擦拭。

[点评]

　　辛弃疾二十二岁就举兵抗金,次年又以五十骑人马直闯敌营,生擒叛徒张安国而率部南归,他是何等英雄的人物!但南归之后,却一直未受重用,长期辗转沉沦于州县,满腹经纶无法施展,这就不免使他产生依人作客、江南游子般的不遇之感了。这首词,就抒发了他登览赏心亭时的复杂而郁愤的心情。

　　上片写景为主,而在景物中融会了作者的"游子之悲",境界雄浑而不失清丽。"楚天"一句,包罗万象,而"水随"以下,则转为分写。一则落笔于茫茫江水,二则寄情于韶秀山光。写山的美丽,以美人头上的"玉簪螺髻"为比喻,真有举重若轻、巧夺造化之力的奇情。然而,这样妩媚多姿的江山,在他的眼中,却成了"献愁供恨"的对象,不免令读者在惊奇之后,意识到作者心中的郁积与愁苦有多浓——浓到见山则情满于山的程度。以下数句,以落日惨淡、断鸿哀鸣的江南秋夕景色为背景,衬托登楼眺望、沉思、徘徊与恨拍栏杆的自我抒情者形象。那开阔而又苍凉、惨淡的背景,已渲染出悲凉凄断的抒情气氛。而"江南游子"一语,下得更是沉痛。它以少总多,说尽了自己自南来以后就辗转漂流的惆怅和壮志无法实现的悲苦。他难以按捺满怀的愁绪,不禁看吴钩而拍栏杆,试图将愁苦之情、愤烈之志外化宣泄以求解脱。因而,在这些显示其情绪忽激烈忽低咽的动作里,含蕴着他空有一身复国本领却无人重用、空有一腔报国之志却无人理解的深沉痛苦。在他的"登临意"中,包含着极为复杂的情意内容:登览眺望时的无边乡愁,日暮途穷的前程感念,报国无门的苦闷,知音乏人的深深寂寞,都被包裹在一个"意"字里。这样,"无人会,登临意"就成了上片的抒情重心所在,也成了全篇抒情写志的最强音。

　　下片连用三个典故,曲折而又确凿地抒发了自己进不能、退不愿、苟且不得、不忍又只能任凭岁月如流的痛苦心情。他先反借西晋张翰见秋风起即思故乡的莼菜鲈鱼而归隐的典故,表明赋归虽是他心中一闪念,却不能使他这样一个志在恢复的英雄安心。接着,他又正用刘备唾弃求田问舍的许汜的典故,表明自己不愿做借官营私、不顾国家大事的庸碌之辈。然后,他又用晋朝桓温对于流年的感慨,不仅嗟叹自己事业无成而年华虚度,而且对于政治"风雨"的摧折表示难言的幽愤。这里的用典,半咽半吞,一触即止,令人想见他忧谗畏讥的心情,也令人想见他思及流年时的极度痛心。最后一句,不仅遥接上片结句"无人会"的孤独感,而且也是以上所写的各种痛苦的终极外化。因为这样刚毅豪迈、自认"英雄"的词人,竟然为此落下了止不住的热泪。这就使本词在情调上,融豪气与浓情为一炉,而接近于当年"拔山盖世"的英雄项羽所唱的《垓下歌》了。

这首词的主要特点,一是在风格上于豪放中兼融沉郁,一是在手法上采用含蓄曲折的抒情方法。其表现之一是在抒情时移情入景并借用典故,增加词情的曲折含蓄性;表现之二是词作写情层层推进,而在写到情极处时,却只以"树犹如此"半句咽住,让读者去细细体会,因而显得含蓄隽永。

摸鱼儿

淳熙己亥①

更能消、几番风雨②?匆匆春又归去。惜春长怕花开早,何况落红无数。春且住!见说道、天涯芳草无归路。怨春不语。算只有殷勤,画檐蛛网,尽日惹飞絮③。　　长门事,准拟佳期又误。蛾眉曾有人妒。千金纵买相如赋,脉脉此情谁诉④?君莫舞!君不见、玉环飞燕皆尘土⑤?闲愁最苦。休去倚危栏,斜阳正在,烟柳断肠处。

①本词原题为:《淳熙己亥自湖北漕移湖南,同官王正之置酒小山亭,为赋》。作于淳熙六年(1179)春,时将由湖北任改调湖南任。漕:漕司:宋时主管漕运的官吏。王正之:名正己。稼轩湖北任上同僚。小山亭:在湖北转运使官署内。

②消:经得起。

③"算只有"三句:算将起来,只有画檐上的蜘蛛网,尽日沾惹些柳絮,似留得少许春色。

④"长门"五句:用陈皇后事,自比遭人嫉妒、大业难成的痛心。据《文选·长门赋序》:陈皇后失宠于汉武帝,幽居长门宫,闻司马相如善于作赋,于是以千金请其为己作《长门赋》。汉武帝读后被感动,于是陈皇后再度得宠。蛾眉:代指美人,比喻爱国志士。

⑤玉环:唐玄宗宠妃杨贵妃的小字,杨贵妃后死于马嵬兵变。飞燕:汉成帝宠爱的赵皇后。失宠后废为庶人,自杀而死。皆尘土:归于尘土。

[点评]

　　词上片表现伤春之情。此处"伤春"作为一个比兴意象,具有两个方面的寓意。第一,它寄托着作者的"美人迟暮"之感,也就是一再遭受政治风雨的打击而失去良辰、失去前途的无限痛心。第二,若是从它的深层寓意上看,则寄托着作者对状若花残春尽、江河日下的南宋国势的极度忧心和欲哭无泪的悲哀。词以"更能消"起头,突兀而起,激切不平,在反诘中蕴含着极度悲伤的感情内容。"匆匆"一句,总摄上片词情,暗含着哀怨、惋惜的情意。以下各大句,从惜春、留春、怨春等层次来抒发伤春的感情,写得细腻缠绵、精彩焕发。留春一句如一声断喝,起得峭拔,令人想见英雄之气。而接句则天真痴顽,他把春天当成是有灵的对象,诳它说:听说现在遍天涯都是芳草芊芊,春天啊,假如你只顾归去,会为此迷失道路。这是多么苍白的留春理由!只能显出他的拳拳之心,却不能使人(春天)信服,所以春天还是不交一语地匆匆走了。于是他剩下的只有怨:怨春去人间,只有蜘蛛织网、沾惹飞絮的萧条景象——在蜘蛛,可能以为粘住了飞絮,多少还能留住春天的影子吧,所以那么忙忙碌碌。而蛛网惹絮的"殷勤",则能让人联想起作者耿耿忧国、知其不可为而为之的形象。上片总起之后,层层推进，步步深入，写尽伤春惜时的忧国深情。

下片开头，就"美人迟暮"的意思拓进，写美人遭妒的幽愤和沉冤莫告的痛苦——美人遭妒。作者借用被打入冷宫的陈皇后为自喻，以专宠于一时的赵飞燕、杨玉环作为阻挠他的大业、而正得意的政敌的比喻，写尽怀才不遇的政治苦闷。千金买相如赋而此情难诉的极端化的措辞，是极度哀怨的语言。"君莫舞"以下一句，词锋直指妒蛾眉者，以玉环、飞燕两个君王宠妃的下场，来诅咒谗害他的当权小人的下场。这里是词中辞气最激烈的部分，然而因为借典故措意，终未明发，所以可谓是绵里藏针，隐藏着词人愤怒的感情锋芒。以下一句"闲愁最苦"，语短情多，沉郁之至。在这里，"闲愁"并不是优游自得之辈的莫名烦恼或爱情幽怨的代称，而是作者因不能有所作为而生的生命之愁，是眼见国运如此却无法挽回的国事之愁——这是沉甸甸的愁苦。最后一句，由情返景又以景结情：斜阳烟柳，景色黯淡，情调凄婉，境界浑茫，是心情的再现？是国力的象征？令人味之无尽，深得含蓄蕴藉之美。

这样丰富复杂、深刻重大的感思，词人竟然能把它们包容在风格婉约的一首小词内，堪称"肝肠似火"而"色貌如花"。辛词妙于比兴、深于言情、体兼众美的大家风采，于此可见一斑。

阮郎归

耒阳道中为张处父推官赋[①]

山前灯火欲黄昏。山头来去云。鹧鸪声里数家村。潇湘逢故人[②]。　　挥羽扇，整纶巾。少年鞍马尘[③]。如今憔悴赋《招魂》。儒冠多误身[④]。

[注释]

①作于淳熙六七年间(1179—1180),稼轩时在湖南任上。耒阳:即今湖南耒阳县。推官:州郡所属的助理官员,常主军事。

②此处袭用梁朝柳浑《江南曲》语:"洞庭有归客,潇湘逢故人。"故人:指张处父。

③羽扇纶巾:手执羽毛扇,头戴青丝带做成的帽子。这是魏晋时代儒将的装束。鞍马尘:指驰骋战马。

④《招魂》:《楚辞》篇名,或谓宋玉悼屈原之作,或谓屈原悼楚王之作。此谓缅怀往昔,自我招魂。"儒冠"句:袭用杜甫《赠韦左丞丈》诗句:"纨绔不饿死,儒冠多误身。"

[点评]

　　此词上片写景,点明张处父时已归隐于"数家村"里。起韵写黄昏景致,以山为中心,描绘山上山下的行云灯火,点出逢故人的地点。接韵先以鹧鸪声点出逢人的时间是在暮春。同时,鹧鸪声兼有渲染情调气氛的作用。因为在古人包括作者的感觉里,它的鸣叫是悲哀的,能够引发听者情绪上的同感。再以短短一笔点题,把张处父推到词作的重心上来。

　　下片抒情。他不直写遇见张处父时的震撼,而转写回忆中的张处父形象。以"挥羽扇,整纶巾"写他的潇洒风流,以"少年鞍马尘"写他在军中的勃勃英姿。这是一个充满了活力的美好形象,其中暗示他应该具有美好的前途。然而结韵以一语"如今"掉笔直下,写他容颜憔悴,在这"数家村"里像被流放到荆湘之间的屈原一样,满怀幽怨地赋写《招魂》。最后一句,直接取用杜诗,下得短促急迫,因而比其在杜诗中,更为感慨沉咽。

洞仙歌

开南溪初成赋^①

　　婆娑欲舞,怪青山欢喜^②。分得清溪半篙水。记平沙鸥鹭,落日渔樵,湘江上风景,依然如此。　　东篱多种菊,待学渊明,酒兴诗情不相似^③。十里涨春波,一棹归来,只做个、五湖范蠡。是则是、一般弄扁舟,争知道他家,有个西子^④?

[注释]

①约作于淳熙十年(1183)秋,时稼轩罢居带湖。南溪:当是稼轩园林中新开辟的一条溪水。

②溪水初来,青山欣喜欲舞。婆娑:翩翩起舞貌。

③谓愿学渊明种菊,但情怀不相似。

④"十里"六句,用范蠡助越灭吴、载西施泛舟五湖事。

[点评]

　　这是作者第一次罢归带湖时的思想写照。此词上片写景。起韵点题,写南溪初开成的欣喜。这欣喜,他不正面赋出,偏要透过一层,借青山欢喜得婆娑欲舞来写,这就显得含蓄而富有情味。接韵是一个平中逆转的句子。说它平,因为它只不过是被此处风景启发得顺着记忆而游心。他因这有水有山的带湖周围环境,想起了湘江上近似的风景。平沙鸥鹭,落日渔樵这一组静美的细节,他依然能够回忆出来,则他对于湖南生活的留恋也就可想而知。说它逆转,因为起韵的感情是很欣喜的,而这一韵中,他的感情则转了方向。从表面上看,上片到此戛然而止,并没有作一句感慨或评论。但是,虽已做好归隐之计,但仍然怀有强烈功业之念的词人,当他想到自己在湖南那段差强人意的生活,再对比此日的无所作为时,他内心的牢骚和苦闷不说也可知有多深。这里他是巧妙地利用环境相同作暗示,有"不著一字,尽得风流"的抒情效果。

下片抒情。他先写自己打算向隐居九江的前代高士陶渊明学习,在自己的东篱下多种些菊花,做采菊把酒的隐士。可是又觉得,自己现在无论是饮酒还是写诗,其中所要寄托的感情都不与陶相似。怎么不相似呢?他没有明说。他这时是把陶渊明看成一个道家思想的继承者:不要功名,浑然忘世,陶醉于饮酒,并以诗表达返璞归真的哲理。而他自己,却是不能忘怀于自己的复国壮志的。"十里"一韵,先补写南溪的长度,再写自己在这十里春波上泛舟时,感觉自己更像个怕因功遭忌的才士范蠡。然后,他以调侃的口吻,表明了他和范蠡之间也有不同:尽管他们都在"弄扁舟"而归隐江湖,但范蠡是功成身退,且有美人西施相伴,自己却是壮志未酬,而且身边连个红颜知己也没有。在这诙谐的语调中,他大事未成的不甘心与苦闷,浓得如那半篙深、十里长的南溪水,令人触手可及。

水调歌头

汤朝美司谏见和,用韵为谢[①]

白日射金阙,虎豹九关开[②]。见君谏疏频上,谈笑挽天回[③]。千古忠肝义胆,万里蛮烟瘴雨,往事莫惊猜[④]。政恐不免耳,消息日边来[⑤]。　　笑吾庐,门掩草,径封苔。未应两手无用,要把蟹螯杯[⑥]。说剑论诗余事,醉舞狂歌欲倒,老子颇堪哀[⑦]。白发宁有种?一一醒时栽[⑧]。

①写于罢居带湖初期。汤朝美司谏:汤邦彦字朝美,镇江人。据《京口耆旧传》卷八,谓其任左司谏时,"论事风生,权幸侧目"。后使金不利,有辱气节,编管新州(今广州新兴县),又被酌情移近信州安置,和稼轩相识。

②虎豹九关:语出《楚辞·招魂》:"魂兮归来,君无上天些。虎豹九关,啄害下人些。"辛词借喻宫门森严,见君不易。

③"见君"两句:谓汤朝美屡屡进谏,挽回君意。

④"万里"句:指汤朝美被贬新州事。新州在当时被认为是僻远荒蛮之地,且有瘴气之患。惊猜:惊疑。

⑤政恐不免:言在所难免。谢安未仕前,弟兄有富贵者,倾动乡里。其夫人刘氏戏言:"大丈夫不当如此乎?"谢安不屑地说:"政恐不免耳。"(《世说新语·排调篇》)日边:天子身边。

⑥"未应"两句:自谓英雄无用武之地。《世说新语·任诞篇》称毕茂世为人旷达,曾说:"一手持蟹螯,一手持酒杯……便足了一生。"

⑦余事:闲事。哀:怜悯。

⑧宁:难道。有种:《史记·陈涉世家》载:"王侯将相宁有种乎?"

［点评］

本词题为答谢汤某而作,但重心却落在抒发自己的潦倒失意之恨上。以汤朝美的即将被起用,来与自己的不得再显露才干作对比,是借他人酒杯浇自己块垒的词作。

词的上片,分三层来写汤朝美,赞美汤司谏以往谏书频上、议论风生、对孝宗皇帝施加影响的出色司谏能力。起韵气势不凡,用典浑化,以天上景象比拟君门九重、君威赫赫的景象,加深了见君不易、影响君王更不易的寓意,这是为接韵张目。接韵以"频上""谈笑"之辞,显出了汤司谏的过人勇气和出色讽谏能力。第三韵,以孝宗曾赞许汤司谏的手书内容,来肯定汤为官时正直敢言的好品质,且因汤自写愁情而安慰他:被贬谪的痛苦日子已成为过去,如今不要再担心和猜疑了。结韵是进一步借用谢安当年的踌躇满志,预言汤这次由新州移至信州待命,是将被起用的好兆头,并预言他将大有为,富贵他日"政恐不免"。这样,叙往事、慰眼前,想未来,他将对汤司谏的同情、劝慰、称颂、激励都表达了出来。

下片转为完全写自己。过片二韵写自嘲。嘲笑自己被抛弃于乡间,无人问津,连门前的小径都长满了青苔,门户更是被野草封锁。"草"与"苔"的细节,最能显示作者的寂寞感。"未应"两句,以否定句式,对自己能够"试手补天裂"的双手如今只得持螯把杯表示沉痛的慨叹。三韵说自己"说剑论诗"都成了余事。为了排遣愁苦,只有靠醉舞狂歌——真是可悲。四韵出以白发增多的自我形象,不言愁而愁闷自现。这闲置的苦闷,充分说明稼轩身在田园而心怀君国的感情境界。

应该指出,汤朝美作为一个使金辱宋而被贬官的人,与作者的情况并不一样。但作者对他的错误却不置一辞,这是因眼前彼此都处于这样的放闲境地中,彼此相感更深,相慰更切。更何况写别人的好境况,目的是与自己的悲凉处境作对比。对此读者不必过于苛求,否则就难以理解词的重心所在。

丑奴儿①

少年不识愁滋味,爱上层楼。爱上层楼。为赋新词强说愁。

而今识尽愁滋味,欲说还休。欲说还休。却道天凉好个秋。

[注释]

①闲居带湖之作。

[点评]

这首言愁之作,写得明白如话,然而语浅意深,写出了词人饱经忧患、难以言说的至深人生感慨。

上片写过去。写少年时代为赋新词登楼觅愁、无愁说愁的憨稚情态。下片则转向现在。从"不识愁滋味"到"识尽愁滋味"一字之差,却涵藏了二十多年宦海生涯的痛楚经验。与"爱上层楼"时代无愁觅愁的幼稚相比,现在则是"欲说还休",想倾诉又倾诉不出来,难以用语言来表达。是什么样的愁苦使语言无法承载?作者未加一字,却耐人寻味:是国耻未雪、壮志难酬的愁苦;是对于国家前景的无比担忧,对于由投降派把持政治造成的世风日下的忧愤;是生命虚耗、时不我待的痛苦……这纷繁复杂又极度浓郁的愁情,虽然使他难以忍受却又无法倾诉。况且,即使倾诉出来,又如何能改变这一现实?于是他只好于结尾故意出之以淡漠的神情。然而读者分明能辨认出:"天凉好个秋"那种仿佛言不及义的措辞中,却字字含愤。作者外示闲淡而中藏悲愤的神态,宛然如见。

全词采用对比式结构和吞咽式抒情,妙在以不言言之。这比那种历历陈说的言情,包孕更深广。而且在美学效果上,也余味更深长。

值得注意的是,本词虽然通篇言说的是一个"愁"字,然而,上片中"为赋新词强说愁"的"愁",与"不识愁滋味"的"愁",及"识尽愁滋味"的"愁"并不是一回事。前一个能被少年赋出来的"愁",是指生命的闲愁和爱情的相思之类,中国文学史上向来不乏这样的篇章,因为这是为平常人所易感者。后一个"愁",才是我们在上文中剖析的含蕴丰富的愁情,那是唯大英雄才能感受的愁。两者之间在质量和重量上,都不可同日而语,对于作者而言尤其如此。所以他才以一句"不识愁滋味"一笔否定前愁。当然,这否定的目的,也是为了用伸缩法来表情,即通过对前者的否定而突出后者,给读者造成深忧重恨的阅读感受。

丑奴儿①

此生自断天休问,独倚危楼②。独倚危楼,不信人间别有愁。

君来正是眠时节,君且归休③。君且归休,说与西风一任秋。

[注释]

①此当为闲居带湖之作。

②杜甫《曲江》之一:"自断此生休问天,杜曲幸有桑麻田。"

③此句谓我正酒醉入梦,君且暂归。《宋书·陶潜传》谓渊明旷达狂放:"贵贱造之者,有酒辄设。潜若先醉,便语客:'我醉欲眠,卿可去。'"

[点评]

此词起句化用杜甫"自断此生休问天"的诗句,但略加改换,就更加分明地表现出挥斥老天的豪情与胆气,比杜诗写得更激越而"张狂"。接句突然停顿抒情,而出之以一个危楼独立的孤独者形象。这一形象含意丰富,因为古代诗词语境中的倚楼者,多是精神上既痛苦又孤独的人,多是不得遂志的失望之人。而作者的时不我待、壮志难酬之恨特别深沉热烈。但是,在一个"独倚危楼"的重叠之后,他却以强行扭转的语气,生生地说出了不相信人间还有什么愁恨的话。但在"不信……别有"中,其实也包含了"不相信此外另有"的意思。

下片虽然境界转换,但依然是统一在上片造出的情调之中。起韵借典故而融事实,用陶渊明的狂放不守礼,来展现自己倔强到底、"张狂"旷达的襟怀。"君且归休"一语,逃避别人的安慰与打搅,自放于孤独寂寞之境,而以醉眠为事。最后一韵,又直接对着西风放言,随便它怎样消耗华年,意下是他再也不会因为华年被废、秋景萧疏而引发生命的愁情了。语直意隐,辞气刚烈。

本词语浅意深,言近旨远,留给读者想象与再创造的审美空间极大。

定风波

暮春漫兴①

少日情怀似酒浓,插花走马醉千钟。老去逢春如病酒,惟有:茶瓯香篆小帘栊②。　　卷尽残花风未定,休恨,花开元自要春风。试问春归谁得见?飞燕,来时相遇夕阳中。

[注释]

①此闲居带湖之作。漫兴:兴到之作。
②茶瓯:茶罐。香篆:篆字形的盘香。帘栊:挂有帘子的窗户。

[点评]

伤春小唱,年轻的词人这方面的体验最多,心性婉约的词人尤喜为此调。而此词,却是自称"老去"的豪放词人所作。他在这首伤春词中究竟融入了一种什么样的心理体验呢?

词的上片,以少年时代逢春的情怀发端,这就使全词被笼罩在一种抚今思昔的感慨调子里。他以强烈的夸张手法,来写少年"插花走马醉千钟"的风流意态。一"插"一"走"一"醉",三个动作如此密集地连出,把少年无拘无束、兴致豪酣的情状表现得生动鲜明。接着,他以"病酒"之后毫无活力的意象,来给老去情怀下注脚,又用小帘栊后饮茶添香的平静寂寞来为"病酒"下注脚。并以"惟有"一词做出强调,显示出这淡静的心态中少有兴致的含意。这一动一静、一酒一茶之间的对比,将少年狂态映照下的老年萧索刻画得惟妙惟肖。因此,不用再细细描绘今春是如何可伤,而伤春之意已经浓浓地透出。春色依旧,而他的心境竟发生了如此巨大的变化。这是为什么呢? 应该说,一是因为对岁月流逝的伤感,二是对于政治遭遇的伤感。

下片专写见眼前暮春景象的感受。"卷尽……未定"的措辞,表现出东风的毫不留情和作者对东风如此无情的痛心。但以下却用"休恨"一词轻轻排解。为什么"休恨"呢?"元自"一词,显出花与风无法割断的联系。他在此所解悟的"风花缘",颇有禅意,耐人寻味。以下一问,问得无理,而答得有情。因为春归无觅处,谁还能见到它呢? 但一个夕阳飞燕的意象,则能给人以一缕安慰。春天归去,燕子始来,它们在一来一去的路上,大概总会碰面的吧? 这一结,显得构思巧妙而情意蕴藉,使作者因春去燕来而引发的既惆怅又欣慰的感情,在他迷离想象的暗示下,获得优美的呈现。

这首伤春词,几乎像剪影一样,画出了词人一生的对春情意,容量很大。而在写到眼前的伤春情事时,却将情与理结合起来写,显得哀而不伤,缠绵而爽气,显示出与婉约派词人不尽相同的意路和风格。

青玉案

元夕①

东风夜放花千树,更吹落、星如雨②。宝马雕车香满路。凤箫声动,玉壶光转,一夜鱼龙舞③。　　蛾儿雪柳黄金缕,笑语盈盈暗香去④。众里寻他千百度。蓦然回首,那人却在灯火阑珊处⑤。

[注释]

①可能作于淳熙十二年(1184)前,闲居带湖时期,也可能作于乾道年间以后。

②此言树上悬挂的彩灯如东风吹开千树火花,而焰火乍放又如东风吹洒满天星雨。

③宝马雕车:代指富贵人家的华丽车马。凤箫:箫的美称。玉壶:指冰清玉洁的月亮。鱼龙舞:古代百戏的一种,起于汉代。鱼龙:此处或指扎成鸟兽形状的灯。

④蛾儿、雪柳:宋代妇女元宵所戴的头饰。雪柳多用黄金线捻成。

⑤阑珊:灯火稀少冷落。

[点评]

　　这首词,明写作者在宋代最热闹的节日——元宵节的所遇,暗中含有寄托的用意。对于此,梁启超在对《艺蘅馆词选》的批语中已有评点,他说词中佳人是作者"自怜幽独,伤心人别有怀抱"的产物,很有见地。

　　词的上阕,并没有直写自己目遇幽独佳人的情形,而是模仿事情发生的自然情形,极写元宵节热闹欢乐的节物风光。焰火灿烂,如千树繁花盛开,又如东风吹下的满天星雨;宝马香车,如流水不息于街市,使满街香气四溢;彩灯万千,箫声清越。繁色、美声、妙香,在夜月造就的背景下,杂会交往,欢乐似无终极。这样的描写,不仅显示出他驾驭复杂场景的无穷笔力,而且从笔法上看,又形成了佳人出场前的第一层铺垫。从整体结构上看,则如复道回廊,其意在"隔"。而一隔,便增添许多曲折变化之美。下阕开始,仍继续以反衬笔法酿造气氛,但已经由景及人,写到了一群群盛装艳丽、幽香袭人的观灯女子。她们珠翠满头,笑语盈盈,在作者面前招摇过市。尽管她们的幽香袭击了作者的鼻子,但她们的形象却进入不了作者的心灵。"众里"以下,才全力一搏,突出作者苦苦寻觅的目标,竟然在那样不经意的回首一瞥中:在冷落处,在寂寞处,在灯火阑珊处,显示出她绝美的侧影。这侧影不仅是作者画出的,也是读者想象出的。读者的想象力有多神妙,佳人的仪容就有多美妙。这就是虚写的妙处。这佳人的不随俗流,自甘冷落,正是显示了她的孤高和幽独。而作者对于这样的佳人目会神遇,自然是因为他的精神世界与她的相合。这就像白居易见浔阳商妇而自伤老大失意、杜甫以空谷佳人自叹身世沦落一样。所以,这凌空翻出的三句妙语,也是一篇主旨所在,写出了作者借艳情而自言其志的用意。

　　对于这首词的最后三句,假如像王国维那样,把它理解为古今成大事业、做大学问者所必至的最高境界(第三重境界),也无不可。因为就它所造就的意境容量看,它确实具有更大的思想包蕴性,其意义可以被创造性地延伸。

念奴娇

瓢泉酒酣,和东坡韵^①

倘来轩冕,问还是、今古人间何物^②？旧日重城愁万里,风月而今坚壁^③。药笼功名,酒垆身世,可惜蒙头雪^④。浩歌一曲,坐中人物三杰。　　休叹黄菊凋零,孤标应也,有梅花争发^⑤。醉里重揩西望眼,惟有孤鸿明灭^⑥。万事从教,浮云来去,枉了冲冠发^⑦。故人何在？长庚应伴残月^⑧。

[注释]

①作于绍熙元年(1190)或二年(1191),时稼轩闲居带湖。和东坡韵:用苏东坡《念奴娇·赤壁怀古》的韵。

②倘来轩冕:典出《庄子·缮性篇》,言轩冕(功名)倘然肯来,也不过是寄身之物。

③坚壁:本意为坚守壁垒。此处有躲藏意。

④药笼功名:言自己本打算成为治理国家的一味良药。典出《旧唐书·元行冲传》。酒垆身世:言自己失意如汉代寄身酒垆的司马相如一样。蒙头雪:满头白发。

⑤孤标:孤傲的风采品格。

⑥明灭:忽隐忽现。

⑦此言万事就让它们像浮云一样来来去去,不必过于认真并为之怒发冲冠,因为发怒也是枉然。

⑧此言故人寥落。长庚：即金星，又名太白星，启明星。凌晨出现在东方。

[点评]

酒酣耳热之际，词人想起了苏轼的《念奴娇·赤壁怀古》词，为其中的才士失意之痛和人生如梦之悲所感染，于是依韵而和之。只不过，苏轼最终是被永恒的江月抚平了激荡的情感，显得神采超旷；而稼轩此时的国恨身愁，却难以被外部的风月来安慰，足见英雄悲凉。

此词上片主要写身世之愁。但因为他始终把抗金复国作为唯一的功业追求，于是在他的身世之愁中，透出的是他的爱国之恨。起韵突然一问，劈空而来，把作者对于世间功名——这一被庄子论为偶然性外物的蔑视和困惑的矛盾感受显示出来，寄寓着比平叙更强烈的情感。自己的光阴被消耗殆尽了，满头的乌发已白如堆雪，这是多么的可惜！他的命运悲歌，唱到此处，悲情无以复加。以下猛然顿住，收住这曲浩歌，以"坐中三杰"作为旁衬，唤起下文。

值得注意的是，词人在开篇追问"功名何物"，表明他虽然对功名有困惑，但蔑视的情感更分明，而其下却自许"药笼功名"，说明他虽然否定世俗所追求的一般功名——也即富贵的别称，却对于抗金复国的真英雄事业孜孜以求，希望建立那样的真正功名。

下片正面来抒发耿耿国忧。将希望和失望、安慰和痛苦糅合在一起来写，显得愈加感慨凄凉，情蕴丰富。过片接上片末句而来，在意境上忽然宕开，在情调上突然振起。他即景生情，以凋零的黄菊与冲寒的新梅作对比，表明自己虽然衰老沉落了，却有继起的新人——也就是"坐中三杰"在成长，作者对他们寄予了希望。结韵以在长庚残月的凄清景色中怀念故人的意象，表明故人零落、自身孤寂的情感，结得悲怆。

浣溪沙

壬子春赴闽宪，别瓢泉^①

细听春山杜宇啼，一声声是送行诗。朝来白鸟背人飞^②。

对郑子真岩石卧，赴陶元亮菊花期^③。而今堪诵《北山移》^④。

[注释]

①作于绍熙三年(1192)春。闽宪：福建提点刑狱。

②杜宇：即杜鹃鸟。其鸣声为"不如归去"。白鸟：即稼轩先前与之结盟的鸥鹭类鸟。背人飞：言白鸟有责怪之意。

③郑子真：西汉隐士。屡聘不就，隐于云阳谷口，世称谷口子真。陶元亮：即陶渊明。他耻为五斗米折腰，毅然辞官归隐，至死不仕。又性爱菊花，重阳节必把酒赏菊。

④《北山移》：即南朝孔稚珪讽刺假隐士的《北山移文》。

[点评]

在1191年冬天，辛弃疾又接到诏命，要他出任福建提点刑狱使。经过长时间的犹豫，他终于在第二年春天将尽时出发了。而他出发时，心理上出与隐的矛盾并没有解决，他既因忧心国事而思出山建功立业，又已经习惯了山林生活，对隐居地十分留恋。这首词就是这种情怀的形象化、含蓄化表达。

上片借鸟语传情。当他在春山间行走时侧耳倾听，杜鹃鸟一声声长啼，仿佛是为送别他而写下的送行诗一样。然而杜鹃的啼鸣，古人都以为其声如"不如归去"，那么作者只见它送行的殷勤，不觉它劝归的意思，显然是装糊涂。末句突然一个反顿，借白鸟因怨恨背飞而去，来显化自己的矛盾心情。这里仿佛是目遇心感，随缘而得，但其实是经过构思，富有深意的。因为第一，他用了自己的旧典：当年他初隐带湖，就曾经在词里表示过与鸥鸟结盟，永不背叛的意思，而今居然食言了。第二，他还借用了《列子》中的典故，表明当人有了机心之后，白鸥自会识破而远飞避害。而今既然白鸟见他就背飞而去，显然是不满于他那欲有所为的机心。所以，白鸟这意象，虽是取象于当前，但一能显示他的自笑机心，二能显示他的自笑背盟，措意曲折而深隐。

下片借典故寄意。前二句，借汉代名隐士郑子真屡受诏书而不肯出，东晋大隐士陶渊明一挂冠即至死不仕的典故，表明自己当年也曾像郑子真、陶渊明一样，隐于岩石下，手把菊花饮。末句突然一个反转，以前人讽刺假隐士而作的《北山移文》，来自嘲愧对山中故人，不能像郑子真、陶渊明一样坚定其志。值得注意的是，他不待山中旧友起而讽刺自己，就已经感到这种大谈归隐之趣后再出仕的行为可愧可羞，说"而今堪诵"。这就表明，他此时确实面临着心理上的压力。这压力，是他用世与避世的矛盾心情的充分反映。

本词在结构上，上下两片都采用前二后一的逆转句式，使重心落于每片的末句。而两片之间，结构对称，表意均衡，显得整饬、有力。

归朝欢

题赵晋臣敷文积翠岩①

我笑共工缘底怒，触断峨峨天一柱②。补天又笑女娲忙，却将此石投闲处③。野烟荒草路。先生拄杖来看汝④。倚苍苔，摩挲试问：千古几风雨⑤？　　长被儿童敲火苦，时有牛羊磨角去⑥。霍然千丈翠岩屏，铿然一滴甘泉乳⑦。结亭三四五。会相暖热携歌舞。细思量，古来寒士，不遇有时遇⑧。

[注释]

①当作于庆元六年前后。赵晋臣敷文：赵不遇，字晋臣，江西铅山人。曾为敷文阁学士，时罢职家居。与稼轩过从甚密。

②此笑共工无端发怒，触断巍峨天柱。参见《满江红·鹏翼垂空》注④。

③此石：女娲补天石，即积翠岩。

④汝：指积翠岩。

⑤倚苍苔：倚在长满苍苔的积翠岩上。

⑥此处借牧童敲火、牛羊磨角言积翠岩不胜骚扰之苦。

⑦此言积翠岩忽然以千丈翠屏的雄姿挺立在人们面前，并有甘泉滴响其间。

⑧"会相"句：许愿将使积翠岩变得热闹起来。

[点评]

　　这首词，也作于他在瓢泉隐居期间。此间他有一个要好的朋友——字晋臣的赵不遇。赵不遇本为朝官，现在也罢职家居。积翠岩就是赵家居所在地的一座石山。词以谐谑的口吻，抒写感慨的情意。表面写石即积翠岩，其实写人，把赵晋臣与自己的才华、处境和命运，都借这座神奇的石山传言了出来。词写得奇情异想、浪漫奇特，境界奇幻磊落，反映了作者思想感情中的神奇性追求和精神境界的磊落不凡。

　　这首词除了结韵以外，通篇采用借石写人的角度，含蓄曲折地抒情写怀。抒情虽然得曲折变化之美，境界却嵯峨雄奇，极具浪漫主义气息。这主要是因为作者有效运用色彩斑斓的神话、夸张的想象手法而形成的。另外，本词情思虽然变化多端，但是章法严谨细密，化用前人诗句无迹可寻，是作者的一首艺术成就很高的代表性词作。

玉蝴蝶

叔高书来戒酒,用韵①

　　贵贱偶然,浑似随风帘幌,篱落飞花②。空使儿曹,马上羞面频遮③。向空江、谁捐玉佩? 寄离恨、应折疏麻④。暮云多,佳人何处? 数尽归鸦⑤。　　侬家:生涯蜡屐,功名破甑,交友抟沙⑥。往日曾论,渊明似胜卧龙些。算从来、人生行乐,休更问、日饮亡何⑦。快斟呵,裁诗未稳,得酒良佳⑧。

[注释]

①作于庆元六年(1200)。叔高:即杜叔高。本年,叔高二访稼轩于瓢泉,别后来信劝稼轩戒酒。稼轩作此词为答。

②此言人生的贵贱,一如风中花,落处不由自主,纯属偶然。《南史·范缜传》:"子良问曰:'君不信因果,何得富贵贫贱?'缜答:'人生如树花同发,随风而坠。自有拂帘幌坠于茵席之上,自有关篱墙落于粪溷之中。坠茵席者殿下是也,落粪溷者下官是也。贵贱虽复殊途,因果竟在何处?'"

③《南史·刘祥传》:"司徒褚彦回入朝,以腰扇障日。祥从侧过,曰:'作如此举止,羞面见人,障扇何益!'"

④捐玉佩:《列仙传》载有江妃赠郑交甫佩事。此借喻叔高来信。疏麻:即神麻。《九歌·大司命》:"折疏麻兮瑶华,将以遗兮离居。"此言自己将复信以抒离居之愁。

⑤佳人:指杜叔高。

⑥侬家:我。生涯蜡屐:谓山水生涯。功名破甑:视功名如破甑,丢弃不顾。交友

抟沙：言朋友如抟沙，放手时即散。

⑦此言人生当及时行乐，无事唯饮酒。

⑧裁诗：构思诗句。未稳：诗句尚不妥帖。

[点评]

　　本词以旷达洒脱的姿态，抒发了悲凉沉痛的感情。

　　词主要想说明戒酒不易，但在词面上写的却是酒可增加欢乐，可以助发诗情。在表明这一态度之前他用了大量篇幅抒写对于人生贵贱、得意失意的感慨，在其中融入对叔高这样一个真性情者的思念。它曲折地表明：自己之所以这样以饮酒为乐，乃是因为人生失意和情怀孤独，不得不以酒自遣。

　　此词的主要艺术特点有三方面。首先在手法上远起近落，写对劝人戒酒者的回答。从"贵贱偶然"开始，直到下片最后两韵才归入本题，形散神凝。不仅全篇处处表明不能戒酒的原因，而且他又借叔高劝戒酒一事，抒发自己对命运和处境的苦闷和愤懑。其次在抒情态度上，他明显旷达和欢乐，暗寓悲凉与苦闷。使悲哀苦闷之情，闪闪摇摇，令人痛心。最后在取材上，全词基本上是借典抒情。大多数典故用得精彩凝练、形象鲜明，但也有少数典故用得较抽象，略嫌生涩。

满江红

　　倦客新丰，貂裘敝、征尘满目①。弹短铗、青蛇三尺，浩歌谁续②？不念英雄江左老，用之可以尊中国③。叹诗书、万卷致君人，翻沉陆④！　　休感慨，浇醽醁⑤。人易老，欢难足。有玉人怜我，为簪黄菊⑥。且置请缨封万户，竟须卖剑酬黄犊⑦。甚当年、寂寞贾长沙,伤时哭⑧?

[注释]

①此处主要用初唐马周事,兼用战国苏秦事。倦客新丰:据《新唐书·马周传》载,儒生马周失意潦倒时,曾客居新丰(陕西临潼东)旅舍,悠然独酌,众人异之。后因代人呈事,得唐太宗赏识。貂裘敝:衣服破烂不堪。此用苏秦游说秦王不果事。

②弹铗:孟尝君门客冯谖弹铗作歌,以抒不遇。青蛇三尺:指宝剑。浩歌:放声高歌。

③江左老:老于江南。尊中国:使中国国家强大,地位尊隆。

④致君人:辅佐君王的人。翻:反而。沉陆:原指隐居,此指地位沉沦。

⑤醽醁:美酒。

⑥玉人:歌舞女子。

⑦请缨:主动请求杀敌立功。卖剑酬黄犊:卖剑买牛,即解甲归田。

⑧贾长沙:即贾谊,西汉初年的政治家和文学家。伤时哭:《汉书·贾谊传》称其屡上书言事。曾说道:"臣窃惟事势,可为痛哭者一,可为流涕者二,可为长太息者六。"

[点评]

　　这首难以辨明其确切作年的词作,尽情表达了作者怀才不遇、忧国伤时的痛苦,是一篇长歌当哭的绝妙文字。通过它,我们可以更贴近地了解那个偷安时代给予爱国者心灵的深刻挫伤。

　　词起韵连用两个典故,即唐太宗宰相马周未遇前的困顿,战国策士苏秦未遇时的狼狈,写自己才志不得施展、战袍生尘而借酒浇愁的神态。接韵意犹未足,再借用战国时孟尝君的座上客冯谖未被赏识时的弹铗作歌,写自己弹着宝剑、慷慨长歌的行为。这里词人的精神风貌不待明言而自现。"不念"二句,承上而来,控诉南宋小朝廷不思恢复,压抑排斥主战爱国、有一身本领的自己,致使英雄无为,老在江南。"江左老"一语,下得沉痛,而控诉也直切;"尊中国"一语,显示出极高的自信自许。上片末句,不由得发出深长的叹息,进一步抒发了壮志不酬、反而沉沦于下位的愤慨。"翻沉陆"一语,下得痛切,表明照常理不该如此却偏偏如此的悲愤、不甘。这里虽也是浓缩前人诗文而成，却能自抒其意，毫无斧凿痕。

　　过片劝慰自己不要像上文那样感慨不已——意谓那样只是徒然自苦而已，还不如多饮美酒，多在短暂的生命中寻找欢乐。接韵说况且有美人相怜、有黄花可赏呢。以下他故意一放到底，说自己要丢掉请缨杀敌、立功封侯的英雄之念，直须卖剑买牛，解甲归田。然而，就在他劝慰自己放达的语言中，已经包含了对于时局的牢骚之情和冷嘲热讽之意。结句更是以假装糊涂的语气，问汉代的贾谊为什么要为他的时代伤心痛哭？其实，这是一句冷嘲语，是他对自己的时代虽忧心忡忡却又失望之极的冷嘲。

　　本词在风格上，上片感慨激烈，下片则故作旷达。这不仅反映出词人自己面对深沉痛苦寻求解脱的努力，也更显示了其痛苦的不可超脱性。应该说，在抒情上兼有内倾性和外向的双重特征，唯稼轩词，能让人体会到它的深致和魅力，因为他已把感情的波涛化成了平静水面下的汹涌暗流。在艺术手法上，此词几乎全篇用典。但不仅不为典故所累，反而能指使古人古事如指呼小儿，自由自主。这众多的典故，使本词取得了抒情准确、深刻、言简意丰的功效。

何处望神州

念奴娇

登建康赏心亭，呈史留守致道①

我来吊古，上危楼赢得，闲愁千斛②。虎踞龙盘何处是？只有兴亡满目③。柳外斜阳，水边归鸟，陇上吹乔木。片帆西去，一声谁喷霜竹④？　　却忆安石风流，东山岁晚，泪落哀筝曲⑤。儿辈功名都付与，长日惟消棋局⑥。宝镜难寻，碧云将暮，谁劝杯中绿⑦？江头风怒，朝来波浪翻屋⑧。

[注释]

①作于宋孝宗乾道五年(1169)，时在建康通判任上。赏心亭：位于建康下水门之上，下临秦淮河，是当时的游览名胜，辛弃疾特爱登此亭眺望。史致道：见《满江红·鹏翼垂空》注①。留守：即行宫留守。宋室南渡初，高宗一度驻跸建康，故称建康为行宫。

②此言登亭凭吊古代遗迹，只落得满腔愁绪。危楼：高楼，此代指赏心亭。斛：古人以十斗为一斛。

③虎踞龙盘：诸葛亮曾目睹金陵地形而感慨说："钟山龙盘，石城虎踞，真帝王之都也。"兴亡：指六朝兴亡古迹。三国时吴国孙权，东晋司马睿及南朝的宋、齐、梁、陈曾先后建都于金陵(建康)。

④此五句描绘所见黄昏景色。陇上：田埂，此泛指田野。喷霜竹：即吹笛。黄庭坚《念奴娇》："孙郎微笑，坐来声喷霜竹。"霜竹：秋天之竹，代指竹笛。

⑤言谢安一代风流，晚年仍不免忧谗畏讥，至有泪落哀筝之悲。安石：谢安，字安石，东晋著名政治家。泪落哀筝曲：谢安晚年位高遭忌，孝武帝曾召善乐者桓伊

饮宴,桓伊抚筝唱道:"为君既不易,为臣良独难。忠信事不显,乃有见疑患。"谢安适在座,闻歌而泪下。

⑥言谢安将建功立业的机会都交付给儿辈如谢玄等,自己则以下棋消磨时光。

⑦言耿耿心曲难为人知,时不我待,唯有借酒浇愁。

⑧朝来遥望江头,风急浪高,直有推翻房屋之势。

[点评]

登览怀古之作,往往以历史的变迁寄寓对国事的感慨,借古讽今,以雄深跌宕为胜。对于知己的唱和之作,往往是心语的倾诉,以诚挚深切为高。要将这两种意思打和成一片,就需要糅合两种不同的美学风格,兼有雄深与温婉。这是一种难以达到的妙境,而本词显然达到了这一境界。

词的上阕,主要以眼前惨淡的风景来表现自己的吊古所感。写得境界开阔,感慨深沉,深深隐含着对于国事如江河日下的痛心和无奈。起头一大句,可谓发端定调,点明自己登楼凭吊历史遗迹,产生了无限"闲愁"。为什么会有"闲愁"呢?"虎踞龙盘"一大句做出了回答。如今之所以留下满目凄凉景象的六朝,是因为朝政腐朽,不思进取,才更迭不已或为北方强大的统治者消灭的。这样一来,开端所点出的"闲愁",就并不仅是无所归依的沧桑之感,而是有着现实政治寄寓的"国愁"。南宋小朝廷已经立足四十多年了,其间文恬武嬉,主张抗战的人物被投闲置散,这不是在重蹈六朝的覆辙吗?这样的隐忧,作者不便于明确抒发,但通过其上下文语境,人们分明能感觉到它的存在。接下去,作者竭力描绘在"兴亡满目"的心情中所见到的眼前风景:残败的秋柳,惨淡的斜阳,秋水荒原,悲风乔木,归鸟,孤帆,如泣如诉的清越笛声……所有的风景,组成了毫无生气的秋风落日图。它是形象的,也是情感的。在这样的风景中,兴亡的悲感特浓郁,对于国事的隐忧也特殷切。

到了下阕,词人主要以历史人物和历史典故表明对主张抗战者遭受压抑的悲愤,写得哀婉沉郁。"却忆"一语是凌空倒转,又从眼前折回到历史的记忆中去,在章法上变化生姿。而他回忆起的,是在建康活动过的杰出人物谢安。被他许为"风流"即文才武略兼备且风度超逸的谢安,曾经为抵御北方强敌立下奇功,晚年却因此而遭受天子的疑忌,以至于因别人为他代抒心曲而潸然泪下。在这国事堪忧、胡尘未洗的时代,作者是多么盼望能出现像谢安那样能挽救危机的人物啊！或者说,他是多么盼望自己能像谢安那样建立奇勋啊！这里的谢安,既以许人(史正志)也以砺己。可他又分明知道,即使是建立奇功的谢安,也不免要受到猜疑,最后只能不问国事,以下棋消磨漫长的闲散时光。以古为鉴,他不能不为英雄失路感到苍凉与愤慨。这就关合到他对史正志的知己之情了。因为史的遭遇与谢安颇有几分相似。他有抗战复国的才志,而被投闲在"长日惟消棋局"的外任上,垂垂老矣而不能有所作为。"儿辈功名"一句,化用谢安主持"淝水之战"时的典故,却转换了内蕴,在此表达出任"儿辈"猎取功名而我辈则冷眼旁观的牢骚之意。这是对史氏的慰藉,也是对朝廷宵小的嘲讽。然而稼轩的爱国情怀是悱恻的,是难以消磨的,所以尽管有这样的冷语,下文却于冷中郁热,汇成难言的一味:传说中能照人肺腑的宝镜已经失落,自己的报国理想难为人知,岁月易老、国运堪忧。这因国家、个人和朋友的命运而产生的深沉痛苦,不沉醉怎样能忘怀?！不忘怀怎样能忍受?！谁赏识并怜惜自己这怀抱独具的人,谁肯来劝自己酣饮至醉呢？结韵以景结情,以江上自朝至暮风高浪险、摧毁房屋的危景,强化全篇文字的寓意。它既象征着作者内心的极不平静,也象征着南宋国势的危急,甚至也可以象征抗战派在投降派当道时的凶险处境。所以是一语多意,而风格则由下阕的哀婉沉郁复归于激荡慷慨,这就使全词风格有双面性,也有包举性——哀婉终究汇流于雄大。

霜天晓角

赤壁①

雪堂迁客,不得文章力②。赋写曹刘兴废,千古事,泯陈迹③。

望中矶岸赤,直下江涛白④。半夜一声长啸,悲天地,为予窄。

[注释]

①约写于淳熙四年至六年(1177—1179)间。赤壁:赤壁有二,一在湖北嘉鱼县东北,为当年赤壁之战发生地;一在湖北黄冈市,为苏轼笔下所写。辛词所指,当是苏轼笔下的赤壁。

②雪堂:苏轼被贬为黄州团练副使时,曾筑室于东坡,名"雪堂"。此以之代指苏轼。

③苏轼有《念奴娇·赤壁怀古》和《前赤壁赋》,感叹三国兴亡。曹刘:此指曹操、刘备。

④"望中"两句:一眼望去,但见岸石皆赤,赤壁矶直插白浪翻滚的江心。

[点评]

这首赤壁怀古词,因赤壁而怀念曾被贬到黄州的苏轼。并借苏轼的文辞,进一步追怀历史兴亡,表达自己虽知兴亡如梦也执着人间的痛苦感情。

词的起韵,毫无铺垫,以急直的笔调,为才华满腹的苏轼屡遭贬斥致以不平。以下一韵,就"文章力"专写苏轼那可敬佩的才情。而又专取他赋写"曹刘兴废"的那一段来写,这既是切合题面的选材,同时也表明作者对英雄业绩的兴趣所在。"千古事,泯陈迹"一语,既是苏轼在《念奴娇·赤壁怀古》中的主旨所在,也是作者对于历史人物和英雄功业不能不有的幻灭阴影。他向往"生前身后名",即是向往精神上的永生,可是又分明从历史的启迪中,感觉到美好名声的不能永恒。

过片赋写江行至赤壁时所见风景,有点题之效,写得气势雄壮,很精彩。一"赤"一"白",一石一水,在色彩和软硬的品质上,形成清晰的对照。尤其是写赤壁"直下"即直插于江涛之中的景象,与当年苏轼写"乱石穿空"时的笔力神采可以媲美。然而这两句,所要表明的不过是江山依旧的意思,以与上片末韵的人事已成陈迹形成"永恒与短暂"的对照。在这样的对照之下,本来就久郁着种种痛苦:耿耿国忧而不得从事抗金大业,调动频繁而不得逃于小人利口,明知功业难成却念念难忘,难忘永生的诱惑却又知永恒是梦想……现在内心更是积满了勃郁难名的悲愤了。所以最后一韵,他以一声极不寻常的"半夜长啸",来抒发他充天塞地的悲愤与苦闷。这"天地为予窄"的长啸,十分形象地表达了他此时的巨大痛苦,也使全篇的词情达到高潮,显示出稼轩作为一个失志英雄的精神特点,这与苏轼的神仙超旷之风,显然是迥然有别的。

全词语气急直,词锋刚劲。在沉郁顿挫的风格中,更增入了拗怒的神采。

八声甘州

夜读《李广传》①

故将军饮罢夜归来,长亭解雕鞍②。恨灞陵醉尉,匆匆未识,桃李无言③。射虎山横一骑,裂石响惊弦④。落魄封侯事,岁晚田园⑤。

谁向桑麻杜曲?要短衣匹马,移住南山。看风流慷慨,谈笑过残年⑥。汉开边、功名万里,甚当时、健者也曾闲⑦?纱窗外,斜风细雨,一阵轻寒。

[注释]

①本词原题为:《夜读〈李广传〉,不能寐,因念晁楚老、杨民瞻约同居山间,戏用李广事,赋以寄之》。《李广传》:指《史记·李将军列传》。李广:西汉名将。英勇善战,用兵神速,一生与匈奴作战七十余次,屡败匈奴,被誉为"飞将军"。汉武帝初年,因作战失利,被废为庶人,闲居终南山。后从卫青出击匈奴,以迷路无功受责,愤而自杀。

②此用李广灞陵止宿事。李广闲居终南山时,一次深夜饮归,路经灞陵亭。醉酒的亭尉不准李广通过。广随从申称这是"故将军",亭尉曰:"今将军尚不得夜行,何况故将军!"于是命令李广在亭下止宿。

③桃李无言:指李广。时谚用"桃李无言,下自成蹊",来赞美李广虽不善辞令,不喜表功,却深得天下人喜爱。

④此转用李广射虎穿石事。李广任右北平太守时,一次出猎,误以为草中石为猛虎,于是引弓劲射,箭入石中。一骑:单人匹马。

⑤此言李广屡建战功而终不得封侯,晚年竟被废退于田园做庶人。

⑥此五句:化用杜甫《曲江三首》诗意:"此生自断休问天,杜曲幸有桑麻田。故将移住南山边。短衣匹马随李广,看射猛虎终残年。"杜曲:在长安城南。南山:指终南山。短衣:猎装。残年:晚年。

⑦汉开边:指西汉的开疆拓土政策。健者:英雄人物。

[点评]

　　在落职闲居带湖时期,辛弃疾捧读史书中的《李广传》,对曾经与匈奴打过七十余战、战功卓著的李广却不仅未被封侯、反而因事被废为庶人且闲居于终南山的遭遇,尤其感慨激动,竟至夜不能寐。于是写下这首词,既向他的两个表示过退隐之志的朋友倾吐英雄不得其时的悲愤,也邀约他们同去射虎南山,做李广的异代知己。

　　上片叙说了李广被废闲居时期的两件事,意在对李广的不凡和不遇致以感慨不平,并将之与自己的身世关合起来。起韵将李广在灞陵受辱一事概述一过,接之以一"恨"字,将作者对李广无端遭受灞陵尉的呵斥轻侮的愤恨之情,传写得十分浓郁而明显。词人明示恨灞陵尉,其实是恨所有像灞陵尉那样的势利小人。同时在他的愤恨当中,也还有对于像李广那样的故将军竟然落魄如此、遭此侮辱致以不平的意思。以下一韵,他突然横空一笔,将李广传奇般的神勇、借射虎南山的故事突现出来。作者的赞颂、倾慕之情尽在其中。其下一韵,则掉转笔头,写李广不仅无缘封侯,而且竟然在年岁迟暮之际被废居于田园。这一韵与前一韵之间,形成了强烈的对照。这一韵亦人亦己,一笔双绾,既是感慨历史英雄的落魄,也是对自己的失意寂寞表示悲哀,情调沉郁而低回。

　　下片开始,隐含杜甫《曲江三首》诗意,并以一"谁向"领起,突起昂奋之调,邀约词题上提到的两位朋友,和他一起"移住南山",追随李广,自强不息地度过晚年。"短衣匹马"的自我形象,俨然又是一个再世的李广。同时,"谁向桑麻杜曲"这个表白,也含有不甘默默无闻地老死田垄之间的意思:即使被迫赋闲退居,也要做李广式的落魄但不失志的英雄,而不愿做那甘心退隐的隐士。以下笔回情转,深深一问:李广遭逢的是有开边之志、朝廷鼓励人们以战功封侯万里的汉代,为什么他这个凡是西汉与匈奴的战争都亲身参与并战功卓著的强者,也如此不得意地赋闲呢？在词的末韵,他以景结情,把满腔悲愤和失望之情,都打入眼前的风雨微寒、黑夜沉沉的景象当中去,传达出他内心感受到的缕缕寒意。这一摧刚为柔的笔法,以景结情的路数,就造成了含蓄蕴藉、意味深长的表达效果。

　　全词借史书所写的李广事迹,以及杜甫借李广事迹抒愤的诗歌,自由变动,使之如从己出。并且夹叙夹议,表明了自己强烈的爱憎和不平。全词只在最后两韵脱离对史实和杜诗的借用,而全出以己意。这两韵,也是全词的重心所在、警策之处。他在此处所提出的尖锐而敏感的人才埋没的历史问题:"汉开边、功名万里,甚当时健者也曾闲?"就像是一把锋利的刀刃,挑开了由统治者设下的虚伪纱幕,让人洞见了统治者压抑包括李广和辛弃疾在内的非凡才人的卑鄙用心,同时更是对南宋政治当局的严肃责问。全词在抒情风格上,亦刚亦柔,且直且婉,呈现出作者感慨而沉郁的复杂精神风貌。

汉宫春

会稽蓬莱阁怀古①

　　秦望山头,看乱云急雨,倒立江湖②。不知云者为雨,雨者云乎③？长空万里,被西风、变灭须臾④。回首听,月明天籁,人间万窍号呼⑤。　　谁向若耶溪上,倩美人西去,麋鹿姑苏⑥？至今故国人望,一舸归欤⑦？岁云暮矣,问何不、鼓瑟吹竽⑧？君不见,王亭谢馆,冷烟寒树啼乌⑨！

[注释]

①作于嘉泰三年(1203)秋。时稼轩在绍兴知府兼浙东安抚使任上。会稽:今浙

江绍兴。蓬莱阁:在会稽卧龙山下,是著名游览胜地。

②秦望山:在会稽东南四十里处。因秦始皇曾登此山以望东海,而有此名。

③此谓茫茫一片,云雨莫辨。

④变灭须臾:顷刻间变化无常。指雨过天晴。

⑤"回首"三句:谓月色皎洁,自然界大气流荡,引起大地千孔万穴呼啸共鸣。

⑥此用范蠡巧使美人计灭吴事。若耶溪:位于会稽南,相传为当年西施浣纱处。美人西去:言范蠡遣送西施去吴国。麋鹿姑苏:言把吴国灭亡,使姑苏台成为麋鹿栖游之地。姑苏:即姑苏台,在苏州城外灵岩山上,为当年吴王与西施的宴游之地。

⑦故国:指范蠡的故里。舸:大船。

⑧岁云暮:一年将尽或年岁将老之意。鼓瑟吹竽:演奏乐曲。

⑨王亭谢馆:王、谢两家为东晋时代的世家大族,其子弟大多住在会稽。

[点评]

　　词题为怀古,但并不入手擒题,而是先写眼前风云变幻的景象。目的是突出自然界的变化须臾,以为下片怀古的主题张本。上片描绘风云变幻的绍兴秋色。笔力雄健跳荡,最足以显示英雄意气。起韵写秦望山头的乱云急雨,以一个精彩的比喻来写风雨之势:那天地间乱云翻滚、急雨直泻的景象,就好像是江湖在天上倒立过来一样,无比迅猛、声势浩大。接韵以一个采自《庄子》的散文化反问句,把云雨茫茫、昏暗莫辨的形势写足。这里虽是用散文中的典故,却浑如己出,于词律毫无隔碍。"长空"一韵,则显出西风强劲,扫尽云雨后的浩浩长天。那种云清气爽、晴空如翠的情状,不著一笔,已能被语境所暗示。然而这里作者所注意的却是"变灭须臾"的自然变化的神奇,这与下片中的人事变化同一情调。四韵续写会稽夜景。突出他侧耳倾听月明之夜的"天籁"——"人间万窍号呼"的情景。这里的"人间万窍号呼",既是被秋雨清洗后的会稽月夜特有的景象,隽美清幽,又能朦胧启示人们想见那些没有被写在纸上的"民间的声音",含蓄深沉。

　　下片着重于怀古,写范蠡助勾践灭吴的往事。范蠡巧施美人计,把若耶溪上的浣纱女子西施送给吴王,助他荒纵,最终帮助勾践消灭了宿敌吴国。在咏怀这一段历史陈迹时,他不正面出笔,而以"谁"字明知故问,把历史故事变得空灵蕴藉。"至今"一韵,表达了对谋虑深沉的越国功臣范蠡的怀念。范蠡堪称越国的功臣,但功成之后却载西施泛舟于五湖,远避越王。他虽至今仍然为故乡的人们所翘望,当时却不能不防备心胸狭隘的越王。这对于希望成为范蠡那样的谋臣与贤相、帮助祖国消灭宿敌的词人,不能不形成启示。"岁云暮矣"一韵,从历史返回现实,以年光将尽、时不我待的感慨,劝慰自己不如沉醉于"鼓瑟吹竽"的人世享乐。显示出对历史与功业已经看穿后的失望。结韵顺势而下,他通过对聚居于会稽的东晋两大豪门——王谢家族的描写,表达他对于人事代谢的惆怅乃至对于历史的理解。王谢的亭馆如今余迹无存,只有冷烟笼罩着寒树,树间也唯有乌鸦的悲啼。有什么是可以在时间里停留的呢?

全词不仅写境雄阔,风格沉郁,而且又能借典言志,曲折表达自己的褒贬和心愿,因而显得余味隽永。

永遇乐

京口北固亭怀古①

千古江山,英雄无觅,孙仲谋处②。舞榭歌台,风流总被、雨打风吹去③。斜阳草树,寻常巷陌,人道寄奴曾住④。想当年,金戈铁马,气吞万里如虎。　元嘉草草,封狼居胥,赢得仓皇北顾⑤。四十三年,望中犹记,烽火扬州路⑥。可堪回首,佛狸祠下,一片神鸦社鼓⑦。凭谁问,廉颇老矣,尚能饭否⑧?

[注释]

①作于开禧元年(1205),时在镇江知府任上。京口:即江苏镇江。北固亭:在镇江城北北固山上,下临长江,回岭绝壁,形势险固。

②此言千古江山依旧,而像孙权那样的英雄人物却已无处可寻。孙仲谋:孙权字仲谋。

③舞榭歌台:歌舞楼台。风流:指孙权创业时的雄风英概。

④寄奴:南朝宋武帝刘裕小字寄奴。刘裕祖先随晋室南渡,世居京口。刘裕于京口起事,率兵北伐,又削平内乱,取代晋朝而称帝,成就一代霸业。

⑤元嘉:宋文帝刘义隆年号。元嘉二十七年,文帝命王玄谟北伐,因准备不足而败归。草草:草率从事。封狼居胥:汉将霍去病追击匈奴,至狼居胥山(在内蒙古西北)筑台祭天而还。赢得:只落得。仓皇北顾:宋文帝北伐失败后,北魏太武帝乘胜追击到长江边,文帝登楼北望,后悔不已。又,宋文帝还写过"北顾涕交流"的诗句。

⑥四十三年:稼轩自奉表南归(1162)至此(1205),正是四十三年。烽火扬州路:扬州属淮南东路,自1161年金主完颜亮大举南侵以来,扬州一带烽火不断。路:宋时行政区域以"路"划分。

⑦佛狸祠:北魏太武帝拓跋焘小字佛狸。元嘉二十七年,他追击刘宋军队至江北瓜步山,并建立行宫,后人于此建佛狸祠。神鸦社鼓:祭神时鼓声震天,乌鸦闻声来争食祭品。

⑧此以战国时赵国名将廉颇自况,谓自己虽老去,但雄心尚在,可惜却得不到朝廷重视。此用《史记·廉颇蔺相如列传》中廉颇晚年不遇事。

[点评]

　　这是作者的晚年名作。作者忧虑于韩侂胄匆忙出兵将会重蹈前人失败的覆辙,于是借古讽今,表明坚决主张北伐,但又反对草率从事、轻敌冒进。

　　上片起三句气势沉雄,抒发江山如昔而像孙权那样的英雄却邈不可寻的感慨。言外之意,是叹息当代缺乏像孙权那样可以抵御外侮、担负起国家兴亡的关键性领导人物。"舞榭"三句承上而来,意谓不仅英雄人物邈不可寻,连他们残留在舞榭歌台上的流风余韵,也被风吹雨打而消失殆尽。这里显示出深沉的历史悲剧意识,同时也隐含着时势消沉、江山寂寞之意。接下去,他由孙权转而想到刘裕。刘裕的踪迹虽还可寻,但那已经是斜阳草树般抹上荒凉的底色了。这样,作者怀想两个与镇江本地有关的历史英雄,一从无处寻觅立意,一从有迹可循落笔,但总归入苍凉的历史感受中去。所以,上片结尾处,他忍不住对刘裕当年率兵北伐的声威与功绩深表奇羡。"金戈铁马""气吞万里"的措辞,足以显示他抗金心愿的烈烈如焚。

下片则掉转笔头,借古讽今,以词为"论",陈述自己力戒仓促出兵的政治见解,抒发"老骥伏枥"的忠愤。换头三句,先用南朝宋文帝草草出兵北伐而招致失败的史实,提醒当政者:若想恢复中原,必须先有周密的准备,这里表现出他对于好大喜功的韩侂胄急躁冒进的忧虑和警告。以下三句,由今追昔,转入对于自身经历的深沉感喟。四十三年前,他奉表南归,胸怀恢复大志,以为可以力复中原,不料事业无成,困辱以至于今。登楼北望,似乎还能见到当年扬州一带金兵燃起的烽火——那个烽火中的少年英雄,也同时在他的幻觉中出现,而今离镇江不远的对岸佛狸祠中,金国统治区的汉人正在那里举行迎神赛会,神鸦社鼓,好不热闹!人们早已忘却了亡国的屈辱历史,而恢复事业如今更难了。"可堪回首"四字,把对自己与国家的今昔感慨一语包容,表明了不堪回首的痛心。结韵犹强自振起,但又不免于苍凉失意。他以历史英雄廉颇自比,表明自己虽然老去,犹能为国家效力,但并没有得到应有的重用,故而有"凭谁问"的悲愤。

全词风格悲壮苍凉,感人至深。在艺术特色上,最主要的特征在于大量用典。从孙权、刘裕,到刘裕子刘义隆,刘义隆的将军王玄谟,北魏武帝拓跋焘以及廉颇,无不循循然入其词中。但大量用典,却增加了一般读者在阅读理解上的难度。

南乡子

登京口北固亭有怀①

何处望神州?满眼风光北固楼。千古兴亡多少事?悠悠。不尽长江滚滚流。 年少万兜鍪,坐断东南战未休②。天下英雄谁敌手?曹刘。生子当如孙仲谋③。

[注释]

①作于镇江知府任上。北固亭：在镇江临江的名胜北固山上。

②此赞美孙权为少年英雄，独霸江东，称雄一时。按：孙权十九岁继承父兄基业，故称"年少"。兜鍪：头盔，代指兵士。坐断：占据。

③此言当时能与孙权匹敌者，唯曹操和刘备。"生子"句：《三国志·孙权传》引《吴历》云：曹操曾与孙权对垒，看见他的舟船、器仗、军伍整肃，喟然叹曰："生子当如孙仲谋，刘景升儿子若豚犬耳！"孙仲谋：孙权字仲谋。

[点评]

这也是作者晚年名作之一。

上片泛写登览怀古之情。起句劈首一问，气势不凡，接句点出是在北固楼上遥望神州大地，答得苍凉而沉郁。"满眼风光"数词，把北固楼的景观与神州景观一笔包举，大笔振迅。以下承"神州"二字而来，感慨在这辽阔壮伟的神州之上，千古以来发生了无数的兴亡往事。而以"多少"一问，就化平直为空灵，尽包容兴亡往事又不必一一举出它们来。以下是对这一问询的不答之答，他先以"悠悠"一词，总写对于兴亡的邈远之思，再以长江滚滚奔流的情状，把自然的永恒和人间代谢的短暂寄寓其中，颇有"大江东去，浪淘尽"的情感意味。同时，在这一不答之答中，"悠悠"的感觉和长江滚滚的意象，也有兴亡不断、前后浪涌的意味，所以此答可谓内涵深远。

下片专写对于孙权的遥想之情。这是就地怀古而专取孙权，主题集中。他先平叙孙权以年少之身，不肯屈身言败，而是率领千军万马雄踞江东，与曹刘等前辈争雄的凛凛威风、虎虎生气。"战未休"三字，颇有不以一时输赢定成败的豪情，对于一遇战败则轻己事敌的南宋统治者很有针对性。以下先用曹操、刘备陪衬孙权，谓孙权虽然年少，却是足以与曹刘同称为天下英雄的人物。最后更直接袭用曹操欣赏孙权的语言，表明作者与曹操英雄所见略同，对能战胜强敌而巩固发展江南国土的孙权是崇敬赞美，而对于屈身事人的刘表之子则充满蔑视。从他袭用曹操议论孙权等人的语言中可见，他对于南宋统治者学刘表之子的怯懦无能、而不能学孙权的英勇抗敌，充满了不满与讽刺。

从本词里可见，作者晚年虽然有志于恢复大业，但对南宋统治者的怯懦并非没有认识。他借古讽今,以孙权的业绩来激励当世,但也未尝不含有对于南宋统治者将来作为的忧心。

浪淘沙

山寺夜半闻钟①

　　身世酒杯中,万事皆空。古来三五个英雄。雨打风吹何处是,汉殿秦宫? 　　梦入少年丛,歌舞匆匆。老僧夜半误鸣钟②。惊起西窗眠不得,卷地西风。

[注释]

①闲居瓢泉之作。
②误鸣钟:暗用欧阳修曾言夜半不是打钟时的典故。

[点评]

　　词首句即写得沉郁悲凉,以唯将时间和生命沉浸、消耗于饮酒之中的感慨,表明自己对这无所作为的生涯的沉痛感受,一句"万事皆空",更把这沉痛推到了极处,国事不谐的痛心、自身不遇的痛惜、一无所成的感慨等等,悉数纳于其中。同时,这"万事皆空",还隐含着对于历史意义的反省与失望。因为"万事"本就是一个包含范围极为广阔的概念。下三句,接着"万事皆空"而言,写历史上的英雄人物和英雄业绩也空空如也,在雨打风吹的时间冲刷下,已经找不到踪影。在此作者因找不到由人的活动构成的历史意义,而显得彻骨悲凉。这种彻底虚无的历史观念,对他是一面双面刃,一方面为他平衡壮志难酬的痛苦,一方面又会增加他丧失生活目标的新痛苦。所以,这里既看透又苦闷,既旷达又沉郁。下片开始,拓开一步写梦。其实这是极度痛苦的一个反弹。因为上片的深痛,他不免就在梦里以少年歌舞的乐景自我排解。又是少年时光,又是歌舞欢乐,与他近五十岁而看透、无欢的境地,真是足成对照。可惜这乐景很快被夜半钟声惊醒,于是老僧敲钟醒世的枯索形象,在他的脑海中浮现出来。钟声的清响,老僧的形象,合成为带有禅意的谕世意象。这被惊醒的人,在这清夜钟声敲出的气氛中,再也睡不着了。他听着西窗外卷地而起的西风,无言沉思。他一定是感受到生机的肃杀了吧?

本词上片出以议论,下片通过写景,都意在抒发一种貌似超旷而实沉郁悲凉的人生的幻灭感。这样极痛极悲的感思,是一个报国无门、坐丧岁月的英雄在探索和反省人生的过程中所必然经历的心理阶段。

归隐带湖

我见青山多妩媚

沁园春

带湖新居将成①

三径初成，鹤怨猿惊，稼轩未来②。"甚云山自许，平生意气；衣冠人笑，抵死尘埃③？意倦须还，身闲贵早，岂为莼羹鲈脍哉④！秋江上，看惊弦雁避，骇浪船回。　　东冈更葺茅斋。好都把轩窗临水开⑤。要小舟行钓，先应种柳；疏篱护竹，莫碍观梅。秋菊堪餐，春兰可佩，留待先生手自栽⑥。"沉吟久，怕君恩未许，此意徘徊。

[注释]

①作于淳熙八年(1181)秋，时稼轩在江西任上。带湖：位于信州(江西上饶)城北灵山下。湖水呈狭长形。词人于本年初，开始在此营建家园。除园林房舍外，更辟稻田一片，以备来日躬耕之需。并临田造屋，取名"稼轩"，且用以为自己的名号。

②三径：隐居者的庭园。鹤怨猿惊：孔稚珪《北山移文》："蕙帐空兮夜鹤怨，山人去兮晓猿惊。"

③甚：为什么。衣冠：代指为官者。抵死：到死都，总是。尘埃：浊世红尘。

④意倦：陶渊明《归去来兮辞》："鸟倦飞而知还。"莼羹鲈脍：指家乡美味。化用西晋张翰思归事。

⑤葺茅斋：盖茅草顶的书房。轩窗：门窗。

⑥餐菊佩兰：隐喻行操高洁意。

[点评]

作此词时，作者虽仍在江西安抚使任上，但不仅自南归后二十年间向往的抗战复土之念毫无实现希望,而且还不断受到朝廷当权集团的排挤、猜忌和谗害,他也看到了官场上尔虞我诈、竞谋私利的丑恶。更为重要的是,他预感到自己将会受到更大的打击,于是早年所偶尔闪出的退隐之念,渐渐明朗。这念头与他所坚持的抗战之念,与他忧谗畏讥的心情,以及他对于天子的某些幻想交缠在一起,形成了丰富复杂、矛盾万端的思想感情。这首词将这样的矛盾表现得真切动人。

词的上片主要抒发欲求退隐之情。起韵直接入题,点明隐居所已初成,但因为主人还未归来,所以山猿与野鹤都在埋怨主人,惊讶主人的何以不归。"鹤怨猿惊",一"怨"一"惊",拟人写物,尖新出常。而它们对稼轩的态度,实是稼轩本人向往归隐的曲折反映,在写法上,这是借人(物)写己,透过一层,让人倍觉有味。以下直到下片的"留待先生手自栽",都可以看作是以猿鹤的嘲笑、劝告和引诱,写出作者自己的失意自嘲、忧患于不测的政治风浪和打算归隐避世、乐在自然的内心活动。"甚云山"一大句,是对仗中的扇面对,它假借猿鹤的诘问:为什么你这自许如同云山一样高伟不凡、清洁不俗的人,却老是厕身于龌龊的官场,受到那些衣冠楚楚的俗人的嘲笑呢?"意倦"一韵,写猿鹤的开解和劝告。这其实是作者自己的想法。他因"意倦"而望"身闲",即是寄寓因长期不得酬其壮志,因不耐官场的恶浊而产生及早抽身的不得已之思。"岂为"一句,更以反问寄意言外,表明非是因贪图安逸和享受而归隐之意。上片末韵,以惊弦、骇浪,象征宦途莫测、风波迭起的危险时局,生动形象。这是词人忧谗畏讥的心态反映:词人此时已经受到许多人的攻击与反对,并且感到还有更凶险的谗害要发生。从表情达意上说,这一韵,不仅是整个上片的"意眼",而且也是这首词写作的最强势的心理依据。

下片依然是借猿鹤帮他筹划的口气,写他自己对新居的进一步经营和规划。在这琐琐细细加以打算的语气中,不仅写出了带湖新居的清幽疏美,而且带出了作者将来林下优游的活动身影,所以景中有人,景中有趣。但是,修茅屋、开轩窗、柳下垂钓、看竹观梅这些诗情画意的生活风景,怎能消弭词人失志的不平与郁愤?所以"秋菊"一韵,虽然仍是借猿鹤之语来写自己对带湖风景的筹划,但却忍不住在其中注入了屈原《离骚》式的情感,以餐秋菊而佩香兰的方式,曲折表达其政治批判的用心。结韵是一个急转,脱离猿鹤的语言框架,以作者自己的犹豫和幻想,显示出带湖纵好不是归宿的心理痛苦。这样的急转,有掉转千钧之力。它深刻地反映出：虽然有以上那么多可以归隐的理由和条件，但作者终难熄灭其心中的爱国之火。

在抒情手法上，全词妙用比拟之法，借用猿鹤代为抒情，使文情妙趣横生。"惊弦"一句，妙用象征，言少意多，写尽政治风波的危险。另外，用典使事，如同己出，既丰富了词境的内涵，又显得触目如新，给人以美感和思想上的双重享受。

踏莎行

赋稼轩，集经句①

进退存亡②，行藏用舍③，小人请学樊须稼④。衡门之下可栖迟⑤，日之夕矣牛羊下⑥。　　去卫灵公⑦，遭桓司马⑧，东南西北之人也⑨。长沮桀溺耦而耕⑩，丘何为是栖栖者⑪？

[注释]

①当作于闲居带湖时期。稼轩：作者为其隐居所所起的名字。集经句：集儒家经典中语为词。

②《易经·乾文言》："知进退存亡而不失其正者，其为圣人乎？"

③《论语·述而》记孔子对颜回语："用之则行，舍之则藏，惟我与尔有是夫。"

④《论语·子路》："樊迟请学稼。子曰：'吾不如老农。'……樊迟退。子曰：'小人哉，樊须也！'"

⑤《诗经·陈风·衡门》："衡门之下，可以栖迟。"衡门：横木为门，言居所极简陋。栖迟：居住。

⑥《诗经·王风·君子于役》："日之夕矣，羊牛下来。"

⑦《论语·卫灵公》："卫灵公问陈（通'阵'）于孔子。孔子对曰：'……军旅之

事,未尝学也。'明日遂行。"

⑧《孟子·万章》："孔子不悦于鲁卫,遭宋桓司马,将要(通'邀')而杀之。(孔子)微服而过宋。"

⑨《礼记·檀弓上》记孔子语："今丘也,东南西北之人也。"意谓四方漂流之人。

⑩《论语·微子》："长沮、桀溺耦而耕,孔子过之,使子路问津焉。"不料却遭到两人嘲笑,笑他徒劳心计,迷不知返。

⑪《论语·宪问》："微生母谓孔子曰:'丘何为是栖栖者欤?无乃为佞乎?'"佞:指逞口辩之巧。

[点评]

词通篇以集经句的方式,抒发了归田学稼之志,但字里行间弥漫着失意不平之气。

上片表明自己归田的原因和归田后的打算。首韵写道,自己既然已经失去了用世的机会,就不妨归隐,像为孔子所不喜的学生樊须一样,甘当小人亲自稼穑。不得逢其时就"独善",与适逢其时就"兼济"一样,本来就是儒家思想所提倡的个人行为准则,现在稼轩归隐自藏,他也为自己找到了这个思想依托,但他内心并未宁帖,也有借"学稼"暗示时代的不可为之意。继韵写隐居衡门的快乐,以牛羊成群的镜头,表明此中天地的淳朴无伪;同时,日暮牛羊归家,也未必不含有人在自然中寻求归宿的玄妙之意。但究其内蕴,实在有无可奈何、自我扫平内心块垒的味道。下片主要表明对"前我"的否定。他先以奔波劳碌、不识时务的孔子隐为自代,痛陈自己对以往所遇的否定。接着又以长沮、桀溺的安心隐居与孔子栖栖惶惶奔走作对比,表示要效法耦耕的隐士长沮、桀溺,迷途知返。然而,稼轩的肯定隐居,终不像当年陶渊明的肯定隐居一样,让人感到他的真心欣喜。在他的反问孔丘中,传达出浓郁的怨艾时世之情。

集句诗词,自西晋傅咸创始集句诗后,逐渐为人所用,在宋代尤其流行。但大多数流于文字游戏,少有能借以很好地抒发和凸现自身情怀者。稼轩作为一个深于用典使事的作者,能将出自经典的语句用得天衣无缝,并且加深了表意的含蓄性,这颇能表明他在驱使典故为我所用上,路子很宽,功力深厚。

沁园春

再到期思卜筑①

一水西来，千丈晴虹，十里翠屏②。喜草堂经岁，重来杜老；斜川好景，不负渊明③。老鹤高飞，一枝投宿，长笑蜗牛戴屋行④。平章了⑤，待十分佳处，着个茅亭。　　青山意气峥嵘，似为我归来妩媚生⑥。解频教花鸟，前歌后舞；更催云水，暮送朝迎。酒圣诗豪，可能无势？我乃而今驾御卿⑦。清溪上，被山灵却笑：白发归耕⑧。

[注释]

①期思：在江西铅山县，瓢泉所在地。卜筑：选地造房。

②千丈晴虹：比喻飞瀑。十里翠屏：比喻青山。

③"喜草堂"二句：以避乱于四川梓州的杜甫重回自己在成都浣花溪边的草堂，写自己的再度隐居。斜川：在江西都昌县，风景优美。陶渊明隐居柴桑时，曾与邻居同游斜川。辛以之比期思。

④一枝：《庄子·逍遥游》："鹪鹩巢于深林，不过一枝。"

⑤平章：品评，引申为筹划。

⑥意气峥嵘：气概伟岸不凡。生：语助词。

⑦可能：怎能。势：权势。卿：指期思一带的山水。

⑧此言山灵笑人归耕太迟。

[点评]

宋光宗绍熙五年（1194）秋，作者由福建安抚使再次被弹劾而罢官，回到带湖闲居。此前他罢居带湖时，曾在期思买得瓢泉，并经常往来于带湖、瓢泉之间。本词就将他重回田园、见到田园秀美的风光时的欣喜之情，借期思卜筑的所见表达得妙趣横生，同时也隐含着几许不平感慨。

上片描绘期思秀美的山水风光，表明他要在此处选地造屋的意图。起韵总览期思山水，看见在翠色屏风般围绕的万山中，一条水从西边流出，在山间形成巨大的瀑布，宛如千丈白虹，从晴天垂下。接韵以一"喜"字，领起一个参差的"扇面宽对"，引借杜甫经乱后得以重回成都草堂的喜悦，和陶渊明隐居柴桑时对斜川的赞美，来表明自己类似的心情。从中一点儿也看不出他罢官的失意，说明他这次与上次被罢免心态不同，他对那块"鸡肋"，似已无所留恋了。"老鹤"一韵，以带有浓郁感情色彩的议论，表明自己志同老鹤、随遇而安、栖身一枝、即可逍遥的旷达人生态度，并以那戴屋而行、为物所累的蜗牛作对比，显示出不肯卸下物质重担者的愚蠢。上片末韵，正面点出卜筑的意思。

下片以拟人手法，叙写自己寄情山水的乐趣。写得融情入景，意象灵动而笔力遒劲。过片遥接"十里翠屏"句，总写青山对自己归来的欢迎。他赋予青山以人的性格和感情，说这高峻的青山，本来是意气峥嵘、颇不趋俗的，现在为欢迎词人回来，竟然显出一副妩媚的样子。以下用一"解"字，领起一个扇面对，专写青山的妩媚。说它懂得驱使花鸟云水，对作者频频前歌后舞，暮送朝迎，殷勤、盛情之状可掬。这里用笔灵活，意态妩媚，本来是词人自己喜欢这山中风光，见到花鸟歌舞、云水来去十分欢欣，可是偏翻转来说，从对面说来。以下顺势写词人对此佳山好水的逢迎及心旷神怡的感觉，并油然升起了驾驭它的豪情。他说：作为一个酒圣诗豪，怎么能够没有"权势"呢？既然你这青山对我如此有情，我于是从今天开始要驾驭你啦。这里，作者干脆以酒圣诗豪自命，以主宰山水自许，既显示了他的豪迈，也隐含着无所事事、一腔才情只落得驾驭山水的悲凉。结韵由前文的兴高采烈，转入托笑山灵的自嘲，嘲笑自己一无所成、白发归耕的失意。这样，前词明快喜悦的调子，至此产生了一个出人意料的跌宕，暗示出他受挫失意的心情，这使词旨显得比较复杂。

全词即兴抒怀，指点山河，妙用比喻和拟人手法，造出一个雄奇妩媚兼容的词境，风格豪宕。

临江仙

停云偶作①

　　偶向停云堂上坐,晓猿夜鹤惊猜:"主人何事太尘埃②?"低头还说向:"被招又还来。"　　多谢北山山下老,殷勤一语佳哉③:"借君竹杖与芒鞋。径须从此去,深入白云堆④。"

[注释]

①初居瓢泉(1195年)之作。停云:即停云堂,稼轩瓢泉中的堂名。

②太尘埃:有灰头土脸的意思。说向:向猿鹤说道。

③感谢北山老人殷勤致意。北山:原指钟山,用孔稚珪作《北山移文》中事,此借指停云堂所在之山。

④白云堆:喻深山隐居处。

[点评]

　　此词起韵,破题而入,写他偶然来到停云堂上,却被"晓猿夜鹤"发现,它们又惊讶又猜疑。写得明快紧凑,而且风趣生动,启发下文之意。"主人"一句接写猿鹤们的问话:"主人您为什么显得这样风尘仆仆呢?"言下隐隐有怪罪之意,这也就显示出作者对于自己出山的愧疚、自责。于是以下作者的"低头"回答,就颇有"知罪愧疚"之意。他老老实实地回答猿鹤们说,自己是应召出山、又再次被罢官而归来的。下片的抒情继续沿着这一思路展开,而在情境上则转为他与"北山老人"之间的交流。他以"多谢"领起下片,以"北山"来命名自己所居的瓢泉附近之山,即是引《北山移文》中对假隐士的嘲笑的典故,来自责自嘲,深深愧疚和无比沉痛之情,如在目前。在他为自己的行为感到很不值,而且精神布满创伤的时候，殷勤的"北山老人"并没有遗弃他和嘲笑他，而是热情地借给他登山临水用的竹杖与草鞋，其劝诚之心可知。作者马上领会了他的意思，于是结尾以快语写道，自己从此要直接登山而去，一直到山的最高处隐居下来。这里，白云堆的意象，很有意味，就像竹杖与芒鞋一样，是隐士生涯的象征。作者借以表明，他从此将安心地做一个世外的隐居者，再也不会走"被召又还来"的错路了。

　　词中的鸟语人言，其实都是作者虚拟出来，表现他的追悔与愧疚的。它们使作者的情感表达不至于太直切而无余韵。

永遇乐

检校停云①

　　投老空山，万松手种，政尔堪叹。何日成阴？吾年有几？似见儿孙晚②。古来池馆，云烟草棘，长使后人凄断。想当年、良辰已恨，夜阑酒空人散③。　　停云高处，谁知老子，万事不关心眼④？梦觉东窗，聊复尔耳，起欲题书简⑤。霎时风怒，倒翻笔砚，天也只教吾懒。又何事、催诗雨急，片云斗暗⑥？

[注释]

①本词原题为：《检校停云新种杉松戏作。时欲作亲旧报书，纸笔偶为大风吹去，末章因及之》。约作于庆元三四年（1197—1198）间。时稼轩闲居瓢泉。检校：巡查、管理。名字取自陶渊明《停云》诗。作亲旧报书：给亲友写回信。末章：下片或结尾。

②投老：到老。政尔：正如此。成阴：长成大材。

③池馆：水池楼馆。云烟草棘：烟雾笼罩着荒草荆棘。凄断：凄凉伤心。"想当

年"三句:言当年良辰美景烟消云散,空留无限遗恨。夜阑:夜深。

④王维《酬张少府》:"晚年惟好静,万事不关心。"

⑤东窗:暗用陶渊明《停云》诗"闲饮东窗"而思良朋之意。聊复尔耳:闲居无聊。题书简:写信。

⑥此言风雨急催诗。

[点评]

这首作于瓢泉新居停云堂上的词篇,虽云"戏作",但除了末章略有戏谑之意外,全篇格调低沉,传写出他闲居无事、为世相忘时的黯淡萧索心境。

起韵含义丰富,既迎合题中"检校停云新种杉松"的字面,又显示出叹老嗟衰的情意。二韵接此"叹"字,以停云新种杉松为由头,写出了一层又一层的叹息。他一叹自己的年老,来不及看见这些新种的杉松长成大树,就像老人看不见晚生的儿孙长大成人一样,劳而不见其获,令人感伤。二叹兴废盛衰、世事无常。这是由他自己面对新松的迟暮之感延伸出来的,并且他所叹息的池馆变为荒莱的事情,已经被时间一再地证实,而成为古今多情人同感共叹的内容。所以这里为古今沧桑而凄断的"后人",在他心中,就包含了他自己在内的许多古人,是一个包藏深厚的词汇。"想当年"以下,逆回自身:当年的时光,在现在的作者想来,堪称良辰,而现在呢? 这良辰已不可复现,一切都已消散,造成了其心中不可逆转的空寂。这一语,写尽了他对于自己今不如昔的生命状态的遗恨。这种遗恨虽然是在古今盛衰的参照之下——也就是说并非他一人独感独有,但也丝毫不能消减了他个人的萧索寂寞之情。

下片力图从今昔对比和古今沧桑的体验中振拔,但因为缺乏真正令人激动的力量,所以他的振拔反而更显示出他的冷落与寂寞。过片一韵,他借用陶渊明的停云诗典,写自己的落落出世之情。在山间停云堂上的他,对于世间万事已不关心,不仅不关心,且已能不关眼。"高处""老子""不关心眼"等词,似乎能传达他的飘飘出世之情,却也能传达他的郁郁寡欢之意。既然"万事不关心眼",已经把词意写到绝境,其下如何为继? 下面点题聊作戏语以宽慰自己。他睡醒以后,觉得无聊,姑且写一封回信给亲朋旧交。这里的"聊复尔耳"下得很见功力,因为它既是打故典里借来,又能传达他无可无不可之情。这是接近于陶渊明心理体验的状态,词人在此确是暗用陶渊明退隐后的事迹来自我写照。以下即兴书怀,涉笔成趣而又含有深意。他借用风吹纸笔的偶然现象抒情,写出深心感念。感念之一是天教他懒。这里一个"也"字,表明此前自我状态,已经是懒了,而老天犹嫌不足,故教他彻底地懒,连"聊复尔耳"作"报书"也不用。于是他又嗔怪道,既是天教他懒,何必又在大风之后继之以乌云急雨来催他作诗?这一韵本身只具有谐趣,至多能表明他在风雨初起的一瞬间心情的振起。

全词语言虽然散文化痕迹很明显,但章法井然。所抒发的情感状态,能够让读者见到被迫投闲之后,稼轩由入世到出世的心理变化,以及在出世之路上的深深寂寞无聊。这是烈士暮年被迫"伏枥"时真实而未为人知的状态。

瑞鹧鸪

京口有怀山中友人①

暮年不赋短长词,和得渊明数首诗。君自不归归甚易,今犹未足足何时②? 偷闲定向山中老,此意须教鹤辈知。闻道只今秋水上,故人曾榜《北山移》③。

[注释]

①作于镇江知府任上。
②此言应知足而归山。唐诗人崔涂《春日旅怀》:"自是不归归便得,五湖烟景有谁争?"
③秋水:指稼轩瓢泉居处的秋水观。北山移:即南朝孔稚珪嘲笑假隐士的《北山移文》。

[点评]

与《南乡子·何处望神州》《永遇乐·千古江山》等同期作品不同,此词毫无英雄用世的豪情，而全是感慨思归之意。

　　全词一气呵成，上片抒发思归之感，下片借山中友人的不满来寄意。起韵并不明言思归之情，而以自己晚年不再写短长词，唯喜欢追和陶渊明的诗歌。大概短长词，特别适合于抒发顿挫起伏的复杂感情，而他晚年，心情渐趋于沉稳，以结构整饬、述情含蓄的五言诗歌来创作，更是得心应手。不写词而写诗，已经透露出心情转变的若干消息，而于诗中特喜追和陶诗——陶诗中的主要品类是田园诗和述理诗，则他心事的由多趋少、心境的由激荡愤郁而转为淡荡安闲等变化，也含蓄于其中。他的归隐田园的志趣，更由和陶诗而委婉地传达了出来。以下化用前人诗意表达自己的思归之心，写得俏皮而辛辣，表明了自嘲不归、自解已足的意思。"归甚易""足何时"之语，纯然是打隐士心中流出。因为若非自认是隐士的话，那么他的复土报国之念还没有实现，又"足"在何处呢？况且这个"足"字，原就是古人教人知止、知退的词儿。换头接上片后两句而来，表明自己坚定的归隐之念。"定向"一词，语坚意决。"教鹤辈知"，则借自己以前交友猿鹤的"故事"，表明自己要让猿鹤无怨无猜。然而此处"偷闲"一词，却意义模糊，是指忙里偷闲呢？还是指忙完了再去闲一闲呢？正是这模糊的语意，流露出作者尽管归心已决，但也有迟疑。结韵则以山中故人在他的秋水观上张贴《北山移文》的猜测，表明他对此番出山的愧怍和后悔。所以，词虽然是全写归思，却表明了这是因为出山而难有作为引起的。当然，老来勘破世情，心情转而平淡，也是一个无须讳言的原因。

　　本词在表达上，把正笔写心和曲笔传情结合起来。说"归甚易"、"足何时"，是将语典化为盐水，直笔写怀。说"定向山中老"是正面表态。此外则用笔曲折，一借陶诗述怀，二借猿鹤写恋恋山中，三借疑故人张榜来写自己的悔愧。这样的写法，既能准确传情又得含蓄之趣。另外，化用典故时，将自己所创造的语典与前人的事典、诗典全部打散融化，以精确地表达此时所感思，最见功力。

瑞鹧鸪

京口病中起登连沧观偶成①

　　声名少日畏人知，老去行藏与愿违。山草旧曾呼远志，故人今又寄当归②。　　何人可觅安心法？有客来观杜得机③。却笑使君那得似，清江万顷白鸥飞。

[注释]

①作于镇江知府任上。连沧观：为镇江一郡游览之胜。

②此借药名曲传归隐心志。山草：即小草。小草与远志，一药二名。前人曾以小草、远志嘲笑过谢安。按：药根名远志，埋在土中为"处"，可作隐居的比喻；药茎叶名小草，长在土上为"出"，可作出仕的比喻。古人以隐居为高。当归：药草名。语意双关，谓故人劝其归隐。

③安心法：使心情安宁之法。典出契嵩《传法正宗纪·慧可传》："神光曰：'我心未安，乞师与安。'尊者曰：'将心来与汝安。'曰：'觅心了不可得。'尊者曰：'我与汝安心竟。'"杜得机：关闭了生机。典出《庄子·应帝王》：列子与神巫季咸去见自己的老师壶子。季咸说壶子将死。列子泣告壶子。壶子说："向吾示之以地文，萌乎不震不正，是殆见吾杜得机也。"

[点评]

　　本词与上词作于同一时期，都是在镇江知府任上，只不过此时病体未痊；主旨也相同，都是表达思归山中的情怀。但在表达手法上有所区别。

起韵以"少日"声名和"老去"行藏作对比,以领起下文。词人"壮岁旌旗拥万夫",能令高宗一见而三叹息,为他的英壮所感动,可以说是名声大得都生怕世人知晓了。这样一个不可一世的人物,却未成大气候,落得老来沉沦,出处尴尬:归隐之心刚起,出山之召又到。出得山来,又频频受挫受辱;归得山去,又难免沉痛寂寞。所以,一句"行藏与愿违",写尽英雄不遇之苦,下得极沉痛,尤其是与少日对照,这个落魄老英雄的形象,就更加可悲。这是一篇抒情的总纲。接韵可谓"因病成妍",他因生病而妙思到以药名来书怀,又因药名的介入而具有了常词所没有的趣味。"山草""远志",都是药名,本为一物。前人曾以之讽刺隐居的谢安出仕,说他就像有"远志"的人最终成了小草一样,谢安面有愧色。此处作者说自己由旧日"远志"而成为今日"小草",自嘲自痛之情,十分明显。"当归"也是药名,他化用古人寄当归以邀人归去的典故,表明山中友人劝他归隐。稼轩还有一些嵌入药名的词作,而以此处三个药名用得恰当有味。下片接着此韵的意思往深处自剖,言自己的心思在归隐和用世之间徘徊难安,谁才能使我此心安定?此心尚未安定,自己已经老了,生机将尽了。这一韵,虽然是化用比较生僻的典故来写,但因为表意准确,而典故又能浑化,所以用典很成功,能以最简省的笔墨表达最丰富的意思。此处剖心之辞,写得极其真实,极其沉痛。结韵呼应题面,借清江白鸥的自由飞翔,表明自己向往自由自在生活即归隐生活。然而"却笑"一语,却表明了他眼前还不能够如白鸥自在飞翔的遗憾。向往自由与不能安心于无为的矛盾,是他在镇江知府任上难以主动解决的,必须等待外力的推动,这个矛盾才能被化解。这便是本词的隐含之义。

　　此词妙用药名,精取典故,来抒情述怀,取得了很好的表达效果,这是本词最主要的艺术特色。另外,此词虽然体制短小,结构整饬,却能通过反跌与顿折、借典与借象抒情达意,形成了沉郁顿挫的风格特征。

瑞鹧鸪^①

胶胶扰扰几时休？一出山来不自由^②。秋水观中山月夜，停云堂下菊花秋^③。　　随缘道理应须会，过分功名莫强求^④。先自一身愁不了，那堪愁上更添愁？

[注释]

①作于镇江知府任上。
②胶胶扰扰：原为动乱不安貌，此谓纷繁杂乱。
③秋水、停云：都是稼轩在瓢泉隐居之所的堂屋名。
④随缘：佛家语，意谓人之处世，态度当随客观机缘变化而变化。

[点评]

　　此词不仅在情趣上与前两词相合，而且带有对此番出山用世失败的总结意味。至于他所说的愁上添愁，很可能与他已经因"荐人不当"的罪名而被降职使用的背景有关。

　　此词起韵，总言自打一出山来，就觉得官场生活互相牵扰，自己被掣肘难为，因而感到烦乱不堪，毫无自由可言。这里"几时休"一问，颇有不耐此种生活的烦躁之意。接韵追忆瓢泉隐居之所的宁静闲暇与优美淳朴，与前韵形成对照，曲折表明他对于隐居生活的思念。尤其是山月意象和菊花情致，写得如此动人，说明他感情的天平，现在已经完全倒向归隐那一边去了。下片开头，接写自己已从道理上明白了，一切应该随缘，不要幻想取得过分的功名。这是他对于韩侂胄彻底失望的表现。这失望，有两个原因，一是韩的好大喜功，不步步为营地周密筹划北伐事宜;二是他对于稼轩这样一个志在有为的老骥,并不真正重视,苛求其小故而不任之以大事。所以本希望为北伐事业献计献策的稼轩,只能自己退步,以随缘自适、不求所谓过分功名来自解。结韵以旧愁新愁交叠的痛苦感情,含蓄表达了他此时又遭新"罪"的可悲处境,"那堪"一语,下得尤其痛心。

鹧鸪天

寻菊花无有,戏作①

掩鼻人间腐臭场,古来惟有酒偏香。自从来住云烟畔,直到而今歌舞忙②。　　呼老伴,共秋光。黄花何处避重阳③?要知烂漫开时节,直待西风一夜霜。

[注释]

①作于瓢泉归隐时期。
②云烟畔:云烟缭绕之处,借指山水幽美的隐居地。
③老伴:此指老友。重阳:农历九月九日,古人在此节有登高饮酒赏菊的风俗。

[点评]

　　本词虽标明"戏作",但并不是无所寄意的游戏之作,而是表明了他断绝官场之念的态度和无畏风骨。

　　词的起句,感情分量和思想容量很重很大,为全篇主旨所在,并且能够领起下文。正是因为"人间腐臭场"即官场的腐臭令他不堪忍受,掩鼻而去,所以他才嗜好香酒,啸傲云烟,在闲暇中听歌征舞。这里,他用"古来惟有"这一明确的强调语言,提出饮酒与官场作对比,并以一香一臭来限定它们,一"偏"字显示出他十分强烈的爱恨之情和傲岸之意。以下"自从……直到而今"的句式连接,表明了他对于林泉生活一丝不苟地投入热情。下片转到题面"寻菊无有"上来。在风格上,与上片的紧张勃郁相比,显得松弛而有谐趣。过片二句,意思承接上片无事忙的林泉生活内容,专写呼唤老朋友共赏重阳秋色,却找不到重阳节的节物风光——菊花。他以一"避"字,把菊花无有的状态写得富有感性。回应上句之问,说只要西风起,严霜落,菊花自会开得烂漫无比。这一答,透出了他对菊花不畏严寒的赞美,在这赞美中,隐然透出他自己凛然无畏的精神风骨。

瑞鹧鸪①

期思溪上日千回,樟木桥边酒数杯②。人影不随流水去,醉颜重带少年来③。　　疏蝉响涩林逾静,冷蝶飞轻菊半开④。不是长卿终慢世,只缘多病又非才⑤。

[注释]

①此闲居瓢泉之作。

②期思:瓢泉所在地。

③"人影"两句:言溪水照影,人影却不随流水而去;酒脸醉红,恰似少年青春重来。

④响涩:响声嘶哑干涩。冷蝶:冷清之蝶,犹言孤蝶。

⑤长卿慢世:汉代司马相如字长卿。慢世:以傲慢的态度对待世事。多病非才:孟浩然《岁暮归南山》诗句:"不才明主弃,多病故人疏。"此借孟语自嘲。

[点评]

它以工整凝练的句式,含蓄优雅的典故,曲折表明自己的老去冷淡情怀,体验深刻独到。遐想奇思,因美丽而更增人悲慨。

　　起韵以一个对句,写自己隐居生活恬静淡泊。他终日在期思的溪头上来去游玩,偶尔在樟木桥边饮几杯老酒,终于能完全地安静下来了。接韵是一个更精美的对句。从意路上说,是紧接上文的溪上、桥边而来,他看见自己的影子映在溪水中,溪水静静流去,而自己的影子却留驻在水中;又看见自己那被酒气激发得通红的醉脸,那红润的血色,使他仿佛返老还童,回到自己的青春时代了。看到这水中酒醉的投影,他不免有几分感慨,这感慨中传达出某种厌世倾向。因为酡红的醉颜,虽然像是他重回少年时光,但想起青春少年,更足以增加他暮年的悲感;同时,流水的意象,本是一个经典的时间隐喻,他见流水而觉得"影子"还没有"去"的感觉,自然反映出老年人的消沉情绪。所以这一"去"一"来"之间,适足以增加他少年不再、老来无味的厌倦感。下片开头,似补写这一情思的产生时间——是在重阳已近、林木无光的凉秋里,其实本意不在此,而在于以两个完全消耗了生命热力的意象——疏蝉和冷蝶,来表现自己同样消耗了生命热力的精神感受。在此,自然的冷淡与生命的冷淡,形成了同调对应的效果。这一极为精严的对句所造出的寒冷寂寞景象,正是作者的"心画"。最后一韵遥应开头,在大段的描写后以情作结,把自己的潦倒落寞和拗峭不改的慢世情怀——这含有自嘲和自傲的复杂感情,借穿犊鼻裤而不肯就官的司马相如,和最终也没能得到天子恩遇的失意的孟浩然,曲折地传达了出来。这准确地传写出他不改风骨又无欢无味的老年情怀。

鹧鸪天

博山寺作①

　　不向长安路上行,却教山寺厌逢迎②。味无味处求吾乐,材不材间过此生③。　　宁作我,岂其卿④。人间走遍却归耕。一松一竹真朋友,山鸟山花好弟兄。

[注释]

①博山寺:在江西广丰县西南。

②长安路:京城之路,代指求取功名之路。厌逢迎:山寺倦于接待,此谓自己去寺次数之多。

③此言在有味和无味之间寻求人生乐趣,在是材和非材之间度过一生。味无味:《老子》:"为无为,事无事,味无味。"材不材:《庄子·山林篇》:庄子过山,见有木因不成材而免于被砍伐;过友人家,见主人杀不鸣之雁以待客。明日有弟子问道:"昨日山木因不材得终天年,今主人之雁因不材死,先生将何处?"庄子笑曰:"将处于材与不材之间。"

④宁作我:宁愿保持独立不迁的我。典出《世说新语·品藻篇》。岂其卿:岂可依附公卿以求名。典出扬雄《法言·问神》。

[点评]

　　这首词,如同一篇决意归隐的宣言,宣告了词人对于官场生活的厌弃。应是词人隐居瓢泉不久时的词作。

　　上片起韵,先借"长安"和"山寺"作对比,以自己脱迹于"长安路上"也就是官场上的生活,而反反复复地来往于博山山水风景之间的有意选择,来表明自己今是而昨非的觉醒。一句"厌逢迎",构思巧妙,写出了他数度往还、使山寺都倦于接待的放情山水之貌。以下一韵,交代归隐的原因。因为是用典,所以显得曲折含蓄。此言的字面意思是,自己将要采取老庄哲学所推崇的生活态度,在有味和无味间寻求真味带来的快乐,在材与不材间度过自己的一生。唯有采取这样的生活态度,才能全身远害而不至于遭到杀戮和迫害。这是对于当时官场受到打击、排挤甚至谗言加害并使他被罢官职的一种愤懑和控诉。唯有在这样的时代中,志士才人才会采取这样的生活态度。

　　下片起韵,词人再从人格操守上进一步宣言:他宁愿保持独立清洁的自我,也不愿如那些为保禄位而屈膝依附于公卿权要的龌龊小人。这里的两个典故,把他独立不迁的可贵品质传写得很到位。"人间"一句,写出他走遍污浊官场才发现唯有归耕为高的体验。结韵归入隐居的主题。他觉得,既然举世少知音,那么自己也就不妨以松与竹这样直节伟岸的树木为朋友,以自然无伪的山花山鸟为弟兄。这里不仅传达出他从此亲交自然的思想,也传达出他要保持自己身上那些与官场不合的品格的用意。可谓语浅直而意深曲。

此词虽然措语斩截,但因为几乎全篇用典,言少意多,所以词境的抒情容量相当大。另外在整体构思上,先于起端立意,再思考、官场经验和以后打算步步写来,显得层次分明。

咏物成趣

老来曾识渊明

满江红

江行简杨济翁、周显先①

过眼溪山，都怪似、旧时曾识。还记得、梦中行遍，江南江北。佳处径须携杖去，能消几緉平生屐②？笑尘劳、三十九年非，长为客③。　　吴楚地，东南坼④；英雄事，曹刘敌⑤。被西风吹尽，了无尘迹。楼观才成人已去，旌旗未卷头先白⑥。叹人间、哀乐转相寻，今犹昔⑦。

[注释]

①作于淳熙五年(1178)。余参见《水调歌头·落日塞尘起》注①。

②"能消"句：我这一生还能穿破几双登山木屐呢？緉：双。屐：木底有齿的鞋。语出《世说新语·方正》：阮孚好屐，能自做木屐。曾叹曰："未知一生当着几緉屐。"

③尘劳：风尘劳辛。指其宦游生涯。三十九年非：意借自《淮南子·原道训》："蘧伯玉年五十而有四十九年非。"

④此化用杜甫《登岳阳楼》："吴楚东南坼，乾坤日夜浮。"坼：裂开。

⑤谓图英雄霸业者，唯据有吴楚地的孙权，可与曹操、刘备相匹敌。

⑥楼观才成：楼阁刚建成。古人以之喻调动频繁，难展才略。如苏轼《送郑户曹》："楼成君已去，人事固多乖。"

⑦转相寻：循环往复。

[点评]

这是一篇人生苦闷的抒情词。苦闷产生的原因是对于抗金事业难以实现的失望。

上片就江行起兴,写因半生蹉跎而产生的对于宦游生活的厌倦。首两大句,将实在景致加以虚化处理。对自己过眼的山水,虽知为重来,知为旧时相识,却以"怪似"、"梦中行遍"的语言,表达心理上那种往事如烟的不真实感觉。下两大句,表现出超脱于尘世纷扰、专心地到自然怀抱中沉醉优游的态度,表达出对"前我"的彻底否定。当然,这样的否定,其实是以自我为代价而对现实政治环境所出的彻底否定。"笑"是激愤之余的解嘲,是无可奈何之际的苦笑。"客"字的含义尤其丰富,其中不仅包含了他不得不做"江南游子"而漂泊异乡的苦闷,也有以出世为"归"、以在世尘劳为"客"的意思。

下片因地怀古,试图从历史英雄的幻灭中,为自己的价值虚无寻找精神依据。前两大句,作者以为孙权的雄才大略,只有曹操、刘备才堪与之匹敌。这里写得激昂奋发,似乎他已从上片的消极苦闷中转移了注意力。可接着就是一个强劲的转折——"被西风吹尽,了无尘迹。"这就是价值的虚无和幻灭。他试图以这样的虚无来平衡自己不能成就英雄事业的遗憾。"楼观"以下,写尽自己多年疲于调动、无缘实现收复中原大业的郁愤。这是这首词的"词眼"所在,是他身世之感和政治感慨的来源。对于此,他虽然感受很深,却又无可奈何。所以最后,他只能以带有道家思想色彩的哀乐循环的"人间法则",来帮助自己解脱于无法实现生命目标、无法体现出人生价值的深沉痛苦。

水调歌头

再用韵呈南涧①

千古老蟾口,云洞插天开②。涨痕当日何事,汹涌到崔嵬③?攫土抟沙儿戏,翠谷苍崖几变,风雨化人来④。万里须臾耳,野马骤空埃⑤。　　　笑年来,蕉鹿梦,画蛇杯⑥。黄花憔悴风露,野碧涨荒莱。此会明年谁健,后日犹今视昔,歌舞只空台⑦。爱酒陶元亮,无酒正徘徊⑧。

[注释]

①作于淳熙九年(1182),时稼轩罢居带湖。南涧:即韩元吉。

②此言云洞古老而位高。蟾口:蟾蜍之口,为古时受水和吐水之具,比喻云洞。

③崔嵬:指高山。

④言造物神力无穷,变幻自然若儿戏。抟:捏成团。翠谷苍崖:即高山为谷,深谷为陵。化人:会幻术的人。典出《列子·周穆王》。

⑤野马:空中游气浮动,状若野马之浮游。语出《庄子·逍遥游》。

⑥言人世追求真幻莫辨,令人伤感疑惧。蕉鹿梦:《列子·周穆王》载,郑国有一个樵夫,在野外遇见一头惊鹿,迎面拦击之。生怕别人看见它,于是把它藏到土地庙中,并盖上蕉叶。可是不久就忘记了藏鹿所在,以为这不过是一场梦。于是沿路自言自语这件事。别人听见之后,照着他话中的意思去寻找,得到了藏鹿。得鹿者归去后,对其家人说:"先前那个樵夫梦见自己得鹿而不知藏鹿之所,被我得到了,他真是做梦呢。"家人说:"也许你得鹿也不过是场梦吧。"画蛇杯:即杯弓蛇影。

⑦此感慨岁月如流,人生无常。杜甫《九日蓝田崔氏庄》:"明年此会知谁健,醉把茱萸仔细看。"王羲之《兰亭集序》:"固知一死生为虚诞,齐彭殇为妄作。后之视今,亦犹今之视昔,悲夫!"

⑧元亮:陶渊明字元亮。此以陶自指。

[点评]

　　作者以雄奇神幻的笔墨描写造化的神奇,正是为了衬托人自己的渺小无奈,而试图以人的微不足道来消解失志的悲凉。

　　词的上片,以云洞所在的秋水涨落为引子,道出沧海桑田、自然变化的伟力,以之为下片写人事的部分作铺垫。首韵点明云洞所在,并以"千古"这样的时间概念,和"插天开"这样的空间概念,表明云洞气势不凡。而"老蟾口"的比喻,生动幽默，令人想见云洞的形状。接韵追述了当年秋水暴涨、直侵山顶的自然奇观。而"涨痕当日"一语，化实为虚，显出时间上的摇荡自如，和现在徒留尘迹的感慨。下两韵从两个方面也即从变化的角度抒发了对自然伟力的景仰之情。上片末韵写景，在意思上回到当前。写现在野马尘埃的漫空飞舞。"万里"一语，直写尘埃弥漫的空间长度，"须臾"与"骤"，显示出由秋雨侵山到现在遍地尘埃之间的短促。这种空间很长而时间很短的比较，写足了自然的伟力。

下片在此自然伟力的背景上显示人生如梦。换头以一"笑"字领起，并可笼至接韵，尽陈苍凉感慨之味。他说自己这些年来，如获鹿覆以蕉叶而忘其所在的樵夫，如同见酒杯中弓影疑为蛇的杜宣一样，不仅一番努力都无所获，而且尝尽忧谗畏讥的心灵痛苦。而今只见黄花憔悴于风露中，秋水又涨到荒草边上。"黄花"就像是作者的精神自画像，"野碧"也似他家园的萧条风景写照，两者相合，传出了自身不堪潦倒失意之恨。然而这一切，在沧桑变化的自然参照系统中，都是可笑的，其痛苦也是不值得坚持的。"此会"一大句，就将这人事的不谐置于自然的背景上去，道出了岁月如流、人事无常的感慨。"歌舞只空台"的空虚，是英雄不得已以历史的虚无来缓解自身失志之痛的"双面刃"：它砍倒了一批他不愿意见其得意的人物，但也深深地割伤了自己。最后，他以隐居田园的渊明自喻，唯求一醉忘情。这样的结句，含意显然要大于字面所示，唯待读者细细体会，可称余味隽永。

南歌子

独坐蔗庵①

玄入《参同契》，禅依不二门②。细看斜日隙中尘，始觉人间、何处不纷纷③。　　病笑春先到，闲知懒是真④。百般啼鸟苦撩人，除却提壶、此外不堪闻⑤。

[注释]

①约作于淳熙十二年(1185)。蔗庵:郑汝谐信州府第名。

②言静参佛道两家哲理。玄:道家学说。《参同契》:传为汉人魏伯阳作,是丹经之祖。禅:佛家禅宗学说。不二门:即不二法门。佛家指直接入道、不可言传的门径。

③此处参见《水调歌头·君莫赋幽愤》注⑤。

④杜甫《漫成》:"近识峨眉老,知余懒是真。"

⑤提壶:鸟名。因鸣声如"提壶"而得名。

[点评]

　　有一天,词人独自坐在朋友家中,望着纷纷扬扬的灰尘,被一线日光照得分明无比,不禁想起自己所读过的佛典中,那个"灰尘与阳光"的妙喻,于是沉落如水的心灵起了微微的涟漪,写下了这首上阕谈理、下阕抒情的小令。

　　上片起韵突兀,意思也突然劈面掷来。他以自己入道参禅的思想活动,打开了言理抒情的大门。接韵以形象的比喻,显示他所领悟到的深刻哲理。值得注意的是,"阳光与灰尘"的比喻作者虽然不是第一次用到,但只有到了这里,它的意义才接近于佛典所示的原来意义。佛典中借此比喻说明:世间无处不飞埃,只是在一线日光中能看见尘埃飞舞,而日光不到处看不见而已。虽看不见,却可以推想见之。作者此处的"始觉"一词,就表明了他这一时期参禅悟道的新领会。这一句,是对世间生活的总体否定。下阕抒情,接近杜甫漂泊西南没有政治出路时的心灵所感。"病笑"两句,体验真切。他因病而对气候敏感,比别人先知道春天的到来;他因闲着,于是领悟到疏懒是一种接近本性的生活状态。这两句,看似潇洒高逸,其实暗蓄沉痛,写尽了词人不被起用而身心不适、又勉强借佛道二家思想排遣这不适的心理状态。以下写百鸟啭鸣、春光大好、令人不能无动于衷的境况,和在众鸟声中他独愿听"提壶"鸟鸣叫的心情。这里,写得也似潇洒出尘,特别是借提壶鸟的鸣叫逗出自己提壶找醉的心理,还颇为巧妙灵动。但一个"苦"字、一语"不堪",则泄露了他内心忘世不易的痛苦。

　　这表明,虽然在道理上他"入"了道,"依"了禅,但对他来讲,要在感情上与佛说道言浑化无间,道路还漫长着哩! 这首词,本意是要以下阕的心情来印证上阕的玄理,结果一些浓情挥发的字眼表明,他对玄理的领会,暂时只成为他思想之旅上的一次"偏航"。

水龙吟

题瓢泉①

稼轩何必长贫? 放泉檐外琼珠泻②。乐天知命,古来谁会,行藏用舍③? 人不堪忧,一瓢自乐,贤哉回也④。料当年曾问:"饭蔬饮水,何为是,栖栖者⑤?" 且对浮云山上,莫匆匆、去流山下。苍颜照影,故应零落,轻裘肥马⑥。绕齿冰霜,满怀芳乳,先生饮罢⑦。笑挂瓢风树,一鸣渠碎,问何如哑⑧?

[注释]

①闲居带湖之作。瓢泉:在铅山县东。本名周氏泉,稼轩为其改今名。

②此言屋檐外有玉珠倾泻,何可谓稼轩长贫?

③乐天知命:语出《易·系辞上》:"乐天知命故不忧。"行藏用舍:即用行舍藏,指出处之道。

④此用孔子赞美颜回清贫自乐的语句自写。典出《论语·雍也》。

⑤此代颜回向孔子发问,问他既以此种生活为高,又何必忙忙碌碌,栖栖惶惶? 饭蔬饮水:即粗茶淡饭。

⑥苍颜:苍老的容颜。零落:交游冷落。轻裘肥马:乘肥马,衣轻裘。指富豪辈。

⑦冰霜:指口感清凉。芳乳:指泉水甘香。

⑧用《逸士传》记许由事,来表明自己只好做一只哑默无声的"瓢",同时兼传许

由式的情怀。许由用手捧水而饮，后有人送给他一只瓢。他以瓢饮完，挂瓢于树。风吹瓢响，许由感到不耐烦，于是摔碎了它。

[点评]

瓢泉是江西铅山县东一方形状如瓢的清泉。有一天，寻幽探胜的稼轩来到这里，看见这幽居深山、清可照影的瓢形甘泉，忍不住捧起一掬泉水饮了，感受到了它清凉甘美的滋味。于是，欣喜万分的他，不仅在此地买地造屋，并且为这瓢泉题了如上一首词。他借泉明志，抒发了"在山泉水清"的高洁情怀。

上片借颜回自许，以孔丘反衬，抒发他乐天知命、伴泉而居的隐者高怀。词的起韵，他特意以问句起头，造成破空而来之势，并以"何必"一词，使"不一定"的意思达到"一定不"的效果，显示其强烈的自信，这就具有吸引人的陡健笔势。稼轩既然能"慷慨地"让这琼珠奔泻而下，他怎么会是贫穷的人呢？仔细体味这一答，发现它余味隽永，意思丰富。试想，能够让琼珠流泻而不收拾者有几人？但是在此作者却不无自嘲之意，因为若从贫字的含意来看，泉水的琼珠又有何能力改变他长贫的事实？而再往前想，虽然他不能拥有真正的琼珠，但是，由泉水带来的精神的愉快，又岂是物质的琼珠所能比拟的？一句之中，含藏无限曲折，妙在其贫与不贫，全凭读者的体会。以下一韵，用两个古代成语，把自己乐天知命的眼前精神状态点出，并以"古来谁会"一语，对自己的精神境界表示特别满意。"人不堪忧"以下一韵，借颜回过着箪食瓢饮的简朴生活而不丧失精神快乐的例子，来表明自己如同颜回一样的精神状态。末韵他就借颜回的口气，来反问孔子：既然认为颜回这样的生活态度是值得赞美的，并且他自己也说过饭蔬饮水、乐在其中的话，那么他为什么又东奔西忙，做那栖栖惶惶的"丧家之犬"呢？这里，"料当年"的"料"字，用得很有水平，因为就材料记载来看，颜回并没有问孔子这样一个有关出处行藏的大节问题。看到孔子的言行不一的，是稼轩本人。所以他以一"料"字，表明这只是自己据理推测出的必然性结论。这样，他就借对孔子言行不一的责备，表明了自己坚守其志的用心。

下片以泉自写，抒发他远世自高、遁世无闷的情怀。他先劝诫清泉别匆匆下山，而要相伴山上那未出岫的浮云。在此，"山上""山下"以及"浮云"，都脱离了它们的自然含意而别具了象征意义。接一韵，又以照影于清泉，自见衰老而慨叹自己应该为富贵之人遗忘。这里虽写得平正，但隐含着不得他人荐举洗刷的牢骚幽愤之意。"绕齿"一韵,以一倒装句,写自己饮罢瓢泉齿颊留香的感觉,是正写、明写泉水的美好,暗写、曲写自己的美好品性。结韵化用许由摔瓢的典故,以瓢作禅喻,表明与其因有声而碎、何如以哑默而全的意思。他以"笑"字领起全句,看起来轻松自如,但实际上笑中含泪:瓢触风自然会鸣,然而"鸣"既成了取祸的原因,那么只好设法哑默,远害自处。这其中,含有对于不让其"鸣"的世局的不满和嘲讽。

通篇取用与泉、与瓢有关的典故来抒情写志,把为瓢泉写照和借瓢泉而自写的意思都体现出来。笔法变化多姿,语意明暗相济,语句散文化特点明显,就成了这首外示超旷而内含幽愤的写怀词的基本特征。

水调歌头

题永丰杨少游提点一枝堂①

万事几时足?日月自西东。无穷宇宙,人是一黍太仓中②。一葛一裘经岁,一钵一瓶终日,老子旧家风③。更着一杯酒,梦觉大槐宫④。　　记当年,吓腐鼠,叹冥鸿⑤。衣冠神武门外,惊倒几儿童⑥。休说须弥芥子,看取鲲鹏斥鷃,小大若为同⑦?君欲论齐物,须访一枝翁⑧。

[注释]

①此闲居带湖之作。永丰:县名,宋属信州府。提点:提点刑狱。杨少游:不详。一枝堂:取名用《庄子·逍遥游》"鹪鹩巢于深林,不过一枝"之意,谓隐居所。
②此言人在宇宙,正如一粟之在太仓,渺小之至。典出《庄子·秋水》。
③此言人生实际需求很少。葛:夏衣。裘:冬衣。经岁:过一岁。老子:作者自

称。

④唐李公佐《南柯太守传》谓淳于棼梦游槐安国,被招为驸马,出任南柯太守,享尽荣华富贵。梦醒寻访,槐安国不过为一蚁穴而已。

⑤吓腐鼠:《庄子·秋水篇》载南方有一种叫鹓雏的鸟,饮食非竹实、甘泉不可。有一鸱鹰觅得一只腐鼠,见此鸟飞过,生怕它来抢食,向它怒喝了一声:"吓!"叹冥鸿:扬雄《法言·问明》:"鸿飞冥冥,弋人何篡?"即鸿雁飞翔于高天深处,猎人怎能捕捉到它?

⑥"衣冠"两句:用南朝陶弘景挂衣冠于神武门外的故实,以写自己的有心归隐,或兼写杨少游的辞官归隐。陶弘景事载《南史·陶弘景传》。

⑦须弥:佛教传说中的山名。喻大。芥子:芥菜的种子。喻小。《维摩诘经》:"以须弥之高广,内芥子中,无所增减。""看取"句:言鲲鹏展翅九万里,斥鷃翱翔蓬蒿间。小大若为同:怎么能一样呢?

⑧齐物:指庄子所认为的万物的差别因具有相对性而可以泯去的思想。一枝翁:指一枝堂主杨少游。

[点评]

八年的带湖闲居,消耗了词人最好的年华,使他因悲愤、郁闷而多病身老。明白自己老年渐近、机会不再的作者,在近观山水田园、仰观宇宙八荒的过程中,在以道家思想为自己纾忧解愤的过程中,重新认识人和世界的关系,得出了一些接近道家哲学观念的思考结论。本词就是这样一首阐述庄子齐物观的理趣词作。不过,因为他把自己的生活经历打入其中,就使得本词作为哲理词的风味并不纯粹,而带有深重的人生感慨情味。

词的上片,切合"一枝"之意,极言人的渺小和所需之微少。起端一问从人的贪多切入:世界太大,包容万事,贪心人向它的求索,什么时候才能满足?在他的求索中,日月轮转,时光匆匆,任何得到的最终都将失去了,没有得到的也再没有机会。接韵以太仓中的一颗粟米为喻,继续言说人在宇宙中的渺小位置。"一葛"以下,与开篇贪求者形成对照,对人生采取"减法":所需要的,衣服不过一夏衣、一冬衣,食器不过一饭钵、一水瓶。这样在物质需要上的减少,当然意味着精神不为盲目的物质追求所拖累的自由。结韵更以梦醒者的眼光,看待他以前梦里的槐安国。也就是以哲学上的清醒,否定像蚂蚁一般碌碌追求的世俗价值。这里的"大槐宫",隐喻世间功名利禄之境。写得警醒,高深,隽永。

下片说自己志向本不在富贵,却为求富贵者所嫉恨,就像庄子所描写的那只鸾凤,受到以腐烂的老鼠为食物的鸱鹰的恐吓,使游息于天外的自由的冥鸿为它在尘网中而叹息,于是挂冠于神武门上,使俗人惊倒。挂冠一事,并不是在现实世界里发生的情形,却在作者的精神世界里发生了——他曾在得知邸报为他多加了七年官龄之后,说过"抖擞衣冠,怜渠无恙,合挂当年神武门"的话。也许这里还兼指杨少游——能以"一枝"自期的杨提点,显然也具有这样不求利禄的精神境界。"休说"一韵,措意丰富。它既接着上片的意思,谈小大之辨,论齐物之旨,也接着下片开始五句的意思,谈人的精神境界就像鲲鹏与尺鷃一样,不能无区别。须弥芥子的比喻,表明无大无小,二者为一。而鲲鹏尺鷃的比喻,最终虽然导向齐物的观点,却也难说作者认为它们完全无别,否则他在前文中何必要黜腐鼠而友冥鸿呢?他自己既不能在精神境界上主张混沌无辨,所以结韵巧妙地把话题引向"一枝翁"杨少游。杨少游既然以"一枝"为堂,也还存有对于"小""大""多""少"的区别之心。也许庄子借鲲鹏尺鷃为喻谈齐物,又以那样的态度出之,本就隐含了这一物齐、物不齐的矛盾。

本词在笔法上,多用议论而少用描写,显示出清劲、外放的风格。然而在总体明晰的表意中,也包含着某些不确定因素。正是这不确定的一面,保存了词作的诗性,使之显得更耐人寻味。这是稼轩理趣词的突出特征。

祝英台近

与客饮瓢泉①

水纵横,山远近,拄杖占千顷②。老眼羞明③,水底看山影。试教水动山摇,吾生堪笑,似此个、青山无定。　　一瓢饮,人问"翁爱飞泉,来寻个中静;绕屋声喧,怎做静中境?""我眠君且归休④,维摩方丈,待天女、散花时问⑤。"

[注释]

①本词原题为:《与客饮瓢泉,客以泉声喧静为问。余醉,未及答,或者以"蝉噪林愈静"代对,意甚美矣,翌日为赋此词以褒之》。约作于庆元元年(1195),时稼轩罢职家居。饮瓢泉:在瓢泉新居饮酒。"客以"句:客人问泉声是喧闹还是幽静。"蝉噪"句:梁代诗人王籍《入若耶溪》中句。翌日:第二天。褒:赞扬。
②此言挂杖游遍瓢泉山水。
③羞明:怕光。
④《宋书·陶潜传》载,陶渊明爱与访客共饮。他若先醉,就对客人说:"我醉欲眠卿可去。"十分真率。
⑤据《维摩诘经》载,维摩诘讲佛经时,有一天天女向听讲者抛洒天花。花落到诸菩萨身上不沾自落,落到大弟子身上则沾而不落。这说明大弟子还没有真正觉悟色即是空,尘根尚未清净。维摩:是佛教先哲,善讲大乘教义,与佛祖同时。方丈:原指长老及住持说法之处,后即为对于寺院长老及住持的代称。

[点评]

在稼轩于瓢泉陈设的宴会上,有一位不晓事的客人向已经喝醉的主人问了一个看似难以回答的问题。他说:"您说您因为好静,所以到瓢泉来寻求安静。可是这里泉声绕屋而响,怎能取静呢?"一个聪明的客人借前人诗歌代主人答道:"比如一座幽深的山林,有蝉鸣,只能增加深林的静趣,并不能使这山林热闹起来。"稼轩觉得这个回答妙得很,于是写下这首抒山水之乐、言动静之趣的小品词,送给他作褒奖。

上片主言山水之乐,并以水中山影做比喻,表明他对自己身世无常的感慨。起韵描绘瓢泉周围山水的气势和自己的游赏之情。以"纵横"写水之多,以"远近"状山之盛,然后在其中纳入一个挂杖而游观无限山水的自我形象。接韵自然进入山水动静的象喻。一句"老眼羞明",把自己衰老的情状显出,因为眼睛怕光,不敢眺望阳光中的山景,所以只好转而视水,看被水柔化过的山影。上片末韵，直承前"山影"一词，以一个空灵和玄深的比喻，即流水无定中山影摇晃，写他对自己命运的理解。他觉得自己虽然本质如青山独立，命运却像这水里的青山一样无定。

下片接客人问动静的话头，借佛经故事，谈动静玄机，暗藏着嘲笑客人参不透动静、本性不明的意思。过片先点出题面上的"饮瓢泉"——同时"一瓢饮"兼谓自己的安贫乐道，然后以主客问答的体式，写出自己对于"泉声喧静"的看法。他串起两个特别的典故来旁敲侧击地回答。一是陶渊明的酒醉而遣客，表明自己不拘于礼的真率。二是佛菩萨维摩诘讲经，天女散花以测试听者理解到什么程度、佛性又如何——花落于诸位佛菩萨身上沾不住，落到佛门大弟子身上则沾得住，说明佛门大弟子还没能空诸色相，还不够参透维摩诘之意。而用一"待"字，使两个独立的典故，成为意义相关、禅机更深的内容。不仅隐含着自己已能空而不留，也隐含着对客人于动静之义尚不能参透的讽刺。参不透动静，才会问这个貌似聪明而其实黏着的问题。

兰陵王

赋一丘一壑①

一丘壑，老子风流占却②。茅檐上，松月桂云，脉脉石泉逗山脚。寻思前事错，恼杀晨猿夜鹤③。终须是、邓禹辈人，锦绣麻霞坐黄阁④。　　长歌自深酌。看天阔鸢飞，渊静鱼跃。西风黄菊香喷薄。怅日暮云合，佳人何处，纫兰结佩带杜若？入江海曾约⑤。

遇合，事难托。莫击磬门前，荷蒉人过⑥。仰天大笑冠簪落。待说与穷达，不须疑着⑦。古来贤者，进亦乐，退亦乐。

[注释]

①约作于庆元元年(1195)。

②此言有幸独占此处风流。一丘壑:即一山一水。

③前事错:言不该误入仕途。

④此言功名富贵当是那些年少得志者的事业。邓禹:字仲华,新野人,佐刘秀称帝,二十四岁即拜为大司徒。麻霞:色彩斑斓。黄阁:指丞相府。

⑤"怅日暮"两句:江淹《拟休上人怨别》:"日暮碧云合,佳人殊未来。""纫兰"句:言将兰联结为佩饰,以杜若为束带。兰、杜若,皆香草名。此处用屈原《离骚》诗意。入江海:指避世远居。

⑥此言莫效孔子在卫击磬以遭荷蒉人讥笑。事出《论语·宪问》:孔子在卫国击磬,有一挑草筐的人经过孔子门前,嘲笑他音乐中表达的有志干时而无人见用之悲,告诫他要"深则厉,浅则揭",即懂得因势而变,与世推移。

⑦仰天大笑:喻笑傲林泉、不以仕进为怀。穷达:指人生道路的困顿与显达。

[点评]

通篇赋写退隐的风流和乐趣,但是"遇合,事难托"一语,却隐隐透出全词触发点所在:那是因为自己的政治理想始终找不到可以实现的机会,君臣遇合、大显身手是难以希求的。

全词共三片。一片首韵直接入题,以占尽一丘一壑的风流自我形象,领起全篇。接韵以茅屋上"松月桂云"和山脚下清泉脉脉的优美风景,具体写占尽这一丘一壑的美景者的风流意态。以下以"寻思前事"退过一层,转写以前入仕的错误:一是此间的猿鹤为他的离去而悲鸣烦恼,一是功名本是邓禹那样少年得志者的事。这两个表达,一正一反,反借山间猿鹤之怨来表明自己本性合居于山中,正借邓禹辈人的得志,表明功名之事本不属于自己。"终须是"一语,内藏自己多少努力都已失望的感慨。

第二片暗接"前事错",专言今朝心情的愉快和伸展。起言独自饮酒放歌,仰观天上鹰飞,俯视水里鱼跃,颇有"海阔凭鱼跃,天高任鸟飞"的自由舒畅。"西风黄菊"一句,点明赋词的时间,也营造出近似于当年归隐的陶渊明所处的生活氛围。他以"喷薄"写菊花香气,生新脆硬,足见豪情。以下突然转入惆怅的感受中,借用前人诗句,写他对一位曾约定同游江海、而今不见踪迹的"佳人"即知音的盼望。这位在他的想象中像屈原那样身佩芳香饰物的佳人,即使真有所指,也更像寂寞的作者所创造出的自我精神的化身。而"日暮云合",虽是借词于前人,却能"夺胎换骨",表达自己作为一个老人的特有精神感受。

第三片揭明主旨,言自己虽然落拓失志,但不求闻达,甘心笑傲林泉,以退为乐。这里写得极有气势,极有风骨,显示出一个不免于精神不平的人,对于出处大节的看重。他先以"遇合"一韵,从第二片所述的意路上转回,逗出政治失意的牢骚。但马上以"莫"字,压住要倾发壮志才华不为世人所知的郁愤。此处借用孔子击磬求知的典故,表明了自己笑傲林泉、不以穷达为怀的精神风采。"待说与"一句,正面表明自己知其达而守其穷的定力。结韵挑明主旨,意在说自己不以退处为忧为耻,而觉得其中自有乐处。这就回应开篇的"风流占却"一语,使包孕丰富的慢词长调获得了圆满的结构。

玉楼春

戏赋云山①

何人半夜推山去?四面浮云猜是汝。常时相对两三峰,走遍溪头无觅处。　　西风瞥起云横度,忽见东南天一柱②。老僧拍手笑相夸,且喜青山依旧住。

[注释]

①作于庆元二年(1196)秋,时稼轩罢居于铅山瓢泉。云山:为白云笼罩之山。
②瞥起:骤起。云横度:浮云横飞。天一柱:天柱一根,指高耸青山。

[点评]

　　此词名为"戏赋",带有明显的欢快戏谑色彩,是稼轩瓢泉隐居时期格调乐观、命意不俗的写景之作。

　　上片首韵劈面一问,问得奇怪。不仅使人如堕五里雾中,以为好端端一座山,真的被什么东西半夜推走了,而且也传出了作者清晨见不到青山时的惊讶、惶惑。这一问,最足以传达抒情者的瞬间精神感受。接着自言自语的回答,写出了他观望四面浮云而恍然大悟的样子。他赋予四面浮云以半夜推山的奇怪行为,设想奇特,又出之以猜度语气,在真真假假、虚虚实实之中,更增加若干趣味。三四句,通过补叙与倒写,使第一句的奇问有所凭托。又把这补叙出的常时两三峰,纳入今日溪头"走遍"寻觅的视野中来,在一有一无的对照中,写出了作者不见云山的纳闷情状。下片"无中生有",极柳暗花明之致。换头另辟一境,写西风忽起、浮云过处,东南方一座青山突然在作者眼前凸现,它高大得就像天柱一样直插云天。这里的"瞥起""忽见",绘声绘色,写出了瞬息万变的云山风光和作者的惊喜之状。而"东南天一柱",可以既补写他上片没有交代的山的峻伟形象,也写出了他先被浮云所困未见青山,此时风起云开,猛然举头仰望,更觉青山高峻的情态。这一句"话中有话",看来简洁而内涵丰富。这丰富的内涵,等到下韵中他拽老僧出场时,显得呼之欲出,而且透出了一股禅意。他以浮云写境,以青山写心:浮云(外境)尽管千变万化,时起时落,但青山(我心)则终究不动,真定有恒。这样,浮云和青山,既可成为佛门参禅入定的有味意象,也可成为作者面对政治风云时"我自岿然不动"的心灵象喻。难怪老僧也笑、词人也喜呢,原来大家都借浮云青山的意象证得了本心。

　　所谓云山,不过是云来云去、山隐山现的一段景致。措手稍微平钝,则会落入稀松平常之境。但作者却能以夸张渲染的手法、波澜起伏的结构,把景物变幻写得十分可观,足见他的奇趣;同时还赋予这一景物变化以十分蕴藉的理趣,尤其是结尾一韵,故意转出一个老僧来,使云山变化更带有了佛家所言的禅意。

哨遍

秋水观①

蜗角斗争，左触右蛮，一战连千里②。君试思，方寸此心微，总虚空并包无际③。喻此理，何言泰山毫末，从来天地一稊米④。嗟小大相形，鸠鹏自乐，之二虫又何知⑤？记跖行仁义孔丘非，更殇乐长年老彭悲⑥。火鼠论寒，冰蚕语热，定谁同异⑦？　　噫！贵贱随时，连城才换一羊皮⑧。谁与齐万物？庄周吾梦见之。正商略遗篇，翩然顾笑，空堂梦觉题"秋水"⑨。有客问洪河，百川灌雨，泾流不辨涯涘。于是焉河伯欣然喜，以天下之美尽在己。渺沧溟望洋东视，逡巡向若惊叹，谓我非逢子。大方达观之家，未免长见，悠然笑耳⑩。此堂之水几何其？但清溪一曲而已⑪。

[注释]

①作于庆元四年(1198)。秋水观：稼轩在瓢泉所造的堂屋名。

②《庄子·则阳篇》称：蜗牛角上有二国，在左角的叫触氏，在右角的叫蛮氏。两国为争地而战，每战死伤数万。一方兵败而逃，十五日始能返国。

③言寸心虽小，却包容宇宙。

④言天地既然微若极细之米，则泰山自应细若毫末。典出《庄子·齐物论》和《庄子·秋水篇》。

⑤言大小具有相对性，小鸟鸠与大鸟鹏各得其乐。那嘲笑大鹏的两只小虫根本不了解这一点。之二虫：这两只小虫子，指蜩与学鸠。《庄子·逍遥游》说，大鹏

飞往南海时,蜩与学鸠嘲笑它说:我飞落于树林和地面间即可,何必飞向九万里高空而去南海呢?

⑥此言跖自言行事仁义而以孔子为非,殇子为自己的长寿而乐,而彭祖却为自己的短寿而悲。殇子:未成年即死的人。彭祖:传说活了八百多岁。典出《庄子·盗跖篇》和《庄子·齐物论》。

⑦此言生活在火山中的火鼠和生活在霜雪中的冰蚕,对于冷热的感觉不同,难以沟通。火鼠:典出东方朔《神异经》。冰蚕:典出王嘉《拾遗记》。

⑧连城:原指价值连城的和氏璧。典出《史记·廉颇蔺相如列传》。此处指百里奚。羊皮:《史记·秦本纪》载,秦穆公曾以五张羊皮赎百里奚于楚国,百里奚后来拜为秦相。

⑨此谓梦中与庄子讨论"齐物"思想,深得庄子欣赏,醒后即在这空堂上题写"秋水"两字。

⑩《庄子·秋水篇》语意:秋来水涨,百川入黄河,看不到黄河两岸。于是黄河神河伯欣欣然,以为黄河是天下最大的水域。他顺流东下,到了北海边,看见北海汪洋一片,无边无际。于是河神仰望海神而叹息,知道自己以前如"井底之蛙"。涯埃:边岸。若:海神名。子:您,对海神的尊称。大方达观之家:指海神。后指道术修养精湛的人。

⑪此言秋水观前的溪水很小。

[点评]

　　此词以《庄子·秋水篇》所阐发的齐物思想为基础,以眼前的秋水观为起兴,以词为论,同时借用《庄子》中的寓言典故,讨论了大小、是非、寿夭、冷热、贵贱的相对性,认为一切差别皆由心造,自己正不妨借着"清溪一曲"的秋水观,与庄子同参玄言妙理。

　　起韵先借蜗牛角上的蛮国与触国"一战连千里"的典故,暗示大小、得失的相对性——常人眼中的一只小小蜗牛,其触须上的蛮触国人则以为地域广大,得失要紧。那么它究竟是大还是小呢? 这取决于从什么角度去看。以下接着说明这一小大之辨。作者认为一切的区别,来自于人的那个虽然小至方寸但包容无际的虚空之心。也就是说小大之辨本不存在。而心呢,它可以说是极小的,因为其形不过方寸,但也可以说是极大的,因为它可以包容"虚空"也就是宇宙万象。

然后,他又从相对性角度,告诉人们这样一个观点:不要只知道庄子所说的泰山比秋毫之末还要小,而要知道天地从来只不过是一颗最细的米粒。小大不过是相对的,小鸠有小鸠的乐趣,大鹏有大鹏的乐趣,那两个嘲笑大鹏、而自觉自己的生活很好的蝉和小山雀又知道些什么! 其下,作者接着论及是非与寿夭之辨:柳下跖说自己是仁义之辈,反而说孔丘不仁不义;还有短命鬼殇子欣喜于自己的高寿,而活了八百多岁的彭祖伤心于自己的早夭。这就像火鼠向冰蚕谈论寒冷的感觉,冰蚕向火鼠谈论热的感觉一样,他们的隔膜是非常深的。那么究竟是火鼠的说法对呢,还是冰蚕的说法对呢? 上片末韵这个提问,答案也已经被上片的其他各句所提示,但依然有引而不发之妙,可以让读者依照作者的设定,自己寻找到它的答案。

下片进而阐发贵贱的相对性,并认为自己已经完全得到了庄子齐物思想的精髓。最后靠近题面,归结于水的大小之辨,并表明自己的秋水观虽小,却足以用来参悟玄理。他以一声叹息为始,表明贵贱的相对性,在于各自的因时而异。他以《史记》中人物百里奚为例,一会儿被以五张羊皮而赎回,一会儿贵至拜相,可谓价值连城。这里对于百里奚命运遭际的叹息,正包含着他对于自己命运不由自主的叹息。以下以一问句,表明自己已经达到庄子"齐万物"的精神境界,所以,他在梦中不仅见到庄子,且得以与后者一起研讨《庄子》的思想,彼此之间莫逆于心,相顾翩然而笑。然后,他以"空堂梦觉"将这可以放得很开的意思收拢,使之关合到自己的秋水观。他用河神河伯先见自己的处所而欣然自喜,而后见到海神海若的处所而惊叹,并嘲笑自己的井蛙之气的庄子典故,来表明自己已超过河伯的境界,因知道小大之辨纯属于相对。故而对于自家秋水观前的"清溪一曲",也觉得可以陶冶性情,参悟玄理。

此词虽然属于词论,即以词体承载着散文的说理功能,属于词中少见也不为人倡许的另一体,却十分有吸引力。这不仅因为他把论引进词体,令人有别开生面之感,而且因为他大量引用了《庄子》中充满奇幻色彩的寓言故事来说理,使理由事载,理由物托,生动风趣。

鹧鸪天

读渊明诗不能去手，戏作小词以送之①

晚岁躬耕不怨贫，只鸡斗酒聚比邻②。都无晋宋之间事，自是羲皇以上人③。　　千载后，百篇存。更无一字不清真④。若教王谢诸郎在，未抵柴桑陌上尘⑤。

[注释]

①去手：离手。此隐居瓢泉之作。

②"晚岁"两句：谓陶潜晚年躬耕田园，安于清贫，以薄肴淡酒邀会乡邻，彼此融合无间。

③晋宋之间事：指东晋末年、刘宋初年，即陶潜生活的年代。这是一个南北分裂、战乱不断，统治阶级内部倾轧得很厉害的年代。羲皇以上人：指上古以远的纯朴之人。

④清真：指陶诗清新纯朴。

⑤王谢诸郎：王、谢两家的子弟。王、谢是东晋的两大望族，长期跻身政治上层，其子弟以潇洒儒雅见称。柴桑：陶潜故乡，在今江西九江市西南，他晚年归耕也在此地。

[点评]

词上片写陶渊明的人品，特取其岁晚躬耕之事。这是因为它与作者目前的生活境遇很接近，他可以从陶渊明的实践行为中汲取力量。他钦仰于陶的"不怨贫"，以淳朴之心与农民相交，对于晋宋之际黑暗和凶险的政坛毫无留恋地抽身而退。这些，都是同样处于退隐状态的作者暂时还不能完全做到的：他作为一个失意的英雄,对于当代政治和国家命运不能无挂虑,因此也不能无牢骚;虽因屡次被谗害而灰心失望,却不能彻底抽身,完全安于淳朴的田园生活。所以,他写陶渊明高风亮节在这几个方面的体现,颇有取药自疗的意思。

下片写陶渊明的诗品,特拈出"清真"二字,并表明这一清新淡远、淳朴真挚的抒情风格和内容,在陶渊明诗歌中的无处不有。不仅很见出作者作为一个激情横溢的豪放词人对于一个不同类作家的深透理解,而且也显示出他对于这一外素内腴的诗品的仰慕。这一对前者人品和诗品的极度仰慕,他通过一个极端化的比较表达了出来:这个比较是,像芝兰玉树一样潇洒儒雅的东晋世家子弟王谢诸郎远不如陶渊明所居住过的江西柴桑的陌上尘土。这就将陶推崇到了从来也没有过的高度,显示出作者极度的情绪化心态。

卜算子

齿落[①]

刚者不坚牢,柔底难摧挫。不信张开口角看,舌在牙先堕[②]。

已缺两边厢,又豁中间个。说与儿曹莫笑翁,狗窦从君过[③]。

[注释]

①此闲居瓢泉之作。

②《说苑·敬慎》:常枞有病,老子去看望他……常枞张口问老子道:"我的舌头还在吗?"老子答道:"是。"常枞又问:"我的牙齿还在吗?"老子答道:"不在。"常枞问他:"您理解此中道理了吗?"老子答道:"舌头能久存,难道不是因为它很柔弱吗?牙齿掉落,难道不是因为它刚强吗?"常枞笑道:"是了。"刚者:指牙齿。柔底:指舌头。

③"狗窦"句:《世说新语·排调》:"张吴兴年八岁,齿亏。先达知其不常,故戏之

曰：'君口中何为开狗窦？'张应声答曰：'正使君辈从此中出入。'"狗窦：狗洞。从：任凭。

[点评]

　　词人以舌在齿落的现象中，寄寓了自己领略到的老子刚摧柔存的生活哲理。

　　词一上来，就推出主旨，开篇立意。这是论说文笔法，十分警醒。就措意而言，它虽是化用典故而来，却如打心中流出，十分自然。在意路上，这里的"刚者"与"柔者"，已隐然照顾到后文的叙写落齿的事情。以下如同论说文的举证，以"不信"反领，表明了"舌在牙先堕"的事实。此处用典，也令人不觉，但觉"张开口角看"一语，天真烂漫，如同打儿童口中说出。下片具体叙写齿落的事实，正面切题，用口语来写，显示浑朴活泼的趣味，一点儿也不见落齿者的悲哀。以下更进一层，以"狗窦从君过"的反讽，嘲笑那些笑话他豁齿的"儿曹"，这表现出他的旷达，也表现出他的倔傲。为什么呢？这里的"儿曹"，未必只是他家里的子孙辈，而兼容了所有的年少得意之辈对于老年人的态度。在这一个层次上，可以说词人是旷达的。如果更进一步，理解到"儿曹"在骨子里还兼指他心中的政敌和"假想敌"，即那些春风得意的当权派。他们若笑话他年老齿落的话，很显然就带有幸灾乐祸的味道。因此，作者若对他们说一句"狗窦"的戏谑，显然其中也含有老而倔傲的意味。妙的是，他把这最深隐的思想隐藏得很成功，让读者一见之下，只感到他的旷达诙谐；而细品之下，也能隐隐感受到他的情感锋芒。

　　此词的主要特色是用典浑化，如撒盐于水，不复见盐粒，只觉水味不薄。另外，用语通俗如白话，风格诙谐，这些看来是冲淡诗味的因素，却没有使此词堕入搞笑的恶趣，而是与其中深刻的人生寓意并存不悖。人多谓锻炼精警易，天然入妙难。这首词如果不从词的婉约化抒情特征去轩轾它，也可算是天然入妙的作品。

水龙吟①

　　老来曾识渊明,梦中一见参差是②。觉来幽恨,停觞不御,欲歌还止③。白发西风,折腰五斗,不应堪此④。问北窗高卧,东篱自醉,应别有,归来意⑤。　　须信此翁未死,到如今凛然生气⑥。吾侪心事,古今长在,高山流水⑦。富贵他年,直饶未免,也应无味⑧。甚东山何事,当时也道,为苍生起⑨?

[注释]

①当为晚年隐居瓢泉时作。

②参差:仿佛。

③觞:酒杯。御:用,引申为饮。

④此言陶渊明不堪忍受"折腰"的耻辱,宁肯白发萧萧对西风,辞官归隐。

⑤此言陶渊明辞官归隐,在北窗下休眠,在东篱下把酒赏菊,应别有深意。

⑥凛然:严肃貌,令人敬畏貌。

⑦吾侪:我们。高山流水:指山水胜赏。

⑧富贵……未免:用谢安语。参见《水调歌头·白日射金阙》注⑤。直饶:纵使。

⑨此言为什么谢安当年要说为了苍生而起用?甚:怎么。东山:谢安曾隐居东山,此以之代指谢安。苍生:黎民百姓。

[点评]

　　词以"老来曾识"领起,语简意深。因为对渊明的举动,不经过与现实的反复碰撞，像他这样一个具有英雄豪杰之气的人，是很难理解的。因为日思夜想，渊明竟然由"抽象的存在"转为"实体的存在"，可以凝聚成他的梦中知音了。这里的"参差"一词，不仅写出了词人在梦中视物的朦胧效果，而且也为他梦中所见是否真是原来的渊明的形象，留下了分辨的余地。接韵写他从梦中醒来时的爽然若失：饮酒没了情致，歌吟没了意趣。这样的"幽恨"，显示出他对于渊明极为痴迷的感情。三韵解释为什么他对于渊明如此钟爱，是因为他那耿直正派、不为五斗米折腰的品节使作者深深折服，他主动地做出辞官归隐的决定，这在官场诸公中很少见。上片末韵写词人在陶渊明高卧闲居、采菊饮酒的举动中，不像一般人那样只看到他的"浑身静穆"，而是别有会心，以为在他的辞官归隐中，含有更深的用意。这用意是什么呢？作者没有明示，但是可以想见：他一是暗示陶的归隐是因他看不惯官场的黑暗污浊，于是采取洁身自好的态度以与之决裂；二是认为只有山水才是清洁的场所，与陶的精神趣味完全相融。这里他将自己的感觉与陶渊明的感觉浑然相融。这样，就把稼轩自己对于归隐田园的态度曲折传达了，这是稼轩运笔的聪明乃至"狡狯"之处。

　　下片更明白地引陶渊明为异代知己，并以始隐终出的谢安为反衬，表明志在高山流水的情操。过片两句，直接出以热情淋漓的赞美，把陶渊明流芳不灭的生气揭示出来，并且在见识上超过了以往"田园诗人"对陶渊明的定评，看到了陶渊明心中鄙视俗情的凛然生气。接韵引陶自写，以"吾侪"一词，自豪地归拢自己和陶渊明，说自己与他是一对异代知己。"高山流水"一词，是化用历史上的知己典范——伯牙和子期的故事，来表明自己与陶渊明绝代无伦的知交之情，也兼有志在高山流水而非俗世名利的情操。以下掉转一笔，以退为进，以引用谢安未出山时不免于富贵之心的语言，表明即使还能涉富贵之境，也觉得它未免无味。接着，他更以反问的语气，对那些不能完全脱离富贵心机的人们，以"为苍生起"为幌子，行求取富贵之实的行为，加以嘲笑和揭露，很有一种看破的清醒。本来，谢安的出山，也确实拯救了东晋王朝乃至东晋的"苍生"。对于像他这样的人物，作者尤且加以嘲讽，那么，对于那些不如谢安之辈的嘲讽，又当如何辛辣！不过，稼轩词结韵的意思，还不止于此。在他对谢安加以嘲讽的问句中，也还含有自己思"为苍生起"而不可得的隐痛，可谓"不著一字，尽得风流"。不仅把作者对于现实既已经绝望又难以完全泯灭出山用世的矛盾思想，很含蓄地表达了出来，而且对世间俗人顺便下一针砭。而如果联想到作者本来是一个志在有为的战士,他如今却完全与陶渊明在精神上同其归宿,则人们不仅会为他目前以退隐为归宿的思想而慷慨生哀,更会为造成了他这一思想的黑暗现实痛心疾首。

后夜相思月满船

木兰花慢

滁州送范倅①

　　老来情味减,对别酒,怯流年②。况屈指中秋,十分好月,不照人圆。无情水、都不管,共西风、只管送归船。秋晚莼鲈江上,夜深儿女灯前③。　　征衫。便好去朝天。玉殿正思贤。想夜半承明,留教视草,却遣筹边④。长安故人问我,道愁肠殢酒只依然⑤。目断秋霄落雁,醉来时响空弦⑥。

[注释]

①作于乾道八年(1172)滁州任上。范倅:范昂,时由滁州通判任满,奉诏返京。倅:副职。

②老来:稼轩此时只有三十三岁,这里应是他心理年龄的自我感觉。情味:犹言情趣。流年:似水光阴。

③莼鲈:莼菜和鲈鱼。此参见《水龙吟·楚天千里清秋》注⑥。

④朝天:朝见天子。玉殿:代指朝廷。承明:承明庐:汉代宫中设承明庐,作为文学侍臣值班和起草文件处。视草:修改诏书。却遣筹边:又被派去筹划边境事务。

⑤殢酒:沉溺于酒。

⑥此用更赢射雁事。《战国策·赵策》:更赢与魏王立于京台下,仰见飞鸟,更赢说他能引弓虚发而射鸟。一会儿他果然虚发而射下一雁。魏王问原因,他说这是只旧伤未愈的孤雁,闻弓响欲高飞,结果伤口迸裂而跌下。目断:目送。

[点评]

词上阕惜别。共分三层。起韵既点出送别之事,也表明送别之情。值得注意的是,作者写此词时才三十三岁,却已经觉得衰老,感到情怀无复年轻时的飞扬,并且对时间的流逝由衷地感到敏感。这是为什么呢? 这是因为他对生命的期许无比的高。但南来已经有十年之久,却功业未就,岁月虚度。一个以英雄自许的人,怎能不痛心、灰心与忧心?! 有这样的起句,就为全词奠定了基调。接韵思绪从"怯流年"处暂时宕开,而突出"别情"的难堪,意思层层叠加。已经是心中有怯意了,朋友又要离别,况且离别在已近中秋月圆人聚时,这就不能不使他怨恨那"十分好月"了。不仅月亮可怨,连送行舟的流水也可恨,因为它是如此无情,和西风一起好不快捷地送朋友离他东去。怨月、怨风、怨水,是离别时刻对朋友挚情的曲折表露。上阕末句,作者从眼前所见所感中宕开一笔,想象行者范昂旅途所见和归家所遇。

这样的描写,有三个方面的作用。首先从词境上说,它与下阕中的某些描写一起,丰富了词的意境层次,使实境的诚挚和虚境的空灵相交合,显得风神摇曳而不板滞。其次,从抒别情的角度说,它充分显示了作者对行人关念到底的态度,是对于上文别情的有效延伸。最后,从作者自我抒情的角度看,这里的想象境界也堪称"别有用心"。因为范昂在旅途和家园所遇是那样美好:途中有莼菜鲈鱼——西晋张翰宁愿辞官去享受的美味,家中有娇儿爱女在灯下与他团聚欢笑。那么,作者自己滞留异乡不得归去的遗憾,不是就通过他的想象而传达了吗?

下片词情较复杂,而主要表现为对于国事的关怀之意,对于朋友的勖勉之情,以及自己虽忧谗畏讥但仍望有所作为的衷曲。前两大句,主要是对范昂的期待和勉励。他勉励朋友不要忘怀时事,而要有所作为。他期待朋友受到朝廷的重用,既充分展露自己的文才,做历代文臣引以为荣的天子身边的近臣——诏书起草者;又能被委任以筹划边防事务的重任,为收复中原的事业做出贡献。而对朋友的期待也是对朝廷的期待,"玉殿正思贤"就表明了这样的期望。三韵借"长安故人问我"的虚设话头,引出了自己的满腹牢骚。他说自己依旧愁肠满腹,依旧借酒浇愁。结束句的"目断"一语,更是感慨良多,它既表达出作者深深的忧谗畏讥之情,就像那只受伤的惊弓之鸟一样,即使是在醉中他也不忘有人在拉响空弦;也表达作者打灵魂里向往着杀敌立功,所以即使是没有机会,即使是在醉中,也不忘时时望空拉响空弦,热切地盼望一试身手——"空弦"一语,含意实厚。这使此词在结束部分,就像在开头部分一样,成了完全的自我抒情。从而使惜别的挚情为自抒其怀的忧情所包拢,追加了送别之意的深致,作者的精神面目也因之而跃然纸上。

在艺术上,这首风格刚柔相济的词,有三方面值得注意。其一是层层推进的抒情手法。其二是文思跳宕、一波三折的结构特征:词将不同时间(此刻——月圆)、不同空间(此处——江上、灯前、长安)里的形象衔接在一起,显得十分自然。其三是妙用典故、融化无痕的技巧。上阕的末韵与下阕的结韵句句用典,而又似即景叙情,典故已经化成了作者抒情的语言元素,而不再是拦在词句里的"语言石虎"了。

水调歌头①

落日古城角,把酒劝君留。长安路远,何事风雪敝貂裘②?散尽黄金身世,不管秦楼人怨,归计狎沙鸥③。明夜扁舟去,和月载离愁。 功名事,身未老,几时休?诗书万卷,致身须到古伊周④。莫学班超投笔,纵得封侯万里,憔悴老边州⑤。何处依刘客,寂寞赋《登楼》⑥?

[注释]

①约作于淳熙元年(1174)。

②此用苏秦入秦落魄事。《战国策·秦策》:"苏秦始将连横说秦王,书十上而说

不行。黑貂之裘敝,黄金百斤尽……形容枯槁,面目黎黑,状有愧色。"敝貂裘:貂皮衣服破旧。

③秦楼人:指妻室。狎沙鸥:与沙鸥亲近,指隐居生活。

④致身:献身出仕。伊周:伊尹和周公,古代两个著名的贤相。

⑤班超投笔:《后汉书·班超传》:班超少时家贫,常为官府抄书,后投笔从戎,立功异域,封定远侯,三十一年后始从西域返家。

⑥依刘客:指王粲。汉末天下大乱,王粲避难荆州,依附刘表而不得志。《登楼》:即《登楼赋》,王粲所作。

[点评]

词的上片重在劝离人留下和归隐。起韵总写他在古城落日的光景里,劝离人留下。以下两大句,则对此从容解释:一是担心临安路远,而离人此去奔赴的前程难料。二是担心他千金散尽而困守都城,辜负了家中妻子的爱情。所以不妨就此归隐,忘却世事而与沙鸥相游处。但离人终归要去奔赴前程,所以上片的结句,说的是离愁的不免。它不仅是作者之所不免,也是离人自己所不免。既然怀着离愁,又不得不离别,离人的选择就不免于违背自己的初衷了。

过片承上启下,感慨功名之念的不由人做主,接韵宕开一步,写纵使不能忍住功名之心的诱惑,离人作为饱读诗书的人,也要励志奋进,向古代贤相看齐,而切莫学投笔从戎的班超。他为什么会对将和相加以褒贬呢? 这就是曲笔传情了。它表明,在他的选择中隐藏着一段无法明言的幽恨:他就是那个投笔从戎、有志学班超的人,结果却被外放在这落日苍凉的古城下,远离能运筹全局的位置。结末一句,更将这幽恨点明:他虽然投南以后即进入官场,却被排挤到边州而不能实现其宏图伟业,这使他觉得自己简直就是怀乡念土的"依刘客"而已。失意的寂寞,反映出这位爱国志士壮志难酬的深深苦闷。

这首词,以留人起,以伤己结。其间盘旋停咽而又意脉不断,抒情似浅直而隐曲,反映了词人在特定处境中的迷惘和痛苦,具有很强的感染力。

鹧鸪天

离豫章,别司马汉章大监①

聚散匆匆不偶然,二年历遍楚山川②。但将痛饮酬风月,莫放离歌入管弦③。　　萦绿带,点青钱,东湖春水碧连天④。明朝放我东归去,后夜相思月满船。

[注释]

①作于淳熙五年(1178)春。豫章:江西南昌。司马汉章:司马伸字汉章,时任江南东路提点刑狱,故称"监"或"大监"。

②"二年"句:稼轩自前年秋至今年春不足两年,却调动三次,宦迹所至江西、湖北一带,旧属楚地,故有此语。

③酬:答谢。风月:代指美景。莫放:莫奏。

④东湖:在江西南昌东南,为境内名胜。

[点评]

这首以小令写成的离别词,风格含蓄蕴藉,体势既整饬又流美。

起韵借聚散兴感,直中藏曲,吐露自己对于被频繁调动的牢骚不满情绪。作者从淳熙三年到五年的短短时间内,先后被调动三次,匆匆来往于今江西、湖北等地,简直疲于奔命,来不及有所建树。对此,他以一句"二年历遍楚山川"做出形象的概括。他对自己被频繁调动的原因是怎样理解的?他以"不偶然"来点出隐情,留给读者体会。"不偶然",就是必然,他已经体会出了被频频调动的必然性。为什么呢?追思以往经历,他不能不感到南宋统治者对他这样一个赤心来归的爱国者的防备和猜忌,这令他感到特别痛苦和不满。他曾经自呼为"江南游子"，曾经叹息过只能醉吟风月，曾经以酒浇愁，都是为此。因此，这里的"不偶然"一语，包含无限悲愤。下两句，忽然一转，转到饯别的宴会上来，写自己只愿意和朋友一起为了美丽的风光而畅饮，而不愿让离歌别曲深化自己的别离之愁。这在章法上，是切合题面。而细味其意，其中仍含着无计可施、只得自我排遣的愁情。

过片承上文的"酬风月"而来，写饯别处的东湖美景如画，实是表达他对于豫章的依依眷恋之情。"绿带""青钱"用以状流水、荷叶之貌，涉笔成趣；"春水碧连天"，以夸张的笔触，显示出作者对于此地风光的无比喜爱之情。结韵想象别后殷切思念朋友的情境，妙在情景交融。尤其是"后夜相思月满船"之语，写境不隔，写情浓郁，简直是妙手偶得的佳句。

破阵子

为范南伯寿①

掷地刘郎玉斗，挂帆西子扁舟②。千古风流今在此，万里功名莫放休。君王三百州③。　　燕雀焉知鸿鹄？貂蝉元出兜鍪④。却笑卢溪如斗大，肯把牛刀试手否⑤？寿君双玉瓯⑥。

[注释]

①作于淳熙五年(1178)，稼轩时在湖北转运副使任上。本词原题为：《为范南伯寿。时南伯为张南轩辟宰卢溪，南伯迟迟未行，因作此词勉之》。范南伯：范如山字南伯，是稼轩的妻兄。张南轩：张栻字南轩，抗金名将张浚之子，时任荆湖北路转运副使。辟：征召。宰：县令。

②"掷地"句：据《史记·项羽本纪》，鸿门宴上，项羽不听范增劝告，放走刘邦。

范增怒将刘邦送给自己的一双玉斗（玉制酒杯）掷地，并用剑击破，愤愤离去。

"挂帆"句：用范蠡破吴后，载西施泛舟五湖事。

③三百州：泛指宋室江山，但主要指北方故土。

④"燕雀"句：据《史记·陈涉世家》载，秦末农民起义领袖陈涉少时与人佣耕，对同伴说："燕雀安知鸿鹄之志哉！"貂蝉：即貂蝉冠，代指大官。兜鍪：士兵戴的头盔，代指士卒。

⑤如斗大：形容卢溪很小。牛刀：喻大才。

⑥玉瓯：玉制酒杯。

[点评]

　　这首祝寿词，并非泛泛应酬之作。该词拉杂典故，委婉亲切，谈笑风生，善于劝勉，把抽象的道理用形象的语言表述得相当精到，颇为亲切感人。

　　上片劝告妻兄应该积极求取功名，戮力于抗金恢复事业。起韵先借用两个范姓古人的典故：一是项羽的谋臣范增怒掷玉斗的典故，一是范蠡功成之后泛舟于五湖的典故，来表现范姓人物在历史上的风流，既为范门自豪，也有勉励范南伯做名垂青史的风流人物。上片末句，如急水下船，顺势推出力重千钧的"君王三百州"一语，语重心长，忠心耿耿，透露出词人自己未尝一日忘怀于收复之事、并以之与他人共勉的心情。

　　上片有以立大志、行大事激励范南伯出仕勿疑的用意。换头在这个基础上，以一个精彩的比喻、一个精彩的借代形成对句，开导对方：既要像鸿鹄一样有凌云腾举之志，又要踏踏实实从小处做起，通过具体的工作磨炼自己。这一对句，议论精辟而又形象，有的放矢，很好地处理了"万里功名"和"卢溪县宰"这一大一小之间的矛盾，可以说是直击"迟迟未行"的范南伯的"心病"。接韵承此而来，正面劝说范南伯前去卢溪县上任。"牛刀试手"一语，表现了词人对范南伯才华的充分肯定。而先以"却笑"表达这一劝勉之意，就使语气更加委婉亲切。至结韵，把祝寿之意关合进来，补足题面，使全词紧扣题面，滴水不漏。

水调歌头

淳熙己亥①

折尽武昌柳，挂席上潇湘②。二年鱼鸟江上，笑我往来忙。富贵何时休问，离别中年堪恨，憔悴鬓成霜。丝竹陶写尔，急羽且飞觞③。　　序兰亭，歌赤壁，绣衣香④。使君千骑鼓吹，风采汉侯王⑤。莫把离歌频唱，可惜南楼佳处，风月已凄凉⑥。"在家贫亦好"，此语试平章⑦。

[注释]

①作于淳熙六年(1179)。本词原题为:《淳熙己亥自湖北漕移湖南,周总领、王漕、赵守置酒南楼,席上留别》。周总领:周嗣武;王漕:王正之;赵守:赵善括,为宗室子弟。此辈都是稼轩任湖北转运副使时的长官或僚友。南楼:此指在湖北武昌者。

②武昌柳:与灞陵柳、隋堤柳同样出名,为晋人陶侃命人所种。挂席:即扬帆行船。古人船帆或用布幔或用草席做成。

③丝竹:管乐和弦乐的合称。陶写:陶冶性情。急羽飞觞:参见《满江红·照影溪梅》注释③。

④此指往日与僚友所过的文采风流生活。序兰亭:晋王羲之有《兰亭集序》。歌赤壁:苏轼有《念奴娇·赤壁怀古》词。绣衣:本为汉代官名,官职类似于宋代各路提点刑狱使。此借指同宴的僚友。

⑤使君:汉代以后对州郡长官的尊称。千骑:汉乐府《陌上桑》:"东方千余骑,夫婿居上头。"鼓吹:即音乐之声。

⑥离歌:离别的歌曲。南楼佳处:《晋书·庾亮传》载庾亮在武昌时,其佐吏如殷浩等登南楼赏月,不知庾亮之来。庾亮徐徐说道:"老子于此处兴复不浅。"

⑦平章:品味,辨别。

[点评]

本词在抒发别情的同时,表达了词人对于被频繁调动的深深感慨。

上片起韵点题,表明离别湖北漕移官湖南事,兼以折柳表明送别本事。接韵感慨两年来被频繁调任事实,以江上鱼鸟的闲暇对照自己的羁旅奔忙,以一"笑"字暗示内心的不满。三韵接二韵而来,正面抒怀,重笔抒情,表明了词人对于命运不遇的忧恨,以及中年不堪离别的心情。词人在此所突出的自己失志中年的憔悴、衰老形象,令人感慨。上片末韵,再次拍到题面,写急管繁弦、杯觞交错的别宴情景。这使词作结构紧凑。

过片回忆湖北漕任上与众同僚诗酒相和的韵事,短语相连,是节奏很快的总提。兰亭、赤壁的典故,显示了词人与同僚们在人生境界上的风流不凡。"使君"一韵,借用《陌上桑》典故,特别点出周总领的过人风采。"莫把"一韵,抚往思来,极诉离情。以南楼风月的凄凉,表明事往人去的空寂,展示出他自己不堪离歌萦耳、惦念湖北风月的留恋之情。结韵以一句俗语,表明了他和众同僚之间亲如一家人的感受,这是他对于同僚关系的认可和高度肯定。"试平章"一语,就是要把这样的亲人感觉传递给为他送别的人。

本词抒情爽利明快,结构周密圆合,虽然频频用典,却不影响情意表达的明畅。

水调歌头

和赵景明知县韵①

官事未易了,且向酒边来②。君如无我,问君怀抱向谁开?但放平生丘壑,莫管旁人嘲骂,深蛰要惊雷③。白发还自笑,何地置衰颓④？　　五车书，千石饮，百篇才⑤。新词未到，琼瑰先梦满吾怀⑥。已过西风重九，且要黄花入手，诗兴未关梅⑦。君要花满县，桃李趁时栽⑧。

[注释]

①作于淳熙七年(1180)。赵景明：名奇晖，此时为湖北江陵县令，与叶适友善，稼轩亦叶适朋辈。

②言官府之事难以清清白白地了断，不妨以饮酒为乐。官事句，典出《晋书·傅咸传》："江海之流混混，故能成其深广也。天下大器，非可稍了……生子痴，了官事，官事未易了也。"

③此三句，慰解沉沦下僚的赵知县，言其不妨如龙蛇深蛰而不管他人的嘲笑，归志于山林丘壑，等待春雷的发动。

④此句自叹衰老颓放，命运不遇。

⑤五车书：赞赵之学问。典出《庄子·天下》："惠施多方，其书五车。"千石饮：赞赵之酒量与豪气。百篇才：赞赵之才华。杜甫《饮中八仙歌》："李白一斗诗百篇。"

⑥琼瑰：美玉。此借指赵的新词。

⑦此言彼此的诗兴皆为秋风黄花引发，而非为梅花引发。

⑧晋潘岳为河阳县令，在境内遍栽桃李，时人称之为花县。

[点评]

　　上片主要写词人的招饮和对于友人的慰藉。起韵直呼友人前来饮酒，显得热情洋溢。"官事"句的用典，显示出了词人的人生阅历之厚。接韵也很爽利，以反问的句式，玩笑的口吻，表达出词人与赵景明之间的知己之情。"但放"一韵，全是慰藉之意，显示出词人对于赵景明所遭遇到的"旁人笑骂"的不良境遇的深深理解和同情，而劝慰他不妨暂时放达于丘壑中、等待惊雷的话语，是把友人当作一条潜龙，表达了词人对于友人才华的高度评价，以及对于其将来乘时而飞的预计。上片末韵，则一笑掉转，直写自身的衰老失志。"何地置衰颓"的问句，尤显痛心。半壁江山中，竟然无处可以放置他那衰老颓放之身！其时词人正当中年,是经验和能力都十分成熟的时候,竟以衰颓自拟,可见这么多年壮志难酬的悲愤和被频繁调任的愤懑是怎样深深地伤了他的心。这里的"自笑",笑中含泪,于此可见稼轩性情。从章法上看,上片末韵是与前文的一个对照。

过片联翩而下,对于友人的才华作全面总结。友人学富五车,酒才诗兴豪迈不羁如李白。这样的总结,显示出了词人之所以欣赏赵并将他引为同调的原因。下韵邀阅友人新词,以"琼瑰先梦"来表达词人对于友人辞章的极度赏爱之情。"已过"一韵,顺势而下,言眼前正是西风绽菊之时,彼此正可以赏菊花而动诗兴。这不仅是应时之举,于此也可以窥知:词人后来学陶渊明爱菊的心态行为,并不是没有基础的。结韵以才子潘岳的典故,表达了词人对于友人广植人才的希望和祝福。

全词结构清晰,转折自然而自由,感情的表达流畅真切,造成一种豪放恣肆的抒情风格。

鹧鸪天

送人①

唱彻阳关泪未干,功名余事且加餐②。浮天水送无穷树,带雨云埋一半山。　　今古恨,几千般,只应离合是悲欢?江头未是风波恶,别有人间行路难③。

[注释]

①闲居带湖之作。

②阳关:王维的《渭城曲》,经乐工衍为三叠,专供离别时演唱,称《阳关三叠》。加餐:言多吃饭,保重身体健康。

③行路难:汉乐府杂曲有《行路难》一支,后刘宋诗人鲍照作《拟行路难十八首》,咏写种种人世忧患和悲愤。此巧借歌名。

[点评]

这首送别词貌似放达,却中含忧愤。在短章小令之中,不仅包含了真挚的情谊,而且包蕴了特别深沉的感慨,所以滋味醇厚。

上阕开篇,即用《阳关曲》显示离别之意,且切合送别场面。"泪未干"一语,写出了稼轩对于友人的情重之貌。接句含意更丰富:第一,他确是在劝勉关怀友人,要他自己保重,多吃安乐酒饭,少想建功立业那些身外事。第二,"功名余事"一语,由念念不忘西北神州、十分渴望建功立业的稼轩口中说出,显然包含着难言的苦衷,暗寓着时政不明、不可进取的悲酸。下两句,以景写情。眺望友人将去之路,下见两岸树木似在送别,无边流水也在送行,仰见雨云笼盖到半山腰间。似水的情意,如山的忧郁,就在这湿漉漉、阴沉沉的风景中显示了出来。此处妙在抒情既确定又含蓄,介乎即景生情和即事叙景之间。

下片在别情的基础上宕开。换头先以反诘句,将别恨和今古"几千般"的幽恨作比较,说明在离恨之外,还有足以使他和朋友忧恨的内容。这就将眼界扩大到整个历史人生的角度去,再于结拍点出那比江上风波更险恶的"人间行路难"上去。旨在提醒朋友:官场险恶,政治风波更须小心防备——这是稼轩归南数十年政治遭遇的自我总结。被罢官闲居的他,借告诫行将出仕的朋友,深刻地流露出这一悲愤。究其内里,这是对南宋政坛群小误国伤人、阻挠他实现抗金大业和做正直官吏的悲愤。该词含蓄拗怒,集婉转、刚健于一身,写得感慨深沉。

词在境界上,写别情而不停滞于别情,抒友情而不局限于友情。一步一折,一折一深:由别愁而写到国事堪恨,由自然风波推衍到政治风波,深刻地暗示出主战派爱国事业实现的艰难。这使全词主旨超越离情常境,而升华到很高的人生忧患上来。

满江红

送李正之提刑入蜀①

蜀道登天，一杯送、绣衣行客②。还自叹、中年多病，不堪离别③。东北看惊诸葛表，西南更草相如檄④。把功名、收拾付君侯，如椽笔⑤。　　儿女泪，君休滴；荆楚路，吾能说⑥。要新诗准备，庐山山色。赤壁矶头千古恨，铜鞮陌上三更月⑦。正梅花、万里雪深时，须相忆。

[注释]

①作于淳熙十一年(1184)冬，时稼轩罢居带湖。李正之：即李大正。曾任江淮、荆楚、福建、广南路的提点坑冶铸钱公事(采铜铸钱)，常驻信州。提刑：提点刑狱使。李本年冬改任利州路提点刑狱使。

②绣衣行客：汉武帝曾设绣衣直指官，他们身着绣衣，被派往各地审理重大案件。此指提点刑狱使李大正。

③此用谢安"中年恨"事。谢安曾对王羲之说："中年伤于哀乐，与亲友别，辄作数日恶。"(《世说新语·言语》)

④"东北"句：诸葛亮曾出师东北伐魏，并作《出师表》以明志。看惊：言曹魏有惊于诸葛亮北伐。"西南"句：司马相如曾奉汉武帝命作《谕巴蜀檄》，安抚被巴蜀太守唐蒙惊扰的蜀中百姓。

⑤君侯：对达官贵人的尊称。此指李大正。如椽笔：指大手笔。

⑥荆楚路：今湖南、湖北一带，为入蜀要路。稼轩曾在两湖做官，故而熟悉其中风景。

⑦赤壁矶：在湖北黄冈市西南。铜鞮：在湖北襄阳。

[点评]

　　送别词一般都从送行之地写起，本词却不然。首句化用前人诗意，直写行人所到之地，有盘空而起的意味。然后，以"一杯送"暗转到送别之地上来。接韵明写自己的不堪离别，既显出作者与朋友的深厚友谊，又暗示自己的蹉跎失志。兼人与我，一箭双雕。且更因为中年失志多病，故而尤不堪与朋友离别。但作者并没有像凡庸之辈一样，沉溺于嗟叹伤感之中，而是快笔掉转，大笔振迅。以"东北"一韵的精工对仗，写出他对朋友文韬武略、建功立业的极大希望，这里不仅对仗工整，而且用事恰切。因为诸葛亮和司马相如，是与蜀地建设关系甚大的两个历史人物。作者借他们来勖勉处在西边前线的李正之，要像诸葛亮那样坚持抗金和北伐，使东北方向的敌人闻风丧胆；要像司马相如那样安抚百姓，稳定后方，为国家强大统一做出贡献。这本是作者本人内心愿望的写照，用来寄语朋友，显得诚挚感人，表现出作者一往情深的爱国之情。他对朋友的友情就是建筑在共同的事业追求之上，境界高出凡俗。上片末韵，表明了他对朋友文才武略的推许，结得斩钉截铁，十分有力。

　　下片转为对朋友旅途境况的设想。换头一韵有两层意思：一遥承上片起处的送别之意，劝慰友人休为离别而悲伤；一开启下文无限风光之门。尤其一句"吾能说"，将以往的作者行旅经验尽情唤起，显示出他不忘祖国山河的殷切感情。在作者心头，庐山的秀丽山色，赤壁矶上的巨浪，襄阳路上的皓月，无处不能诱发行人的诗情，到处都似在向行人邀约着新诗。作者对于祖国山河的无比热爱，和对于朋友文采的含蓄赞美，尽纳其中，同时也兼有开阔朋友心胸并壮其行色之意。"要新诗"一语，语气直管到"三更月"一句。其间可谓一气直下，势若奔马。结韵回应起句的送别描写，以景结情，以万里白雪寒梅的绮丽景象，寄寓彼此相思之意。同时一"须"字，也含有要朋友报平安书信的意思。关念之意，溢于言外。这一结，显得豪迈隽永，余韵悠长。

贺新郎

陈同父自东阳来过余①

把酒长亭说。看渊明、风流酷似,卧龙诸葛②。何处飞来林间鹊,蹙踏松梢残雪?要破帽、多添华发。剩水残山无态度,被疏梅、料理成风月③。两三雁,也萧瑟。　　佳人重约还轻别④。怅清江、天寒不渡,水深冰合。路断车轮生四角,此地行人销骨。问谁使、君来愁绝⑤?铸就而今相思错,料当初、费尽人间铁⑥。长夜笛,莫吹裂⑦。

[注释]

①本词原题为:《陈同父自东阳来过余,留十日,与之同游鹅湖,且会朱晦庵于紫溪。不至,飘然东归。既别之明日,余意中殊恋恋,复欲追路,至鹭鸶林,则雪深泥滑,不得前矣。独饮方村,怅然久之,颇恨挽留之不遂也。夜半投宿吴氏泉湖四望楼,闻邻笛悲甚,为赋〈乳燕飞〉以见意。又五日,同父书来索词,心所同然者如此,可发千里一笑》。作于淳熙十五年(1188)冬,时稼轩罢居带湖。陈同父:陈亮字同父,婺州永康(今属浙江)人。南宋杰出的思想家。为人才气豪迈,喜谈兵,主抗战,与稼轩志同道合,交往甚密。鹅湖:在铅山东北鹅湖山上。朱晦庵:朱熹,南宋著名理学家、哲学家。早年主战,晚年主和,与辛、陈政见相左。追路:追陈亮于道路。《乳燕飞》:《贺新郎》的别名。

②此言陶渊明与诸葛亮一样风流风俗。

③蹙踏:踢踏。无态度:没有生气。料理:装点。

④佳人:指陈亮。

⑤车轮生四角：喻泥泞难行。行人：指陈亮及自己。销骨：形容极度悲伤。君：自指。来：语助词。

⑥此言极度后悔没能挽留住陈亮，如今难捺相思。典出《资治通鉴》卷二六五：唐末魏州节度使罗绍威为应付军内不协，请来朱全忠大军弹压。朱军在魏州半年，罗绍威虽然得以解危，但所有积蓄被朱军消耗一空，军力自此衰弱。他后悔地说："合六州四十三县铁，不能为此错也。"错：明指错刀，暗指错误。

⑦此言笛声嘹亮，激起自己思友、伤国之情。

[点评]

　　这首追忆与陈亮的交会与抒发别情的词作，写得勃郁动荡，笔力奇重，是稼轩词中的名篇。

　　全词主要抒写了他与陈亮之间志同道合的深挚友谊，同时在写景抒情中含有深刻的象征意味。起韵从长亭送别写起，而以一"说"字领起下文。下文中长亭送别的谈话，也是他们酌古准今的内容之一。他们都觉得，归隐田园的陶渊明和起而用世的诸葛亮，可以被看成是一体的两面，所以一样风流。但其中实有深意：词人是用不合流俗的陶渊明比拟陈亮的高洁志趣，以卧龙诸葛亮比拟陈亮的非凡才干。这两个古人，原是词人自己喜爱的，自己所欲，奉之于人，足见其诚意。飞鹊踏雪两句，即景生情，点画他送别陈亮时的长亭景色，但不是静态描绘，而是灵幻生动。"要破帽"句，则以戏谑的语言，传达年华老大的悲感，明松暗紧。"剩水"以下，也是就眼前所见，写冬日萧瑟景象和疏梅、稀雁点缀于这种景象中时所给予词人的印象。但意思不止于此，它们另有隐含作者对山河破碎、偏安一隅的南宋政局的失望，和对南宋越来越少的爱国志士无望的坚忍表示感慨之意。

　　下片重在抒发眷念不舍的友情，把惜别之情抒发得极为深挚动人。换头点出陈亮的别去，这就为下文写他追赶朋友、为风雪所阻的情事作准备。以下写清江冰合，陆路泥泞。水陆都不可以前行，追赶也就成了泡影。实际上，他这一次是从陆路追赶朋友的，但是特用水路为虚衬，显示出无路可通的极度失望。"车轮生四角"一语，化用典故，形象地写出了行路的困难。在这样的路途上依然想追挽朋友，其下的"行人销骨"一语，就成了顺势而下的深挚抒情了。"问谁"一句，凭空虚拟，自问自答，不仅使词意可以从无可伸展处再生波澜，而且写出了别情的不可解脱。"铸就"一韵,以极夸张的笔墨,将自己没有能够挽留住朋友而生的后悔,倾身一发,词刚气烈。"费尽人间铁"来铸就相思错,表明了作者心中异常激烈的感情。同时,就像上片后两韵的景语中包含着明显的象征意义一样,此处也颇有一语双关的妙味。它兼而遣责了南宋统治者采取投降路线,结果弄得南北分裂,山河相望而不得相合的莫大错误。这样的抒情重笔,只有包含了这种分量的内涵,才辞称其情。结韵写他在心绪不宁之夜,听笛而悲的情感,是以上感情激荡后的余音,是惜别与家国之感的余痛,令人怆然惊心,可谓是余情哀切而绵远。

值得注意的是,本词前还有一篇小序。它以简洁流畅的语言,叙述了词人与陈亮相会、同游、分手和别后的追怀,是一篇完整而优美的叙事抒情散文。它不仅不与词作内容重复,还能与原词互相生发,交映生辉。

鹧鸪天

送欧阳国瑞入吴中①

莫避春阴上马迟,春来未有不阴时。人情辗转闲中看,客路崎岖倦后知。　　梅似雪,柳如丝。试听别语慰相思。短篷炊饭鲈鱼熟,除却松江枉费诗②。

[注释]

①此闲居带湖之作。欧阳国瑞:江西铅山人。
②"短篷"两句:言友人此去吴中,正是景佳鲈美之地,莫忘赋诗纪胜。短篷:矮篷,代指小船。松江:即吴淞江,源出太湖,盛产鲈鱼,味道鲜美。

[点评]

江西铅山人欧阳国瑞游吴中,闲居瓢泉的老词人临别赠词。上片写别时,"莫避"两句,劝得有趣。因为春阴不行,本来只能是欧阳的借口,其真实的原因,一是留恋故乡和友人;二是因为畏怯前途难料,世路坎坷。作者只就春阴立言,意余言外,而欧阳国瑞与他彼此会意。这比直说无余要妙。接韵以自己的人生经历,对"人情"与"客路"——这是欧阳最为关心之处,闲闲道来,而感慨叹息之情,充溢其中。这一韵,体验十分深刻,可谓生活至理。没有十分丰富的人生阅历,不一而再地沉落于其中,怎能对人生作这样勾魂摄魄的形容? 下片叙别后相思。过片即景生情,以梅柳这两种与别情、友情有关的意象起兴,表达自己对欧阳的深厚情谊。尤其是听别语以慰相思的言语,写得缠绵柔厚,情浓语真。结韵殷勤关照欧阳,到了松江那样一个绰有诗情画意的地方,当你在小船上吃着鲜美的鲈鱼饭时,别忘了做几首诗寄回来啊。这两句词,融会了作者自己在吴中的生活经验,也融化了晋代张翰的典故,写吴中风景,信手拈来,贴切如画,颇见生活趣味。

临江仙

再用韵送祐之弟归浮梁①

　　钟鼎山林都是梦,人间宠辱休惊②。只消闲处过平生:酒杯秋吸露,诗句夜裁冰③。　　　记取小窗风雨夜,对床灯火多情。问谁千里伴君行? 晓山眉样翠,秋水镜般明。

[注释]

①闲居带湖之作。祐之:稼轩族弟。浮梁:今江西省浮梁县。

②谓无论在朝在野,人生都不过是场幻梦,不必为世间的宠辱得失而自我惊扰。钟鼎:古时乐器和食器,上面常刻有记事表功的文字,此喻在朝为官。山林:喻在野为隐士。

③露:指如甘露的美酒。冰:指冰清雪洁的诗句。

[点评]

　　这首送别词,充满了对族弟的劝慰和关爱之情,写得通脱俊逸,足见作者对于人生重新加以理解的高怀逸兴。

　　起句以"梦"的空无,等量齐观在朝在野的荣辱,并且因之而劝慰族弟休要感到宦海升沉有什么可怪。这里外示旷达而内含悲凉,其中包含着很深的感慨。以下则以劝慰为主。"只消"一句紧接上韵而来,既然"都是梦",不须"惊",显然就可以消消停停地闲居终老,不必将得失挂怀了。那么他所说的"闲处"是怎样的呢?是"吸露""裁冰"那样的诗酒流连生活。这种生活显然是纯任性情而超乎得失之外的。"酒杯"这一清俊逸丽的对句,不仅表达出词人对这一任情忘机的生活方式的肯定,也包含了词人对其族弟文采和性情的肯定。

　　换头把当前雨夜对床、挑灯夜话的手足情谊,传递得如诗如画,同时又亲切动人。"记取"一词,意谓这情景是别后的追忆,别后当记着这段兄弟对床夜话的温馨情谊。结尾三句,始正面翻出送别之意。本来,这一问句中既是说他千里独行,也可能导致一个缠绵哀怨的结局。但作者却避开俗套,以晓山如眉、秋水如镜陪伴行人远行归家的画面,代为想象出这一段旅途风景的美丽。有此佳山好水相伴千里,又何必再有闲愁?抒发别情而写得清俊通脱,的确是送别词中不同常态的佳构。

鹧鸪天①

　　木落山高一夜霜,北风驱雁又离行②。无言每觉情怀好,不饮能令兴味长。　　频聚散,试思量。为谁春草梦池塘③?中年长作东山恨，莫遣离歌苦断肠④。

[注释]

①闲居带湖之作。

②雁离行：喻兄弟离别。古诗有"兄弟雁行"之句。

③春草梦池塘：化用典故切自己思念族弟意。据《南史·谢惠连传》，诗人谢灵运因思念族弟惠连，而于梦中得佳句"池塘生春草"。按：此为谢灵运《登池上楼》中句。

④东山恨：指中年别亲友之恨。用谢安对王羲之所言："中年伤于哀乐，与亲友别，辄作数日恶。"见《世说新语·言语》。

[点评]

　　这首词，也是作者闲居带湖时期感怀兄弟离别的作品，写得言约意丰。

　　上片就眼前别景而言，起韵即事叙景，先写木叶凋零、西风生凉的风景，来为手足离情作渲染。北风驱雁，既是眼前所见风景，又是兄弟离别的代指。"又离行"的"又"字，不作情语而感情毕见，表明此前他已经历过兄弟离别的事情，已经尝够了离别骨肉的况味，故尤不堪于此别。更何况是在万景萧疏、心情沉寂的深秋时节！因此，雁离行——又离行——当万景萧疏的秋节又离行，是一个感情不断增殖的过程。下两句，专就眼前别宴所感来写，写得似淡实浓，脱俗隽永。常人每以为只有语言才能传达出彼此情意，殊不知，若真是至交亲朋，即便不言语而相对，彼此也能感到默契的愉快；常人每以为在离别时，只有热情劝饮才显示出相交的浓情，殊不知，若真是至交亲朋，即便不饮不劝，而彼此之间的心心相印、闲闲相语的快意，也胜过杯觥交错、酒酣耳热那造出来的气氛带来的快乐。常人之间的别情是有待的，而至交亲朋间的感情，是无待的。

　　下片就离别一事生发开去，将自己不堪于在此寂寞中年离别手足的情意，表达得十分沉郁。他先以一"频"字，将自己近年来常常送别的记忆一并提起。然后，将对于这位兄弟的特殊感情打入其中，说明虽然他已是不堪于一次次的离别，但唯有这位将离他而去的兄弟，才是最令他情亲的人。"春草梦池塘"的典故，被"为谁"这两字一领，非常明显地表明他对这位兄弟的特殊情感。以下两句，把自己的东山失志之恨与眼前离别之悲联系起来，传达出一个精神上最感苦闷的失志者,尤不能再忍受亲爱者离去的特殊感受。它把壮志难酬的政治失意者的人生幽愤,和失去亲人时的感情失意糅合到一起来写,有剥笋见心的抒情真度和深度。"东山恨"一语,意思颇丰,既传达出他待学东晋名臣谢安,志在挽救祖国危亡的隐情,又表明了他被迫隐居田园的不甘和幽愤。作者以自己的政治失志为前提来抒发难舍亲人离去的感情,就使这一份别情显得沉甸甸的。

定风波

席上送范廓之游建康[①]

听我樽前醉后歌,人生无奈别离何。但使情亲千里近,须信:无情对面是山河。   寄语石头城下水,居士,而今浑不怕风波[②]。借使未成鸥鸟伴,经惯,也应学得老渔蓑[③]。

[注释]

①作于绍熙元年(1190),时作者仍在带湖闲居。范廓之:即其门人范开。建康:江苏南京。
②石头城:故址在南京西。居士:指未做官的人。风波:此指政治风波。
③借使:即使。经惯:已经习惯了隐居生活。渔蓑:渔夫。

[点评]

上片主写别情。起句点题,接句写人生不能不被别离困扰而又对之无奈。看起来很悲哀,但又有高屋建瓴的超爽。接韵重在表明,心灵的相通比肉体的接近更有意义,这是真正懂得人生、懂得情缘的过来人的觉悟。虽然来自于王勃的"海内存知己,天涯若比邻",甚至也受到秦观"两情若是久长时,又岂在朝朝暮暮"的启发,但比之年轻人的豪情与无奈者的自慰,作者的感受显然分量更重。

下片表明自己在心理上已完成了归隐。他借题面上范廓之的远行建康，来寄语"石头城下水"，说自己已经完全不再害怕人生的风波了。因为当年他曾经在那石头城中一次次地感慨悲郁，所以此番兴会神到，算是对那里的朋友作一个交代。作者以无灵的"石头城下水"代指建康故人，颇为含蓄有味，且使"风波"一词有水作凭借。然后他以退为进，说自己即使还没能完全泯灭机心，但也绝无出仕之意，已经学会了像老渔人那样，过自然淳朴的隐居生活了。这里的"老"字，下得虽平常而有味。因为只有"老渔蓑"，才能形成稳定不变的生活习惯，如果是"小渔蓑"，意味则逊色许多。

沁园春

和吴子似县尉①

我见君来，顿觉吾庐，溪山美哉。怅平生肝胆，都成楚越；只今胶漆，谁是陈雷②？搔首踟蹰，爱而不见，要得诗来渴望梅③。还知否，快清风入手，日看千回④？　　直须抖擞尘埃。人怪我柴门今始开⑤。向松间乍可，从他喝道；庭中且莫，踏破苍苔。岂有文章，漫劳车马，待得青刍白饭来⑥。君非我，任功名意气，莫恁徘徊⑦。

[注释]

①作于庆元五年（1199）前后，时稼轩闲居瓢泉。吴子似：吴绍古，字子似，江西鄱阳人，时任铅山县尉。与稼轩交往颇密。
②肝胆楚越：肝胆虽近，却如楚国与越国相隔。喻知交疏远。典出《庄子·德充符》。胶漆陈雷：据《后汉书·独行传》，陈重、雷义交谊深厚，每当官府荐举时，他们都互相推让而不应命。乡人赞曰："胶漆自谓坚，不如雷与陈。"按：胶与漆

一经黏合,便无从分开。可喻友谊坚牢。

③此处转用《诗经·邶风·静女》中的恋歌:"爱而不见,搔首踟蹰。"以表达想念友人的特殊心情。渴望梅:活用"望梅止渴"的故事,喻盼望吴诗的迫切心情。爱,同"薆",隐蔽貌。踟蹰:同"踟蹰"。

④清风:喻诗歌。典出《诗经·大雅·烝民》:"吉甫作诵,穆如清风。"

⑤"柴门"句,化用杜甫《客至》:"花径不曾缘客扫,蓬门今始为君开。"

⑥喝道:古代官员代表官府出行时,必随以鸣锣开道之声。"岂有""漫劳"两句:化用杜甫《宾至》:"岂有文章惊海内,漫劳车马驻江干。"青刍白饭:化用杜甫《入秦行》:"与奴白饭马青刍。"漫劳:徒劳。青刍:喂马的青草。

⑦此勉励友人应以功名自许,不可学自己徘徊于山水之间。

[点评]

这是一首抒写真挚友情的词作。

上片由吴县尉的来访,转而想到平生交游的零落,和等待吴县尉并爱赏其诗歌的往日情事。起韵写他对于吴县尉到来的欣喜之情,笔墨传神。"怅平生"一句逆转,写出他因吴县尉的来访而感慨平生交游冷落的寂寞。在此他用比喻手法,化用了两个有趣的典故,意在表明以前如同肝胆同处的莫逆之友,如今已经与他处于像楚国与越国那样远的距离中,而今谁愿与他成为像汉代陈重、雷义那样胜过胶漆坚牢的朋友呢?前面"肝胆楚越"的形容,全是交游冷落的感慨;后句"胶漆陈雷"的问候,在寂寞中透出希望,不仅把以往的交游以"谁是"一笔否定,更把对于吴县尉来访的喜悦暗中表达了。有趣的是,他还借用《诗经》中的爱情诗,来写自己见不到吴县尉,只好索要他的诗歌以望梅止渴的感情。对于其人的浓浓情意,在爱情诗句的借用中,在望梅止渴的索诗中,得到充分的表达。上片末韵,进而言其诗读来如同清风入怀,使人神爽,他不禁一日看千回,表现出他爱屋及乌的纯主观感受。

下片接吴县尉来访的事情,写自己对他的热情接待和诚心劝勉。过片两句,先写自己为吴县尉的到来而抖擞衣服上的灰尘,为他而开柴门的动作,其中包含着对于知交腻友所特有的喜悦。而"人怪我"一语,更在别人奇怪他往日不开、今日始开柴门的对比中,强化出他对于吴的特别友情。以下一韵,既写出吴县尉到来的排场,又点明自己为官友到来而不惜破例允许其随从喝道的情景。一允许其喝道,一不许其进入庭中喧闹,写得真诚无伪,表明稼轩虽极爱客,但还是有所可、有所不可的。以下化用杜甫诗歌,表面上是自谦无才而殷勤待客,事实上隐然有自比"诗圣"杜甫的意思。结韵脱开直接抒发友情和喜悦的路子,以诚挚如出肺腑的感情,劝勉友人要以建功立业自任,不要效法自己徜徉于山水之中。

全词除开始与结尾为纯任性情的隽永抒情,其余部分都是运用典故写成。在笔法上,运用了反正、顺逆、明暗、侧出等手法,始终围绕着吴县尉来写,而让余味从中自然透出。

雨中花慢

吴子似见和,再用韵为别①

马上三年,醉帽吟鞭,锦囊诗卷长留②。怅溪山旧管,风月新收。明便关河杳杳③,去应日月悠悠。笑千篇索价,未抵葡萄,五斗凉州④。　　停云老子,有酒盈樽,琴书端可销忧⑤。浑未解、倾身一饱,淅米矛头⑥。心似伤弓塞雁,身如喘月吴牛⑦。晓天凉夜,月明谁伴,吹笛南楼⑧?

[注释]

①作于庆元六年(1200),作者时罢官,隐居于瓢泉。吴子似:名绍古,鄱阳人。通经术,有史才,庆元四年任江西铅山县尉。时将离铅山县尉任而去。

②马上三年,言吴为铅山县尉的时间。醉帽句:言吴在铅山县尉间的诗酒风流生活。锦囊句:据李商隐《李贺小传》,李贺作诗不先命题,而是骑驴漫游,由小童背一锦囊。每思得好句,即投其中,然后足成之。

③杜甫《赠卫八处士》:"明日隔山岳,世事两茫茫。"明便:明日就。

④此言吴诗才纵然妙但不被看重。葡萄凉州：汉时中常侍张让专权，孟他赠给他一斛(十斗)葡萄酒，张让便派遣孟他做凉州刺史。

⑤停云老子：陶渊明有《停云》诗，辛弃疾取其意造停云堂，亦自称停云老子。有酒二句：陶渊明《归去来兮辞》："三径就荒，松菊犹存。携稚入室，有酒盈樽……悦亲戚之情话，乐琴书以消忧。"端可：真可以。

⑥此言不解倾身一饱的生活有什么危险。淅米：淘米。句典出《晋书·顾恺之传》："桓玄时与恺之同在仲堪坐，共作了语……复作危语。玄曰'矛头淅米剑头炊。'仲堪曰'百岁老翁攀枯枝。'"

⑦心似句：《战国策·楚策》记载一只受伤的大雁被猎人虚发的弓箭惊吓而跌下的事。此借言政治上的忧谗畏讥。身如句：《太平御览》卷四引《风俗通》，说吴牛见月则喘，因为它苦于毒日头，以为月即日也。此言身体不佳，喘息不已。

⑧南楼三句：写与朋友相聚游赏的雅兴逸致。南楼，湖北境内有两南楼，此处借指游赏胜地。

[点评]

　　吴子似在铅山县任上三年，与归隐在此的辛弃疾结下了一段情谊。现在，吴子似任期已满，彼此离别在即，以辞章留别。这首词就是辛弃疾在吴子似酬和了自己的离别词后，感慨愈深时所写下的又一首感情浓挚的离歌别调。

　　起韵三句，对于吴子似在铅山三年的放逸生活及诗词才情加以回顾，评价极高。上片末韵，呼应开篇，写吴子似虽然有那么多的精彩文章，却不能得到重用，不如别人行贿用的五斗葡萄酒。这里，词人感情上的激愤宛然可见，而他对于友人境遇的同情也在其中。

　　下片转回自身，展现自己在经受政治陷害之后的伤心失意和强自排解心态。过片三句，写自己现在的隐居生活是多么平静而悠然，简直就像归隐田园的陶渊明一样。结韵归结到送别之意上来，以一个问句，再次表明友人此别在他心中造成的失去知己同乐的孤独感。此处写情，语浅情深，以笛韵传幽思，表达了词人此后的相思相忆之情。

　　因为是知己，所以词人在下片中非常深入地传写了自己的精神伤痛。这样传达出来后，又与吴子似不佳的境遇形成相互的映照，加深了知己感的表达。

贺新郎

别茂嘉十二弟[①]

绿树听鹈鴃。更那堪、鹧鸪声住,杜鹃声切。啼到春归无寻处,苦恨芳菲都歇[②]。算未抵、人间离别。马上琵琶关塞黑,更长门、翠辇辞金阙[③]。看燕燕,送归妾[④]。　　将军百战身名裂[⑤]。向河梁、回头万里,故人长绝。易水萧萧西风冷,满座衣冠似雪。正壮士、悲歌未彻[⑥]。啼鸟还知如许恨,料不啼、清泪长啼血。谁共我,醉明月?

[注释]

①此闲居瓢泉之作。茂嘉:稼轩族弟。

②鹈鴃、杜鹃、鹧鸪:三种鸟,啼声皆悲。芳菲都歇:言花落春去。

③"马上"两句:言昭君出塞,别离汉宫。关塞黑:边塞一片昏暗。长门:汉武帝曾废陈皇后于长门宫,后长门泛指失意后妃所居地。此处借言失意的昭君辞汉。按:有人以为这里用长门本事,亦通。

④"看燕燕"两句:言庄姜送归妾。《诗经·邶风·燕燕》:"燕燕于飞,差池其羽;之子于归,远送于野。"《毛传》言此诗是"卫庄姜送归妾"。

⑤"将军"三句:言李陵别苏武。李陵为汉武帝时抗击匈奴的名将,后兵败被迫投降匈奴,汉武帝下令杀其全家。苏武与李陵为同时代人,奉命出使匈奴,被羁不降,北海牧羊十九年而持节不屈,终得返汉。苏武归汉,李陵饯别河梁。河梁:桥。故人:指苏武。长绝:永别。

⑥"易水"三句:言荆轲离燕赴秦刺秦王。《史记·刺客列传》:战国末年,燕太子

丹命荆轲出使秦国,相机刺秦王。临行之际,太子丹及众宾客白衣素服送荆轲等于易水上。荆轲歌曰:"风萧萧兮易水寒,壮士一去兮不复还。"未彻:尚未唱完,意谓声犹在耳。

[点评]

　　这首送别族弟远调桂林的词作,打破上下片分段的惯例,又不正面抒情,而是一口气叠用四个含义丰富的典故,借以抒发悲痛难名的感情,至篇末才举出本意,这在词中实属别调。此词笔力排宕,词气沉痛而激荡,显示出作者那无比强烈的家国之情。

　　词的起处,先后用三种鸟的叫声,暗示春天渐渐归去的情景:鹈鴂先鸣,鹧鸪才住,杜鹃继起。它们的啼叫声都是那么悲切,而先后在暮春时放声,不禁在词人心中引起了难以承受的苦恼。他以"更那堪"出之,令人想见他在听此鸟语纷纷时的烦恼。而鸟们的啼叫,实与他的心意相通。此处,一个"苦恨"把鸟情与人情浑然合一,表明面对这芳菲凋零的残春景象,人与鸟同感深悲极恨。这就在起端处,把词情的抒发推至高点。"算未抵"一句,不仅从伤春惜逝的悲哀折入人间离别的话题,笔力遒劲,如生勒马驹;而且使伤春"苦恨"再加上人间离别,这是一种更难承受的痛苦。"马上"以下,先写两位女子长辞故宫时的无限沉痛:一是失意的王昭君悲痛地辞别汉宫,怀抱琵琶远行关外;一是卫庄公的姬妾永辞卫宫,庄姜无奈远送的情景。这些典故,不仅与作者对其族弟的才而见黜、自己含情相送的心情很切合,也曲折表达出作者自己才美而不见用的身世之悲。

　　换头意脉不断,接写两位壮士的永别之恨:一是身经百战、不得已投降匈奴的李陵,送别不屈的苏武由匈奴归还汉朝。作者将李陵的恨别写得十分悲凉,壮志未酬之恨,好友离别之痛,李陵一身承担。接着,他写到了荆轲易水辞别主人、西去刺秦的悲壮之别。这些离别的典故之中所包含的壮志难酬的悲愤和一去不复返的悲情,却与作者的这场眼前恨别很近似。因为从上片至此,都是借典故曲折传情,所以,所传是否有上述理解之外的深意,可以见仁见智。有人就以为,两个女子的人间别恨,也寄托着北宋国破家亡、外侮不御的悲痛。而两个壮士的慷慨长别,则寄托着南宋以来抗金事业的不谐之恨。以下用"壮士悲歌"一笔双绾,把自己这个失志的壮士与前代那些失败的壮士叠映到一起。以下用"如许恨"合拢上文,承上启下,显示出作者行文针脚的紧密。而下句的"不啼清泪长啼血",极言人间别恨的远过春归之恨,有翻进之妙。一个"料"字,下得严谨、合理。最后一韵,始正面归结到眼前离别上来。但只点出了他在十二弟去后的孤独无伴,唯有与明月共沉醉。这样的结法,初看来有头重脚轻之嫌。但只要明白,在前文中的敷写离别之情的典故中,他已经把自己的才士难用、壮志未酬之恨和失却好友之情,乃至对族弟的罪轻贬重的牢骚,悉数打入,此处就可以专写别后感念了。这在意境上是一笔宕开,使它把眼前感情和别后感情一笔兜入,增加了别情的深沉效果。

山鬼谣

雨岩有石①

　　问何年、此山来此?西风落日无语。看君似是羲皇上,直作太初名汝②。溪上路,算只有、红尘不到今犹古。一杯谁举?笑我醉呼君,崔嵬未起,山鸟覆杯去③。　　须记取:昨夜龙湫风雨。门前石浪掀舞④。四更山鬼吹灯啸,惊倒世间儿女。依约处,还问我,清游杖屦公良苦⑤。神交心许。待万里携君,鞭笞鸾凤,诵我远游赋⑥。

[注释]

①此闲居带湖之作。本词原题为:《雨岩有石,状怪甚,取〈离骚·九歌〉,名曰山鬼,因赋〈摸鱼儿〉,改今名》。《山鬼谣》:即《摸鱼儿》。《离骚·九歌》:屈原所作,凡十一篇。其第九篇名《山鬼》,歌咏一位寂寞的山中女神。

②此言怪石来历久远,淳朴天然。羲皇上:伏羲氏以前的人。

③崔嵬:高大耸立貌,代指怪石。覆杯:打翻了酒杯。

④龙湫:龙潭。石浪:指有波浪形纹路的巨大怪石。

⑤依约处:依稀恍惚间。杖屦:出游登山用的手杖和麻鞋。

⑥神交心许:精神交流,心意互许。鞭笞鸾凤:即乘鸾驾凤,遨游天空。《远游》:《楚辞》有《远游》篇,此代指作者的词作。

[点评]

　　雨岩有一块大怪石,词人借取《楚辞·九歌》中《山鬼》一篇的辞意,称它为"山鬼",并为它作了这首《山鬼谣》,也就是《摸鱼儿》。为一块石头取名并赋词,这本身就够奇怪的。而更奇怪的是他采取了《山鬼》中人神之恋的抒情方法,与这块绰有神气的石头"神交心许"。这就赋予了全词十分明显的浪漫主义气息。

　　词的上片,主要赋写雨岩的身世品行。起韵不按赋物词的路数写,不用平叙法描绘怪石的形貌,而是破空一问,问山(雨岩)何时飞来,使词意陡健空灵。这是一个浪漫而怪诞的问询,意在创造一种他独自面对天地万物的苍茫境界。"看君"为自答一答,意在渲染怪石所在环境的荒古,以便为怪石的灵迹张本。"溪上路"以下一韵,不仅写出了自己独自前来观赏雨岩的经历,写出了雨岩处于偏远之地的位置,而且也写出了它之所以能够保持混沌朴拙风貌的原因。一语多义,是一句成功的补笔。以下直至上片结束,写得天真烂漫,生气淋漓,表现得很风趣。他先是掉转笔头,突兀一问:这一杯酒谁把它举起来?这里虽然用"谁"这样的不定称呼,但其实是着眼于怪石的,他希望高大耸立的怪石举杯与他共饮。他觉得可笑的是,大块的怪石没有起身,而山鸟倒飞来把他放在怪石上的杯子踏翻了。这里即事叙情,写得风趣幽默,足见他对这怪石"一厢情愿"式的钟情。

　　下片主要赋写怪石的超凡潜力,并将"一厢情愿"式的钟情化为彼此友情。过片中,词人特意营造了一个龙湫夜来风雨的环境,在这一环境中突出怪石的超自然的潜力。他先以一句"须记取"唤起读者的注意,接写庵堂外那个本来被人们称为"石浪"——也就是他在上片写到的"崔嵬"和被他称名为"山鬼"的巨石,虽然长有三十多丈,却在昨夜乘风雨之势而翻飞起舞。这景象简直匪夷所思。他还进一步写它在昨夜四更天曾变成吹灯的山鬼,发出奇怪的呼啸,把世间一般儿女都吓得胆战心惊。这块长在太古深山里的怪石,在词人的魔笔下,成了足以令世人震惊恐惧的超自然物。这里的浪漫气息虽然浓郁,却已令俗世之人不舒服,因为它其实是词人愤郁已久的自我精神一次张扬。也唯有词人,才能和这样的怪石订交。"依约处"下,词人就将自己与世间儿女对照着写:怪石面对词人这一不合俗者,不再现出张牙舞爪的可怖相,而是温情备至,关爱有加。词人先写它依稀在向自己问安:您拄杖清游真辛苦。这里的"依约"下得好,它妙在似有似无,如恍如惚。这里的"良苦"下得也好,它虽然文字浅白,但是意味却厚。它可指怪石了解了词人身体上的疲劳而致以关爱,也可指怪石理解了他借风雨自我排遣的良苦用心和心理上的疲倦、压抑。所以,怪石的这一依稀问劳,就使作者与它彼此之间精神相通,心意互许。结韵由此而升华,作者兴奋地设想道,自己将要与这块来自太初的怪石,一起乘鸾驾凤,朗吟《远游赋》,携手遨游于万里昊天之外。这一极浪漫、夸张的想象,透露出词人难以平息内心幽愤、急于突破现实困扰的隐情。它写得潇洒畅放,而以之寄寓着深沉痛苦。

词表面上在写山写石,但这块处于深山之间既能呼风唤雨、作鬼吹灯,又能冥顽不动、默然无语的怪石,本来就是被迫赋闲、内心积郁的词人的精神象征。他们的携手作世外万里之游,也正表明了词人想摆脱生存局限而向往无限自由的豪酣之情。

水调歌头

我志在寥阔①

我志在寥阔,畴昔梦登天②。摩挲素月,人世俯仰已千年③。有客骖鸾并凤,云遇青山赤壁,相约上高寒④。酌酒援北斗,我亦虱其间⑤。　　少歌曰:"神甚放,形则眠。鸿鹄一再高举,天地睹方圆⑥。"欲重歌兮梦觉,推枕惘然独念:人世底亏全⑦?有美人可语,秋水隔婵娟⑧。

[注释]

①本词原题为:《赵昌父七月望日用东坡韵叙太白、东坡事见寄,过相襃借,且有秋水之约。八月十四日余卧病博山寺中,因用韵为谢,兼寄吴子似》。作于闲居铅山时期。赵昌父:名蕃。家居信州玉山之章泉。过相襃借:对我过于赞扬。秋水之约:约会于瓢泉秋水观。

②寥廓:此指太空。畴昔:从前。屈原《楚辞·九章》:"昔余梦登天兮。"

③摩挲:抚摩。素月:皎洁之月。

④客:指赵昌父。骖鸾并凤:以鸾凤为驾车的工具。青山、赤壁:李白死后葬于青山(在安徽当涂县),苏轼曾有赤壁之游。这里代指李白和苏轼。高寒:指月宫。

⑤他们以北斗星为勺,舀酒畅饮,我也有幸厕身其间。虱:极言无才而渺小。

⑥少歌:轻声吟唱。"神甚放"两句:神魂自由腾飞,而身体则安眠不动。鸿鹄:指能展翅高飞的大鸟。此两句言神魂如鸿鹄不断腾飞,看到了天地的全貌。

⑦底:为什么。亏全:缺损和圆满。

⑧此化用杜甫《寄韩谏议》:"美人娟娟隔秋水。"美人:此指吴子似。婵娟:姿容美好。

[点评]

这是一首借梦抒怀之作。作者借一个登天的奇梦,表达自己向往超脱于时空局限、精神上获得最大自由的思想感情。这一向往超脱的思想感情,实际上是他在隐居瓢泉时期,日常生活过于平静、精神上又因为理想的失败而十分苦闷的曲折反映。

词起笔所写,是入梦的前因。"寥廓"一词借用辽阔无边的空间世界,来隐喻他内心世界的无边广阔,写得气魄不凡。"畴昔"一词,有意把自己的梦天历史延长至过去,表明自己素来有此境界。以下打破过片换意的词体结构,从"摩挲素月"直到"天地睹方圆",都是在写常人难以想象的两个梦。第一个梦是"畴昔"即以往的梦境,"摩挲"一韵即是。在这个梦里,他是独立的,气魄大得也空前绝后。因为即使是有浪漫气息的文人,对于月亮也只能生出钟情的仰望,至多也不过是能够进入月宫斫桂见仙。谁能够像词人这样,把月亮当成手中的一件不经意的玩意儿来"摩挲"?而"人世"一句,更显出他置身于最高处,能够轻易超脱于人世时间局限的情形。"有客"以下,将第二个梦写得更加绘形绘色,而且应和题面。他以骖鸾凤的仙人称许赵昌父,是对赵词接近太白、东坡的神仙之气的呼应。"云遇"一语,把赵词叙写的太白、东坡逸事一并纳入,且有出蓝成冰之妙。在这个梦境中,词人忘却了生死、古今、远近、天人之别,与精神相得者做朋友,随意在天上遨游,随意拿起北斗来为我所用。这是多么壮伟奇幻的境界!

下片接写这一梦境,而由上片的叙事转为抒情。他们边饮酒遨游,边轻声歌吟,为自己精神暂时脱离肉身向高处一再飞翔无碍而歌唱。不用说,假如他们能够了观天地全局,具有了宇宙心胸,那么,个人在人间的挫折就可以忽略,那挫折带来的苦闷和沉痛就消散无影。但是在醒来之后,只能回到人世的局限中来,并对这局限感到深深的遗憾与苦闷。一句"人世底亏全",实是感慨人世的"亏"即不足,除了把个人的现实存在与自由存在作理性上的比较而觉得不足外,还有诸如国家的苦难、自身的失志、闲居的孤独甚至衰老病痛之类,所以是感慨深沉、包蕴丰富的句子。最后切合题面,以邀约那两位远隔秋水的"美人"即知心友人赵昌父、吴县尉作结,可见孤独苦闷中的词人殷切思念朋友之意。在这里,"美人可语"令词人欢喜,而"秋水隔"又令他惆怅。同时"秋水"一词,既引用杜甫诗歌典故,又暗示在自己的秋水观待友之意,很巧妙。全词可说是结得干净但又情韵蕴藉。

此词境界雄阔,内容幻丽,想象丰富,笔势奇放,虽然是在病中写成,却无一点儿衰飒气。在措辞造境上,借用《离骚》、苏轼、贾谊、杜甫诗文中的语言,又以自己的心胸融化之,所以语如己出,足见才力非凡。

鹊桥仙

赠鹭鸶[①]

溪边白鹭,来吾告汝:溪里鱼儿堪数[②]。主人怜汝汝怜鱼,要物我、欣然一处[③]。　　白沙远浦,青泥别渚,剩有虾跳鳅舞[④]。听君飞去饱时来,看头上、风吹一缕⑤。

[注释]

①此罢居铅山之作。鹭鸶:一种以水中鱼虾为主食的水鸟,又名白鹭。

②堪数:言溪中鱼儿寥寥可数。

③物我:此指鹭鸶和水中之鱼。

④浦:水滨。渚:水上小洲。剩有:尽有。

⑤听君:任凭你。

[点评]

　　本词活泼风趣,借与白鹭的对话,表现出作者美好的生活情趣。

　　起句直呼溪边食鱼儿的白鹭前来,颇见风趣。以下作者的劝告说服,藏有数个曲折。他先动之以情,说溪中鱼儿已寥寥可数;再晓之以理,要它体谅主人的心意,推己及人,与溪中鱼儿泯去物我,浑然相处。这种物我的浑然一处,正是作者在隐居生活中感悟到的理想生存境界。但是,他虽然强调物我浑然,却并没有泯灭美丑与善恶,不然,物我浑然就变成了和稀泥的庸夫哲学。下片他接着劝告白鹭,但在情意上有所转折。他由眼前溪边而想到远浦别渚,由清美的鱼儿想到泥沙中无数舞动的虾鳅,诱导白鹭去那里饱食美餐。值得注意的是,他在想象饱食归来的白鹭形象时,简直把它设想成了一个头上白羽飘飘的斗士,这充分反映了他对“虾鳅”的厌恶。这样的表情方式,使词中的鱼儿和虾鳅,成了善类和恶类的象征。这使得本词虽似即兴写成,却有一定的寓意。

　　此词藏有天真的生活趣味和深刻的人生体验。在结构上,以人劝鸟而构筑起全篇,形式上虽打破上下片分段的常态结构,但在意思上,上下片之间有所转折。

水龙吟

用"些"语再题瓢泉①

听兮清佩琼瑶些。明兮镜秋毫些②。君无去此，流昏涨腻，生蓬蒿些③。虎豹甘人，渴而饮汝，宁猿猱些④。大而流江海，覆舟如芥，君无助，狂涛些⑤。　　路险兮山高些。块余独处无聊些⑥。冬槽春盎，归来为我，制松醪些⑦。其外芬芳，团龙片凤，煮云膏些⑧。古人兮既往，嗟余之乐，乐箪瓢些⑨。

[注释]

①当为庆元元年(1195)作。本词原题为:《用"些"语再题瓢泉,歌以饮客,声韵甚谐,客皆为之釂》。釂:干杯。

②清佩琼瑶:言泉水如玉佩叮咚。镜:此作照见讲。秋毫:代指最细微的东西。

③流昏涨腻:言山外浊水污秽。

④甘人:喜食人,以人肉为美味。宁猿猱:宁愿给(食果子的)猿猱饮用。

⑤大:壮大,指瓢泉与他水合流。覆舟如芥:弄翻船只如弄翻一颗芥子那样容易。

⑥块余独处:谓孤独自处。

⑦槽:酿酒用的槽床。松醪:松子酒。

⑧其外:除酿酒外。团龙片凤:皆茶名。云膏:形容煎好的茶软滑柔腻如同云脂油膏。

⑨古人:此指孔门弟子颜回。箪、瓢:盛饭用的圆竹器和饮水用的瓜瓢。孔子曾赞扬颜回所过的陋巷独处、箪食瓢饮而不改其乐的生活。

[点评]

这是词中的异调,是仿《楚辞·招魂》一体而成。在韵律上,它除了每句都用《招魂》的语尾——也是《楚辞》文字常用的语尾"些"字作为后缀的韵脚,而且还有自己实际的平声"萧肴豪"部韵脚。在构思上,它通篇都是对着泉水说话,提出自己的种种要求。

上片劝说瓢泉留在深山中,不要出山去遭污染或助纣为虐。这一思路,应该受到杜甫《佳人》诗引泉水为譬的名句"在山泉水清,出山泉水浊"的启发。首韵先以一"听"字领起下文,唤起泉水的注意,然后以玉佩叮咚形容它奔流时声音的清脆圆美,以明洁如镜可以照见秋毫来形容其水色的清亮,这是对于山中瓢泉品质的热情赞美。以下则以此为凭,转入对瓢泉的劝说。他一劝瓢泉不要出山,去受污染。他借用唐代杜牧的赋中措辞,以昏腻来形容外界水流的污浊,且以蓬蒿遍生加强这一浑浊的效果。在这一意象中,作者对山内外的环境褒贬明显,感情色彩极浓。他二劝瓢泉不要离开此地为坏人所用。他说,与其去为那以人肉为美食的虎豹解渴,还不如留在此地为以野果为食物的猿猱饮用。他三劝瓢泉不要与他水汇流,进入江海,为覆舟杀生推波助澜。这三劝,看起来不可思议,却层层推进,借要求瓢泉高洁自守而自抒情怀。

下片借为已经流逝的泉水招魂,来慨叹自己幽居无聊,并要求泉水为他解愁去烦。如果说上片劝告是从瓢泉的水质生发出,这里就是因瓢泉的功用来立言。过片以一句路远山高,为表明自己独处山中的孤寂无聊营造气氛,也引起下文招魂之意。接句明抒自己的无聊之叹。以下两韵是招魂之举:一招它归来为自己酿造解愁的松子美酒,再招它回来为自己煮出芬芳滑爽如云膏的醒酒茶。酒清茶美,隐含着作者追求芳洁的意趣。结韵由为泉水招魂归结到自身,直接表明自己的志趣所在:厌恶污浊的现实环境,甘愿独自追步古代安贫乐道的贤人,以竹箪取食、以瓜瓢饮水,过一种极为简单纯洁的生活。本篇主旨明朗,显示出作者心灵的孤傲。

夜游宫

苦俗客①

　　几个"相知"可喜,才厮见,说山说水②。颠倒烂熟只这是③。怎奈向④,一回说,一回美。　　有个尖新底,说底话,非名即利⑤。说得口干罪过你⑥。且不醉,俺略起,去洗耳⑦。

[注释]

①疑作于庆元六年(1200)。

②厮见:相见。

③只这是:只是这一些。

④怎奈向:如何。此宋人习用口语。

⑤尖新底:别致的。底:尤今之"的"。

⑥罪过:难为,多谢,此为反语。

⑦洗耳:今言"洗耳恭听"。此处意相反,表示厌闻其语。

[点评]

　　本词以实描的手法,尽显俗人的可笑情态和作者对他们的厌恶。

　　上片写那些附庸风雅的俗人。他们自命为作者这个"山林隐士"的"相知",但他们在生命境界上,无法与作者接近,他们不了解作者,却自以为了解。于是这些附庸风雅的家伙,与作者一见面,就颠三倒四地"说山说水"。也许初听之下,作者虽然觉得其浅薄,还能够忍受。但他们翻来覆去、"颠倒烂熟"只有那么一点内容。他们说得美滋滋的,还以为这样就打进了作者的心胸,能为作者所认可、接纳,可怜不知作者正在忍受着这些无聊的聒噪呢!

下片写那个"尖新"的实即俗中之俗的俗人,他滔滔不绝地言说对于名利的渴望、艳羡之类的话。难怪作者加他以"尖新"的称号。作者以充满讽刺意味的语气在心中对这个客人说,您要是说得口干舌燥,那就对不住了——意下是我绝不会为你添水润喉的。最后,作者不仅不为俗客添茶,还离座而去,去"洗一洗"那被俗客的庸俗趣味污染了的耳朵。这里借用许由洗耳的典故,表明了对这个俗中之俗者的尤其不耐。

在作者的冷嘲热讽中,俗客们的可笑、可耻与可恶充分显示出来。本词文笔流畅而犀利,浅俗而俏皮,很有表现力。

沁园春

杯汝来前①

杯汝来前,老子今朝,点检形骸②。甚长年抱渴,咽如焦釜;于今喜睡,气似奔雷③。汝说"刘伶,古今达者,醉后何妨死便埋④"。浑如此,叹汝于知己,真少恩哉⑤!　　更凭歌舞为媒。算合作、人间鸩毒猜⑥。况怨无小大,生于所爱;物无美恶,过则为灾。与汝成言:"勿留亟退,吾力犹能肆汝杯⑦。"杯再拜道:"麾之即去,招亦须来⑧。"

[注释]

①本词原题:《将止酒,戒酒杯使勿近》。作于庆元二年(1196)。止酒:戒酒。"戒酒杯"句:警告酒杯不许靠近我。

②点检形骸:意谓自我保养,不再纵酒伤身。

③甚:说什么。抱渴:患酒渴病,长年口渴思饮。咽如焦釜:喉咙如同烧焦了的锅一样难受。气似奔雷:鼾声如雷。

④"汝说"三句:模拟酒杯劝告词人:便可学纵酒颓放的刘伶,醉死何妨,不必戒
酒。达者:通达的人。

⑤韩愈《毛颖传》:"汝于知已,真少恩哉!"

⑥为媒:作为媒介,诱人剧饮。算合作:算起来应该将你看作。鸩毒:用鸩鸟羽毛
制成的剧毒,放入酒中,饮之立死。

⑦成言:说定。亟:赶快。肆:原指处死后陈尸于众。此处可当作"砸破"讲。

⑧"麾之"两句:《汉书·汲黯传》说汲黯辅佐少主,严守城池,"招之不来,麾之不
去"。言其意志坚决。此反用其意。

[点评]

　　这首戒酒词,以嘲戏寓正理,并将酒杯拟人化,设计出人与酒杯的对话,生动
活泼,翻空出奇,表现了隐居无所为的作者,因为苦闷而不得不借酒浇愁,又因为
过度的纵酒伤害了身体,不得不戒酒养病的矛盾痛苦。

　　在表达方式上,通篇出以议论,兼取散文句式,泃然一篇《酒罪论》。然而他同
时将酒杯拟人化,对答生动,使议论中充满了趣味和感情。就其内蕴来看,它表面
上是在对酒杯发牢骚,实际上是吐露自己政治失意后的苦闷无聊。所以此词虽然
不是词体正格,却充分体现出作者艺术表达上不拘绳墨、自由恣肆的精神,和感情
充沛激荡的内心世界,是一首新颖别致、体现作者胸中奇气的优秀作品。

沁园春

杯汝知乎①

　　杯汝知乎?酒泉罢侯,鸱夷乞骸②。更高阳入谒,都称酦臼③;
杜康初筮,正得云雷④。细数从前,不堪余恨,岁月都将曲糵埋⑤。

君诗好,似提壶却劝,沽酒何哉⑥? 君言病岂无媒?似壁上、雕弓蛇暗猜⑦。记醉眠陶令,终全至乐;独醒屈子,未免沉灾⑧。欲听公言,惭非勇者,司马儿家解覆杯⑨。还堪笑,借今宵一醉,为故人来。

[注释]

①本词原题为:《城中诸公载酒入山,余不得以止酒为解,遂破戒一醉,再用韵》。作期同上阕,一戒酒,一破戒,两词可参读。

②此言酒泉侯已罢免,酒袋子求告退,皆喻止酒。鸱夷:酒袋子。乞骸:本指老年官员自请退休,此喻止酒。

③此言辞退酒徒。也是止酒之意。高阳:高阳酒徒郦食其之省称。齑白:《世说新语·捷悟》:"魏武尝过曹娥碑下,杨修从。碑背上见字作'黄绢幼妇外孙齑白'八字……修曰:'黄绢,色丝也,于字为绝;幼妇,少女也,于字为妙;外孙,女子也,于字为好;齑白,受辛也,于字为辞。所谓绝妙好辞也。'"故"齑白"寓一"辞"字,稼轩借以谓"辞退"之意。

④杜康:古代善于酿酒的人。初筮:指筮仕,古人将出仕,先占卦以问吉凶。云雷:《易经·屯卦·象》:"云雷屯,君子以经纶。"屯:艰难。

⑤曲糵:酿酒用的发酵物,此指酒。

⑥提壶:鸟名,叫声若"提壶"。梅尧臣《禽言》:"提壶卢,沽酒去。"

⑦"君言"两句:凡病必有根由,不必自我猜疑,以饮酒为病因。雕弓蛇:即杯弓蛇影。

⑧此言陶潜醉眠,得以全身自乐;屈原独醒,终遭汨罗之祸。沉灾:指屈原忠而见谤、投汨罗江自尽事。

⑨此自惭不及晋元帝司马睿能戒断酒瘾,缺乏勇气坚持戒酒。

[点评]

本词与《沁园春·杯汝前来》是姊妹篇,同作于瓢泉归隐时期。前词写戒酒,此词写开戒。认真戒酒之后不久,他又因为朋友们带酒前来看望他并劝饮而开戒,于是和前韵写词自嘲自解。

本词不按上下片分段的结构来写,而是采用对话体形式,将一篇之意分为三段来表达,写得近似散文,层层相垫,铺陈细密,打破词家惯例,结构上近似前词。同时,它与前词一样,也有东方朔《答客难》等文以俳戏之文隐含沉痛之意的风味。另外,他完全采用议论化句子来表意,也近似前词。在用典上,他一方面将丰富的典故用得得心应手,使词作取得以少胜多的表达效果;另一方面,则未免有炫耀学问的嫌疑,这与前词的用典精练略不相似。

兰陵王

恨之极①

　　恨之极,恨极消磨不得! 苌弘事,人道后来,其血三年化为碧②。郑人缓也泣:吾父攻儒助墨。十年梦,沉痛化余,秋柏之间既为实③。　　相思重相忆。被怨结中肠,潜动精魄。望夫江上岩岩立。嗟一念中变,后期长绝④。君看启母愤所激,又俄顷为石⑤。

　　难敌,最多力⑥。甚一忿沉渊,精气为物? 依然困斗牛磨角。便影入山骨,至今雕琢。寻思人世,只合化、梦中蝶⑦。

[注释]

①作于庆元五年(1199),时稼轩闲居瓢泉。本词原题为:《己未八月二十日夜,梦有人以石砚屏见饷者。其色如玉,光润可爱。中有一牛,磨角作斗状。云:"湘潭里有张其姓者,多力善斗,号张难敌。一日,与人搏,偶败,忿赴河而死。居三日,其家人来视之,浮水上,则牛耳。自后并水之山往往有此石,或得之,里中辄不利。"梦中异之,为作诗数百言,大抵皆取古之怨愤变化异物等事,觉而忘其言。后三日,赋词以识其异》。石研屏:石磨屏。饷:赠。识:记。

②《庄子·外物篇》："苌弘死于蜀,藏其血,三年化而为碧。"此极言其怨愤而忠贞精诚。

③《庄子·列御寇》称,郑国人缓读书成为儒家学者,其乡里和家族都受其益不浅。后他又教育其弟弟成为墨家学者。当儒家和墨家辩论时,其父却助墨攻儒。十年后缓自杀。其父梦见缓对他说:"使你的儿子成为墨家学者的是我,你何不来看看我的坟,我已经化作松柏并结出果实了。"

④此言江边的望夫石,也是一个怨望的妇女精气所化。典出《初学记》引《幽明录》。

⑤相传大禹娶涂山氏女,生子启。后启母化为石。

⑥"难敌"以下七句,赋写词序中张难敌化石故事。山骨:指山石。

⑦是非难论,人生如梦。此用庄周梦中化蝶事。

[点评]

　　这首词,借古代因怨愤而变化为异物的人的故事为发端,引出张难敌的怨愤变化故事,表达了作者对这些事情的感受,以及借它们以摅写心中郁愤的目的。

　　全词共分三片。起韵倏然而来,怨得让人感到了作者胸臆的扩张起伏:"恨之极,恨极消磨不得!"这无法消磨的极端怨恨,是构成以下怨愤变化内容的灵魂。在第一片中,他写了两位男子因怨恨而变化为异物的故事。其一是著名的苌弘血三年化为碧玉的故事,其二是郑人缓的故事。作者在此虽然不作一字评价,但篇首的情感充盈其间,使描述带有激动人心的力量。在第二片中,他又写了两位女子因怨愤而变化为异物的故事。她们相思相忆,然而所爱的男子,一个中道变心不再归来,一个是巡游天下、不再归家的大禹。奋烈而不堪的她们,一个在江边化为一块著名的望夫石,一个在华山中岳上化为一块有名的"夏后启母石"。

　　作者在第一、第二片里,各用二男、二女冤魂变化的典故,究竟有什么作用呢? 首先它们能够唤出第三片里张难敌的故事。其次这四个古人变化的故事,苌弘血所化是碧玉,碧玉是从石头里生成;郑人缓所化的是松柏之果实,果实的实,与石头的石谐音;至于两个相思、奋烈欲狂的女子,她们干脆就是化为山上、江边的石头。这就与下片中张难敌所化的同属于一物了。作者除了要表明五个人同因怨愤而化为异物，还想要使他们所化的异物，取得形式上的统一性：他们都是化成与石头有关的东西。那么这样，大力士张难敌的特殊性就显示出来了。因为唯有他，不仅先投河忿死而变化为一头斗牛，而且还把这斗牛的形象映入石头，变成远比斗牛坚牢、又远比其他化石者形象突出的石中斗牛——直到死去，他那斗士的形象也依然不灭。则他的怨愤和精气，又比其他化为异物者浓烈、刚毅多了。"便影入"一韵，因而显得骨力非常。作者排比这五个故事的用意，也能由此明白：他不仅借以摅写自己的沉积块垒，且在骨子里盼望像张难敌那样至死不改本性和心意。当然，这极恨难消的痛苦，并不是那么容易承受的。所以，从这一场变怨愤化的激情中醒来，他感觉到的是，人世生活这样痛苦，还不如像庄子做蝴蝶梦一样，忘了那些痛楚和积恨，变成一只泯去物我、生死因而不知痛苦的翩然蝴蝶。这一结是一篇"意眼"所在。

此词在章法上十分单纯，除了起句与结句为抒情句外，其余部分，只是按照二男——二女——张难敌的顺序排比五个故事，而能被起句领下，被结句收拢。

生查子

简吴子似县尉①

高人千丈崖，太古储冰雪②。六月火云时，一见森毛发③。

俗人如盗泉，照影都昏浊④。高处挂吾瓢，不饮吾宁渴⑤。

[注释]

①作于庆元六年左右。简：书信。此作动词用。吴子似：见前《沁园春·我见君来》注①。

②"高人"两句：言高人如千丈冰雪高崖。太古：远古。

③森毛发：毛发森然，此含凛然敬畏之意。

④盗泉:在今山东泗水县。

⑤高处挂瓢:见《水龙吟·稼轩何必长贫》注⑨。不饮宁渴:《尸子》:"孔子过于盗泉,渴矣而不饮,恶其名也。"

[点评]

本词书以代简,形式别致,扬清激浊,主旨明朗,表明了他对吴子似等一辈高人君子的亲近以及厌弃龌龊小人的鲜明态度。

上片盛赞高人,景仰之情溢于言表。首韵毫无迂曲,直接以千丈冰崖形容高人的精神境界,接韵继续生发,以"六月火云"状人的精神烦热,以"森毛发"这一肉体的感觉,形容面对这样的高人时的爽致。具体来说,是以陡然一醒、毛发俱寒的生理状态,写出了他面对高人时的崇敬与仰止。作者对于精神伟人的感情,在此毕见。

下片严斥俗人,厌恶之情喷薄而出。过片举出典故中浑浊不堪的盗泉来比喻俗人,显示其品质的肮脏和精神的浑浊,隐现作者的厌恶之心。结韵虽然仍是用典,却被本词所构设的隐喻体系所包含:既然如盗泉似的俗人连"照影"都不配,那就更不配为自己饮用解渴了。他以挂瓢于高处,渴不饮盗泉水的举动,完成了对自我形象的勾勒。这里的"挂瓢",暗切他的瓢泉居所,又巧用典故,浑如天成。

全词运用对比手法来构章,效果鲜明,生发的隐喻象征系统,表明了他对高人和俗人的不同观感和态度,尽收凝练含蓄而形象鲜明的功效。在用典上,这首词也直入于化境,博学通典者固然可以觉出其中妙处,即使不知出处者也能明白它的含意。

西江月

遣兴

醉里且贪欢笑,要愁那得工夫! 近来始觉古人书,信着全无是处①。　　昨夜松边醉倒,问松:"我醉何如?"只疑松动要来扶,以手推松曰:"去!"

[注释]

①此处意出《孟子·尽心》:"尽信书,则不如无书。"辛词借以表达对于现实的不满。觉:领悟。

[点评]

全词围绕一个"醉"字来写。表面上从头到尾都在写其贪乐耽杯的豪情狂态,而其实是写他的借醉浇愁,借酒抒愤。同时在他的自我描写中,显示出作者独立、倔强的性格特点。

上片写他特意进入醉乡以贪欢取乐的心理,起句一个"且"字显示出欢笑,只有在醉的那一瞬间才会获得。接句写他在醉乡没有工夫发愁,是对贪欢笑的进一步表白。这急迫的、特意寻欢的心理,暗示出他实在是因愁苦太深而不得不躲进醉乡的。接韵浩叹道,自己完全不必信从古书教义,古人书中思想和教诲一无是处。这里的古人书,是指古代圣贤书。这是一个愤激的反语,他并不是否定古书典训的价值,而是借此反语讽刺和针砭当时政治上没有是非的混乱情状,并表达自己以治国平天下的古训为政治理想,反而遭受太多打击和诬陷的愤懑。写到此处,作者虽然还保持着他"贪欢笑"的面貌,但笑中已经含泪了。

下片追忆"昨夜松边醉倒"一幕,写自己的醉后狂态,把他醉里贪欢的情态,写得风趣生动,也写出了他傲岸不屈、倔强无比的性格。作者选择醉倒在松的身下,是颇有意味的:在充满了名利争夺、纷扰浑浊的世间,只有松这样高标直立、不畏严寒的植物,才能成为他的心灵象喻,才配成为他倾诉心声的对象。在"问松"一句中,通过他把松当成可以交谈的朋友的问询,已经可见他的醉态。而在"疑松"一韵中,他醉眼蒙眬的情态,更被表现得活灵活现,匪夷所思:他醉眼蒙眬,幻觉松动,怀疑松可怜他要来搀扶,于是倔强地以手推松,喝之使去。这一系列感觉和动作,在抒情词中出现,精彩焕发,构想出奇,很充分地表明了作者的醉中憨顽情态,和骨子里透出的倔强和坚强。

　　本词采用散文句法,流畅、简洁,诗情饱满;化用经史成语,如同己出。在风格上,上片端庄,下片诙谐。

木兰花慢

可怜今夕月①

　　可怜今夕月,向何处、去悠悠？是别有人间,那边才见,光影东头？是天外,空汗漫,但长风浩浩送中秋②？飞镜无根谁系？姮娥不嫁谁留③？　　谓经海底问无由,恍惚使人愁。怕万里长鲸,纵横触破,玉殿琼楼④。虾蟆故堪浴水,问云何玉兔解沉浮⑤？若道都齐无恙,云何渐渐如钩⑥？

[注释]

①本词原题为:《中秋饮酒将旦,客谓前人诗词有赋待月,无送月者,因用〈天问〉体赋》。《天问》,屈原所作。作者提出一百七十多个包孕广泛的自然、社会问题,表现出勇于探索的精神。

②可怜：可爱。光影：指月光。空汗漫：空虚莫测，广大无际。

③飞镜：李白《古朗月行》："少时不识月，呼作白玉盘。又疑瑶台镜，飞在青云端。"姮娥不嫁：据神话传说，嫦娥偷食丈夫后羿要来的灵药，乘风奔月，从此永居月宫。

④问无由：无从查问。恍惚：迷离恍惚，难以捉摸。玉殿琼楼：传说月亮中有玉殿琼楼，故月亮又可称为"月宫"。

⑤传说月亮中有金蟾戏水，白兔捣药。

⑥齐无恙：一切安然无恙。云何：为什么。云：语助词。

[点评]

这是一首十分新颖的赋月词。说它新颖，是因为它在以下四个方面都有突破。

第一，如题上所言，前人只有咏写待月的诗词，没有送月的诗词，这就使本词在咏月的角度上很新颖。第二，他引借屈原《天问》体诗入词，根据月亮盈圆和奇瑰的神话传说，打破上下片分段体式，连珠炮似的对月亮提出七个问题，而其他两处虽不是直接提问，却也是间接提问。这种以疑问连缀词篇的写法，在诗体上固属少见，在词体上更属于创格。第三，他所问的内容与近代天体学说暗合，不仅觉悟到月亮绕着地球转动的事实，还对于天体间引力和斥力有所感悟，因此闪烁着对于宇宙奥秘加以探求者那聪明睿智的思想光辉。这是最为重要的创新——思想内容上的创新。第四，与它所仿效的比较紧张而平板的《天问》相比，它融想象、灵感和丰美瑰丽的描绘于一炉，造出了富有浪漫主义特征的新境界。这是美感风貌上的创新。

就本词的结构和手法来看，本词虽属于创格，却不背离词的固有体性。这表现在：它紧紧围绕着送月的话题，毫不松散。上片起韵，即以一"去"字，表明送月的意思，这是开端点题；接着两韵，就"去"字展开联想，想象月亮在天宇中运行的状态。至"飞镜"一韵，则就月亮本身发问，联系有关它的神话传说展开想象，问得奇奇怪怪，融科学思维和神秘体验为一体，增加了词的文学感性色彩。至下片，把送月的主旨和有关月亮本体的神话传说联系起来，由自己看见的天上月，转而想象自己看不见的海里月，写得更加光怪陆离，并且更明显地化入自己担忧和困惑的情感，文学效果尤其出色。长鲸触破玉楼的想象，玉兔怎能游水的困惑,把这位八百多年前的中国古人的月亮关怀,成功地表达了出来。在科学技术不足以使人了解宇宙的时代,他的思考是认真的,他的忧虑和困惑是真诚的。而在这一思考内容中灌注的感情越诚实,越能让后人感受到他的天真——一种具有睿智思想品质的可爱天真。他想象月亮从天上转到在海中运行的这部分,今天看来已不再具备科学上的价值,却因想象和造境的愈转愈奇而富有很高的文学价值。最后,他更能宕开一境,由月亮入海的假设遭遇,进而对于月亮圆缺问题产生了很大兴趣。他不是像古人一样,简单承认他们所观察到的月亮圆缺的事实,而是对月亮为什么会有圆缺产生了强烈的探知兴趣。这一笔,就使词由送月延伸出去而涵盖了当时人所可能具有的全部月亮知识,显示出他因这一场问月而对月亮具有的全面关怀。词就这样融合了奇瑰的神话和深邃的想象以及合理的推测,把由送月引起的词人对于月亮的全面探索与深度困惑,写得透足而富有情趣。

瑞鹤仙

赋 梅

雁霜寒透幙。正护月云轻,嫩冰犹薄①。溪奁照梳掠。想含香弄粉,艳妆难学②。玉肌瘦弱,更重重、龙绡衬着③。倚东风、一笑嫣然,转盼万花羞落。　　寂寞,家山何在④?雪后园林,水边楼阁。瑶池旧约,鳞鸿更、仗谁托⑤?粉蝶儿只解,寻桃觅柳,开遍南枝未觉。但伤心、冷落黄昏,数声画角。

[注释]

①雁霜:严霜。幙:同"幕",帷幕。嫩冰:薄冰。

②溪奁：以溪水为镜奁。梳掠：梳妆打扮。

③龙绡：即鲛绡，传说为海中鲛人所织的细洁轻盈的纱。

④家山：故乡。

⑤瑶池：神话中西王母居处。此指天宫。鳞鸿：代指书信。

[点评]

此词在炼字造句和整体风格上，接近南宋词人姜夔的词作。它采用拟人手法咏溪上梅花，不仅能写出梅花美的外貌，还能写出梅花那清雅的仪态和寂寞幽怨的灵魂。同时，此词不仅是为梅花写照，在梅花形象中分明投影着作者自己的心理感觉、精神兴趣，是一首借梅花而述怀的寄托词。

上片运用想象、比拟手法，正面赋写梅花的形神。起韵先为梅花的出现营造一个寒意袭人的夜的环境：严霜已下，层冰未消，寒意透帘，云轻月冷。这样的环境特别富有抒情暗示性，顺利启开了以下抒情写物的大门。接韵用一个单句，突出了野地梅花如美人、以溪水为镜奁在寒夜里梳妆的风神，写得空灵蕴藉，启人联想。三韵顺势而下，写梅花在溪头打扮的动人风采。梅花在寒夜的溪头上，幽远其香，明艳其色，她那天然绝色的美丽，是任何靠装扮而成的美人也学不出的。"玉肌"两句，把梅花的出场特意放在月色朦胧的背景下，极写她的神韵，写出月下梅花如穿着鲛绡细纱的玉美人。上片末韵灵机一动，故意把梅花放到春天去与百花相比，说如果梅花能到百花盛开的季节去嫣然一笑的话，那么百花都要因为自愧不如而纷纷羞惭自落。词以"一笑嫣然""转盼""倚"字写梅花，是以写美人的笔法来描绘梅花的仪态和神韵。她被表现得那么美，美的力量是那么大。这就为下片掉转笔头，写她命运的寂寞蓄足了势。

下片除了运用想象、比拟手法外，还兼用了比兴手法，来表现梅花值得痛心的不遇命运。起句一个短音促节："寂寞"，一语定调，揭示出溪上梅花的精神状态。以下连用两问捜出回答。其一问她的家乡，捜出这野地寂寞的梅花，像是被放逐者，原来却是生在园林里、楼阁边的高贵寒花。其二以梅花自己的口吻来反问，表明了她失意冷落的命运忧伤。她本来与天上瑶池有一个旧约，可是现在沦落至此（溪头），有谁肯为她捎信给约会的另一方呢？这里梅花与天上瑶池之间的"旧约"，传达着作者政治不遇的深沉痛苦。以下更进而言明那寻桃问柳的轻薄粉蝶儿的不足担当传信重任。梅花这绝世佳人的命运冷落到何等地步！词写梅花由园林、楼阁入野地、溪头,瑶池旧约无人传信,且连粉蝶儿都不肯相顾,梅花的命运一降再降,显示出词人无比伤痛的感受。结韵表明梅花那不可更改的零落命运:在冷落的黄昏中,伴着凄凉的画角,溪头上的梅花孤寂地谢去。"伤心"一词,是花的自怜,是人的怜惜,把花情和人情浑融一体,无法分辨。

西江月

江行采石岸戏作渔父词①

千丈悬崖削翠,一川落日熔金②。白鸥来往本无心,选甚风波一任③。 别浦鱼肥堪脍④,前村酒美重斟。千年往事已沉沉,闲管兴亡则甚⑤?

[注释]

①疑为淳熙五年(1178)作,时稼轩出领湖北漕务,沿江而上。采石:在安徽省当涂县西北,为江流狭窄之处。此处古迹很多。

②削翠句:翠崖如同斧削而成,极有气势。熔金句:晚霞落日,金光灿烂,倒影江中,如同水把金子熔化。李清照《永遇乐》:"落日熔金,暮云合璧。"

③选甚:不管什么。一任:任凭。

④别浦:偏远的水面。鱼脍:细切鱼肉为片而做成。

⑤则甚:做什么。为宋人口语。

[点评]

宦游途中的片刻潇洒,正表明频繁调任给予他的精神压力。

上片写采石壮美的自然风光给他带来的精神放松。起韵就崖岸和长江的雄伟壮丽景观来写。"削翠""熔金",炼字借典,十分精当,色彩对比强烈,几于流光溢彩,同时山水对比,显示出采石江岸的非凡气势。接之以白鸥不管风波而自由来往江上,出之以小、以动,使上文的景增添了流动轻倩的美感。在表意上,这里的白鸥来往意象,余味悠长。因为它不仅是自然写实,也是词人自由精神的象征,是词人自我意识的外现。

下片写采石附近的美酒肥鱼正堪使他沉醉,是加倍写法。过片两句,词人由自在的自然写到人文的风景,写自己享用美酒肥鱼,沉醉在这美好的风景中。"鱼肥堪脍",隐隐使用西晋张翰见秋风起知故乡鲈鱼堪脍因而辞官归乡的典故,暗示词人心灵上的政治倦怠感。"重斟"则表明他的豪酣尽兴。结韵由此而下,以不管兴亡、不问千年往事自期,固然表现出渔父般的潇洒,但也反映出政治境遇不佳所造成的无能为力心态,可谓笔终见情。

小小令词,一步一折,姿态动人。在修辞上,将口语入词造成的活趣和语典入词造成的凝练结合起来,给人以奇特的感受。

望飞来半空鸥鹭

满江红

题冷泉亭①

直节堂堂,看夹道、冠缨拱立②。渐翠谷、群仙东下,佩环声急③。谁信天峰飞堕地,傍湖千丈开青壁④。是当年、玉斧削方壶,无人识⑤。　　山木润,琅玕湿。秋露下,琼珠滴⑥。向危亭横跨,玉渊澄碧⑦。醉舞且摇鸾凤影,浩歌莫遣鱼龙泣⑧。恨此中、风物本吾家,今为客⑨。

[注释]

①作于乾道六七年(1170—1171)间,时稼轩任临安司农寺主簿。冷泉亭:本在西湖灵隐寺西南飞来峰下的深水潭中,宋时移至飞来峰对岸。

②直节:劲直挺拔貌,代指杉树。冠缨:帽子与帽带,代指衣冠楚楚的士大夫。拱立:拱手而立。

③此言翠谷泉声优美,如仙女环佩叮咚。

④天峰飞堕:传说东晋时,有天竺僧人慧理见此山,赞道:"此是中天竺国灵鹫山之小岭,不知何年飞来。"(《临安志》引《舆地志》)

⑤方壶:神话传说中的仙山,在渤海之东。此云飞来峰是神仙用玉斧削就,可惜今已无人知晓了。

⑥琅玕:原指青色美玉,此指绿竹。

⑦危亭:高亭,指冷泉亭。玉渊澄碧:潭水深绿清澈。

⑧鸾凤:传说中的两种神鸟,常喻脱俗不凡之士。浩歌:放声歌唱。鱼龙泣:言水中怪兽为之动情。

⑨风物本吾家:指冷泉亭景色与其家乡风光极为相似。按:作者老家济南素有"泉城"之称,且那时水光山色也堪与冷泉亭一带媲美。

[点评]

这是一首咏杭州名泉的写景抒情词。

词的上片,先写冷泉亭周围环境以作铺垫和渲染。从思路上说,整个上片虚实相生的描写,为冷泉亭营造了一个幽冷、静谧而带有仙气的奇特环境,这为冷泉亭的描写做好了充分的准备。下片开始,直赋冷泉周围竹木湿润有生气,是暗示它的水美泽物;写它如秋露、琼珠一样的晶莹凉爽,是写泉的清冽甘碧。紧接着写横跨在泉水之上的亭子,给人以此亭翼然独立的风采。

在艺术手法上,特色有二。其一,写冷泉亭并不直奔题面,而是挥洒笔墨,着意渲染周围环境,使读者颇有曲径通幽、胜景迭至的盼望感。这就如绘画画水时"写水之前后左右"。其二,笔法摇曳多变,恍如游龙飞舞,创造出清奇灵幻的艺术胜境,引人遐思。

太常引

建康中秋夜为吕叔潜赋①

一轮秋影转金波,飞镜又重磨。把酒问姮娥:被白发欺人奈何②? 乘风好去,长空万里,直下看山河。斫去桂婆娑,人道是清光更多③。

[注释]

①作于淳熙元年(1174)中秋。吕叔潜:名大虬。
②飞镜:李白《古朗月行》:"又疑瑶台镜,飞在青云端。"姮娥:神话传说中的月里

嫦娥。

③此化用杜甫《一百五日夜对月》:"斫去月中桂,清光应更多。"婆娑:枝叶舞动貌。

[点评]

　　这首以月亮为抒情线索的赠友词,借他人之酒杯,浇自己之块垒,写出了词人心中的悲愤和豪情。

　　上片开头就紧扣月亮入题,用简练而生动的笔触,写出了中秋之夜的皎洁月色。他把圆月比为重磨的飞镜,就形容出了中秋之月特别皎洁明亮的特点。飞镜的比喻,虽与李白的《古朗月行》写月出于同一机杼,但这里的"飞"字与"转"字相呼应,就特别能显示明月的灵动之美。接韵笔锋一转,向月中嫦娥问了一个令他深感苦恼的问题:白发专门欺负我,在我的头上肆意生长,奈何? 这一问句有理有情。有理在于:词人赏月而想起月中长生不老的嫦娥,因她的不老而想到自己的日渐衰老,因此举杯一问。有情在于:这一问的意蕴十分复杂,在表层上,他因面对永恒而表达了对于个人年命的幽思。在深层里,他对于抗金复土的壮志难酬而岁月飞逝的处境,感到十分苦闷和焦躁。这苦闷与焦躁,无处可以倾诉,只有像古人一样,举杯问月了。

　　换头词情霍然振起,以乘风凌空、俯视山河的超拔雄姿,寄寓他鹏飞万里的雄图,和对于祖国山河的热爱。而这依然紧扣中秋明月来写:正是因为今夜的月亮太明媚迷人,才激起了词人的一腔豪气。他的"看山河",含有因金人长期蹂躏宋朝江山而生的郁愤不平之情,以及誓愿祖国江山一统的用心。结韵情感更为激烈。因为想到自己报国无门因而白发滋生、祖国山河的无法统一,全是因为黑暗政治势力的阻挠,所以他禁不住要像前贤杜甫那样,表达出祛除邪恶势力的迫切心愿。在表达上,他以月中婆娑的桂树,象征正在婆娑得意的黑暗势力,于是产生了斫桂的义愤和豪情。这使"斫去桂婆娑,人道是清光更多"成为情绪奋烈而余味隽永的警句。

　　这首小令篇幅虽短,但因为采用隐喻手法来抒情,所以寄托很深,尺幅而藏千里之势。另外,它通篇围绕月来写,却没有出现一个"月"字,而是以它的本体意象"秋影""姮娥",它的比喻意象"金波""飞镜"和它的特征意象"一轮""桂婆娑""清光"等反复称借渲染,使月亮之美被从多种角度表现了出来。

菩萨蛮

金陵赏心亭为叶丞相赋①

青山欲共高人语，联翩万马来无数。烟雨却低回，望来终不来。

人言头上发，总向愁中白。拍手笑沙鸥，一身都是愁。

[注释]

①作于淳熙二年(1175)春，稼轩在建康安抚使参议官任上。赏心亭：参见《念奴娇·我来吊古》注①。叶丞相：著名抗金人物叶衡，时知建康并兼江东安抚使。

[点评]

　　这是一篇外示谐趣内藏悲凉的小品，想象丰富而饶有余味。

　　上片纯写山景，或虚或实，笔法奇幻。他先将势脉不断的青山比喻成千万匹骏马，想象它们朝着城头赏心亭上的观景者飞奔过来。这里的一个"欲"字，一个"来"字，把原来静止不动的群山描绘得器宇轩昂，活跃奔腾，这不仅写出了山的壮美风姿，而且也充分显示出稼轩自己神采焕发、生龙活虎的精神气象。接韵写那些虎虎有生气的青山终被朦胧烟雨所困所阻，显出低首徘徊的样子，词人望其来而其终不能来，这就使青山显示出它妩媚韶秀的姿态。这样写景，充分显示出金陵之山的体势特征。假如我们更仔细地去体味，就会发现，这样的青山，不仅是被画得合理的生动物象，而且是体现了作者某些精神特征的有味意象。如起韵，在由山及马的联想活动中，就能够使人联想起他早年跃马扬鞭、杀敌报国的战斗生活，以及他始终向往着率领千军万马驰骋疆场之上的心志。而后韵，那在烟雨朦胧中低回不已的群山，以及那迷离低回的意境本身，都能使人联想起作者南归后在政治上一直受阻的情形。

至下片,作者以水上沙鸥起兴,寓庄于谐地展开抒情化的议论。作者以风趣幽默的口吻写道:人们都说,头上的白发之所以增多,是因为愁苦太多的缘故——白发是愁苦的标志和测量器。那么,那水边浑身毛色洁白的沙鸥,可不简直是"一身都是愁"了?想到这一点,不禁令已生数茎白发的词人拍手大笑;他为自己有这样的奇情异想而兴奋,也为自己没那么多白发(愁苦)、比沙鸥幸运而开怀。在这样的幽默表情和忘机动作里,人们不仅能看到稼轩的开朗和赤子般的天真,领略到他不为政治挫折所屈服的乐观精神,也能意会到他因抗金恢复之事不可为而产生的苦闷。这苦闷表现得是这样隐曲,需要摆落其词面的风趣幽默才可能领略,而读到他这首呈词的叶丞相,作为稼轩在事业上的同调者,肯定是会领略这样的余情的。

稼轩许多词的结句,含意都不单出,而能使人在反复咀嚼之余,体会出很多复杂的情意。如"目断秋宵落雁,醉来时响空弦""江头风恶,朝来波浪翻屋"之类,无论用典,还是直写其景,都蕴意很深,滋味绝妙,这一点,在本词中同样体现出来。

摸鱼儿

观潮上叶丞相①

望飞来、半空鸥鹭,须臾动地鼙鼓②。截江组练驱山去,鏖战未收貔虎③。朝又暮。悄惯得、吴儿不怕蛟龙怒。风波平步。看红旆惊飞,跳鱼直上,蹴踏浪花舞④。　　凭谁问,万里长鲸吞吐,人间儿戏千弩⑤?滔天力倦知何事?白马素车东去⑥。堪恨处,人道是、属镂怨愤终千古⑦。功名自误。漫教得陶朱,五湖西子,一舸弄烟雨^⑧。

[注释]

①作于淳熙三年(1176)。是年秋,稼轩因往临安述职顺便观潮。观潮:观看钱塘潮。叶丞相:叶衡。参见《菩萨蛮·金陵赏心亭为叶丞相赋》注①。按:此时叶衡已罢相。作者沿用前职,以示尊重。

②鸥鹭:海鸥与鹭鸶。鼙鼓:战鼓。此处都是形容江潮的声色。

③截江:横江。组练:即组甲披练。分别指军士所穿的两种衣甲。此喻江潮如队队披甲的白衣壮士。驱山:驱赶浪山。鏖战:激战。貔虎:喻勇士。此处谓江潮汹涌翻滚,如勇士激战未休。

④悄:一作"诮",直,浑。吴儿:江浙弄潮儿。"看红旆"三句:吴儿挥旗踏浪,如鱼儿跃出水面。躄:踩。

⑤此言怒涛汹涌,岂是人力所能控制。长鲸吞吐:言潮水像是长鲸喷水。儿戏千弩:千弩射潮,直如儿戏。典出《宋史·河渠志》:吴越王钱镠为阻止潮水,曾派数百士卒用强弓射潮。

⑥白马素车:喻江潮。语出枚乘《七发》。

⑦属镂怨愤:《史记·吴太伯世家》载:春秋时吴越交战,吴王夫差不听伍子胥的忠谏,他接受了越王勾践的诈降,更赐属镂剑命伍子胥自杀。

⑧漫教得:空教得。陶朱:即陶朱公。范蠡为越国大夫,曾施美人计,献西施于吴王夫差。他助越灭吴后,吸取伍子胥的教训,离开越国,携带珠宝远去陶地(山东定陶县)经商致富,自称陶朱公。又传说越灭吴后,范蠡携西施泛舟于五湖即太湖。

[点评]

这首描绘钱塘潮壮伟气势并且即景抒情的作品,将眼前景物与历史记忆结合在一起。同时在他的历史记忆中所表达出来的价值判断和情感倾向,与他因南宋朝廷迫害主战派而产生的政治忧愤深入契合,感思空间空前深邃,词的抒情品格也就超过了一般写钱塘潮风景之作。

上片将潮水涨起时的种种惊心动魄景象写得极透极生动。起两韵写江潮自远而近、由初起到极盛时的景象。在表现手法上,他运用了一连串绝妙的比喻:

先以半空鸥鹭争飞比喻潮水初起时卷起的白色浪花，接以震天动地的战鼓声比喻潮水奔腾所发出的巨响。这样的描写，一上来就声色夺人，渲染出它那天下伟观的气概。以下更是调动自己以往的战争生活经验，以千万白甲精兵横截江面、驱赶大山、鏖战正酣的壮伟风景，来形容海门涌潮的惊天动地，而从中人们也不难发现作者自己在观景时感到醋畅淋漓的精神愉悦。把潮水的兴起过程看成是一场精兵的鏖战，这充分体现了作者"移情"后形成的心理力量。三韵一句"朝又暮"，情景转换，将对"这一次"的潮水形容，转换成对"无数次"潮水的带过，同时又转到写弄潮儿的非凡身手上来。在如此令人惊骇的凶险自然奇观面前，训练有素的弄潮儿们，却手把红旗，出没于惊涛骇浪之中，就像鱼儿跃出水面，足踏浪花翩翩起舞，浑如在平地散步。它需要多么高的技艺和胆量！

过片承上片对江潮的描写，但又化实为虚，将现实的江潮兑换成历史的记忆，嘲笑杀了伍子胥的钱镠让壮士射潮的举动，因为潮水就像是万里鲸鱼之吞吐，体现着人力所不能干预的造化伟力。"滔天"一韵，以问转换情思。既然潮水有如此滔天伟力，为什么它又最终力倦而向东面的海洋退去呢？在这实写退潮的词句中，已经暗暗融入了因忠谏而被杀的伍子胥的冤魂，因为据说被杀戮后的伍子胥，就是乘着"素车白马"驾御潮水而来的。"堪恨"一韵，直写作者对忠而被害的伍子胥的同情，以及对忠臣反遭迫害的历史现象的愤慨不平，同时又是作者借古人事曲传对于现实政治同样迫害忠臣良将的怨愤心声，其中包含着为叶衡罢相鸣不平的用意。"功名自误"是议论，是抒情，是一个沉痛的反语，写出了作者对于自己和抗战派不幸政治遭遇的牢骚和感喟。而末句则借范蠡退出政坛、以扁舟载西子游五湖的故事，进一步表明自己的牢骚失意之情，同时也是对叶衡罢相归来的一个安慰。

这首词在表达手法上，有两个明显的特点。一是运用博喻形容江潮的声色气势，写得生动、紧凑，达到了穷形尽态的表现效果。二是借古喻今，以伍子胥和范蠡的典故，表达自己的政治感喟，收到了曲折含蓄的表达效果。

水调歌头

和王正之右司吴江观雪见寄^①

造物故豪纵,千里玉鸾飞^②。等闲更把万斛,琼粉盖玻璃^③。好卷垂虹千丈,只放冰壶一色,云海路应迷^④。老子旧游处,回首梦耶非^⑤?

谪仙人,鸥鸟伴,两忘机^⑥。掀髯把酒一笑,诗在片帆西。寄语烟波旧侣,闻道莼鲈正美,休裂芰荷衣^⑦。上界足官府,汗漫与君期^⑧。

[注释]

①作于淳熙二三年(1175—1776)间。王正之:名正己。曾任右司郎官,此时已罢职。吴江:即松江。南接太湖,江上有垂虹亭和垂虹桥。和:和韵。见寄:寄给我。

②言造化本有豪放之情,所以让雪片广飞天地间。玉鸾:雪的美称。

③此言造物又将无数雪花覆盖在吴江大地上。琼粉:雪粉。玻璃:指水面平静透明如同玻璃。

④垂虹:一语双关。兼指吴江绝景垂虹亭、桥,和天上垂虹景象。冰壶:本指盛冰的玉壶。此借指天地之景的晶莹清冷。

⑤此言吴江虽是他往日所到之处,但在此雪境中如仙如幻,简直像梦一样。老子:稼轩自称。梦耶非:是不是梦呢?

⑥谪仙人:原是贺知章对李白的赞叹,此用以称王正之。"鸥鸟伴"两句:《列子·黄帝篇》载,有个爱好鸥鸟的"海上之人",每天到海上与鸥鸟同游息。后其父亲要其捉鸟回家,鸥鸟再见他则翔舞而不下。后世借以指无欲忘机者。

⑦莼鲈句:用张翰事。参见《水龙吟·楚天千里清秋》注⑥。裂芰荷衣:借典于

《离骚》:"制芰荷以为衣兮,集芙蓉以为裳。"言背弃洁身自爱的隐士行为准则。

⑧上界足官府:借典于韩愈《奉酬卢给事》"上界真人足官府"句,言自己不求进身于上界官府之中,而将与王相约,游于汗漫无羁之境。

[点评]

词上片极力展现吴江雪景的奇丽,在想象中杂着回忆。起韵直写雪景的辽阔无垠,以"玉鸾"形容雪片,十分新巧。接韵以"琼粉"形容积雪,以"玻璃"形容水面,直显出雪景世界的洁白无瑕之美。其中"等闲"二字,尤其下得有趣,写出了造物的绝大才情。第三韵,写天地一色皆白、云海茫茫迷路的奇观。"好卷"一词,表现卷起千丈垂虹(兼指垂虹桥和天上彩虹)的镜头,完全出自词人的奇思妙想,正能显示他指挥万物的豪情。末韵一笔双绾,既点出这是自己的旧游之地,又有今日境界全换、旧迹难寻的迷惑。"梦耶非"的疑问,妙在表意空灵。此处以"老子"自称,也反映了他的豪酣之情。

下片则转入对于王正之的怀想与劝勉,并表达了与他偕隐的意愿。"掀髯"一韵,写足王正之的诗兴与豪情,展示了一个江湖英豪的不羁形象。"寄语"一韵,劝勉王正之继续过这种烟波五湖的生活,享受吴江的莼菜鲈鱼,而不要有出仕之念。这样的劝勉,有前文所写的吴江美景做基础,也包含着词人自己的政坛体验,所以是水到渠成。结韵更进一步,表达了自己愿意与王正之偕隐吴江的意愿。这才是一篇主旨所在。

蝶恋花

戊申元日立春席间作①

谁向椒盘簪彩胜,整整韶华,争上春风鬓②。往日不堪重记省,为花长把新春恨③。　　春未来时先借问,晚恨开迟,早又飘零近。

今岁花期消息定，只愁风雨无凭准^④。

[注释]

①作于淳熙十五年（1188）立春日，时稼轩闲居带湖。元日立春：阴历正月初一正是立春日。

②椒盘：古时风俗，正月初一用盘子进椒，饮酒时则取椒入酒中。簪：此处作"插戴"解。彩胜：即幡胜，宋代士大夫家于立春日剪彩绸为春幡，或缠绕于花枝上，或为妇女插于发上。整整：因正月初一立春，故这个春天很完整。韶华：美好时光，指春光。

③记省：记忆，回顾。

④凭准：凭据，准头。

[点评]

这首伤春词表明了词人惜春伤时的心情。

上片由今思昔。椒盘，彩胜，既点明"元日立春"的题面，又描绘儿女辈在节日中的欢乐景象。接由彩胜簪在鬓发上的美丽，联想到青春时光的著于头发上，十分巧妙。这是他见儿女辈青丝如云而羡慕其年少的心理表现。一"争"字，把儿女辈争插彩胜的情形和韶华遗弃老人、争着上年轻人春风得意的颜面甚至是头发的"势利"，一并托出。于是少年们的欢乐，适足以对照出他的悲感。"往日"以下，由儿女的欢乐，顺理成章地联想到自己，回忆起自己以往迎接春天时的深重忧患：他因为异常特别地爱惜花朵，所以见到春天到来，总是幽恨重重。那种"惜春长怕花开早"式的痛苦，其中所包含着的时光迁逝之恨，美人零落之悲，风雨忧患之苦，以往一直纠缠着他，所以现在回想起来，也有往事不堪回忆的痛心。

下片在自我心态调整中，回到现在。可是由于"长把新春恨"的心理积淀，他不由得又进入了新一轮的忧患之中去。"晚恨开迟，早又飘零近"一句，十分细腻地表明他惜花、惜春的内容。结韵在扣题之外，又从现在而忧及未来，生怕风雨无定误了今年的花期，写得深婉入微。这首词中的"春"和"花"，就像以往他所写的伤春词一样，虽来自于自然的触动，而最终形成的感兴又高于自然风景——他是作者忧患于人生风雨与国家前途的审美化表达。春天与花朵，这优美而纤弱的词面,这混合着希望与担忧的风景,拨动了词人心灵上敏妙的忧患之弦。

清平乐

博山道中即事①

柳边飞鞚,露湿征衣重②。宿鹭窥沙孤影动,应有鱼虾入梦。

一川明月疏星,浣纱人影娉婷③。笑背行人归去,门前稚子啼声。

[注释]

①此闲居带湖之作。即事:犹言速写。

②飞鞚:飞马而驰。鞚:马笼头。此代指马。

③娉婷:形容身姿娇美。

[点评]

词写博山道中夜景,写得赏心悦目。

上片起韵,先写柳堤扬鞭,再写露湿征衣。一个"飞"字,点出心情的急迫与马行的急促,而一个"重"字,又暗示出词人需要下马整装。这样,一快一慢,在节奏上出现了变化。因为这一停顿,下文的品赏风光之辞才得以展开。接韵写见到孤影晃动,知为睡眠中的白鹭。它将头对着泥沙像是在窥探什么,其实正在酣睡。对于它的晃动,词人猜测是因它在梦里捉鱼虾而睡不安稳。一韵之中,由见到知,由知到猜,体察入微而又涉笔成趣,对那些热心名利的人梦寐不忘得失顺致讥讽。下片由描写自然而及浣纱少妇,写得清幽美好而不美艳轻俗。他的眼光,由白鹭而及河流,他看见了清澈的河流辉映着天上明月疏星的幽丽清旷的景致,又在朦胧中发现了河边的浣纱人影。这是继白鹭影后,词中明写的第二幅图影。接以"笑背"写浣纱少妇的单纯羞涩,显示出纯朴清新的人情美。最后,她的笑声,和门前小儿的啼哭声,打破了静谧的夜,给田园诗式的风景增添了许多生气。

本词全用白描写境,使景物既历历如画,又毫无赘笔。上片重在写影,下片则是光、影、声组成的动态图画。

丑奴儿近

博山道中效李易安体①

千峰云起,骤雨一霎儿价②。更远树斜阳,风景怎生图画③!青旗卖酒,山那畔别有人家。只消山水光中,无事过这一夏④。午醉醒时,松窗竹户,万千潇洒。野鸟飞来,又是一般闲暇。却怪白鸥,觑着人欲下未下⑤。旧盟都在,新来莫是,别有说话⑥?

[注释]

①此闲居带湖之作。李易安:李清照,号易安居士,山东明水人,是南北宋之交著名的女词人。其词自成一家风味,时人称"易安体"。

②一霎儿价:一会儿。价:语助词。

③怎生:宋代口语,怎么。

④只消:只应,但求。

⑤怪:奇怪。觑:偷眼窥看。

⑥旧盟:稼轩曾在隐居带湖时与鸥鹭结盟,参见《水调歌头·带湖吾甚爱》。莫

是：莫不是。别有说话：有别的想法。指白鸥的悔约改盟。

[点评]

词写信州博山道中的幽美景色和作者流连于其中的闲适之情。词题标明是"效李易安体"，表明是追步李清照词的技巧和用语特征而成。李清照词最显著的特点，是写境的白描和用语的口语化。她以写境的白描（不敷彩）法，用语的口语（非书卷）化，来表达自己真挚深沉的感情。本词就是辛弃疾向李易安学习的成功之作。

上片写博山道中骤雨复晴的清美景色。画面疏朗，如随意点染而成，但又很讲究层次。起韵破空而入，写风云陡起，骤雨一霎的景象。接韵一转，写得舒缓优美。写山间雨收云散、天青日出的清幽明澈风景，着意于斜阳的光辉敷染在远树上造成的温润感。三韵写作者由泛览而聚焦山那畔一酒店时的情景。写酒店，本是相对于泛写远山（染）的一种细节描写（点），而在这细节描写中，他又用了一个"青旗卖酒"的特写镜头，来表现他的惊喜。既然风景如此美，还有酒店来让他息劳遣兴，不禁让他对此地十分喜欢，于是上片末韵传达出他屏除尘世干扰、唯求放情山水的情怀。它是承上写景、启下抒情的句子。

下片着重抒发他因流连风景而生的闲适潇洒情怀。与上片风景是他在外浏览所得不同，这里的风景是他酒醒后通过博山道中某个窗户向外观望所得。在视角上，有变化带来的新鲜感。"午醉"一韵，承上"青旗卖酒"而来。"醒时"以下，纯是写"无事"之乐。他先是见窗外的松竹摇曳，觉得它们的无比潇洒之姿，足以娱人。这里已经透现出词人自己的放逸风神。以下专心于写野鸟、白鸥这些飞翔的动物使他寄情和忘情的状态，写得幽默风趣，颇有故作波澜的笔意。"野鸟"一韵，以"又是一般闲暇"，写出在静美的自然界中，飞翔的动物带给他的别种闲暇感觉。这"又是"一词，下得饶有余味。词人由"野鸟"而见"白鸥"，见"白鸥"而想起与鸥相盟、摆脱人间机心的往事。然而这盘旋不下而偷眼觑人的白鸥，令词人好生奇怪，词人猜测它"别有说话"，因担心词人加害而有背盟弃约之意，于是痴痴地发出结尾的那一问。这一问，虽然是涉笔成趣，但如果深究，就能觉出他问得波澜顿起，也问得意余言外。

在写景上，本词不敷彩，不细描，随意点染而层次不乱，白描使风景清雅淡净，极能传南方夏日山间气象。在用语上，作者用了许多当时流行的口语，如

"一霎儿价""怎生""只消""莫是",等等,使文气活泼轻软,清新自然。作者对"易安体"的效法,使本词具有了"清水出芙蓉,天然去雕饰"的美学风貌。另外,他写此词虽效用"易安体",但写得面貌冲淡,情趣幽默,这显然不是获自易安,而是稼轩自身所具有的风貌。

满江红

游南岩和范廓之韵①

笑拍洪崖,问千丈、翠岩谁削②? 依旧是、西风白鸟,北村南郭。似整复斜僧屋乱,欲吞还吐林烟薄。觉人间、万事到秋来,都摇落。

呼斗酒,同君酌;更小隐,寻幽约③。且丁宁休负,北山猿鹤④。有鹿从渠求鹿梦,非鱼定未知鱼乐⑤。正仰看、飞鸟却应人,回头错⑥。

[注释]

①闲居带湖之作。南岩:在上饶县西南十里,有朱熹读书处。范廓之:稼轩门人范开。曾于淳熙十五年编刊《稼轩词》甲集,并为之作序。

②洪崖:传说中的仙人。即黄帝臣子伶伦,帝尧时已三千岁,仙号洪崖。此借指南岩。

③小隐:谓隐居山林。《文选》载王康琚《反招隐》:"小隐隐陵薮,大隐隐朝市。"寻:重温。幽约:清幽之约。

④此嘱范开及早归来,勿久恋仕途。北山猿鹤:化用孔稚珪《北山移文》语意。

⑤此言范开出仕如同樵子遇见骇鹿,故可去追而杀之;而自己的归隐乐趣,则非安心退隐者不能理解。鹿梦:即蕉鹿梦。参见《水调歌头·千古老蟾口》注⑥。

鱼乐:《庄子·秋水篇》:"庄子与惠子游于濠梁之上,庄子曰:'儵鱼出游从容,是鱼之乐也。'惠子曰:'子非鱼,安知鱼之乐?'"

⑥杜甫《漫成》之二:"仰面贪看鸟,回头错应人。"

[点评]

　　这首和韵词,在潇洒散淡的风神中,蕴含着对于争名逐利的官场生活的否定和对于行将出仕的弟子的爱惜叮咛之情。而在这一感情之流的下面,则流淌着词人寂寞、失意的潜流。

　　上片纯写南岩景色,而结为人生悲秋的叹息。起韵三个动作:"笑""拍""问"联翩而下,写出词人的风流放逸之情。所拍的"洪崖",实际上是对于典故的一个巧借。它一箭双雕,既暗示了南岩的"高寿",也暗示出它的高大状貌。词人拍着"洪崖"之肩,问它是谁削成的? 这奇怪的问句,无理而妙。它既暗示出翠岩即南岩的高峻,也暗示出南岩的如有仙人措手的风采。同时更重要的,它还传达出词人意态风流的精神特征。这里的"洪崖"和"千丈翠岩",所指相同。接韵以大笔写意,画出南岩风景萧疏之貌,同时点明自己是再来此地。以下一韵,以一个工炼的对句,刻画南岩周围的山林风景:山间庙宇萧条颓败,树林笼罩在薄薄烟霭中。这里的"似整复斜"和"欲吞还吐",写出风景处于变化不定中的动态,用来写庙宇,很能表现它的颓败。因为放眼望去,山间风景总有些萧条、冷淡,所以开篇时的风流放意,至结韵时,已经转为秋来万事都摇落的生命悲叹。这"摇落"之悲,看来是由对南岩山间风物观览而得,其实却是词人早已蕴结着的岁月如流、年命衰老的悲感的借机显现。"人间万事",由他自己的生命悲凉和自然界的季节轮转生发开去,竟有了几分对于宇宙所有生命的悲悯,显示出较深的思致。

　　下片由写景抒情转向对人抒怀。词人首先写与弟子范廓之呼酒对饮的豪醑,再叮咛弟子出仕之后别忘了及早归来,两人再践隐居的约定。并且用"休负北山猿鹤"的典故,强化这种对于弟子的殷切期望之情。"有鹿"一韵,借用两个典故形成对仗,并且在表意上相当恰当,堪称难对。这两句,一写弟子,一写自己,妙在既执着,又宽解,颇有万物各得其所的惬意。结韵巧用杜甫诗歌,含蓄地表现出自己寂寞企盼的心情。这里在语言的层面上没有转折,而在感受的层面上则暗藏着转折,并且"禅机"很深:它可以理解为,因为太沉醉于看飞鸟了,所以对于人声反应不灵,以至于恍惚间以为有人呼唤而错应之。也可以理解为,虽然贪看飞鸟,但潜意识里还是感到寂寞,以至于虽无人呼唤自己,也会忽然答应,回头知错。这就构成了此处外示闲逸而内藏悲凉的抒情效果。

此词上片写景而结以生命摇落之悲,下片则抛开此意,专抒隐居之乐,仿佛是"两截子"。但其实,内部的感情逻辑并没有中断。在词人看来,正是因为生命易于摇落,才不值得让它去遭受身外之物的束缚和戕害,而要还它以自由、本真的存在状态。这一点,唯有隐居者的"鱼乐"能够满足之,所以下片重在抒发"鱼乐"。

生查子

独游西岩①

青山招不来,偃蹇谁怜汝? 岁晚太寒生,唤我溪边住②。

山头明月来,本在天高处。夜夜入清溪,听读《离骚》去③。

[注释]

①此闲居带湖之作。西岩:在江西上饶市南,形如覆钟。
②偃蹇:原指高耸貌,引申为骄傲、傲慢。生:语尾助词。
③《离骚》:屈原所作,用以抒发热爱祖国、才美不见用及抨击黑暗时政等感情。

[点评]

本词巧借青山、明月,表现作者隐居带湖时期孤寂、郁愤的情感。写景如生,抒情含蓄曲折,可称为词中妙品。

上片借山来自写,又能将山品与人品相融。首句落笔就奇,接句含蓄曲折。"偃蹇"一词,本指高耸的样子——用来形容西岩的状貌很恰当,也可以引申为作者的骄傲和傲慢。一笔两意，巧妙之极。而以"谁怜汝"这一问，更写出作者的自怜怜山，自伤伤山。此处的山与人，已在感情上合而为一。"岁晚"一句，也是既写山，又写人。如是写山，指山逢寒冬；如是写人，则指人的老大。这样双绾之后，"太寒生"就成了作者的心理自感，和对于山的移情了。既然山被作者赋予了这样充分的灵性甚至可说是人性，那么，上片末句冲出青山"唤我溪边住"的语句，就不再突兀而矫情。两位岁寒之友因品格相似而思谋相伴，简直再合情理不过。

下片借月来自写，也有与上片近似的曲笔和丰富情味。过片说那高天的明月，突然由山头下来了。这就如同一个绝大的悬念，使人不敢置信又渴望得到解释。结韵则做出生动的解释，说这从天而降的明月，是因为被词人读《离骚》的声音打动和吸引。这解释十分巧妙而合理，因为他巧用月影以替代月亮，听他读书的明月，实不过是清溪里的月影。这样的巧用，显示出他专注于读《离骚》的激愤心情。因专心读书，他再无心仰望天空。偶尔一瞥眼前，只见溪中之月凝止不动，似在入神而听。另外，这里的"夜夜"一语，又将前句瞬间的"明月来"化为夜夜的"明月来"，使作者读《离骚》的行为，不再是一个瞬息性行为，而在重复、延长中加深了它的意义，加强了它所含有的作者感情的勃郁愤懑色彩。夜夜如此，长夜如此，这读《离骚》的人，他的情感强度就不待测量而后知了。

这首词，也许是作者词作中修辞手法运用得最密的作品，如拟人、双关、悬念、暗示等。而它们也使此词在艺术表达效果上超凡入妙，在情感风味上厚重而含蓄。

清平乐

题上庐桥①

清泉奔快，不管青山碍。十里盘盘平世界，更着溪山襟带②。
古今陵谷茫茫，市朝往往耕桑③。此地居然形胜，似曾小小兴亡。

[注释]

①此闲居带湖之作。上庐桥：在上饶境内。

②盘盘：曲折盘旋貌。襟带：形容水绕山间如同带绕衣襟。

③陵谷：指山陵变为深谷，深谷化作山陵。市朝耕桑：繁华都市变成耕种的田野。

[点评]

　　本词上片写景含情，下片兴叹说理。把因上庐桥附近的自然形势而产生的人间兴亡和自然变化的感叹，表现得引人遐想，体现出情、景、理的高度统一。

　　上片起韵赋写泉水，这是他站在桥上观望的第一景。他将泉水写得生气淋漓，气势不凡。先着一"清"字状其色，再以"奔快"写其流势之急，这样，泉水的声色形态就似乎写足了。以下在尽头处又以虚笔转出一境，以青山试图阻碍它，而它不管不顾一味奔腾向前的姿态，勾勒出了它的来处和去路，也赋予了它一种乐观、倔强的性格。接韵描绘上庐桥一带回旋曲折、山水环绕的地势，将一幅平常的山水画点染得清幽秀美。上片写景的特色，在于动静交错，生气勃勃，体现了词人对于山水的清赏能力。下片即景遐想，由对眼前山水的清赏，转入对于自然和人事沧桑的思索。他因上庐桥一带襟山带水、十里平地的地理形势，猜想它也许是从当年的城市变迁而来。为了证明自己猜想的可靠，他先在表明这一看法前做出铺垫，也就是用人们常说的沧海桑田的观点做引子。在邈远的时间内，深谷变为山陵、山陵变为深谷的地貌迁变；在漫长的历史上，闹市变为桑田、桑田变为闹市的人间兴废，既然都是可能的，那么，作为形胜的上庐桥一带，有过小小兴亡，当然也就很可能了。这是先立其大，再立其小，顺势而下，无可怀疑。这样的议论，畅快无碍。

鹧鸪天

鹅湖归,病起作①

　　枕簟溪堂冷欲秋,断云依水晚来收②。红莲相倚浑如醉,白鸟无言定自愁。　　书咄咄,且休休。一丘一壑也风流③。不知筋力衰多少,但觉新来懒上楼。

[注释]

①闲居带湖之作。病起:指病体初愈。

②簟:竹席。断云:犹言残云。收:消失。

③书咄咄:《晋书·殷浩传》载:殷浩被罢职后,口无怨言,只是终日用手在空中写"咄咄怪事"四字。休休:退隐。唐末司空图隐居中条山,筑亭名曰"休休"。一丘一壑:犹言一山一水。风流:潇洒自在。

[点评]

　　词上片写景。在安放着夏日凉枕竹席的溪堂卧榻上,他先敏锐地感觉到秋气的来临。一个"冷"字,写出病体初愈的人,对于凉枕竹席、对于透进溪堂里空气的凉意的畏怯。他放眼望去,看见远处似与带湖相接的浮云,在这傍晚时分也渐渐收尽,天明水净。水面上的红莲和水边的白鸟,在傍晚的亮光中,红的更红,白的更白。在他的注视下,那相倚的红莲就像是醉了一样醺然酡红着。而那默默无语的白鸟,简直就是在独自发愁。在红莲白鸟的风景之中,有作者感情的影子。"如醉""自愁",这本来是临秋观景的老病词人自己所具有的心理体验,在此他却于无意中将自己的愁怨之情转移给了花鸟。所以,前人对此处的写景极为欣赏,说"生派愁怨与花鸟,却自然"。这就看到了他写景能移情染物、却又并不作态、所以高妙的特点。因为这下意识中的移情于景,使写景不仅色美,而且韵味极佳,深得浑厚之趣。

下片言情。过片先连用两个典故,表明他不满于现实的牢骚和又只能强压不平、将壮志付诸东流的自我排遣之貌。紧接着,他以徜徉于山林丘壑之间的"风流"之相,来试图平息自己的不满。这两句,貌似甘心于放老山水,其实悲愤压抑之心,隐隐可见。山林隐逸并不能真正解决他的思想矛盾。结韵以一个散文化的句子,写出病愈之时筋力衰减、懒于上楼眺望的情状。写得很具体,很细致。这就不仅放得开,写得足,而且能回应开篇,并关合词题,使全词在结构上处于圆合的状态。此外,他借筋力衰退而懒于上楼,巧寓了两个意思。一是他由于生命放废而心灰意懒;二是他若上楼眺望,必然会想见故国山河,而恢复又无望,因而会更觉愁怨和悲愤。一个"懒"字,写出了他百感交集、无可奈何的悲痛。

此词寓悲壮于闲适,以淡笔写浓情,将身世之痛、家国之痛汇成一片,化骨成水,写出了"烈士暮年"的无穷悲慨。

临江仙

探梅①

老去惜花心已懒,爱梅犹绕江村。一枝先破玉溪春。更无花态度,全是雪精神。　　剩向青山餐秀色,为渠着句清新②。竹根流水带溪云。醉中浑不记,归路月黄昏。

[注释]

①此闲居带湖之作。
②剩向:尽向。餐秀色:即"秀色可餐"之意。此处借以赞美梅花的极度美丽。着句:写诗词。渠:他,代指梅花。

[点评]

咏梅诗词,是宋代骚人墨客最喜欢写作的。与其他咏物诗词一样,咏梅可以从三个层次来写作。梅花的形色香味,属于模形图貌的第一层次;梅花的神情风韵,属于由实返虚的第二层次;梅的人格象征,属于抽象感悟的第三层次。作者此词虽然不是经意而为的大作品,且是探梅而非专咏之作,却也能为梅花写出一种神采来,关键在于他有独特的赏梅角度。

上片开端总起,写自己以"惜花心懒"而犹绕江村探梅,隐伏着梅花远胜群花的意思。语言明快,而措意含蓄,接韵正面专写江村野梅独立春前的姿态。一"破"字,下得尤妙:它写出了梅花初放的仪态,也写出了梅花冲寒绽放带给溪头的春意。用笔俭省而韵味自足。三韵"花态度""雪精神"两词,造得新颖,突出了梅花的冰肌玉骨,清高莹洁。"更无""全是",通过完全的否定和彻底的肯定,把梅花的"灵魂"勾摄了出来。在他的"梅花颂"中,寄寓着他自己如此花一样独立不阿、清迥绝尘的人格风范。

下片写词人探梅之久,爱梅之深。换头写出了一个爱梅的孤独者形象。他说面对青山,贪看梅花的"秀色",因为梅花的同化,连他的探梅词也写得特别清新了。而作者对它的爱慕,则有同气相求的味道。"竹根流水"一句,既遥应上片"玉溪春"句,又特别为梅花安排下一个更显其清幽的好伴侣——竹子,同时"带溪云"一语,暗写梅花、瘦竹在溪里的倒影,这倒影被云影所映带,绚丽之极,又空灵之极!这比实写岸上的梅竹显得更清美。结韵以一补笔,写自己早已因为这美景而陶醉了,忘记了时间,直到黄昏月才恋恋地归去。全词只不过写了探梅——得梅——赏梅这样一段平常的生活镜头,但在他那精心绘出的爱梅图上,梅花的神韵和作者的神韵,却已呼之欲出了。

因为篇幅短小,作者注意在上下片中,对梅花逐步添加翠竹、云影等陪衬物,而不一气叙出。这样,不仅在松紧、疏密的安排上颇为得法,使句意间联系更紧密,而且句句有新意。直到结束句,才把一幅爱梅图画完。

生查子

独游雨岩^①

溪边照影行,天在清溪底。天上有行云,人在行云里。　　高歌谁和余? 空谷清音起^②。非鬼亦非仙^③,一曲桃花水。

[注释]

①此闲居带湖之作。

②清音:指空谷中的流水声。

③非鬼非仙:苏轼《夜泛西湖五绝》:"湖光非鬼亦非仙。"

[点评]

　　词写他在雨岩下清溪边的游赏和高歌,意境空灵而又深曲,韵味悠长。

　　上片写他在雨岩下的溪边独行所见。寥寥二十个字,把清如明镜的溪水,溪里蓝天白云的投影,词人自己在岸边独行,在水清影与蓝天白云的投影相交错的图景,描绘得无比生动,如在眼前。特别是一句"人在行云里",写水中人影与云影的泯然无间,最能传投影之神。投影之所以会比现实美丽,是因为它不仅柔化了事物本来的线条,而且泯灭了事物彼此间的距离,使之统统被"描"到一个平面上。下片写他在溪边的高歌和寂寞。起言"高歌",是因为这景色太清美了,他忍不住要在此放声歌唱。而"谁和余"一问,则表明了他还向往有人追和。这是向往政治知音的象征化表达。那么有没有相和者呢? 有的,空谷里传来了阵阵清音。这清音,不是鬼所发出的,也不是仙人所发出的,而是那一曲桃花水流动时的淙淙声。空谷无人,唯流水知音。作者就这样,通过写溪水的清音相和,传达出政治上缺少知音的深深失意和寂寞。

这里的云影天光,溪水桃花,无比明媚,无比自在,它们衬托出词人的无限寂寞——无处可消、无处可告的屈原式的寂寞。

鹧鸪天

黄沙道中即事①

句里春风正剪裁②,溪山一片画图开。轻鸥自趁虚船去,荒犬还迎野妇回。　　松共竹,翠成堆。要擎残雪斗疏梅。乱鸦毕竟无才思,时把琼瑶蹴下来③。

[注释]

①闲居带湖之作。黄沙:黄沙岭。稼轩在黄沙岭上建有书房。
②此言正待把春风"剪裁"入诗。
③无才思:没有才情。琼瑶:美玉。此喻白雪。蹴:踢。

[点评]

这首春景词,显出清新玲珑的风采。

首韵欲扬先抑,采用反衬法,写自己正在搜索枯肠,意欲把春风初起的感觉写入诗词而不可得,突然间,眼前出现了一片溪山,清新得如刚打开的溪山画图。这就总摄全篇之魂,且为下文的写溪山之美做好了准备。"轻鸥"以下,一句一景,以抓摄的办法把眼前风景的动态特征,都展示了出来。鸥逐空船,犬迎野妇,同为动态画面,而一者自在,一者温馨。一"去"一"回",景物在变化中相互补足,显示出画面所需要的稳定性。另外,这两句,对仗精工,选词讲究,能够体现作者超然物外的人生意趣。过片转动为静,写松竹戴雪、疏梅自放的初春特有景象,写得颇有情韵。松竹梅本是所谓"岁寒三友",它们经常出现在同一处,或被诗人安排在同一画面中,梅得竹映,气息愈清,精神愈秀,姿态愈美。此处作者却别出心裁,以被雪水洗得青翠欲滴但是无花的松竹,来与开放得正香的梅枝竞美。作者以一"斗"字,写出了不服气的松竹联手举起残雪来与梅枝斗美的情态,赋予自然界以人的憨稚情韵。这三句,把松竹的气概和情趣写到了极处。结韵则以一个可爱的细节作为反压,以乱鸦踩落松竹上雪的煞风景没诗情——乱鸦的煞风景并不能取消这风景本身的诗情,来隐示松竹梅这场"较量"的"胜败",从而把作者对它们这场"较量"的态度,不着痕迹地一现。收得若漫不经心,随意点染,但风景如生,诗情宛然。

沁园春

灵山齐庵赋。时筑偃湖未成^①

叠嶂西驰,万马回旋,众山欲东。正惊湍直下,跳珠倒溅;小桥横截,缺月初弓^②。老合投闲,天教多事,检校长身十万松^③。吾庐小,在龙蛇影外,风雨声中^④。　　争先见面重重。看爽气朝来三数峰^⑤。似谢家子弟,衣冠磊落;相如庭户,车骑雍容^⑥。我觉其间,雄深雅健,如对文章太史公^⑦。新堤路,问偃湖何日,烟水濛濛?

[注释]

①约作于庆元二年(1196),时稼轩罢居瓢泉。灵山:在江西上饶境内。齐庵:在灵山,或指词中的"吾庐"。

②缺月初弓:言横截溪涧的小桥如一弯上弦月。

③合:应该。投闲:指离开官场,过闲散生活。检校:巡查、管理。长身:高大。

④龙蛇影:松树影。风雨声:借言松涛。

⑤爽气朝来:谓朝来群峰送爽,沁人心脾。语出《世说新语·简傲》。

⑥"似谢家"两句:谢家是东晋望族,子弟衣饰讲究,仪容俊伟,落落大方。此借言山峰挺秀轩昂。"相如"两句:《史记·司马相如列传》载,司马相如到四川临邛,"从车骑,雍容闲雅甚都"。此借以形容山峰的巍峨壮观。

⑦雄深雅健:本为韩愈评论柳宗元文风似司马迁的措辞,指雄放、深邃、高雅、刚健的风格。太史公:即司马迁,西汉著名的史学家和文学家,曾任太史令,著有《史记》等。

[点评]

　　这是稼轩最为精彩的山水词之一。全词艺术手法丰富,措意新颖,使此词显得精彩焕发,大笔振迅,足见作者"词中之龙"的不凡器识。

　　词的上片,由远及近,由大到小,层层铺叙出灵山及齐庵的雄奇景色,并在其中打入一位观景者的心理活动。这使自然景观带上词人观物的主观性色彩,并且赋活了景物。起韵写总观、远观所见,恍若破空而来,把重叠绵延的山峰,比喻成万马正作西驰之势,却被生生勒住,故而最终回旋向东。这是用比喻和拟物手法,将群山写得气势飞腾,化静为动。在节奏上,这里由"西驰"到"回旋"再到"欲东",一纵一勒又一放,以拦腰控勒,更显示了强劲奔腾之势。接韵又以一"正"字领起,由山外直入山内,从细处赋写灵山景象:以珍珠散乱比喻飞流倒溅,以动喻动,美在灵巧而活泼;以如弓新月比喻山涧小桥横跨风姿,以静喻静,美在玲珑幽雅。"老合"一韵,随笔一点,将自己投闲置散的苦闷和英雄豪杰的本色,借着"检校长身十万松"的意象表达了出来。在隐隐透出渴望检校雄兵意念的同时,也隐隐透出不得如此而投老空山的郁闷。上片末韵,转回写景,将自己那在松海边上的"吾庐"即题目上的"齐庵"点出,并通过对"吾庐"所在场景的渲染,映带出群山和松海的雄伟壮观。值得注意的是,这里写松而避开上韵的明写,以比喻的手法,通过写晴天丽日下状若龙蛇的松影和风雨乍起时势若海涛的松声,化实为虚,尽显松之声色气势。

　　过片先将山拟人化,说一座座山气爽朗的青峰,在早晨争着从云雾里钻出来与词人"见面"。显示出不为人世所喜的词人,被此处爽气的山峰所看重的情景。同时此句不仅暗接上片,也启下文意路:因为这群山如人一般来争着与他见面，所以可用"人"来形容之。但是形易画，神难描。对于抽象的感觉，一般人只知道以形象的东西来表现，而作者的高明之处，却在以抽象表现抽象，因而显得思维活跃、思想开阔而又能使人易感：山的清新挺秀风姿，就像衣冠潇洒、风度翩翩的谢安家族的优雅子弟们一样；山的雄奇巍峨之姿，就像司马相如乘着那雍容华丽的车骑一样，显得从容优雅，气度不凡。而群山起伏、高下不平的总体状貌，则令人想起司马迁《史记》那"雄深雅健"的文风。在此，作者把他对群山如对高人妙士、如对至文圣手的感觉，很神奇地传达了出来。凭此，他对青山之神的把握和传达，体现了物我同一的最高审美境界。词的结韵，作者以一个问句将他对刚筑好堤坝的山中偃湖蓄满水的期待，表达得空灵、幽邃，引人遐想：灵山有湖水时的更其美妙景观，可谓余味悠长。

全词写山水，以动写静，显得生气勃勃，整体意境也显得戛戛独造。想象、拟人、借代、通感等手法的运用，使这一风格上尽显雄深气象的词作，富有趣味、灵感和修辞上的优美。另外，在抒情上，他采用涉笔成趣的点击法，含而不露地抒情，既不使失意牢骚之情溢出词面，又使山水风景捎带表达出这一投闲英雄的苦闷，可谓巧妙得体，意味深长。

粉蝶儿

和赵晋臣敷文赋落花[①]

昨日春如、十三女儿学绣，一枝枝、不教花瘦。甚无情，便下得，雨僝风僽。向园林、铺作地衣红绉[②]。　　而今春、似轻薄荡子难久。记前时、送春归后。把春波，都酿作，一江醇酎[③]。约清愁、杨柳岸边相候。

[注释]

①约作于庆元六年(1200)。赵晋臣:参见《归朝欢·我笑共工缘底怒》注①。
②甚:真。雨僝风僽:风雨狂暴。僝僽:折磨。地衣:地毯。
③醇酎:浓酒。

[点评]

这是作者婉约词的代表作之一。在辛弃疾描写春光的众多词章中,它别具一格,有散曲风味。词通篇采用比喻和拟人手法,运用丰富的想象,抒写惋惜春光流逝的心情。一气贯注而又细腻缠绵,形象生动而兼秾丽明媚。显得浪漫天真,新奇隽永,呈现出活泼泼的情味。

上片叹息大好春光无端被风雨断送。起二句写"昨日"春景,作者把它比作天真伶俐的少女学习绣花,这就显示出昨日春光姹紫嫣红的繁盛美;另外,小女子绣花这个意象本身,就含有一种天真稚拙的青春美,更显示出春光烂漫时的盎然生机。接韵突然一转,写出狂风暴雨对鲜艳繁茂的春花的无情摧残。"甚无情"三字,是责备老天,也是责备风雨,把他的痛心和不满完全表露。因为那恍如小女儿手中绣出的春花,如今已经被风雨摧残得飘零满地,把园林铺成了皱纹层层的红色"地毯"了。一个"皱"字,把不停飘零因而落红层层的花事阑珊景象写得美艳而衰飒,显示出作者心中缠绵悱恻的惜花心情。

下片写今日春去难留的愁绪,直透伤春之情。过片接上片末句的余意,把今日阑珊春光比喻成一个招人爱恨的"轻薄荡子"。虽然措语粗俗,但是情味俱足。春光如荡子,则自然难以久留,而它对于作者的深情也自然无所谓;然而作者如那单方痴情的女子,依旧对这不堪挽留的春光有爱、有情——作者对于残春这种爱恨交织的感觉,如果遗貌取神,可谓非"轻薄荡子"的比喻难以准确传递。想到"而今春"的"轻薄荡子"之态,作者遂不能消除春天将要归去的忧伤和敏感了。心中包含浓愁的他,只得转而调动"前时"即去年送春归时的经验,来为今年将到的送春作"心理准备":记得去年送春归去时,自己的愁情足够把春江酿成一江醇酒的。今年看样子也逃脱不了,还是提前约好那因春归而起的"清愁",让它在杨柳岸边等着我来与它痛饮,为它解闷吧! 这最后几句,由现在翻回过去,又由过去折回现在。那满满一江"酒",正是表明了他今年如去年一样,愁如春江,浩渺悠长。这三句,造境则清丽空灵,摇荡生姿;写情则缠绵悱恻,豪放遒劲。

一剪梅

中秋无月

忆对中秋丹桂丛。花在杯中,月在杯中。今宵楼上一樽同。云湿纱窗,雨湿纱窗。　　浑欲乘风问化工^①。路也难通,信也难通。满堂惟有烛花红。杯且从容,歌且从容。

[注释]

①化工:自然的创造力。此指"天公"。

[点评]

词写中秋待月不至的失望。上片并不直接写今年中秋无月的遗憾,而先提起过去的美好回忆,以作为现实景况的对比。开头三句,以明丽的笔调,回忆起中秋有月的美好时光。他以简洁的勾勒,写出花影在杯中摇曳、月波在杯中荡漾的良辰美景。不著一字写月色的皎洁,而月色的皎洁如可触摸;不用一语写自己的快乐,而他的快乐如可呼吸。接着提起今夜,举杯赏月的心情未变,可是风景却全然不同了,唯见浓云遮窗,唯见冷雨敲窗。窗子这个抒情的道具,被他用得十分妥帖:以前见花影月波,不要说是在窗外,视界和心情都很开朗,而今云横雨暗,只好闷处于窗内,心情如何呢? 这就启开了下片抒情的门户。

下片情意由上片末韵暗逗而来,写得激情喷涌。他先是直想乘风而上,去质问造物主为什么让今年中秋云雨阻月。然而天路难通,甚至连向天公投信申诉其情也是妄想。这里,两个"也"字,步步紧逼,把词人逼到了无计可施的地步。

一次激情的勃发就这样成为失败的叹息,不得已的他只得转过头来,看着满堂的烛花红光,告诉自己,且消停在这样的歌酒中。这里的两个"且"字,也有不得不如此,姑且就如此的遣怀之意。

中秋无月这样一个常见的题目,在词人笔下,显示出巨大的感情张力,使人联想到词外余意,感觉到其隐居时期的郁闷情怀。

好事近

春日郊游

春动酒旗风,野店芳醪留客①。系马水边幽寺,有梨花如雪。

山僧欲看醉魂醒,茗碗泛香白②。微记翠苔归路,袅一鞭春色。

[注释]

①芳醪:美酒。
②"山僧"两句:山僧献茶,欲为他解酒。茗碗:茶杯。

[点评]

这首游春词,如一幅单纯的艺术小品。虽无多少深致,却以其精美的炼字、炼句,和幽美迷人的意境令人心醉。

作者并不事事写足,而只是择取几个最精彩的镜头:在酒旗招展的野店中痛饮美酒,醉后行至梨花如雪的野寺中快饮香茶,在微醒之际踏翠归来,马鞭起处,似划破无边的春色。这就把春日郊野的幽美、词人出游的快意写足了。

在用字上,词人精心挑选、锤炼一些韵味丰美的字眼,如野店、芳醪、幽寺、醉魂、香白、袅等,显示出他本不乏精巧细致的审美品位。在炼句上,他特别造出一种结构奇而拗的句子,在表面上的"不通"之下,引诱人细细地体味这生新的句子的奇特魅力,如"春动酒旗风""芳醪留客""袅一鞭春色"。本词还善于利用补白。比如他写游春,只写回来踏碧苔,而不写出去怎样;第一句已到酒店,第三句才写到是乘马出游。又比如他写饮酒,第一韵即写饮酒,到下片才借山僧的眼睛看到他酣醉的情态。这种四面勾连的巧妙补笔,使结构更紧密,词作显得精巧玲珑,确是小品作法。

情爱心歌

手拈黄花无意绪

念奴娇

书东流村壁①

野棠花落②,又匆匆过了,清明时节。划地东风欺客梦,一夜云屏寒怯③。曲岸持觞,垂杨系马,此地曾轻别④。楼空人去,旧游飞燕能说⑤。　　闻道绮陌东头,行人曾见,帘底纤纤月⑥。旧恨春江流不断,新恨云山千叠。料得明朝,樽前重见,镜里花难折。也应惊问,近来多少华发?

[注释]

①作于淳熙五年(1178)春应召赴京途中。东流:旧县名,在今安徽南部,地处长江边。稼轩由江西发舟,顺流而下,至此停泊。

②野棠:野生海棠,二月开白色小花。

③划地:平白无故地。此宋元人口语。欺客梦:犹言使客人难以入眠。寒怯:怕冷。

④此言当年曾与伊人在此分别,系马饯行情景犹在眼前。

⑤此化用苏轼《永遇乐·彭城夜宿燕子楼,梦盼盼》词意:"燕子楼空,佳人何在?空锁楼中燕。"

⑥绮陌:繁华街市。纤纤月:喻美人足。

[点评]

念旧怀人,这是婉约派词人的拿手题目,周(邦彦)情柳(永)思,秦(观)晏(几道)风流,芬芳缠绵,令人挹之无尽。而作为豪放派营垒里的辛弃疾,他的这首访旧怀人词，其缠绵婉曲之至，也绝不在上述诸人之下。

词的起句，先点明时间和节令特征，并惊叹时光流逝。"又匆匆"三字，为加一倍抒情法，表明这样的时光之感非只是今天所有。接着写春风寒冷，无缘无故地使他睡不着。这些都是怀人之情的题前铺垫。同时，"客梦"一句，又对下文内容形成暗逗。以下回忆，即是由"客梦"带出。写往日情事，他不写聚、写乐，而只写散、写别。写离别的镜头，既不乏秦、柳的缠绵，又比秦、柳诸人温雅含蓄。末句折回，写访旧而生的空寂之感。楼上飞燕说旧事，传达出了他的无比怅惘之情。

这样的描写，似乎已经将情事写尽了。下片另辟蹊径，以"闻道"开头，"人见"补充，化虚为实，将思念中伊人的形象复现于笔端。"帘底纤纤月"一句，虽只是唯一一句写伊人形象的语言，却绮艳之极，极富表现力，且空白很大，引人遐思。以下重笔抒情，就有了很成功的基础。"旧恨"言当时离别之恨，"新恨"谓今日思念之恨，而以"春江流不断""云山千叠"来形容之，妙在得于眼前所见，十分自然，且又各与当时情境贴切：当年自己放船远去时，别情依依，如长流的江水；此日人分两处，不可得见时，又堪恨阻隔如云山一样，不可超越。这两句形容，力量显得奇重，其中应该还包含着其他的幽恨。联系他此番不得不辞别像章故人赴行都的写作背景，其中可能包蕴着身世之感，特别是包含着壮志难酬的幽恨。这是即兴寄托的妙笔。"料得"以下，于无可生发处再作推进，想象万一将来重相见于宴席之前的情形。"镜里花难折"，写尽情长缘短、对面难堪的幽恨。写情至乎此，可谓无以复加，因为他写到了人人心中所能感、而人人口中所难言的境界。最后借虚想中的佳人之口，为自己壮志难酬、白发早生而重加感慨。这样的曲折感慨，比起由自己直说，显得更含蓄有味。一个"惊"字，写透了不该如此却不得不如此的苍凉悲愤。

这首词，在缠绵悱恻的儿女恋情中，隐隐散发出勃郁悲愤之气，应是词人个人气质的自然渗透。

蝶恋花

和赵景明知县韵①

老去怕寻少年伴，画栋珠帘，风月无人管。公子看花朱碧乱②，新词搅断相思怨。　　凉夜愁肠千百转，一雁西风，锦字何时遣③？毕竟啼鸟才思短，唤回晓梦天涯远④。

[注释]

①疑作于淳熙八年(1181)。赵景明：见《水调歌头·官事未易了》注释①。

②朱碧乱：武则天《如意娘》："看朱成碧思纷纷，憔悴支离为忆君。"

③锦字两句：古人有雁足传书的说法，故见雁而思锦字书即书信。

④唐代金昌绪《闺怨》："打起黄莺儿，莫教枝上啼。啼时惊妾梦，不得到辽西。"

[点评]

本词不仅和人之韵，而且代人表达相思之情。

起韵先放开一笔，写自己不再寻找年轻女性的爱情，不再关心画栋珠帘里的风月之情。这是一句反衬，可以加深人们对于下文所写的相思怨的印象。接韵借用武则天表现相思情痴迷的诗句，来表现公子看花对景时高浓度的相思愁。他对一位女子的相思，使他的新词成了令人肠断的离愁别怨的表达。这里的"看花"，一语双关，它同时还表达公子对于所爱女子的欣赏与沉醉。而"朱碧乱""搅断"诸语，则是抒情重笔，表明公子的相思之深。

下片转写女方的相思苦。"愁肠千百转"极写离情之多，西风独雁两句，则化用李清照《一剪梅》词意，表明她夜来为孤独感所苦，辗转难眠，盼望对方的锦书早来。"何时遣"有责怪之意，其实是深深爱情的表达。结韵借用唐人诗意，说她好容易入眠,好容易梦见远行的爱人,却不料被啼鸟吵醒。词人的体恤之意,全在对于啼鸟"才思短"的责备中。

本词结构紧凑,层次清楚,运用反衬和对面写来的手法,写透了多情男女的一段相思情。顺便一提,词中的公子,即指赵景明。

鹧鸪天

东阳道中

扑面征尘去路遥,香篝渐觉水沉销①。山无重数周遭碧,花不知名分外娇②。　　人历历,马萧萧,旌旗又过小红桥③。愁边剩有相思句,摇断吟鞭碧玉梢④。

[注释]

①征尘:征途上扬起的尘土。香篝:一种燃香料的笼子。水沉:即沉香,一种名贵香料。销:消退。

②周遭:一层层。

③历历:分明貌。萧萧:马鸣声。

④剩有:尽有。碧玉梢:可解释为梢头装饰着碧玉(的马鞭),也可解释为色如碧玉的杨柳鞭。

[点评]

这首相思词,写离开爱人的男子在旅途上的相思。首韵传写出旅人的征途劳苦之状和相思惆怅之情。扑面征尘污染了衣服,水沉香熏染在衣服上的香气也渐渐消减。"香篝"一句,即"渐觉香篝水沉销"的倒装。这样的表达,显示出他对于外出行役的不适应感受。接韵目光由自我注意转而向外凝视。在无意识的观望中,那隔断自己望眼的重重叠叠的青山和不知名的娇艳山花,都变得愈加触目。心中难以诉说的惆怅,从对于风景的无意识凝视中曲曲透出。上片不直写离情而离情浓郁可掬。

下片写行人将相思离愁化为创作材料的自我排遣。换头写在人马杂沓之中,离家越来越远。"小红桥"应该是路途中的一个离家较远的标志,故而行人对此而生感慨。结韵点出在全词中一直隐而不出的相思愁闷,也展现了行人为排解这愁闷而赋诗吟词的投入劲头:他骑在马背上专注地摇动马鞭吟句赋愁,竟把马鞭都摇断了。摇鞭的细节,活画出了行人的俊雅风流,也画出了他情不自禁的痴情相,极为富有表现力。

临江仙①

金谷无烟宫树绿,嫩寒生怕春风②。博山微透暖薰笼③。小楼春色里,幽梦雨声中。　　别浦鲤鱼何日到?锦书封恨重重④。海棠花下去年逢。也应随分瘦,忍泪觅残红⑤。

[注释]

①作年莫考。
②金谷:金谷园,晋代石崇所造私家园林。此处借指女子所居庭园。嫩寒:微寒。
③博山:博山炉,香炉的一种。薰笼:薰香衣服的笼子。
④别浦:偏远的河道。鲤鱼:代指书信。锦书:书信的美称。
⑤随分:照例。

[点评]

这是一首抒情细腻的爱情词。抒情妙在含蓄朦胧。

上片就女子这一面来写，纯是渲染意境，以景言情。首以"金谷无烟"出之，表明这是寒食、清明间间。"金谷"一词，令人想起高门大户人家的庭园，里面住着美慧多情的女子。"宫树绿"一语，加深了景物朦胧暗碧的效果，起一种伤感的感情引诱作用，这与女子的脆弱多情的伤春感情正相融。所以，起笔虽然没有直接写人、写情，却通过用典和造境，在这两方面作了暗示。"嫩寒"一句，突出春寒侧侧，显示出女主人公生理和心理的不适。"博山"一句，转入楼内，渲染出女子居处的温馨气氛，并为她创造出一个典型的怀人环境。"小楼"一韵，把她的思念之情借幽梦传写，比正写更雅致也更有深致——连梦中都不能免除思念，醒时的情状就不用多说了。"小楼"这两句含蓄蕴藉的情蕴，以及对仗的工致，足以与晏几道的抒情名句"落花人独立，微雨燕双飞"媲美。"幽梦"一句，写情尤其多致。整个上片，就是由孤寂的小楼、嫩寒、微香、雨声和含烟幽暗的绿色共同营造出的女子怀人的精致境界。而它在传情上所起到的效果，也可谓"不著一字，尽得风流"了。

下片转至男子这一面来写。实际上，上片的意境全是关念中的男子想象的产物。所以一上来，他就急不可耐地问讯道，我那寄给她的情书，什么时候才能让她收到？其中封进了我多少离别的愁恨啊！以下突然转进一个回忆的镜头"海棠花下去年逢"，这是唯一一句显示两人间情事经历的句子，写得温馨香软，足见男子对初次相遇的记忆之深切美好，甚至连他写到的那海棠，似乎也都成了伊人风采的暗示。最后结为十分细节化的猜测，猜测她的必然消瘦，想象她在觅残红——这是男性作者所造的女子伤时伤别之情的经典意象。这样的猜测，无疑显示出男子对伊人的极度钟情。

对于此词，陈廷焯评论道："婉雅芊丽。稼轩也能为此种笔路，真令人心折。"这充分体现出稼轩能刚能柔、手段奇幻的特色。

满江红

敲碎离愁,纱窗外、风摇翠竹。人去后、吹箫声断①,倚楼人独。
满眼不堪三月暮,举头已觉千山绿。但试把、一纸寄来书,从头读。

相思字,空盈幅;相思意,何时足?滴罗襟点点,泪珠盈掬②。
芳草不迷行客路,垂杨只碍离人目。最苦是、立尽月黄昏,栏杆曲。

[注释]

①吹箫:用萧史弄玉故事。相传萧史善于吹箫,秦穆公把女儿弄玉嫁给他,并为
他筑了凤台。后萧史吹箫引来凤鸟,于是和弄玉一起,乘凤升天而成了仙。参见
《列仙传》。
②盈掬:满把。极言泪珠之多。

[点评]

这是一首夏日闺中怀人词,全篇纯以赋法抒情,足见感情真实的力量。

词以“敲碎离愁”凌空而起,不作铺垫,比一般的婉约词抒情节奏快捷。“离
愁”可以被“敲碎”,也见出炼意新警。是什么把离愁敲碎了?是纱窗外的翠竹
被风摇动而发出的声音。接韵写她产生离愁的原因,原来是情趣融洽的丈夫离
家,使她孤独无伴造成的。“吹箫”的典故,信手拈来,写出了他们之间情趣的投
缘。一“断”字,一“独”字,则写出了她百无聊赖的眺望,在这无聊中可见到她的
浓郁相思情。三韵接“倚楼人独”而来,写登楼眺望所见。写她还正在为伤春所
苦呢,时光却在飞逝,偶尔举头,已经看见初夏来临了。“举头”一句,既见其惊

讶,也见其伤感。同时,她以"不堪""已觉"来强调韶光的迁逝带给她的忧伤,也是在暗写等待的忧伤。因为只有在空寂孤独的等待中,人才特别易于伤感,不能忍受迁逝之悲。但等待是没有结果的,要想重温"吹箫人"的情意,唯有读他寄来的书信了。从行踪上看,上片由室内到楼上,再回到室内,这与下片中由室内复来到楼上相结合,写出了女主人公心事重重、无处可以排遣的情态。

过片接上片末句情意续写,四个短句繁音促节,如连珠滚下,写她面对"吹箫人"情意绵绵的书信而产生的幽怨。一个"空"字,表明她埋怨对方只有语言却没有行动的情绪。而"相思意,何时足",则表现出她以全部生命来爱恋的深情,难以被信上的"相思字"安慰补偿的幽怨。正因为感到如此的不公平,所以她才流下那么多的泪水。这里的"滴"字,虽是平常语,但是一字千金。它表明合起来有满捧那么多的泪水,不是一下子洒出来的,而是越想越悲、越悲越想,在反复缠绵的长时间内,无声地滴下来的。然而,她终究是一个深于爱、因而不忍深怨对方的女子,她不仅还是要去眺望行人的归路,而且还将她的怨艾转移到芳草和垂杨这些无能为力的物象上,埋怨芳草没有迷了行人的去路,埋怨垂杨挡住了自己望远的视线——仿佛如果它们无"错误",行人也就不出门了,即使出门,她也能看见他归来的身影。这样的传情,真可谓能"曲",传尽了她盼望之极、爱恋之极、也怨艾之极的感情。古人特别喜欢这种表现出怨妇对于游子一往情深的作品,喜欢的就是它"怨而不怒"的蕴藉效果。结句在章法上,遥应开头部分的"倚楼人独",写她孤独地眺望到黄昏月出、陡然惊醒后更不能承受痛苦之感。这里,以"立尽"这个似平实却老辣的措辞,暗示她伫立眺望时间的长久和如痴如呆的神情。

这首缠绵哀感的词,将思妇因爱生怨、爱怨交加的悱恻心态传达了出来,颇有婉约词人的抒情风致。

满江红

暮春

家住江南,又过了、清明寒食。花径里,一番风雨,一番狼藉①。红粉暗随流水去,园林渐觉清阴密。算年年、落尽刺桐花,寒无力②。　　庭院静,空相忆;无说处,闲愁极。怕流莺乳燕,得知消息。尺素如今何处也?彩云依旧无踪迹③。漫教人、羞去上层楼,平芜碧④。

[注释]

①狼藉:形容落花飘零散乱。红粉:指落花。

②刺桐花:一名海桐,早春开花,叶与梧桐相似而枝干带刺。寒无力:春寒渐渐减退。

③尺素:指书信。彩云:五彩行云。喻所思之人行踪不定。

④漫:空。平芜:平坦的草地。

[点评]

　　这是一首十分委婉缠绵的伤春相思词,写一位空闺女子怀念情人而又羞涩难言的情绪状态,逼近婉约派词人秦观的风调。

　　上片写这女子眼中的暮春景象。这样写,不仅为下片抒情做好了铺垫,而且已暗蓄着红颜难久而年华虚度的悲愁。起韵点明时间地点,情韵含藏。如“家住江南”,看来不过点明地点,却能突出这是一位比之塞北女子更娇柔的江南女子的哀怨。如写清明寒食,不过是先叙出抒情的特定时间,为下文写景着力,却以一个"又"字传神，表明不止一次独自度过暮春的寂寞和哀怨，使往年暮春的心情被其调动起来。以下一气贯注，铺写残春凋零景象，也于景中含情。"一番……一番……"的句式，是抒情重笔，表明经过许多次风雨之后，如今的花径里已经狼藉不堪了。"红粉"两句，接前风雨而来，实描花落水流红的残春景象和绿意渐浓、园林寂寞的风光。其中的一"暗"字，一"渐"字，如钝刀割肉，拉长了感觉的时间，令人想见她饱受煎熬的时间之长。这两句，除了写出时光的流转之外，在古典诗词的传统语境里，还有一定的象征意味，象征着青春美貌的流失。特别是作者用"红粉"一词时，花落所隐含的美人衰老无华的意思更明显。以下用"算"字总束暮春风光。残春景象在他有点有面的描写中，被收拾无遗，而这位江南女子的伤春之情，也已经从中沁出。

下片专写她的孤寂和苦闷、羞涩和矜持，把一个含羞含情的年轻女子的相思情愫，刻画得体贴入微。换头一"静"字，承上启下，既指芳菲凋零之后的寂静，也写情人不在的孤寂。因为难以忍受这过度的"静"，所以她"相忆"远方的游子，可是在"相忆"之始，她已感觉"相忆"的徒劳——"空"字是明证。以下写"相忆"之情不仅"空"，而且"无说处"，这就加倍传写了她的苦闷和幽怨，难怪她要感到"闲愁极"呢！以下就"无说处"转写自己的羞涩和矜持。这满怀的闲愁，只能深藏在心中，不仅不能对伊人说、对别人说，而且还生怕流莺乳燕知道。由是她只好自己隐忍着，在情感的苦汁里泡得透湿。"尺素"以下，由眼前所感苦境，转入对于游子的痴情等待中去。言其既得不到伊人的一封信，也不知道伊人如今身在何方。以"彩云"这一美好的称谓指称对方，表明了她的痴迷未减，以"依旧"来暗怨游子的薄幸，一直未告诉她自己的行踪。这一痴一怨，与前文相忆而无说处一样，表明她的内心充满着惶惑和矛盾，欲爱不得，欲罢不能。结韵所传达的感情也充满了矛盾：她羞上层楼，怕见平芜，却又情不自禁，登楼远望。作者写女子的相思，运笔如此细腻宛转，确能勾魂摄魄。

对于这样一首从女性那一面写来的闺中念远词，因为读解到这一层次不能窥见抒情主体的精神风貌，所以人们往往试图给它"最终的解释"，即把它与作者自身的情感状态联系起来，因而得出它是一首政治寄托词的结论。如以春意衰败寄托时局衰微之意；以盼望游子音讯，寄托盼望北伐消息之意；以怕流莺乳燕，寄托忧谗畏讥之心。也就是说，词中这位寂寞的江南女子，是作者对于自己的政治形象的审美化和柔化创造。中国诗词既然原有"美人香草"的抒情路子，采取这一角度来解释本词,也就未必不可以成立。只不过要句句扣死,却也未免失于穿凿。倒不如采取"有寄托入,无寄托出"的认知态度,更为合理。

鹧鸪天

代人赋[①]

晚日寒鸦一片愁,柳塘新绿却温柔。若教眼底无离恨,不信人间有白头。　　肠已断,泪难收。相思重上小红楼。情知已被云遮断,频倚栏杆不自由[②]。

[注释]

①此闲居带湖之作。

②不自由:不由自主。

[点评]

本词是一首从对面写来的伤离怨别词。

起韵因情载景,写女主人公远眺伤情的状态。"晚日寒鸦"的景象,适足以增添她内心的哀愁。而她之所以注意到这一景象,又是来源于其心理上的需要。二者之间,回环交流,重增悲致。"柳塘新绿"一句,写景清新,而景中含怨。"却温柔"的"却"字,下得有趣。它既写出春水方生、柳色回黄的温柔可爱,又以无灵的自然尚能"温柔"对待自己,来反怨恋人的不如柳色、不如春水,不够温柔。接韵点明离恨,语意重拙。这样的语言,表面上并不"漂亮"——如果认"漂亮"为诗意的一种,显然它也没什么看得见的诗意,但咀嚼之后,可知这是至情之文。它以"若教"的虚拟,和"不信"的强调,写出了白头全是因为离恨太深所致。这就通过普遍性的概括,将自己不能承载的太多离恨勾勒了出来。"白头"一语,下得痛彻,因为她是一个更敏感于美的衰亡的女性抒情主人公。

　　下片正面敷写她的相思之貌。过片先表明自己明知不能再承受悲伤、却忍不住相思之泪的极度痛苦,再接以"上小红楼"的相思远眺画面。这一句里的动作,可以说是才始发生的,也可以说是在全词一开始就发生了的,在此处点出,是对全词意境的一个补足。一个"重"字,将她多次上红楼登眺的过去也一并托出。这就形成一种语境上的暗示:她这一次泪水涟涟地登楼眺望游子归来,也只不过是如以往一样劳而无功的举动而已。结韵承接着这一句的隐藏意义而来,显得十分沉痛,十分无奈,把一个为情所困、无计可施的伤心人的痛苦写到了极处。她说自己并非不知道登眺的无益,并非不知道情人已经远在浮云之外,他们之间已经隔着重重云山,却控制不了自己一再倚栏眺望的念头。这里的"情知"与"不自由"之间形成的反跌式顿挫,把迷恋中人的心理状态揭示得十分透彻。作者竟然会有这样深挚的心理体验,并且能用笔墨,把这几乎不可言说的情感言说出来——他的心是怎样的晶莹剔透,能洞见常人的感情幽微处!

田园风情

稻花香里说丰年

鹊桥仙

己酉山行书所见^①

松冈避暑,茅檐避雨,闲去闲来几度。醉扶怪石看飞泉^②,又却是、前回醒处。 东家娶妇^③,西家归女,灯火门前笑语。酿成千顷稻花香,夜夜费、一天风露。

[注释]

①作于淳熙十六年(1189)夏,时稼轩闲居带湖。

②怪石飞泉:殆指博山雨岩景象。

③归女:嫁女儿。古时女子出嫁称"于归"。

[点评]

词上片重在写自己的山行感受,在闲暇中怀有一份孤寂。开头连用"避"字和"闲"字,并用"来""去"将它们贯穿,就在重复的行为中,写出一种闲暇意趣。"几度"一词,加强了闲暇的效果。"醉扶"两句,写得颇有趣味,把一个沉醉者从醉中初醒的憨态,表现了出来。前回在此处酒醒,此回还是在此处酒醒,飞泉的震耳醒目之势,不著一字而声态毕现。而扶怪石看飞泉的动作,也在表明,此时他的伴侣唯有酒与山水。这就在涉笔成趣的写景中,透现出作者的孤独。表面上的欢乐和事实上的沉寂之间,形成对照,使读者的笑中含泪——山水虽然可以怡情,而像作者这样的人,岂可以只凭山水来悦志?

下片先后描画了两处风景。先是小小山村男婚女嫁的热闹景象。在"灯火门前笑语"的热闹中透出乡情的淳朴和温馨,这是使在黑暗中观望的作者受到深深吸引的原因。接着他又从人家门前的灯火,转而注目于造成这种生活的乡野背景。他看见了千顷稻花，闻到了它那自然的气味。他喜欢这样的气味，于是以"香"字为它命名。他因这稻花香而感觉到丰年的临近，也感觉到在风调雨顺中，大自然的勤勉和善意。这里，前后两种风景相互映衬，表现出村野的稳定、温馨和由此而生的足以令人忘怀自己的吸引力。无论是"灯火门前笑语"的嫁娶行为，还是在静夜里散发香气的千亩稻田，都是人在其间活动的结果，这与上片中的怪石飞泉这一纯自然的美一起，构成了田园之美的全息图画。作者对于田园的欣喜，也就从他所构造的这幅自然——人的活动图景中体现了出来。并且他最终因为淳朴的乡野之人的活动，而遗忘了自己独自面对自然时的孤寂。

清平乐

村居①

茅檐低小，溪上青青草。醉里吴音相媚好，白发谁家翁媪②？

大儿锄豆溪东，中儿正织鸡笼。最喜小儿无赖，溪头卧剥莲蓬③。

[注释]

①闲居带湖之作。

②吴音：吴地口音。信州旧属吴地，故称吴音。相媚好：一指相互取悦逗乐，一指吴音柔美悦耳。翁媪：老翁，老妇。

③无赖：原意无聊，此指顽皮。

[点评]

轻笔淡墨，宛然一幅农家生活素描，令人赏心悦目。

首韵先推出一座茅屋,它又低矮又仄小,十分简陋,但坐落在草色青青的溪头,却显得颇清幽。微醺的词人信步走来,就发现了它。接着他忽然听到从中传出一些悦耳动听的软媚的吴音,并且好像在相互逗乐,于是忍不住伸头朝里一望,这才发现,原来操这么软媚的吴音在相互逗乐的,不是年轻的夫妻,而是一对头发已白的老公公、老婆婆。上片从"相媚好"的声音到白发翁媪的形象的跌出,颇有出人意料的喜剧效果。下片正面入笔,看似平平叙写了他们家三个男孩儿的活动:大孩儿在溪东头的地里为豆子锄草;二孩儿在家门边的空地上编织着养鸡的竹笼子,最小的那个呢? 也被他找着了,他正躺在溪边上剥莲蓬子吃着玩儿呢。在叙写小儿的活动时,作者连用了两个词"最喜""无赖",表明他在无忧无虑的儿童身上感受到的天真童趣,和他作为一个成年人回看这种童年生活时的羡慕和喜爱。

全词妙在信手偶得,全是词人醉里信步的耳闻目睹,没有什么预先的安排和酝酿。在手法上,可谓无法而有法:信手得来,是无法。上片由观屋而闻声,由闻声而见人,越推越近,秩序不乱;下片三个孩子疏疏安排,意态闲闲,而在"小儿"一段则感情毕见,于是浓淡相宜。此词虽是小品,但如同齐白石之画虾,也能见大家风范。

西江月

夜行黄沙道中①

明月别枝惊鹊②,清风半夜鸣蝉。稻花香里说丰年,听取蛙声一片。　　七八个星天外,两三点雨山前。旧时茅店社林边③,路转溪桥忽见。

[注释]

①闲居带湖之作。

②别枝:远伸的树枝。

③社林:土地庙旁的小树林。

[点评]

　　本词是作者农村词中的代表作品之一。它描写江西农村夏夜的风景变化和观景者的情绪,意境幽邃,构思灵妙,深具艺术魅力。

　　上片写山野静景,用墨丰润饱满,暗示出作者安闲自适的心情。作者欲写乡野之夜那深邃的安静,却以局部的声响来表现之。首韵写在太过明亮的月光下,远枝上无浓荫遮覆的鹊鸟睡不安稳的样子和清风吹拂中半夜里的蝉鸣。这都是为了突出自己夜归时的闲适。明月清风,蝉鸣鹊噪,无不是行人的消闲物。接韵作者由蛙声喧闹如鼓,知道了稻田的水分充足,感到了丰年的临近,并且这种感受又被稻花香味所证实。此处借蛙鸣来"说丰年",不仅巧妙,而且得当。因为田里没有水则没有喧闹的蛙鸣,没有水,水稻也就长不好,蛙声——水——水稻的天然联结,使得"蛙声一片"足够资格去"说丰年"。可以想见,当热爱田园的作者听到这片蛙声的时候,心情比在起韵时更为舒畅。

　　下片写山雨欲来前的景象,用墨疏淡灵动,却表明了作者由安闲到急迫的心情变化。他先以一个疏宕的数词对偶句,写夏夜风景的变化。刚才还有亮得让鹊鸟睡不安的明月呢,一转眼,天空只剩下"七八个星"了,紧接着,"两三点雨"落到了身上。这里用笔虽然轻描淡写,但明松暗紧,气氛陡然紧张。深谙江南气候的作者,知道在这多雨的季节,"两三点雨"就是急雨将来的信号,而他正在山前,无处可躲避。他一边在记忆中搜索着避雨所,一边匆忙绕过山前路,转过溪桥,记忆中的"茅店"突然(果然)出现在眼前——他的喜悦、庆幸之情无以言表。这一韵,他以一个倒装句,把"旧时茅店"这个可爱的避雨之处提到溪桥前面,以突出他的关心所在。一个"忽见",以短促的节奏写尽了他的惊喜和欣慰,而全词也依赖一"见"字,点明夜行者本人。这两句,把他夜行遇雨的紧张心情写得十分透足,也把他见到"茅店"的喜悦写足了。

　　把自己这样狼狈的情状写进词中,是对自己的调侃,显示出心情的轻松。在表现手法上,词纯采用赋法写景,有拙稚风味。在构思上,全词通篇明写景,直至篇末"忽见"处,才把其人点出,以之反领全篇,更见韵味。

鹧鸪天

鹅湖归,病起作①

　　着意寻春懒便回,何如信步两三杯? 山才好处行还倦,诗未成时雨早催②。　　携竹杖,更芒鞋,朱朱粉粉野蒿开③。谁家寒食归宁女,笑语柔桑陌上来④?

[注释]

①闲居带湖之作。
②此借用杜甫《丈八沟纳凉遇雨》诗意:"片云头上黑,应是雨催诗。"
③芒鞋:草鞋。野蒿:野草野花。
④寒食:寒食节。归宁:出嫁的闺女回娘家探望父母。

[点评]

　　全词写的是一幅生机盎然的农村风景画。上片写词人病愈出游的情状。他本来是个喜欢寻幽探胜的人,然而由于病,体力不够,不能特意地去寻觅春光,只好随着体力所能,随便走走看看。于是,他开始就为自己的信步而行打气。他说,刻意去寻访春天,因为走不动,到不了目标而回去,还不如像我这样,信步而行,随意喝上两三杯呢。他信步走着,发现了眼前山景的美妙,不想这时已经疲倦,于是随意休憩,构思起春游的诗歌来。这时一阵春雨,淅淅沥沥,仿佛是特意催他诗成的雨信。这样,三、四两句,一"倦"一"催",一伏一起,曲折有致,最终则归于对于信雨的喜悦。

下片则着重写野外风光和人事，而把自己的欣赏暗藏其中。起首两小句，补写自己出游时"竹杖""芒鞋"的装束，以下全是写野外所见的景象。田野上，野花盛开，虽不名贵，但红红白白，如铺锦绣，给田园带来烂漫的春意。这正令喜欢健康之美的词人陶醉着，蓦地又从嫩叶葳蕤的桑间小路上，传来了渐渐走近的农家女儿爽朗的谈笑声。了解农村生活的作者马上想到，这是已经出嫁的女儿们，趁着寒食的空闲回娘家呢。朱朱粉粉的野花和这群无拘无束的女儿，同是这片田野上的花朵，她们是那么相配，那么健康和自然。看着这片风景的词人，内心的安宁和欣喜是无须言喻的。从画面的效果看，最后那群神采飞扬的少妇们的进入，使这一被白描得很淡净的风景陡然鲜亮起来。

此词的主要特点，在于写景不刻意，抒情也不刻意。这种随意点染的特色，就造成了全篇笔意的"淡"，一种饶有余味的"淡"。这正反映了词人心中随缘自适的冲淡之情。

鹧鸪天

代人赋①

陌上柔桑破嫩芽，东邻蚕种已生些②。平冈细草鸣黄犊，斜日寒林点暮鸦。　　山远近，路横斜，青旗沽酒有人家③。城中桃李愁风雨，春在溪头荠菜花。

[注释]

①此闲居带湖之作。

②柔桑：细嫩的桑条。破：冒出。生些：蚕种已有少部分孵化成幼蚕。

③青旗：酒招子。沽酒：卖酒。

[点评]

　　词以一个行路者的眼睛,随意摄取了最能体现出初春乡园气息的风景:柔桑、幼蚕、细草、黄犊、荠菜花等,以之构成一幅江南春日田园风景画卷。这个行人可能是别人,但观察者的眼睛,却是喜爱这片初春风光的作者自己,是他用清新疏淡的笔墨,来营造了全词的意境。上片是远近交错的两张图画。首韵中,由"陌上"那全景式的观望,到对"东邻蚕种"的近距离注目,点画成一张有所关联的图画;接韵中,一"鸣"一"点",取意各别,使江南春图显得神韵悠长,动物的气息、人的气息流布于境中。具体说来,细草黄犊的近景在朴素、安定的景象中透出了春意,寒林暮鸦的远景不仅表明这是个寒意未消的初春光景,还传出行人几分惆怅的情意。游子惆怅,在此句表现得比较集中。

　　如果说上片写景以稳定为主,下片则出之以动荡。换头"山远近,路横斜"的推移,卖酒人家的青旗忽然在山与路的推移中闪出,都在表明这一特点。这一韵,在情感上对上片末句的游子之情,是一个暗接:看到"斜日寒林点暮鸦"的行人,确乎是需要一杯酒来化解他的旅兴了,于是一面酒旗招摇而出。可以想见,他的旅兴与旅愁,都有希望在这乡村酒店得到化解。接韵中,他以好整以暇的眼睛,看到了这首词中最小的景物——溪头荠菜花开得烂漫风光,并想起似愁风雨而未开的"城中桃李",表现出他对朴实无华、不畏风雨、先春而放的荠菜花生命力的赞美。在对比中,那"城中"畏怯风雨而未开的桃李,显然不如这溪头的小小荠菜花儿顽强有活力。作者以这两种花儿作对照,纳入了他对于生活的感悟,这感悟因为表现得含蓄,就为读者留下了再创造的无限空间。自古以来,对此两句的象征意义,人们多方探讨,愈觉妙谛无穷,这使结韵成了本篇中最为警策的词句。

浣溪沙①

父老争言雨水匀,眉头不似去年颦。殷勤谢却甑中尘②。

啼鸟有时能劝客,小桃无赖已撩人③。梨花也作白头新。

[注释]

①约作于庆元六年(1200)。
②谢却:辞却。甑中尘:蒸食用的炊具里积满灰尘。意指久已无米可炊。
③无赖:顽皮可爱,天真烂漫。

[点评]

　　词上片写父老们的喜雨和他的悯农。因无粮可食而长期用不上炊具的父老们,对雨充满了喜爱。这喜爱从他们稍稍松弛的眉头上反映出来,从他们预料有粮可收、因而提前扫却炊具上灰尘的行动上反映出来。一句"争言",把父老们与他的亲近,他在长期的乡村生活中与父老们的感情写了出来。父老向他"争言",是因为他关心他们。他关心他们,还从他记得去年以来父老们眉头紧锁的细事上反映出来。这里笔墨虽少,含意却多,词人由今年写去年,把一年来父老们艰辛万状的生活,以夹带法映照写出,那些长颦的眉头,那些因长期无食可炊而沾满灰尘的炊具,和他们热切盼望饮食而扫甑尘的动作,是多么具体、真实、有表现力的细节!

　　下片写他对于雨后风景的喜爱。在这里,因为雨,一花一鸟无不叫人赏心悦目。小鸟时时啭鸣,如同歌唱着来劝自己饮酒;桃花雨后开放得那么娇俏,宛如不知自己美丽的天真少女,就那么放任而自由地开着,使人情不能自已;至于梨花呢？因为雨水的洗涤，也脱尽浮尘，而变得更白，如同才始开放，如同满头新白的老人头发。这几句，以拟人手法写花鸟，将花鸟写得生机勃勃，色彩欢快，情韵悠然，足见词人对于春雨的由衷欣喜之情和他拿捏自然的真本领。

鹧鸪天①

石壁虚云积渐高，溪声绕屋几周遭②。自从一雨花零落，却爱微风草动摇。　　呼玉友，荐溪毛。殷勤野老苦相邀③。杖藜忽避行人去④，认是翁来却过桥。

[注释]

①闲居瓢泉之作。

②石壁：陡峭的山崖。周遭：遍数。

③玉友：一种米制的白酒。溪毛：一种生于溪涧边的野菜。野老：农村父老。

④杖藜：拄着藜杖的老人。

[点评]

　　词上片写江南暮春风景。暮春的江南，具有雨水充分、气候湿润，因而景致多含有"水气"的特点，起韵就是写这样的景象。这里在石壁上越积越高的云气、绕屋不散、渐渐增强的溪水声，都与瓢泉有水有山的环境特点、山润水明的季节特点极为吻合。作者一边兴致勃勃地走来，一边随意欣赏瓢泉附近农村的石山与溪水，不知名的野外人家，心情愈加舒展。接韵补出这是暮春时节的观望，并且以"一雨花零落"和"微风草动摇"的对仗形成对比，写出春光逝去、夏草初长的季节迁变,表明作者随缘自适、无所不可的自然忘机态度。

　　下片写野老邀客的情事。过片补写自己是接受野老之邀,前来赴小饮的。"玉友""溪毛",全是家常风味,全是乡野气息。就野老那方面来说,所荐不过"玉友""溪毛"这类微薄的饮食,却毫无忸怩惭愧之色,一"呼"一"荐",足见他的淳朴和热情,与"玉友""溪毛"一样,这就是作者所喜欢的乡野本色,也是作者欣然而来赴饮的原因。以下更以"殷勤""苦"字来点明他的淳朴热情,而以"邀"字暗扣作者的赴约。结韵写野老,更是诙谐幽默,妙趣横生:大概是因为在家等得不耐烦了吧,他拄着拐杖,来到门前溪水上的小桥旁,站在桥头盼望作者的到来。又许是他久等而不见作者,只见偶尔来往的行人吧,有几分失望的他,打算下桥回屋去了。这时候,又来了一个"行人"。老眼昏花的他,误以为这还是别人,因为桥窄,于是他匆忙避让,转身而去。而正在转身之际,却忽然把作者认出来了,于是马上过得桥来,热情迎接稼轩翁。这"忽避"和"却过"之间形成的戏剧性转折,以一个抓摄到的镜头,把野老昏花其眼、失望其情和热诚其意的全部心理内容和迎客动作,悉数纳入其中,让人感觉到在这自然的情态中,作者那诙谐、风趣的微笑,于是读者也一起跟着微笑了。

　　这首词最大的艺术特色,是善用补笔。比如三、四两句写季节和雨水,对于一、二句的云气和溪声,就能够补足;过片一韵,对于作者为何前来小饮,也能形成补充交代。这些补笔,使结构显得紧凑、完密,显示了作者巧于剪裁与安排而不见人工痕迹的本领。这些都令这首艺术小品既精巧玲珑,又天趣盎然;既风趣明畅,又含蓄有味。

辛弃疾诗选

元　日

老病忘时节，空斋晓尚眠。儿童唤翁起，今日是新年。

偶　题

逢花眼倦开，见酒手频推。不恨吾年老，恨他将病来。

哭　皭

其　九

中堂与曲室，闻汝啼哭声。汝父与汝母，何处可坐行？

其十一

足音沓沓来，多在雪楼下。尚忆附爷耳，指问壁间画。

其十三

昨宵北窗下，不敢高声语。悲深意颠倒，尚疑惊着汝。

和傅岩叟《梅花》二首

其　二

灵均恨不与同时,欲把幽香赠一枝。堪入《离骚》文字否? 当年何事未相知?

江山庆云桥

其　一

草梢出水已无多,村路弥漫奈雨何。水底有桥桥有月,只今平地起风波。

其　二

断崖老树相撑拄,白水绿畦相灌输。焉得溪南一丘壑,放船画作归来图?

游武夷,作棹歌呈朱晦翁十首(选五)

其　一

一水奔流叠嶂开,溪头千步响如雷。扁舟费尽篙师力,咫尺平澜上不来。

其　三

玉女峰前一棹歌,烟鬟雾髻动清波。游人去后枫林夜,月满空山可奈何。

其　四

见说仙人此避秦,爱随流水一溪云。花开花落无寻处,仿佛吹箫月夜闻。

其　七

巨石亭亭缺啮多,悬知千古也消磨。人间正觅擎天柱,无奈风吹雨打何?

其 九

山中有客帝王师，日日吟诗坐钓矶。费尽烟霞供不足，几时西伯载将归？

鹤鸣亭独饮

小亭独酌兴悠哉，忽有清愁到酒杯。四面青山围欲合，不知愁自那边来。

和任师见寄之韵

其 一

老来功业已蹉跎，买得生涯复不多。十顷荚荷三径菊，醉乡容我住无何。

其 二

昨梦春风花满枝，是花到眼是新诗。如今梦断春无迹，不记题诗付与谁。

偶 题

其 一

人生忧患始于名，且喜无闻过此生。却得少年耽酒力，读书学剑两无成。

其 二

闲花浪蕊不知名，又是一番春草生。病起小园无一事，杖藜看得绿阴成。

偶 作

至性由来禀太和，善人何少恶人多。君看泻水着平地，正作方圆有几何？

送剑与傅岩叟

镆铘三尺照人寒,试与挑灯仔细看。且挂空斋作琴伴,未须携去斩楼兰。

江郎山和韵

三峰一一青如削,卓立千寻不可干。正直相扶无倚傍,撑持天地与人看。

送别湖南部曲

青山匹马万人呼,幕府当年急急符。愧我明珠成薏苡,负君赤手缚于菟。
观书到老眼如镜,论事惊人胆满躯。万里云霄送君去,不妨风雨破吾庐。

题鸣鹤亭

其 一

种竹栽花猝未休,乐天知命且无忧。百年自运非人力,万事从今与鹤谋。
用力何如巧作凑,封侯原自曲如钩。请看鱼鸟飞潜处,更有鸡虫得失不?

其 三

林下萧然一颓翁,斜阳扶杖对西风。功名此去心如水,富贵由来色是空。
便好洗心依佛祖,不妨强笑伴儿童。客来闲说那堪听,且喜新来耳渐聋。

辛弃疾简明年谱

[宋高宗绍兴十年　金熙宗天眷三年]庚申(1140)]　1岁

○五月十一日,稼轩生于山东历城。

○父辛文郁早卒,自幼随祖父辛赞。

○辛赞因累于族众,未随宋室南渡,后仕于金。先后为谯县、开封等地守令。

○次年十一月,宋金"绍兴和议"成,宋向金称臣。十二月,岳飞遇害。

○稼轩少受业于亳州(今安徽亳县)刘瞻(字喦老,号樱宁居士),与党怀英同学。

[宋绍兴二十三年　金海陵王贞元元年]癸酉(1153)]　14岁

○金主完颜亮迁都燕京。

○稼轩领乡举。次年遂有首次燕山之行。

[宋绍兴二十七年　金正隆二年]丁丑(1157)]　18岁

○礼部赴试,始有二次燕山之行。稼轩自谓"大父臣赞尝令臣两随计吏抵燕山,谛观形势。谋未及遂,大父臣赞下世"(《美芹十论》)。辛赞的去世,当在稼轩十八岁至二十一岁间。

[宋绍兴三十一年　金世宗大定元年]辛巳(1161)]　22岁

○夏,金主完颜亮迁京开封。九月,大举南侵。

○稼轩聚众二千,归义军耿京部,为掌书记,劝说耿京归宋,以图大计。

○僧人义端窃印叛逃,稼轩追杀之。

○十月,金辽阳留守完颜雍发动政变,自立为帝,改元大定。

○十一月,采石矶一役,完颜亮死于内部兵乱,金军败撤。

[宋绍兴三十二年 壬午(1162)] 23 岁
[金大定二年

　　○正月,领命奉表南归。高宗召见,授右承务郎。

　　○闰二月,叛将张安国杀耿降金。稼轩约王世隆等率五十骑生擒张安国,献俘建康。

　　○改任江阴(今江苏江阴市)签判,由是宦居南方。

　　○夏,孝宗赵眘继位,起用主战名将张浚,准备北伐。

[宋孝宗隆兴元年癸未(1163)] 24 岁

　　○在江阴签判任上。

　　○夏,张浚兵败符离,罢枢密使。

　　○七月,汤思退为相,主和议。

[隆兴二年甲申(1164)] 25 岁

　　○江阴签判任满去职。

　　○宋金"隆兴和议"成,宋向金称侄。

[孝宗乾道元年乙酉(1165)] 26 岁

　　○改任广德军通判。

　　○后至乾道三年,任满去职。

[孝宗乾道四年戊子(1168)] 29 岁

　　○任建康(今江苏南京)通判。

　　○与史正志(致道)、叶衡(梦锡)结识。时史知建康兼行宫留守,叶为淮西军马钱粮总领,治所在建康。

[乾道六年庚寅(1170)] 31 岁

　　○召对延和殿,论及南北形势、攻守之计。

　　○迁司农寺主簿,向执政虞允文上《九议》,力陈恢复要略。

　　○是年又有《阻江为险须借两淮疏》《议练民兵守淮疏》。

[乾道八年壬辰(1172)] 33 岁

　　○春,出知滁州(今安徽滁县)。宽征薄赋,招流散,教民兵,议屯田。未几,荒陋之气,一洗而空。

　　○建"奠枕楼"。秋,友人周孚(信道)来会,作《奠枕楼记》。

[孝宗淳熙元年甲午(1174)] 35 岁

　　○春,辟为江东安抚使参议官。时叶衡知建康兼江东安抚使,稼轩再官建康,当出自叶的引荐。

　　○叶衡召赴临安,六月任参知政事,十一月迁右丞相兼枢密使。

[淳熙二年乙未 (1175)] 36 岁

○春夏之交,叶衡荐以慷慨有大略,调临安任仓部郎官。召对,上《论行用会子疏》。六月,改任江西提点刑狱,节制诸军,"督捕"茶商军。

○九月,叶衡罢相。

○闰九月,稼轩平茶商军,加秘阁修撰。

[淳熙三年丙申 (1176)] 37 岁

○秋冬之际,由江西提点刑狱改调京西转运判官,任所在湖北襄阳。

[淳熙四年丁酉 (1177)] 38 岁

○春,由京西转运判官差知江陵府(今湖北江陵县),兼湖北安抚使。严治盗之法,奸盗屏迹。

○冬,改知隆兴府(今江西南昌),兼江西安抚使。

[淳熙五年戊戌 (1178)] 39 岁

○正月,陈亮(同甫)至临安,三上书力请废和抗战,未果而归。

○暮春,召赴临安,任大理寺少卿。与陈亮结识,相互引为知己。

○夏秋之交,出为湖北转运副使。

[淳熙六年己亥 (1179)] 40 岁

○春三月,由湖北转运副使改湖南转运副使,上《论盗贼札子》。

○秋,改知潭州(今湖南长沙),兼湖南安抚使。

[淳熙七年庚子 (1180)] 41 岁

○在湖南安抚使任上,兴修水利,赈济饥民,整顿乡社。更创置湖南飞虎军,为江上诸军之冠。

○冬,加右文殿修撰,差知隆兴府兼江西安抚使。

[淳熙八年辛丑 (1181)] 42 岁

○江西安抚使任上,举办荒政,卓有成效。及秋,朝廷嘉奖,转奉议郎。

○十一月,改除两浙西路提点刑狱公事。台臣王蔺劾其帅湖南时,"用钱如泥沙,杀人如草芥",落职罢新任。

○是年,信州(今江西上饶)带湖新居落成。以"稼"名轩,自号稼轩居士。

[淳熙九年壬寅 (1182)] 43 岁

○罢居上饶带湖宅第。

○是年范开(廓之)始来受学。

[淳熙十五年戊申 (1188)] 49 岁

○仍家居上饶。

○正月,门人范开编刊《稼轩词甲集》成。

○邸报讹传稼轩以病挂冠,因赋《沁园春》词,以明视听。

○友人陈亮来访(朱熹爽约未至),同游鹅湖,共酌瓢泉,议时论政,长歌相答。留十日,乃去。

[光宗绍熙二年辛亥(1191)]　52 岁

○仍家居上饶。

○冬有诏命,起为福建提点刑狱。

[绍熙三年壬子(1192)]　53 岁

○春,离家赴闽任。

○九月,福建安抚使林峀卒,稼轩兼摄帅事。厉于吏治,并上《论经界钞盐札子》。

○冬,应诏赴临安。

[绍熙四年癸丑(1193)]　54 岁

○赴临安途中,访朱熹(晦庵)于建阳,晤陈亮于浙东。

○抵京,光宗召对,奏论加强荆襄上流之军防。迁太府少卿。

○秋,加集英殿修撰,知福州兼福建安抚使。

○是年,陈亮举进士,光宗亲擢第一。

[绍熙五年甲寅(1194)]　55 岁

○福建安抚使任上,置“备安库”,积五十万贯。更拟秋后建万人军旅,保境安民。

○六月,赵汝愚等拥立赵扩(是为宁宗),尊光宗赵惇为太上皇。

○七月,谏官黄艾劾稼轩“残酷贪饕,奸赃狼藉”,遂罢帅任,主管建宁府武夷山冲佑观。九月,又降充秘阁修撰。

○再至铅山期思卜筑,作《沁园春》词。

○八月,以赵汝愚为右丞相。十一月,特迁外戚韩侂胄为枢密都承旨。

○是年陈亮卒。

[宁宗庆元元年乙卯(1195)]　56 岁

○二度罢居上饶。

○二月,赵汝愚罢相,出知福州。十一月贬永州。

○十月,稼轩又遭劾,免去秘阁修撰。

○是年铅山期思新居落成。

[庆元二年丙辰(1196)]　57 岁

○带湖雪楼被焚;举家徙居铅山瓢泉。

○赵汝愚卒于衡州。韩侂胄加开封府仪同三司,兴“伪学党禁”(亦称“庆元党禁”)。网括赵汝愚、朱熹等五十九人为“逆党”,以朱熹为“伪学之魁”。

○九月,稼轩以言者论其"赃污恣横,惟嗜杀戮,累遭白简,恬不少悛",罢官观。至此,稼轩所有名衔,尽削一空。

[庆元四年戊午(1198)]　59岁

○家居铅山瓢泉。

○朝命复集英殿修撰,再主管武夷山冲佑观。稼轩有《鹧鸪天》词,题曰"戊午拜复职奉祠之命"。

○吴绍古(子似)任铅山尉,与稼轩酬唱颇富。

[宁宗嘉泰二年壬戌(1202)]　63岁

○仍家居铅山。

○二月,弛"伪学党禁"。

○十二月,韩侂胄由太傅而进太师,封平原王。起用士大夫之好言恢复者,谋北伐。

[嘉泰三年癸亥(1203)]　64岁

○起知绍兴府兼浙东安抚使,六月到任,疏奏州县害农六事。创建"秋风亭"。

○招刘过(改之)来会。与八十高龄老诗人陆游结识,引为忘年交。

○十二月,召赴行在。陆游有诗《送辛幼安殿撰造朝》赠行。

[嘉泰四年甲子(1204)]　65岁

○正月,宁宗召见。力主战,言金国必乱必亡。加宝谟阁待制,提举佑神观,奉朝请。

○三月,差知镇江府。积极备战,遣谍侦察敌情,复拟招沿江士丁,建万人军旅。

○五月,朝廷追封岳飞为鄂王。

○是年,稼轩跋高宗《亲征草书》,抒高宗、孝宗二世不振之慨。

[宁宗开禧元年(1205)]　66岁

○在镇江守任。

○三月,以荐人不当,降两官使用。

○六月,改知隆兴府。七月初,未至新任,臣僚劾其"好色贪财,淫刑聚敛"。遂罢职,与官观。秋,返铅山家居。

○七月,韩侂胄进平章军国事,立班丞相上。

[开禧二年丙寅(1206)]　67岁

○家居铅山。

○春,朝命差知绍兴府,兼两浙东路安抚使,辞免。

○四月,追论秦桧主和误国罪,削爵改谥。

○五月,韩侂胄请伐金诏下,然多败绩。

○十二月,进稼轩龙图阁待制,知江陵府,并诏令赴京奏事。

[开禧三年丁卯(1207)] 68 岁

○京师奏对,任命兵部侍郎,力请辞免,遂罢。

○继之叙复朝请大夫、朝议大夫。

○归居铅山,八月染疾。

○九月,除枢密院都承旨,令速赴行在奏事。未受命,上奏乞致仕。

○九月十日卒,特赠四官,葬铅山县南十五里阳原山中。

○十一月,史弥远杀韩侂胄,并于十二月知枢密院事。

[宁宗嘉定元年戊辰(1208)]

○稼轩卒后一年。

○三月,复秦桧王爵赐谥。给事中倪思劾稼轩迎合开边,请追削爵秩,夺从官恤典。

○九月,宋金"开禧和议"成。

[恭帝德祐元年乙亥(1275)]

○稼轩卒后六十八年。

○史馆校勘谢枋得请于朝,追赠少师,谥忠敏。

河南文艺出版社部分诗词类图书

臧克家　主编

毛泽东诗词鉴赏·增订二版　大 32 开(精)　30.00 元(已出)

季世昌　徐四海　主编

毛泽东诗词唱和　16 开(精)　30.00 元(已出)

陈祖美　主编

唐宋诗词名家精品类编(全套十种)

黄河之水天上来·李　白集　大 16 开(平)　46.00 元(已出)

每依北斗望京华·杜　甫集　大 16 开(平)　42.00 元(已出)

相见时难别亦难·李商隐集　大 16 开(平)　46.00 元(已出)

烟笼寒水月笼沙·杜　牧集　大 16 开(平)　32.00 元(已出)

万里归心对月明·唐代合集　大 16 开(平)　49.00 元(已出)

一蓑烟雨任平生·苏　轼集　大 16 开(平)　46.00 元(已出)

杨柳岸晓风残月·柳　永集　大 16 开(平)　39.00 元(已出)

但悲不见九州同·陆　游集　大 16 开(平)　45.00 元(已出)

壮岁旌旗拥万夫·辛弃疾集　大 16 开(平)　40.00 元(已出)

云中谁寄锦书来·宋代合集　大 16 开(平)　46.00 元(已出)

贺新辉　主编

元曲名家精品鉴赏(全套五种)

错勘贤愚枉作天·关汉卿集　(已出)

天边残照水边霞·白　朴集　(已出)

困煞中原一布衣·马致远集　(已出)

愿有情人都成眷属·王实甫集　(已出)

重冈已隔红尘断·元代合集　(已出)

广东中华诗词学会　编

中华新韵府·韵字袖珍版　128 开(精)　6.00 元(已出)

李中原　编

历代倡廉养操诗选　大 32 开(平)　18.00 元(已出)

邓国光　曲奉先　编

中国历代咏月诗词全集　大 32 开(精)　50.00 元(已出)

史焕先　主编

江水北上——"南水北调邓州情"诗歌作品选　16 开(精)　38.00 元(已出)

本社图书邮购地址:(450011)郑州市鑫苑路 18 号 11 号楼

河南文艺出版社　图书发行